W0462537

HEYNE BÜCHER

HEATHER GRAHAM

INSEL DER LEIDENSCHAFT

Roman

Aus dem Amerikanischen
von Eva Malsch

WILHELM HEYNE VERLAG
MÜNCHEN

HEYNE ROMANE FÜR »SIE«
Nr. 04/353

Titel der Originalausgabe:
COME THE MORNING

3. Auflage

Deutsche Erstausgabe 11/2000
Copyright © 1999 by Shannon Drake
Published by Arrangement with Kensington Publishing Corp.
Copyright © der deutschsprachigen Ausgabe 2000
by Wilhelm Heyne Verlag GmbH & Co. KG, München
Dieses Werk wurde vermittelt durch die literarische Agentur
Thomas Schlück GmbH, Garbsen
Printed in France 2000
http:/ / www.heyne.de
Umschlagillustration: Pino Daeni/Agentur Schlück
Umschlaggestaltung: Nele Schütz, Design, München
Satz: Prechtl, Passau
Druck und Bindung: Brodard & Taupin

ISBN 3-453-17692-8

Prolog

Im schottischen Grenzland
Das Jahr des Herrn 1127

Er glaubte, die Streitaxt seines Gegners hätte ihn getötet und er wäre in einer neuen Welt aufgewacht. Seltsam – sie erschien ihm vertraut, denn sie roch nach süßem Gras und den Lochs, die wie Tränentropfen im Grenzland verstreut lagen. Wenn das der Himmel war, und nichts anderes konnte so köstlich duften, dann wuchsen darin Blumen und Disteln.

Endlich gelang es ihm, die Augen zu öffnen, und zu seinem Erstaunen sah er einen sonderbaren Dreiviertelmond am Himmel, der in einem unheimlichen blutroten Licht erstrahlte.

Und dann spürte er Schmerzen. Er war nicht tot. Doch sein Schädel dröhnte, als wäre er gespalten worden. Beinahe hätte er laut gestöhnt, aber irgendein Instinkt ermahnte ihn zu schweigen. Mit zusammengebissenen Zähnen stützte er sich auf einen Ellbogen und blickte über das Schlachtfeld hinweg. Er sah so viele Leichen, abgetrennte Körperteile und blutüberströmte Arme und Beine im Mondschein. Der süßliche Geruch in der Nacht rührte nicht nur von den hohen Gräsern und Blumen her, sondern auch von dem vielen vergossenen Blut, das die Erde tränkte.

Ein grausiges, groteskes Gemetzel. So wie es immer gewesen war. Wie es immer sein würde. Der Schmerz drohte ihm wieder die Sinne zu rauben. An seiner Haut fühlte er taufeuchtes Gras. Jede kleine Wunde brannte. In jeder größeren schien ein Höllenfeuer zu lodern.

Fast wäre er gestorben. Freund und Feind hatten ihn

bei den Toten zurückgelassen. In einer kleinen Hütte aus Lehm und Stein, nicht weit entfernt, brannte Licht. Dort würden die Überlebenden ihre Wunden verbinden und Pläne schmieden. Hoffentlich ist mein Vater bei ihnen, dachte er.

Im nächsten Augenblick überkam ihn nackte Angst. Würde der Vater noch leben, hätte er ihn nicht im Stich gelassen. Seine Hand ruhte auf kaltem Fleisch. Als er sich nach links wandte, durchfuhr ein eisiger Schauer seinen Körper, und Tränen rannen über seine Wangen.

Die blicklosen blauen Augen weit geöffnet, die Brust von einem feindlichen Schwert durchbohrt, lag sein Vater neben ihm – William der Große.

»Da!« Das geflüsterte Wort glich einem heiseren Schmerzensschrei. Liebevoll strich er über die dunkelroten Locken seines Vaters. »Du darfst mich nicht verlassen, Da!« Nun könnte er von neuem das Schwert schwingen. Er war groß und stark, ein vielversprechender Junge, meinten die Männer. Aber eben noch ein Junge, dem die Kraft und das Geschick des Vaters vorerst fehlten, die Weisheit, die Güte, das Urteilsvermögen.

Doch das Alter spielte keine Rolle, und sein Kummer konnte nichts am Ausgang der Schlacht ändern, seine Liebe den Toten nicht wiedererwecken. Jetzt musste er den Kampf fortsetzen. Ohne sich zu schämen, weinte er bitterlich. William der Große war gestorben. So viel hatte er ihm gegeben und beigebracht. Im Licht des Mondes, der hinter einer Wolke hervorglitt, sah er seinen Onkel, den stolzen, attraktiven, fröhlichen Ayryn, seinem Bruder William im Tode ebenso nah wie im Leben. Mit ausgestreckten Armen lag er im Gras, als wollte er den Himmel umfangen.

»Bitte, Onkel, verlass mich nicht auch noch«, wisperte er.

In seiner Kehle stieg ein qualvoller Schrei auf. Wieder warnte ihn sein Instinkt. Er durfte keine Aufmerksamkeit erregen. Und so bezwang er den Schrei, der Verzweiflung, Zorn und Trauer ausgedrückt hätte. Auf seinen Instinkt konnte er sich verlassen. Plötzlich hörte er Schritte.

Verstohlene Schritte in der Nacht, fast lautlos im Gras. Einige Gestalten schlichen zu der Hütte, wo sich die überlebenden Schotten nach der grausigen Schlacht versammelt hatten.

Angstvoll hielt er den Atem an und musterte die Männer. Feinde … Während sie an ihm vorbeigingen, rührte er sich nicht, wartete und beobachtete die Ereignisse. Erst nachdem sie hinter der Hütte verschwunden waren – zweifellos, um einen Angriff vorzubereiten –, stand er langsam auf.

Eine Zeit lang hielt er inne, sammelte Kräfte und schärfte seine Sinne. Dann eilte er auf leisen Sohlen durch das Gras.

Michael, Oberhaupt der MacInnishs im schottischen Tiefland, lauschte dem Gespräch am lodernden Feuer. In Dunkeld war er geboren worden, in der ältesten Heimstätte der Kelten. Als jüngerer Sohn hatte er sich im Grenzland niedergelassen und eine MacNee geheiratet. Jetzt gab es die MacNees nicht mehr, die traditionellen Besitzer dieses schönen Gebiets, denn seit den alten Zeiten waren fremde Eindringlinge hierher gezogen. Letzten Endes hatten der Kampfgeist der Hochländer und das unwegsame Territorium die Römer aufgehalten. Dann waren die Wikinger über das Land hergefallen. Und immer wieder die Engländer – oder jene, die sich Engländer nannten, so wie die neue normannische Aristokratie. Beharrlich hielten sie an diesem fruchtbaren Land fest und schlugen Wurzeln. Als Eroberer waren sie hierher gekommen und schließlich Schotten geworden.

Aye, nun waren sie alle Schotten. Oft für Barbaren gehalten, hatten sie sich niemals von Rom unterjochen lassen. Nachdem ein römischer Feldherr namens Agricola die Kaledonier zum ersten Mal besiegt hatte, war er in seine Heimat zurückgerufen worden. Bald verließen die Römer ganz Britannien. Mehrere keltische und teutonische Stämme ließen sich in verschiedenen Landesteilen nieder – Pikten, Schotten, Britannier, sogar Angelsachsen. Im Königreich Schottland lebten weiterhin verschiedene Völker, und sie befehdeten einander immer noch. Aber seit den Tagen des großen Kenneth MacAlpin, des Königs der Dalriada-Schotten, bewohnten sie ein geeintes Land.

Jetzt herrschte ein gewisser Frieden. In Schottland regierte König David I. Seine Schwester war mit Henry I. von England verheiratet, sein listenreicher Vater Malcolm III. in den Krieg gegen William den Eroberer gezogen. Wenn er jene Schlachten auch nicht gewonnen hatte, so war es ihm doch gelungen, ein unabhängiges Schottland zu bewahren. David hatte von seinem Vater und seinen Brüdern viel gelernt. In England aufgewachsen, hatte er den Kampf seiner Familie gegen die Auswirkungen der normannischen Eroberung beobachtet.

Mittlerweile ein reifer, kluger, vorsichtiger Mann, wusste er, in welch unsicherer Position sich jeder König befand und dass er in einer gefährlichen Welt lebte. Manche Leute verübelten ihm seine normannische Erziehung. Aber dank seiner Herkunft konnte er auf alte Loyalitäten bauen. Seine Mutter war die Schwester des Edelings Edgar gewesen, einer sächsischen königlichen Hoheit vor der Ankunft des Eroberers. Die bezwingende Macht der Schlachten kannte er ebenso wie die Vorzüge von Bündnissen.

Trotz seiner normannischen Neigungen hatte er sich als echter schottischer Anführer erwiesen, fest entschlossen, die Identität seines Landes zu wahren. Deshalb standen die Schotten hinter ihm, obwohl sie die Normannen verabscheuten und ihnen misstrauten. Er war ein großer Krieger und stets zum Kampf bereit. Wenn die diplomatischen Beziehungen zum südlichen Nachbarn auch stabil blieben – entlang der Grenze kam es häufig zu Gefechten. David wollte nicht nur das Land sichern, das traditionell den Schotten gehörte, sondern die Grenze südwärts verschieben, um die Engländer vom schottischen Herzland fern zu halten. Aus diesem Grund hatte er ein paar einflussreiche, mit ihm befreundeten normannischen Familien schottische Ländereien übereignet – klugerweise nur solche, wo Erbstreitigkeiten unter den Nachkommen verstorbener Familienoberhäupter drohten, um solche Gefahren zu bannen. Widerstrebend fanden sich die Schotten mit der Ankunft neuer Einwohner ab. 1124, im Jahr seiner Thronbesteigung, hatte David einen Aufstand niedergeschlagen. Und die kriegerischen Bewohner dieses zerklüfteten Landes würden ihm sicher immer wieder Schwierigkeiten bereiten. Die Feudalgesetze, teilweise noch kein Jahrhundert alt, standen im Widerspruch zu alten Traditionen. Um dieses Volk zu regieren, brauchte man viel Kraft und Klugheit. Diese Fähigkeiten hatte David bisher bewiesen. Trotzdem wurde seine Macht immer noch von zwei Bedrohungen herausgefordert – von den Ereignissen an der Grenze und den Wikingern, die sich unablässig Vorteile zu verschaffen suchten. David hatte Geschichte studiert. Nach seiner Ansicht hatte König Harold England vor allem deshalb an die Normannen verloren, weil die Wikinger zur gleichen Zeit im Norden eingedrungen waren wie die Normannen im Süden. Die Wikinger hatten Harold nicht besiegt, aber geschwächt.

Keine königliche Macht konnte die erbitterten Scharmützel im traditionellen Grenzland verhindern. An diesem Abend hatte Michael zahlreiche Familienoberhäupter zusammengerufen. Er war von Lord Renfrew angegriffen worden, einem normannischen Adeligen, der sich nicht mit den ihm zugeteilten Ländereien in Yorkshire begnügen wollte. Mit den Söldnern eines dänischen Heers marschierte er nordwärts, schlug die Bauern in die Flucht, plünderte Kirchen und Abteien und vergewaltigte junge Frauen. Deshalb hatten sich Michaels Clan und seine Verbündeten versammelt, um ihr Land zu verteidigen. Viele tapfere Männer waren gefallen oder lagen im Sterben. Rings um das Feuer saßen die Überlebenden und äußerten ihre Ansichten.

Thayer Cairn, ein großer kräftiger Mann, stand auf, warf noch etwas Brennholz in die Flammen und wärmte seine Hände. Im Widerschein der Glut leuchtete sein Gesicht so rot wie das Blut, das die Erde tränkte. Michael blickte schaudernd zu ihm auf.

»Wo bleibt der König mit seinen Soldaten, wenn wir seine Hilfe brauchen?«, stieß Thayer hervor. »Unser Ruf muss ihn erreicht haben.«

Seufzend starrte Michael ins Feuer. »Wir dürfen den König nicht dauernd verdammen, nur weil ihn irgendwelche Pflichten von uns fern halten. Hier und jetzt müssen wir uns selber verteidigen.«

»Aye, Michael hat Recht«, stimmte Fergus Mann zu, der zu seiner Linken saß. Er hatte seinen Bruder und seinen ältesten Sohn fallen sehen. Doch der zweit- und der drittgeborene Sohn waren am Leben geblieben. Trotz des schweren Verlustes blieb der grauhaarige Krieger bei klarem Verstand und versuchte die Situation zu retten. »Der König spielt keine Rolle. Was *wir* demnächst tun werden, ist am wichtigsten. Holen wir die Verwundeten und verschwinden wir in den Felsschluchten bei den Lochs. Wir müssen uns neu formieren. Darin liegt unsere einzige Hoffnung. Wenn uns die

Feinde verfolgen, sollten wir vorerst zu unseren Brüdern in den Bergen fliehen.«

»Wer hält Wache?«, fragte Michael, als er ein Klopfen hörte.

»Vor der Tür steht McBridie.«

Michael bedeutete Thayer, nach dem Rechten zu sehen. Angespannt warteten die Männer, die in der Hütte saßen. Sobald Thayer die Tür geöffnet hatte, stürmte ein blonder nordischer Krieger herein und durchbohrte seine Schulter mit einer scharfen Pike. Schreiend sank Thayer zu Boden. Weitere Feinde folgten dem Angreifer, einige durchbrachen die Strohmatten an den Fenstern. Wenig später waren die meisten der etwa zwanzig Schotten, die das Gemetzel auf dem Schlachtfeld überlebt hatten, tot oder verletzt.

Nur Michael hielt sein Schwert hoch, als ein hoch gewachsener, mit einem Kettenpanzer und in Leder bekleideter Mann eintrat. Lord Renfrew. Lächelnd strich er durch sein kurz geschnittenes rostrotes Haar. Dann packte er Fergus Manns jüngsten Sohn Patrick und hielt ihm einen Dolch an die Kehle. »Ah, da ist Michael höchstpersönlich, der Laird dieser Ländereien!« Renfrews dunkle Augen verengten sich. »Lasst Euer Schwert fallen. Sonst stirbt der Junge.«

»Nicht, Michael, das ist eine Finte!«, rief Patrick.

»Welche Bedingungen stellt Ihr?«, fragte Michael.

»Bindet dem Mann die Hände fest! Und seid vorsichtig! Nach den jahrhundertelangen Invasionen fließt durch die Adern dieser Männer genug von Eurem Wikingerblut, Ragwald, sodass sie wie die Wilden kämpfen.« Renfrew warf dem Krieger, der Thayer getötet oder schwer verwundet hatte, einen kurzen Blick zu. »Euer Schwert, Michael. Oder ich ersteche den Jungen.«

Tapfer bezwang Patrick seine Angst. »Er wird mich so oder so umbringen.«

Vielleicht hat er Recht, dachte Michael. Aber in der gegenwärtigen Lage fand er es sinnlos, den Tod des Jungen zu beschleunigen, und so ließ er das Schwert fallen. Renfrew nickte grinsend. »Fesselt ihn!«

Während Ragwald gehorchte, leistete Michael keinen Widerstand. Die Hände wurden ihm auf den Rücken gebunden.

»Fesselt sie alle!«, ordnete Renfrew an. »Jetzt sind sie meine Gefangenen.«

Nachdem der Befehl befolgt worden war, fragte Michael: »Was nun?«

»Ja – was nun?«, wiederholte Renfrew spöttisch. »Als Geiseln seid ihr wertlos. Und wenn ihr als meine Sklaven für mich arbeiten würdet? Glaubt mir, viele einst stolze Sachsen dienen in England ihren Herren. Ah, ein verlockender Gedanke, so edle Krieger versklavt zu sehen! Doch es wäre zu mühsam, stets auf meinen Rücken zu achten. Also bleibt mir keine Wahl, und ich werde euch Bastarde aufhängen. Den da zuerst!«, entschied er und zeige auf Thayer. »Er ist ohnehin schon halb tot, und deshalb wird er wie ein Mehlsack herabfallen. Mit ihm wollen wir den Strick für die anderen erproben.«

Lachend schleppten seine Krieger den Verletzten aus der Hütte und rempelten die anderen Gefangenen an. In der Tür drehte sich Ragwald noch einmal um. »Keine Angst, ihr guten Schotten, wir lassen euch nicht lange warten«, höhnte er und eilte ins Freie.

»Hättest du bloß dein Schwert behalten, Michael«, wisperte Patrick. »Dann hättest du wenigstens einen dieser Schurken getötet.«

Unter gellendem Gegröle wurde Thayer zu einem Baum geführt. Dann vernahmen die Schotten ein Geräusch, und ein großer Schatten duckte sich hinter Patrick, der in die Nähe eines Fensters gedrängt worden war.

»Bei allem, was heilig ist …«, begann Michael.

Im selben Augenblick hob Patrick die Hände, vom Lederriemen befreit, und der Schatten richtete sich auf – der Sohn des Großen William, den Michael neben dem Vater hatte fallen sehen. Aber Waryk war am Leben geblieben. Mit Schlamm und Blut beschmiert stand er da, in den rot geweinten Augen funkelte ein blaues Feuer, er war groß und kräftig für seine vierzehn Jahre. Zum ersten Mal hatte er an einer Schlacht teilgenommen, von seinem Vater zu einem tüchtigen Schwertfechter erzogen.

»Großer Gott«, flüsterte Michael.

Waryk ging zu ihm. »Nun werde ich auch dich losbinden …«

Doch da kehrte der Wikinger in die Hütte zurück. »Wen haben wir denn da? Ist eine der toten Läuse wieder auferstanden, um sich hängen zu lassen?« Blitzschnell bückte sich Waryk nach Michaels Waffe und der blonde Riese lachte. »Ein grüner Junge will gegen Wölfe kämpfen? Wie du meinst. Ein Strick würde dich gnädiger töten, denn ich werde dich von oben bis unten aufschlitzen.« Siegessicher schwang er seine Streitaxt.

Waryks Schrei erfüllte die Nacht wie die unheimliche Klage eines außerirdischen Geschöpfs. Bevor die Axt herabsinken konnte, stach die ›Laus‹ die Schwertspitze in Ragwalds Kehle. Renfrews nordischer Söldner fiel auf die Knie, mit kaltem Entsetzen in den Augen, bevor der Tod den Blick verschleierte.

Ringsum erstarrten alle Schotten. Patrick, der die Fessel seines Vaters zu lösen begonnen hatte, hielt inne. Und Michael vergaß, dass draußen eine tödliche Schlinge wartete.

Aus der Nacht drang ein Ruf herein. »Was geht da drinnen vor?«

»Schnell!«, befahl Michael.

Patrick und Waryk beeilten sich, die Fesseln der Männer zu lösen. Als ein Feind in die Hütte rannte und sein Schwert hob, fuhr Waryk herum. Klirrend stieß Stahl gegen Stahl, und das Geräusch alarmierte die anderen, die vor der Tür vermutet hatten, die Todgeweihten würden den Allmächtigen um ihr ewiges Seelenheil bitten.

Nun waren die Schotten im Vorteil. Sobald ein Feind die Schwelle überquerte, wurde er niedergestreckt. Blut floss im Feuerschein, in Todesangst stolperten Renfrews Männer über die Leichen ihrer Kameraden. Bald traten sie den Rückzug an, von ihren Gegnern verfolgt. Vor der Hütte in ein heftiges Gefecht verstrickt, hörte Michael die Hufschläge erst, als der Trupp beinahe herangaloppiert war. Mit seiner Streitaxt schlug er seinem Widersacher den Schädel ein, bevor er sich zu den Neuankömmlingen wandte. Da hatten sich der König und seine Soldaten bereits auf Renfrews Söldner gestürzt. Jetzt war der Feind in der Unterzahl. Tote und Sterbende lagen auf dem Schlachtfeld, wo zuvor so viel Blut vergossen wurde.

Aber David zeigte sich barmherzig und die Überlebenden ließen ihre Waffen fallen. Nur ein einziger Zweikampf war noch nicht beendet.

Michael beobachtete Waryk, den Sohn William de Grahams. In den Adern des Jungen floss Normannen- und Wikingerblut. Sein Vater war mit dem König vom Grenzland aus nordwärts und weiter nach Osten gezogen, in Gebiete, wo die Wikinger eine Zeit lang geherrscht hatten. ›Vom grauen Heim‹, so lautete der Name bei Normannen und Engländern, konnte aber auch von Waryks Mutter stammen. Einer Legende zufolge hatte sie zusammen mit dem ältesten schottischen Stamm den Namen Graeme im Grenzland eingeführt. Sie gehörte einer vornehmen Familie an. In den frühen Jahren der Christenheit war ein Graeme der berühmte Feldherr in König Fergus' Heer gewesen, das den Wall der Römer, der gegen die ›Barbaren‹ errichtet worden war, durchbrochen hatte. In diesen Ruinen existierte immer noch ›Graeme's Dyke‹. Von überall kamen die Namen her. Manche Männer hießen einfach nur Thomas, Michael, Fergus und so fort, und andere nahmen die Namen ihrer Väter an, so entwickelten sich Familiennamen. Auf Michaels Urgroßvater Innish führte der Name des Clans MacInnish zurück. Canmore, der Familienname des Königs, stammte von seinem Vater, und der alte gälische Ausdruck Caenn Mor bedeutete ›großer Kopf‹. Ein edler Name, dessen der Junge sich würdig zeigte.

Vom Schmerz des Verlustes angestachelt, vergaß er seine Todesangst. Ringsum waren zahlreiche Männer gefallen und er kämpfte immer noch gegen Renfrew. Verbissen wehrte er alle Angriffe des erfahrenen Kriegers mit dem Schwert seines toten Vaters ab. Wann immer der Normanne kurz innehielt, um Atem zu holen, wurde er attackiert. Den Vorteil seiner überlegenen Kraft glich der Junge durch Schnelligkeit und geschickte Finten aus. Trotzdem entstand der Eindruck, Waryk müsste sich letzten Endes geschlagen geben. Pausenlos schwang Renfrew sein Schwert in grimmiger Entschlossenheit und er würde so lange nicht erlahmen, bis er den Gegner getötet hatte.

Aber als er wieder mit beiden Händen die Waffe hob, um ihm den Gnadenstoß zu versetzen, nutzte Waryk de Graham die Gunst des Augenblicks, um ihm seinen Stahl mit fast übermenschlicher Wucht zwischen die Rippen zu bohren.

Sterbend umklammerte Renfrew den Griff des Schwerts, der aus seiner Brust ragte, und starrte den Jungen ungläubig, aber immer noch überheblich an. Doch der Tod war stärker. Der Junge rührte sich nicht, als der große Normanne zu seinen Füßen lag. Er zog sein Schwert auch nicht aus der Wunde,sondern stand bewegungslos und zitternd vor seinem Opfer.

Verwundert ritt der König zu ihm. »Mein Gott, wer hat diesen jungen Löwen gezeugt?«

»Einer Eurer Männer, Sire«, antwortete Michael müde, »der Große William, der dort drüben liegt.«

»Ah!« David nickte verständnisvoll.

»Sire, ich werde mich um den Jungen kümmern«, versprach Michael. »Sein Vater war mit der letzten Erbin eines alten Geschlechts verheiratet, meiner längst verstorbenen entfernten Verwandten Menfreya. Nun hat er keine Familie mehr, und so müssen seine Freunde für ihn sorgen.«

»Nein, guter Mann. Seid auch künftig sein Freund. Aber ich will seine Vormundschaft übernehmen und ihn zu einem großen Krieger erziehen, der eines Tages für mich kämpfen wird.« David wandte sich zu Waryk, der Renfrews Leiche immer noch reglos anstarrte. »Junger Graham!« Er beherrschte alle drei Sprachen seines Volks, das alte Schottisch oder Gälisch, das ›Teutonische‹ oder Englische und das normannische Französisch, von William dem Eroberer und seinen Rittern eingeführt. Jetzt sprach er Schottisch, mit ausgeprägtem gälischem Akzent.

Der Junge rührte sich nicht.

»Graham!«

Endlich sah Waryk zu dem stattlichen Mann auf, der ihn aufmerksam musterte und seine Fähigkeiten deutlich erkannte. »Du bist also der Graham.«

Verzweifelt schaute Waryk zum Schlachtfeld hinüber, wo seine toten Angehörigen lagen. »Ja, Sire, nur ich allein.«

»Dein Vater war ein großartiger Mann, den ich als Krieger und Freund schätzte.«

»Aye, Sire.«

Schweigend beobachteten die Überlebenden des

grausamen Gemetzels den König, der von seinem Pferd stieg und sein Schwert zog. Nichts konnte die Treue und Liebe eines Untertanen so nachhaltig sichern wie die Anerkennung seiner Heldentaten. »Knie nieder, Junge!«

Zunächst schien Waryk nicht zu verstehen, was von ihm erwartet wurde. Wollte der König ihn vielleicht töten?

»Knie nieder!«

Da sank Waryk auf ein Knie, und die Schwertspitze berührte seine Schultern.

»Ich, David, von Gottes Gnaden König des vereinigten Schottlands, schlage dich hiermit zum Ritter, um deine Tapferkeit vor dem Feind zu belohnen.« Langsam ließ David seinen Blick über die Versammlung schweifen. »Nun heißt du Sir Waryk Graham, zu Ehren der Verwandtschaft deines Vater und deiner Mutter. Alle Anwesenden sind Zeugen deines Mutes, und sie hören, was ich sage. Wenn ich dir vorerst auch keine Ländereien geben kann, die deinem Titel Macht verleihen würden, so wird man dich trotzdem als meinen Getreuen Laird Lion achten. In den nächsten Jahren werde ich für dich sorgen. Wenn es an der Zeit ist, wirst du viel gewinnen, vielleicht durch eine vorteilhafte Heirat. In dir, Sir Waryk de Graham, Laird Lion, lebt die Ehre deines Vaters weiter.«

Überwältigt ergriff der Junge die Hand seines Königs, die Augen voller Tränen, die er nicht vergießen wollte. Indem David den Großen William und die Mutter ehrte, an die sich Waryk kaum erinnerte, überreichte er ihm das wunderbarste aller erdenklichen Geschenke. »Bis zu Eurem Tod will ich Euch dienen, Sire«, gelobte der neue Laird mit bebender Stimme.

»Das erwarte ich auch von dir. Steh auf, mein Junge.« Nachdem Waryk gehorcht hatte, fügte David freundlich hinzu: »Heute Nacht bist nur du allein der Graham. Aber glaub mir, du wirst bald eine Familie gründen.« Seine Gedanken wanderten bereits in die Zukunft. Und dieser Bursche, soeben zum Ritter geschlagen, war eine weitere vielversprechende Figur im königlichen Schachspiel.

TEIL I

Die Tochter des Wikingers

1

In zehn Jahren hatten sich seine Kampfmethoden etwas geändert. Aber nicht völlig. Waryk, Laird Lion, bevorzugte immer noch sein Schwert, die Klinge seines Vaters, mit dem Korbgriff der Hochlandschotten. An diesem Tag saß er auf einem großen Streitross, blickte den Hang hinab und beobachtete den Angriff auf die kleine königliche Festung Localsh. Fünfzig Reiter unter seinem Kommando sollten den Aufstand niederschlagen, der angeblich viel gefährlicher war als die Aktion, die er bisher mit angesehen hatte. In der Festung wohnten zwanzig Krieger, außerdem Handwerker, Geistliche und Bürger. Die Verteidiger hatten sich auf eine Belagerung vorbereitet, statt die Rebellen anzugreifen. Für eine Attacke waren sie nicht gut genug gerüstet. Aber jetzt mangelte es ihnen allmählich an Wasser, Nahrung, Pfeilen und Öl, das sie siedend heiß hinabgießen könnten, wenn ihre Gegner an den Mauern hochzuklettern versuchten.

Nun errichteten die Aufständischen Katapulte, um das Schloss mit Steinen und Fackeln zu stürmen. Ein Rammbock sollte das Tor aufbrechen. An den Wällen wurden Leitern aufgestellt. Waryk runzelte die Stirn. Damit hatte er nicht gerechnet. Während im benachbarten England nach dem Tod Henrys I. ein Chaos herrschte und seine Tochter Mathilda mit seinem Neffen Stephen um die Krone stritt, strebten mehrere normannische Barone nach größerer Macht. Mit den persönlichen Reitern des schottischen Königs, für ihre wilde äußere Erscheinung bekannt – Waryk befehligte eine relativ kleine Kavallerie –, und den tapferen, siegessicheren Fußsoldaten ließen sich diese armseligen

Rebellen nicht vergleichen. Sie besaßen nicht einmal Lederpanzer oder Brustplatten. Nur wenige hatten sich mit Schilden gerüstet, und von der Kriegsstrategie schienen sie nicht viel zu wissen. Sie waren schäbig gekleidet, eher normannisch als schottisch, hier im Tiefland nicht ungewöhnlich. Gewiss, König Henrys Tod löste in England und im Grenzgebiet große Verwirrung aus und belastete die englisch-schottische Beziehung. Trotzdem fand es Waryk sehr sonderbar, was er da sah. In König Davids Diensten ritt er ein ausgezeichnetes Pferd. Über seinem wollenen Unterkleid trug er einen feinmaschigen Kettenpanzer und einen Überwurf, in der gleichen Farbe wie seine tiefblauen Augen. Eine Metallplatte schützte seine Brust. Auch der Helm mit dem massiven Nasenteil bestand aus Metall. Auf den Überwurf und die Satteldecke des Schlachtrosses war Waryks Wappen gestickt, ein fliegender Falke. Nun befand er sich in der Nähe des Ortes, wo er vor Jahren um sein Leben gekämpft hatte – ein wilder, undisziplinierter Junge ohne Schild, ohne Rüstung.

Warum kämpften die Männer dort unten? Früher hatten sie, unzulänglich bewaffnet, für ihr Zuhause gefochten. Und jetzt griffen sie eine Festung an.

»Waryk?« Sein Adjutant Angus erinnerte ihn an die rastlosen Pferde, die hinter ihm standen.

»Wie ein Bauerntrupp«, meinte Waryk.

»Gerade schleudern sie brennendes Öl nach oben«, betonte Angus trocken.

»Aye, aber warum?«, murmelte Waryk. Über diese Frage konnte er nicht länger nachdenken, denn die Aufständischen versuchten die Verteidiger der Festung zu töten. Er hob eine Hand und gab das Zeichen zum Angriff. Natürlich widerstrebte es ihm, gegen seine Landsleute zu kämpfen. »Um Himmels willen, lasst möglichst viele Männer am Leben! Angus, Thomas, reitet mit mir zur Belagerungsmaschine. Theobald, Garth und ihr drei MacTavishes, übernehmt die Männer beim Rammbock. Die anderen attackieren die Leute am Tor und entfernen die Leitern. Los! Wir reiten für Gott, den König und unser Land!«

Den Kopf gesenkt, drückte er die Knie in Mercurys Flanken und sie galoppierten den Hang hinab, um die belagerte Festung zu retten.

Zahlenmäßig waren die etwa hundert Rebellen der Truppe Waryks überlegen, aber nicht, was die Kampfkraft betraf. Er wollte ein Gemetzel vermeiden. Immer wieder fiel es ihm schwer, jemanden nur wegen seiner Gesinnung zu töten. Deshalb starben zu viele ehrenwerte Leute. Wie er aus Erfahrung wusste, befanden sich unter den Normannen des Königs, unter den Schotten, den Stämmen, die in der abgeschiedenen Wildnis lebten, sogar unter den Wikingern anständige Männer. Manche dieser Rebellen glichen alten keltischen Barbaren, teilweise wie Pikten bemalt.

Und sie wehrten sich wie Berserker. Zu seiner Bestürzung suchten sie keine Gnade. Meistens von mehreren auf einmal angegriffen, musste er wohl oder übel einige töten. Verblüfft hörte er verschiedene Sprachen – normannisches Französisch, Gälisch, altes sächsisches Englisch, Norwegisch. Nur wenige flohen, die meisten kämpften bis zum letzten Atemzug.

Im schottischen Tiefland gab es zahllose Schlupfwinkel in dichten Wäldern, auf steilen Hügeln, und ein schneller Rückzug wies nicht auf Feigheit hin, sondern auf kluge Strategie. Während ein paar Rebellen den Kampf fortsetzten, ergriffen immer mehr die Flucht. Zum Waldrand verfolgt, drehten sie sich um und fochten erneut. Einem energischen Angriff endlich entronnen, sah Waryk seinen Adjutanten die Streitaxt hochschwingen, in der Absicht, einen Gegner niederzustrecken.

Sofort ritt Waryk zu Angus. »Halt, wir brauchen ihn lebend!«

Angus hielt inne und Waryk bezweifelte nicht, dass der Feind jedes Wort verstanden hatte. Die Augen weit aufgerissen, starrte er zum Wald hinüber, als erwartete er, ein böser Geist würde ihn anspringen. Dann stürzte er sich auf Angus und zwang ihn, die Axt erneut zu heben. Mit gespaltenem Schädel fiel er zu Boden. Statt Fragen zu beantworten, war er lieber gestorben.

»Tut mir leid, Waryk«, entschuldigte sich Angus erstaunt. »Dazu hat er mich herausgefordert.«

»Aye.« Waryk musterte den Toten. »Welcher Mann kämpft so hart, mit so armseligen Waffen – und fürchtet das Leben?«

»Verdammt will ich sein, wenn ich's weiß.«

»Reiten wir in die Festung und sehen wir nach, wie viele die Revolte überstanden haben.«

Der Turm von Localsh erhob sich in einem alten keltischen Bau. Im Hof, von Holzwänden umgeben, wurden regelmäßig Märkte abgehalten.

Erleichtert begrüßte Sir Gabriel Darrow, der Festungskommandant, das Ende der Belagerung. Auch er wunderte sich über den Angriff und erzählte Waryk, die erste Attacke sei aus heiterem Himmel erfolgt. Plötzlich waren bemalte Verrückte aus dem Wald gestürmt, hatten alle Männer auf den Feldern niedergemetzelt und verlangt, er solle ihnen das Tor öffnen und Localsh übergeben. Sonst würden alle Bewohner sterben, sobald die Festung gefallen sei. »So viel sinnlose Grausamkeit habe ich nur selten beobachtet.«

»Dafür gibt es genug Gründe«, meinte Angus. »Immerhin ist der englische König tot – und sein Neffe ein diebischer Bastard.«

Überrascht wandte sich Waryk zu Angus, der dem schottischen König die Treue hielt. David hatte Henry respektiert und er unterstützte Mathildas Thronanspruch. Andererseits kannte Waryk ihn gut genug, und wenn er es auch nicht aussprach, so wusste er doch, dass David ein Opportunist war, der seinen Vorteil nutzen würde, um die schottische Grenze weiter nach Süden zu verschieben.

»Die normannischen Lords fordern mehr Land, mehr Diener und Lehensmänner«, erklärte Sir Gabriel. »Und die Wikinger plündern und morden, um sich zu bereichern. Diese Belagerer wollten uns alle töten und das Land verwüsten. Keine Ahnung, warum …«

Während er sprach, schleppten Thomas und Garth einen schwer verletzten Rebellen ins kleine Turmzimmer und legten ihn vor dem Herd auf den Steinboden. Aus mehreren Wunden an den Schläfen und in der Brust quoll Blut, und er war halb bewusstlos. Waryk kniete neben ihm nieder. »Für wen kämpft Ihr? Gelten diese Angriffe dem schottischen König? Handelt Ihr in Mathildas oder Stephens Interesse?«

Der Mann öffnete die Augen und lächelte schwach. »Habt Ihr einen Sohn, mein großer, mächtiger Lord?«

»Noch nicht.«

»Dann wisst Ihr gar nichts.«

»Mann, Ihr werdet sterben. Wenn Ihr einen Sohn habt und meine Fragen beantwortet, will ich für den Jungen sorgen und ihn zu einem Krieger erziehen. Also? Für wen kämpft Ihr?«

Als der Aufständische hustete, rann Blut aus seinem Mund. »Wie wollt Ihr für meinen Sohn sorgen, da Ihr doch selber blutet?«

Erst jetzt merkte Waryk, dass er im Kampf verwundet worden war. »Aye, ich blute und ich habe viele Narben. Aber ich werde nicht fallen und wenn doch, treten mächtige Männer in meine Fußstapfen. Vertraut mir den Jungen an, und ich sichere ihm den Schutz des Königs zu.«

Gequält schüttelte der Mann den Kopf. »Ihr würdet

ihn nicht rechtzeitig erreichen, bevor …« Von heftigen Schmerzen gepeinigt, biss er die Zähne zusammen.

»Was nötig ist, werde ich tun. Das schwöre ich Euch …«

In diesem Augenblick hörte der Rebell zu atmen auf.

»Was fürchtet ein Mann noch mehr als den Tod?«, fragte Sir Gabriel.

»Den Tod geliebter Menschen.« Waryk stand auf und wandte sich zu seinen Männern. »Keine anderen Überlebenden?«

»Sie sind geflohen oder gestorben, Waryk«, erwiderte Thomas.

»Sagt unseren Leuten, sie sollen die Verteidigungsbastionen verstärken. Danach brechen wir auf, Sir Gabriel. Wir lassen Euch fünfzehn Mann und Lebensmittel hier. Nun müssen wir herausfinden, was hinter dem Angriff steckt.«

»Vielleicht werden wir's nie erfahren«, seufzte der Festungskommandant.

»Doch, ich denke schon. Jeder kämpft, um irgendetwas zu erreichen. Und ich glaube, diese Schlachten gleichen den Spitzen der Eisberge in den nordischen Gewässern – was darunter liegt, können wir noch nicht einmal erahnen.«

Zwei Tage später, nachdem Waryks Männer die Mauern von Localsh befestigt hatten, ritten sie davon, abgesehen von den fünfzehn Kriegern, die zurückblieben.

Bevor sie nach Stirling zurückkehrten, steuerten sie die Grenze an und rasteten in einem kleinen englischen Schloss, wo sie von Lord Peter of Tyne eingeladen wurden, einem englischen Baron, dem es trotz zahlreicher Scharmützel in diesem Gebiet gelang, auf seinem Territorium Frieden zu bewahren. Sechzig gut ausgebildete Krieger verteidigten seine Festung. Im Streit zwischen Stephen und Mathilda verhielt er sich neutral, und wegen der unmittelbaren Nähe seines Heims zu Schottland legte er großen Wert auf sein Bündnis mit König David.

Als Sohn eines Adeligen, etwa so alt wie Waryk, war Peter mit David an Henrys I. Hof aufgewachsen. Nachdem er Waryks Bericht gehört hatte, schien auch er vor einem Rätsel zu stehen. »England ist gespalten. Manchmal findet ein Mann den Tod, weil er Stephen unterstützt. Und am nächsten Tag werden fünf Männer gefoltert, weil sie Henrys Tochter die Treue halten. In dieser Zeit geschehen die seltsamsten Dinge.«

»Aye, aber Schottland hat genug eigene Schwierigkeiten, und wir können die Probleme der Engländer wirklich nicht gebrauchen.«

»So viele Normannen und Anglo-Normannen nennen sich Schotten. Und wir alle müssen David aufmerksam beobachten, weil er weiter nach Süden vordringen will.«

»Gewiss.«

»Wenn diese Männer in den Kampf zwischen Henrys Tochter und ihrem Vetter verstrickt werden, die vom Eroberer abstammen, warum sollten sie sich gegen den schottischen König wenden?«

»Irgendjemand beschwört gewaltigen Ärger herauf. Wer es ist, weiß ich nicht. Natürlich werde ich Augen und Ohren offen halten.«

»Vermutlich denkst du an den schottischen König?«, fragte Waryk skeptisch und grinste. Meistens nahm Peter, ein kluger Mann, kein Blatt vor den Mund. Aber er handelte niemals leichtfertig.

»Nun, derzeit sitzt der schottische König auf seinem Thron, während die Engländer … Mit meiner Loyalität verfolge ich stets meine eigenen Interessen.«

Waryk lachte und sie tranken zusammen bis spät in die Nacht hinein. Als das Herdfeuer langsam verglühte, sah er eine Frau im Schatten der Halle warten.

Eleanora. Seit langer Zeit war Peter ein Freund. Sollten sie jemals Feinde werden, würden sie einander nichts vormachen. Müde von der verwirrenden Schlacht hatte er sich in dieser Festung erholt, lang ausgestreckt in seinem Sessel. Nun spannten sich seine Muskeln an. Lächelnd nickte er der Frau zu und leerte seinen Ale-Becher. »Gute Nacht, Peter, und vielen Dank für deine Gastfreundschaft.«

»In der Tat, du musst völlig erschöpft sein.«

»Allerdings.«

»Hat sich meine Schwester lange genug geduldet?« Belustigt hob Peter die Brauen.

»Sieht so aus.«

»Aye, mein Bruder!«, rief Eleanora. »Hört endlich auf mit diesem Gerede über Schlachten und Männer, die wie verrückte Gespenster aus dem Wald schleichen, um zu sterben!«

Waryk ging zu Eleanora hinüber, der Witwe eines reichen englischen Lairds. Seit vielen Jahren war sie seine Geliebte, wenn sie sich auch viel zu selten sahen. Zärtlich ergriff sie seine Hand und führte ihn durch schwach beleuchtete Gänge zu ihrer Suite. Dort waren duftende Kerzen herabgebrannt.

Rasch kleidete sie sich aus, eine wohlgeformte Frau, deren Brüste im flackernden Licht noch üppiger wirkten. Waryk kannte ihre Leidenschaft, ihre erprobten Liebeskünste. Voller Sehnsucht nach dem Geschmack ihrer Küsse und dem Gefühl ihrer Brüste in seinen Händen, zog er sie an sich. Darauf antwortete sie mit süßer Ungeduld, kniete nieder und öffnete seinen Waffengurt. Bald war die Schlacht vergessen.

Eigentlich hatte er beabsichtigt, etwas länger im gastlichen Haus Tyne zu bleiben. Aber am nächsten Tag traf ein Bote von David ein, der ihn drängte, möglichst schnell nach Stirling zu kommen. Offenbar war irgendetwas geschehen. Da Waryk den König kannte, wusste er, dass er nicht grundlos in dessen derzeitige Residenz beordert wurde. Und so verabschiedete er sich von den Geschwistern und ritt mit seinen Männern nach Stirling.

An einem späten Abend trafen sie einen bewaffneten Wachtposten in den Farben des Königs, und Waryk erkannte einen alten Freund, Sir Harry Wakefield, einen von Davids treuesten Beratern. Er stieg ab und begrüßte Sir Harry.

»Neue Kämpfe?«

»Nein, Laird Lion. Ich bin nur beauftragt, jemanden zu eskortieren. Nach dem Tod eines alten Lairds wurde seine Tochter zum König geschickt, und ich soll sie beschützen. Wir haben von den Kämpfen gehört. Im ganzen Land wird Eure Tapferkeit gerühmt, mein Freund.«

Um sich für das Kompliment zu bedanken, neigte Waryk den Kopf. Aber er hätte das Lob gern zurückgewiesen. Was hatte er denn anderes getan, als Verrückte zu töten, die kein bestimmtes Ziel zu verfolgen schienen?

»Dort drüben in dem Wäldchen könnt Ihr mit Euren Männern rasten, Laird Lion«, fuhr Sir Harry fort. »Hier wird niemand ohne meine Erlaubnis vorbeireiten.«

»Danke, Sir Harry. Schlagen wir unser Lager an der Stelle auf, die er uns gezeigt hat, Angus. Thomas soll den Männern Bescheid geben.«

Wie Angus wusste, traute Waryk niemandem, und so würde er in den ersten Stunden selber Wache halten. Erfreut, weil er dem Laird dienen konnte, salutierte Harry. »Mit diesen Belagerern von Localsh habt Ihr kurzen Prozess gemacht, Sir.«

»In der Tat. Aber sie werden sich wieder gegen den König erheben.«

»Hat er neue Feinde?«

»Ein König hat immer Feinde. Alte und neue.« Waryk übergab sein Pferd einem der Knappen, die mit dem Trupp ritten, und der Junge führte es davon, um es für die Nacht festzubinden.

Als Waryk ein Rascheln im Wäldchen hörte, fuhr er blitzschnell herum und zog sein Schwert. Zwischen den Bäumen tauchte ein Reiter auf. »Sir Harry ...« Ein gebieterischer Unterton konnte die Sorge in der Stimme des Mannes nicht ganz überspielen.

»Schon gut«, Matthew, das ist Laird Waryk, ein Getreuer des Königs, der vom Schlachtfeld zurückkehrt.«

»Aye, Laird Waryk.« Sichtlich erleichtert, ritt der Mann näher heran. »Heute Nacht brauchen wir Verstärkung, falls wir einen Feind abwehren müssen.«

»Hattet Ihr Schwierigkeiten?«, fragte Waryk.

»Nein. Aber es gibt immer irgendwelche Probleme, nicht wahr? Ein alter Laird starb und hinterließ eine Tochter ...«

»Nun, heute Nacht bleiben wir hier, und morgen warten wir, bis Ihr Euer Lager abgebrochen habt. Dann reiten wir hinter Euch. Wenn Euch jemand folgt, werden wir's sofort merken. Damit seid Ihr doch einverstanden, Sir Harry?« Keinesfalls wollte Waryk andeuten, er würde es dem alten Mann nicht zutrauen, eine verwaiste Erbin zum König zu geleiten.

»Gewiss, Laird Lion. Die Gefolgsmänner der Lady begleiten uns. Sobald wir Stirling sehen, werden sie umkehren. Und wenn sie an Euch vorbeireiten, werdet Ihr wissen, dass wir die Festung unbeschadet erreicht haben.«

»Gut, damit wäre alles geregelt.«

»Matthew, seht im Süden nach dem Rechten, und ich reite nach Norden.« Während Matthew sein Pferd herumschwang, wandte sich Sir Harry wieder zu Waryk. »Gute Nacht, Laird Lion.«

Nachdem sich der Lichtkreis der Fackel in Sir Harrys

Hand entfernt hatte, sah Waryk die Lagerfeuer der Lady und ihrer Eskorte durch das dichte Laub der Bäume. Eine plötzliche Bewegung erregte seine Aufmerksamkeit, und er trat an den Straßenrand. Eine Hand an einen Eichenstamm gelegt, beobachtete er die schattenhaften Gestalten der Männer im Widerschein der zuckenden Glut.

In der Mitte einer großen Lichtung brannte ein helleres Feuer. Blau und golden, violett und blutrot loderten die Flammen empor. Waryk sah ein Mädchen davor tanzen. Um ihr Gesicht zu erkennen, war er zu weit entfernt. Aber er nahm den betörenden Zauber der Szene wahr. Vielleicht lag es an der späten Stunde, am dünnen Nebel, der die junge Frau wie ein ätherischer Schleier umhüllte. Von flackerndem Licht übergossen, schimmerte ihr silberweißes Kleid in allen Regenbogenfarben. Ihr goldenes Haar schien rötliche Funken zu sprühen. Wie eine Elfe tanzte sie umher, mit der verführerischen Anmut einer keltischen Prinzessin aus alter Zeit, und zog alle Zuschauer in ihren Bann. Und dann sprach sie mit kristallklarer Stimme, und Waryk stellte bald fest, dass sie die Geschichte von St. Columba erzählte.

»Welche Sünde er begangen hatte, weiß niemand. Jedenfalls überquerte er das irische Meer und kam in unser geheiligtes Iona, von Gottes Hand mit Kraft gesegnet. Dort baute er ein großes Kloster und die Leute pilgerten zu ihm. Schon vorher waren Männer gekommen, um von Christus und der Kirche zu berichten. Aber keiner konnte sich mit Columba messen. Er war ein Künstler, der die Schönheit unserer keltischen Tradition bewahrte, ein Gelehrter, und seine Mönche arbeiteten hart und eifrig, um wunderbare Schriftrollen anzufertigen. Aber vor allem war er ein Ritter, und er bewies dem Volk die Macht seines Willens und seines Gottes. Er ritt zum Loch Ness, wo er einem riesigen

Drachen gegenübertreten wollte. Schon lange hatte diese elende Kreatur die Menschen geplagt, Kinder gestohlen und verschlungen und viele schöne junge Mädchen. Das wollte Columba nicht länger dulden. Und so forderte er das Ungetüm zum Kampf heraus. Es erhob sich aus den schwarzen Tiefen des Lochs, schüttelte kristallklares Wasser von seinem mächtigen Schädel und spie Columba mit seinem feurigen Atem an. Aber der Ritter hielt seinen großen Schild hoch. Und so lenkte er das Feuer zum Drachen zurück und blendete ihn. Columba zog sein gewaltiges Schwert, erstach ihn, und die Menschen, die viel zu lange gehungert hatten, verspeisten ihren toten Feind.«

Die Arme zum Himmel erhoben, stellte sich die junge Frau auf die Zehenspitzen. Dann neigte sie sich lachend hinab, und ihr Haar umfloss ihre Gestalt wie goldener Regen. Wie bezaubernd sie ist, dachte Waryk, als sie sich wieder aufrichtete. Schön und stolz – und voller Leidenschaft. Ringsum erklang Beifall. Eine Laute ertönte, von einer Harfe, Gelächter und fröhlichen Stimmen begleitet. Zwischen den Bäumen huschten mehrere tanzende Gestalten umher.

Plötzlich verstummte die Musik. »Die Normannen des Königs sind hier!« Obwohl der Mann nicht allzu laut sprach, verstand Waryk die Worte. Er hörte atemloses Flüstern. Danach herrschte tiefe Stille.

Die Zähne zusammengebissen, lehnte er an der Eiche. Aye, David hatte viele Normannen aus England nach Schottland mitgebracht. Waryk kämpfte an der Seite der Normannen. Und er kämpfte gegen die Normannen. Trotzdem irritierte ihn die Bemerkung des Fremden. Am königlichen Hof genoss er viele Vorzüge und er kämpfte in einer Rüstung von bester Qualität. Wie er festgestellt hatte, trugen viele Männer im Gefolge der jungen Erbin lange wollene Gewänder, weit genug geschnitten, um im Kampf genügend Bewegungsfreiheit und durch üppige Falten ausreichenden Schutz zu bieten. Unter Waryks Kettenpanzer verbarg sich ein Schottenrock mit dem Muster seines Clans, für seinen Vater vom besten Wollweber aus der Familie seiner Mutter ersonnen, den Strathearns.

Manche Menschen in der christlichen Welt behaupteten, die Römer hätten die Schotten unterwerfen müssen. So viel Europa den Römern auch verdanken mochte – Straßen, Aquädukte, Gesetze, Literatur und andere Errungenschaften –, Waryk war anderer Meinung. Mit der Schönheit keltischer Juwelen ließ sich nichts vergleichen. Und die Schriftrollen, von irischen und schottischen Mönchen in den letzten Jahrhunderten geschaffen, waren einzigartige Kunstwerke. Trotzdem mussten wir von unseren Feinden lernen, dachte er, und uns ebenso gut bewaffnen wie sie.

Obwohl er unter seinem Überwurf eine normannische Rüstung trug, war er in seinem Herzen ein Schotte. Für einen Platz in dieser Heimat hatte der Vater mit seinem Blut bezahlt. Und Waryk hatte sein eigenes oft genug vergossen.

Eine Zeit lang hielt er Wache. Dann beschloss er zu schlafen. Er musste Kräfte sammeln. Nur Gott allein mochte wissen, was der König als Nächstes plante.

In seinem Traum erschien eine Tänzerin, die sich leichtfüßig im Flammenschein bewegte. Goldblondes Haar umwehte sie wie ein Mantel. Und so sehr er sich auch bemühte, er konnte ihr Gesicht nicht sehen. Er versuchte nach ihr zu greifen. Da verschwand sie im Nebel.

2

Auf einer grauen Stute, von Gefolgsleuten umringt, ritt Mellyora aus dem Wald, blickte ins Tal hinab und betrachtete die Stadt Stirling, wo der König gerade in einer seiner Festungen residierte.

Die Römer waren bis hierher gekommen. Zuvor hatten sich alte Stämme in diesem Gebiet niedergelassen. Im sanften Dämmerlicht bildeten Hügel und Senken, Felder und Gewässer ein schönes Bild. Stolz erhoben sich die Festungsmauern zwischen herbstlich verfärbten Bäumen. In einem Fluss spiegelte sich die sinkende Sonne und ließ die Wellen wie Juwelen glitzern. Schafe weideten auf einer fernen Wiese, von zwei Jungen und ihren Hunden gehütet. Vor den Mauern, nahe dem Ufer, verkauften einige Frauen den Fischfang ihrer Männer. Vom Wind getragen, drang das Klirren der Hammerschläge aus der Werkstatt eines Waffenschmieds den Hang herauf.

Entzückt genoss Mellyora den Anblick der Stadt und der schönen Landschaft. Welch ein Unterschied zu Blue Isle, wo wilde, schäumende Wellen an eine zerklüftete Felsenküste schlugen … Hier herrschte friedliche Ruhe. Aber flussabwärts entdeckte sie Zelte und Hütten. Ein Wikingerlager. Aufgeregt biss sie in ihre Lippen. *Ihr Onkel war in der Nähe. Wenn es Schwierigkeiten gab – er war da.*

»Mylady, wir müssen weiterreiten.«

Sie nickte Sir Harry zu, der sie auf Blue Isle abgeholt hatte. Viel zu früh. In tiefer Trauer um den Vater, hatte sie noch nicht geplant, den König aufzusuchen. Adins Tod erschien ihr unbegreiflich. Sie konnte kaum einen klaren Gedanken fassen und etwas anderes empfinden als Verzweiflung. Aber Davids Männer kamen zu ihr und sie musste ihnen wohl oder übel folgen. Um sich den Abschied von der Heimat zu erleichtern, hatte sie auf ihrer eigenen Eskorte bestanden, die nun umkehren würde. Nur die Dienerin Jillian sollte mit ihr reiten. Während Mellyora unter dem Schutz des Königs stand, würden ihre Gefolgsleute Blue Isle bewachen. Sie war die Herrin dieser Insel, und sie hoffte, David würde das anerkennen. Als Erbin ihres Vaters wollte sie dem König Treue schwören und dann aufrichtig und flehend mit ihm sprechen. Sicher war das die beste Strategie.

»Nun verlassen wir dich, Mellyora.«

Sie drehte sich zu Ewan um, der sie mit ernsten grauen Augen ansah und offenbar erwartete, sie würde ihn auffordern, an ihrer Seite zu bleiben. Diese düstere Miene trug er zur Schau, seit die Krieger des Königs hinter Mellyoras Eskorte ritten. Trotz seiner sichtlichen Sorge bat sie ihn nicht um Beistand. Was sie anstrebte, musste sie allein und aus eigener Kraft erreichen. »Bald komme ich wieder nach Hause, Ewan. Ich werde euch alle vermissen.« Lächelnd wandte sie sich zu den anderen Männern von Blue Isle. »Darrin, Peter, Gareth – hütet Blue Isle, so wie ihr mich beschützt habt. Ich vertraue mein Zuhause eurer Obhut an. Vielen Dank für eure Begleitung. Von jetzt an werden mich die Männer des Königs vor allen Gefahren bewahren.«

»Vielleicht sollten wir mit Euch reiten«, bemerkte Ewan.

»Dort vorn liegt die Festung, und ich würde für die Lady sterben, so wie alle Getreuen des Königs«, erwiderte Sir Harry Wakefield nicht unfreundlich. Sich selbst hielt er für eine viel stärkere Eskorte. Immerhin war er ein königlicher Ritter, ein erfahrener Krieger, der zahlreiche Schlachten überlebt hatte. Seinem Clan gehörte auch Ewan an. Er stammte aus einer Wildnis, die man im Süden – von der normannischen Bevölkerung Englands beeinflusst, immer noch als barbarisch betrachtete.

»Mach dir keine Sorgen um mich, Ewan«, bat Mellyora. »Sicher werde ich mich bald zurechtfinden.« Sie liebte ihn. Seit ihrer Kindheit war er ihr bester Freund, aufrichtig und verlässlich. Zudem sah er mit seinem dunkelblonden Haar und den grauen Augen sehr gut aus.

Auch Sir Harry war ein alter Freund. Gemeinsam mit fünf Rittern des Königs beschützte er sie seit der Abreise von Blue Isle. Nun befand sich das Stadttor von Stirling in Sichtweite. Zweifellos würde sie unbeschadet in der Festung eintreffen. »Wenn Ihr mich für eine kleine Weile entschuldigen würdet, Sir Harry … Ich möchte allein mit Ewan reden, der in meiner Abwesenheit die Insel bewachen wird.«

»Aye, Mylady, natürlich.«

Von Ewan gefolgt, lenkte sie ihr Pferd in den Wald zurück. Ihre Stute drängte sich an seinen Wallach. Zärtlich berührte Mellyora die Wange ihres Freundes. »Glaub mir, du musst nicht um mich bangen.«

»Ich habe keine Angst.«

»Aber du schaust so traurig aus.«

Statt zu antworten, lächelte er nur.

»Ich bin stark«, versicherte sie. »Und ich kann für mich selbst sorgen.«

»Vergiss nicht – David ist der König. Das haben wir dir erklärt und dich gewarnt …«

»Gewiss, und ich will meinen Lehenseid leisten.«

»Er wird denken, du wärst zu schwach.«

»Dann werde ich ihn vom Gegenteil überzeugen.«

»Sei vorsichtig, wenn du mit ihm sprichst, Mellyora. Fordere ihn nicht heraus. Sonst bringst du dich in Gefahr. Wenn du angegriffen wirst …«

»Wieso?«

Plötzlich zog er sein Schwert und wollte es an ihre Kehle halten.

Aber sie hatte die Bewegung vorausgeahnt. Mit ihrem eigenen Schwert, das sie in einer schmalen Lederscheide an der Hüfte trug, wehrte sie seinen Stahl ab. »Was wolltest du sagen, Ewan?«, fragte sie leise.

Doch er schüttelte nur den Kopf und senkte den Blick – bedrückt, weil sie ihn übertrumpft hatte.

»Nichts wird mir zustoßen«, beteuerte sie. »Vertrau mir.«

»Aye, und ich werde für dich beten.«

Offensichtlich war er gekränkt, weil sie seinen Angriff, der ihre Schwäche beweisen sollte, so mühelos abgewehrt hatte. Das bedauerte sie.

Nachdem sie festgestellt hatte, dass sie nicht beobachtet wurden, neigte sie sich zu ihm und hauchte einen Kuss auf seine Lippen.

»Mylady MacAdin!«, rief Sir Harry. »Nun müssen wir weiterreiten! Allmählich bricht die Dunkelheit herein!«

Lächelnd richtete sie sich im Sattel auf. »Hab keine Angst um mich, Ewan. Mein Herz gehört für immer dir.«

In seinen grauen Augen lagen alle Gefühle, die er ihr entgegenbrachte. Ehrerbietig ergriff er ihre Hand und küsste sie. »Was immer geschehen mag, ich werde dich immer lieben, Mellyora.« Sein Blick schien auszudrücken, dies sei ein Abschied für immer, und das ertrug sie nicht. Ohne Sir Harrys drängenden Ruf zu beachten, küsste sie Ewans Mund ein letztes Mal. »Bald kehre ich nach Hause zurück, mein Liebster.«

Sie verließen den Wald, und ihre Wege trennten sich. Während Mellyora hinter Sir Harry den Hang hinabritt, erinnerte sie sich an seine Worte. »Mylady, der König möchte Euch noch heute sehen. Er hat Euch viel zu sagen.«

Und ich habe *ihm* viel zu sagen, dachte sie. Auf den Gedanken, sie würde vielleicht keine Gelegenheit finden, ihm ihre Pläne zu erklären, kam sie gar nicht.

»Diese Heirat habe ich für Euch gewählt, Mellyora«, verkündete der König in entschiedenem Ton, »mit aller Sorgfalt.« Er spürte ihren Widerstand, eine leidenschaftliche Glut, die sie zu verströmen schien, wie sengende, wütende Sonnenstrahlen an einem Hochsommertag.

Im Lauf der Jahre hatte sich David kaum verändert. Er war nur stärker und selbstsicherer geworden. Und er hatte erkannt, dass ein König, der seinen Thron bewahren wollte, die Menschen manipulieren musste. Manchmal verschafften ihm Bündnisse größere Vorteile als die Kampfkraft vieler hundert Krieger. Aufgrund seiner Klugheit und Erfahrung beurteilte er weder Freund noch Feind nach der Herkunft. Gewisse Engländer attackierten im Vollgefühl ihrer Macht seine südlichen Grenzen. Zum Glück hatte er im Volk seiner Frau, einer northumbrischen Erbin, zahlreiche Anhänger gefunden. Für seine Erziehung war Henry I. von England teilweise verantwortlich gewesen. Er hatte ihn unterrichtet, mit mehreren Ländereien betraut und verheiratet. Aber Henry war vor zwei Jahren gestorben, und der Kampf um die Thronfolge hatte die englische Monarchie in ein Chaos gestürzt. Diese Situation stärkte die Macht englischer Aristokraten, die sich in den Streit zwischen Mathilda und Stephen einmischten, um eigene Interessen zu verfolgen. Natürlich sahen die Grenzland-Lords eine besondere Bedrohung in David, der nach Süden vorzurücken suchte.

Und die Wikinger stellten eine weitere Gefahr dar. Niemals hatte er einen Mann verabscheut, nur weil er ein Wikinger war. Sogar das Königshaus der Normandie stammte zum Teil von Wikingern ab. Bis nach

Frankreich, England, Irland und Russland waren die Seeräuber vorgedrungen – und nach Schottland. Nun gehörten die furchterregenden Invasionen seit Jahrhunderten der Vergangenheit an. Aber man musste immer noch mit den Angriffen habgieriger Wikinger rechnen. Zu Beginn des letzten Jahrhunderts waren Davids königliche Vorfahren gezwungen worden, dem Dänen Knut den Lehenseid zu leisten, der fast ganz England beherrscht hatte. 1098 war der norwegische König Magnus III., der Barfüßige genannt, mordend und plündernd durch Orkney und über die Hebriden gezogen, ehe er einen Friedensvertrag mit Davids Bruder geschlossen hatte. Aye, die Wikinger waren gefährlicher als die Grenzland-Lords, und David beabsichtigte nicht, ihnen auch nur einen winzigen Teil seines Landes zu überlassen.

Wegen dieser Bedrohung hatte er Mellyora kurz nach dem Tod ihres Vaters zu sich geholt. Er nahm ihren Lehenseid entgegen, dann erläuterte er seine Pläne für ihre unmittelbare Zukunft. Trotz ihrer Herkunft mütterlicherseits und der Treue ihres Vaters zu Schottland stand eine junge Wikingerin vor David, eine Erbin mit gefährlichen Wünschen – und einer gefährlichen Verwandtschaft. Selbst wenn sie glaubte, sie würde ihm getreulich dienen, konnte sie gegen ihn aufgehetzt werden. Sie war sein Patenkind. Bei ihrer Taufe hatte er an der Seite ihres Vaters gestanden, der kurz zuvor zum Christentum übergetreten war, und sie aufwachsen sehen. Schon vor langer Zeit hatte er ihre Zukunft geplant. In schmerzlicher Trauer um seine Frau hatte Adin sich geweigert, noch einmal zu heiraten und demzufolge keinen männlichen Erben gezeugt – was David begrüßte.

Mellyora zählte zu den reichsten Erbinnen in seinem Land. Zudem war sie jung und schön, gesund und temperamentvoll. Viele Männer hatten den König diskret um ihre Hand gebeten, schon zu Lebzeiten ihres Vaters. Alle wurden abgewiesen. Nur wenige verdienten einen solchen Preis und so viel Macht, die sich mit Liebe zu Schottland, unwandelbarer Treue zum schottischen Haus Canmore und einem gewissen Sinn für den wachsenden Nationalismus vereinen musste. Gezwungenermaßen hatten die schottischen Könige den englischen eine gewisse Lehenstreue gehalten. Doch die Grenzen waren gezogen, und mit Kriegskunst, Diplomatie und Gottes Wille würde Schottland erstarken. Das musste Davids eigenwilliges junges Mündel verstehen lernen. Er war ein guter König, hoch anerkannt für seine Einführung neuer Gesetze, der Belebung des Handels, der Prägung von Münzen und weitere Verdienste. Meistens zeigte er sich barmherzig. Nur in gewissen Situationen kannte er keine Gnade. Und während er das schweigende Mädchen mit dem trotzig erhobenen Kinn musterte, ahnte er, wie schwer es ihm diesmal fallen würde, hart zu bleiben. Wie auch immer – in Mellyoras Verwandtschaft gab es zu viele gefährliche Wikinger.

»Demnächst wird Eure Heirat stattfinden, Mylady«, betonte er höflich, aber unnachgiebig. »Versteht Ihr meine Position?«

Keine Antwort.

Wie eine Statue stand sie da, als wäre sie eine der schönen mythischen Figuren, die ein Künstler für die königliche Halle von Stirling gemeißelt hatte. Ohne ihre Gefühle zu verraten, erwiderte sie Davids Blick mit ihren tiefblauen Augen. Die perfekte marmorne Glätte ihres Gesichts blieb kühl und ausdruckslos.

Offenbar will sie mich bekämpfen, dachte er. *Vielleicht nicht hier, nicht jetzt. Erst später. Auf welche Weise?*

Bisher hatte sie ihm weder widersprochen noch zugestimmt. Ihre Bitte, er möge ihr erlauben, ihr Erbe selbst zu verwalten, hatte er abgelehnt. Zu seiner Verblüffung war sie bereit gewesen, ihm den Lehenseid zu leisten, in der Erwartung, er würde sie zur Herrin von Blue Isle ernennen. Stattdessen hatte er sie über ihre bevorstehende Hochzeit informiert, was ihr gründlich zu missfallen schien.

Seine Finger umschlossen die Armstützen seines kunstvoll geschnitzten Stuhls. Seit einiger Zeit hatte er Mellyora, die Enkelin eines norwegischen Königs, nicht mehr gesehen. Was dachte sie? Zweifellos kannte sie die Gefahr, die von den Wikingern ausging und die sie oft genug bewiesen. David hatte Verträge mit ihnen geschlossen und er respektierte sie. Auf vielen Inseln im Norden regierten Wikinger-Jarls. Aber Adin hatte sich zu Schottland bekannt. Nur wenige seinesgleichen ordneten sich so bereitwillig in die politische Struktur eines vereinten Schottland unter einem einzigen Königs ein. Seine Verwandten beherrschten immer noch mehrere Inseln vor der schottischen Küste. Jetzt lagerte sein Bruder Daro, der Laird von Skul Island, außerhalb der Stadt Stirling, um mit David zu verhandeln. Und Mellyoras einflussreiche Verwandtschaft aus der Heimat ihres Vaters würde ihr zweifellos beistehen, wenn sie um deren Hilfe bat. Wie auch immer, der König würde seinen Willen durchsetzen.

Zu Mellyoras Vorfahren gehörte auch eine der ältesten gälischen Familien in Schottland. Aufgrund ihrer Verwandtschaft mütterlicherseits müsste sie ihm getreulich dienen. Obwohl er viele Jahre an einem normannischen Hof verbracht hatte, wussten es seine Untertanen zu schätzen, dass seine Mutter einem sächsischen Königshaus entstammte. Väterlicherseits konnte er sein Erbe bis zum großen Kenneth MacAlpin zurückverfolgen. Manche glaubten, die Linie der schottischen Könige würde sogar noch weiter zurückgehen, bis ins alte Ägypten, dann nach Spanien und Irland und von dort nach Schottland. Indem er sein Land zusammenhielt, hatte er die Bedeutung der Blutsbande erkannt und gelernt, wie vorsichtig man mit gemischtem Blut umgehen musste.

Was Mellyoras Herkunft betraf, hatte diese Sorgfalt keine Rolle gespielt. Adin war einfach nach Schottland gekommen, hatte gesehen und gesiegt. Ob seine Braut am Anfang willig gewesen war oder nicht, wusste niemand. Jedenfalls vereinte das gemischte Blut in Mellyoras Adern die besten Eigenschaften ihrer Eltern. Sogar einem König würde eine solche Frau zur Ehre gereichen. Sie besaß einen geschmeidigen wohlgeformten Körper, ein fein gezeichnetes Gesicht mit hohen Wangenknochen, und vollen Lippen. Und sie bewegte sich mit der Anmut eines Engels. In ihren strahlend blauen Augen lag eine geheimnisvolle, fast mythische Macht, als wäre sie von Adins alten nordischen Göttern gezeugt worden. Üppig fiel das lange goldblonde Haar mit dem rötlichen Schimmer auf ihren Rücken hinab, weder geflochten noch von Spangen gebändigt. Zu ihrem einfachen blauen Leinenkleid trug sie kein einziges Schmuckstück. Vielleicht hatte sie geglaubt, mit ihrer schlichten äußeren Erscheinung würde sie ihre Lehenstreue umso deutlicher bekunden. Sie war vor ihn getreten wie früher vor ihren Vater, eine ergebene Tochter, die es für selbstverständlich hielt, Liebe und Loyalität zu geloben. Deshalb verdiente sie Davids Vertrauen.

Trotz der schmucklosen Kleidung wirkte sie aristokratisch. Für eine Frau war sie sehr hoch gewachsen, ein majestätisches Erbe ihres Vaters, aber zierlich gebaut wie die Mutter. Kerzengerade stand sie mit gestrafften Schultern vor ihm. Ihr Gesicht blieb ausdruckslos. Nur die zusammengepressten Lippen verrieten, was sie von Davids Befehl hielt. Und am schlanken Hals pochte ein heftiger Puls.

O ja, sie war wütend. David lächelte. Immerhin tat

sie ihr Bestes, um ihren Zorn zu verbergen. Oder sie plante eine Verschwörung gegen ihn. Sein Lächeln erlosch. Dieses unselige Wikingerblut in ihren Adern … Die Hochzeit musste möglichst bald stattfinden. »Nun, meine Liebe?«

»Ich verstehe Eure Position, Sire.«

Ah, sie verstand seine Position. Aber sie stimmte ihm nicht zu. Was sie offenbar noch nicht begriffen hatte – er war der König und sie musste ihm gehorchen.

»Also seid Ihr mit meinen Plänen, die Eure Zukunft betreffen, einverstanden?«

»Wie Ihr wisst, haben wir Euch stets treu gedient, mein Vater und ich …« Sie unterbrach sich und er beobachtete ihren inneren Kampf mit beklemmenden Gefühlen.

Erst vor kurzem war Adin gestorben, ein Bär von einem Mann, riesengroß, mit eisblauen Augen, dichten rotblonden Haaren und einem üppigen Bart. Die Männer hatten ihn bewundert, die Frauen geliebt. Trotzdem war er seiner gälischen Lady nach ihrem Tod treu geblieben. Wie immer die Ehe auch begonnen haben mochte – er hatte seine Gemahlin geliebt. Nach dem schweren Verlust war die Tochter seine einzige Gefährtin gewesen. Gemeinsam ritten sie aus, fuhren zur See und lasen, und er unterwies sie im Umgang mit Waffen. Vielleicht hatte er ihr sogar beigebracht, wie die Wikinger kämpften, mordeten und plünderten und fremdes Land eroberten.

David hatte seltsamerweise kein einziges Mal an Adins Loyalität gezweifelt, seit der Wikinger zu ihm gekommen war, um die Bedingungen der Lehenspflicht auszuhandeln. Dann war Adin, scheinbar kerngesund, unvermutet gestorben. Während er mit Freunden, Jarls und Familienoberhäuptern getrunken hatte, war er plötzlich erblasst und zu Boden gefallen. Die ganze Nacht saß die Tochter bei ihm und hielt seine

Hand – auch nach seinem Tod. Und sie blieb an seiner Seite, als man ihn in ein Leichentuch hüllte, für die Bestattung in der Kapelle, in der er zum Christen getauft worden war. Danach weigerte sich Mellyora, die Kapelle zu verlassen, zu essen, zu trinken, zu schlafen.

Erst drei Tage später hatte sie sich von Freundinnen und dem sonderbaren gälischen Priester Phagin hinausführen lassen.

Nun erwiderte sie den Blick des Königs und räusperte sich. »Wie gesagt, Sire, mein Vater war Euer ergebener Untertan. Alles, was ich weiß, habe ich von ihm gelernt. Auch ich werde Euch in unerschütterlicher Treue dienen – umso entschlossener und verantwortungsbewusster, wenn mir erlaubt wird, meine Angelegenheiten selbst zu regeln. Und ich schwöre bei Gott, mein künftiger Ehemann, von mir gewählt, wird Euch die gleiche Loyalität beweisen. Nur Euch, Sire, und keinem anderen.«

»Gut gesprochen, Mylady – und mit der ganzen Glut Eurer Jugend. Aber Ihr seid eine schöne Frau und vielleicht eine unwiderstehliche Verlockung für jene, die nicht nur Euch, sondern auch Euer Land erobern wollen.«

»In meinem Haushalt leben tüchtige Krieger …«

»Die Euch dienen. Keiner kann sich zum Herrn ernennen.«

»Und niemand soll mir Befehle erteilen …« Nur kurzfristig verlor sie ihre eiserne Selbstkontrolle.

Lächelnd neigte David den Kopf. »Meine Liebe, ich erkenne Euren starken Willen an. Doch es ist vor allem Eure Kampfkraft, die mich beunruhigt.«

»Nun ja, ich weiß mit dem Schwert umzugehen, nachdem ich von meisterlichen Fechtern unterrichtet wurde«, erwiderte sie gleichmütig. »Diese Männer beherrschen die Kunst des Überlebens.«

Und die Kunst der Invasion, dachte David unbehaglich. Er musste dringlichere Dinge erledigen, als einer eigensinnigen jungen Erbin klarzumachen, er könne ihr keine unabhängige Macht zubilligen, vor allem, weil ihr nächster Verwandter seinen Argwohn erregte. Zugegeben, viele Wikinger, wie Adin, hatten in Schottland ihre Heimat gefunden. Aber obwohl sein jüngerer Bruder oft an der Seite des Königs kämpfte, befand er sich in wenig vertrauenswürdiger Gesellschaft. Adin hatte eine schottische Erbin geheiratet, Daros Loyalität blieb fraglich. Nicht, dass das in diesem Fall eine Rolle spielte. Was Blue Isle betraf, stand Davids Entschluss fest. »Lady Mellyora, ich bin Euer König, was Ihr nicht vergessen solltet. Euer Wohl wurde von Euren Eltern in meine Hände gelegt. Daran muss ich denken. Wenn ich Eure Charakterstärke auch bewundere – ich wiederhole …«

»Charakterstärke, Willenskraft und Klugheit, mein Lehensherr«, ergänzte sie. »Wenn eine Festung belagert wird, kann das Schwert sie nicht retten. Dazu bedarf es der Talente eines Oberhaupts, das eine geeignete Verteidigungsstrategie anwendet und seinen Untertanen Anweisungen erteilt. Dieser Aufgabe bin ich durchaus gewachsen.«

Jetzt verlor David die Geduld. »Beenden wir die Diskussion. Ihr werdet meiner Fähigkeit vertrauen, so zu handeln, wie es für Euch – und Schottland am besten ist.«

»Weil ich eine Frau bin, viel zu schwach und zu dumm, um meine eigenen Entscheidungen zu treffen, Sire?«

Verblüfft über Mellyoras Sarkasmus und ihre fortgesetzte Gegenwehr, erhob er sich und ging zu ihr. Als er vor ihr stehen blieb, wich sie seinem Blick nicht aus. Doch dann senkte sie die Wimpern und er sah sie zittern. Weil sie fürchtete, sie hätte ihn zu kühn herausgefordert? Oder vor Wut über ihre Niederlage? »Ich habe einen Ehemann für Euch gewählt …«

»Einen Mann, dem ich mein Eigentum übergeben muss. Und ich bin nur ein unwichtiges Anhängsel!« Jetzt starrte sie ihn wieder an. Aus ihren Augen schienen Funken zu sprühen. Er hatte sie schon in ihrer Kindheit gekannt und er war ihr Patenonkel. Nur deshalb wagte sie ihm so vorlaut zu begegnen. In diesem Moment fühlte er sich versucht, sie wie ein Kind zu behandeln und übers Knie zu legen.

Dafür war sie zu alt – und sein Knie ebenso. Das Streitgespräch begann an seinen Nerven zu zerren. Letzten Endes würde er dank seiner Königswürde den Sieg erringen. Und da er große Heere befehligte, würde er's auch schaffen, eine kleine Frau vor den Traualtar zu scheuchen. Trotzdem ärgerte er sich, weil er den Kampf nicht mit einleuchtenden Argumenten gewinnen konnte. »Jetzt dürft Ihr Euch zurückziehen, Mellyora«, erklärte er kurz angebunden.

»Aber – Sire …«

»Ihr dürft Euch zurückziehen!«

»Wie Ihr wünscht. Ich habe Euch die Ehre erwiesen, die Euch gebührt, König David. Nun werde ich trotz der späten Stunde aufbrechen und nach Hause zurückkehren …«

»Nein, Lady, das werdet Ihr nicht.«

Sie hob die honigfarbenen Brauen. »Bin ich eine Gefangene, Sire?«

»Mein Gast.«

»Und wenn ich abreisen und zu Hause wohnen möchte – natürlich nur bis zur Hochzeit?«

»Das würde Euch schwerfallen.«

»Ah – wegen meiner mangelnden Kampfkraft …«

»Gute Nacht, Mylady«, unterbrach er sie in entschiedenem Ton.

Doch sie gab sich noch nicht geschlagen. »Vielleicht

erkennt ihr nicht, welche Stärke im Verstand eines Menschen liegt, Sire. Weder das Geschlecht noch die Muskelkraft wirken sich auf den Geist aus.«

»Nun habe ich Euch lange genug zugehört, Mellyora.«

»In Euren Händen liegt die Macht, mein König. Aber wenn meine Geisteskraft mir helfen würde, die Festung zu verlassen, wäre ich frei, nicht wahr?«

»Nehmt Euch in Acht, Mylady!« Drohend hielt er einen Finger unter ihre Nase. »Sonst werdet Ihr nicht nur in Stirling festgehalten, sondern in Euren Gemächern.«

»Vielleicht ...«

»Bei Gott, Mellyora, reizt mich nicht!«, donnerte David.

Endlich schwieg sie, die Zähne zusammengebissen. Es lag ihm auf der Zunge, ihr mitzuteilen, er würde sie demnächst mit ihrem Bräutigam bekannt machen. Vor kurzem hatte ihm ein Bote berichtet, seine Krieger seien auf dem Heimweg und ihre Ankunft verzögere sich nur, weil sie Mellyoras Eskorte verstärken würden. Laird Lion hatte die Männer in den Kampf geführt. Noch wusste er nichts von seiner baldigen Hochzeit. Erst nach Adins plötzlichem Tod hatte der König entschieden, Mellyora wäre ein angemessener Lohn für seinen erfolgreichsten Ritter. Im Lauf der Jahre waren andere Ländereien verfügbar geworden, aber mit älteren Erbinnen verbunden, die Waryk keine Kinder schenken konnten. Und jüngere mit reichem Grundbesitz, so wie die Tochter des Wikingers, waren kaum zu finden. Da David nicht mit Adins vorzeitigem Ableben gerechnet und den bärenstarken Norweger beinahe für unsterblich gehalten hatte, wie den nordischen Gott Odin, war Waryks Zukunft eine seiner größten Sorgen gewesen.

Nun pochte es schmerzhaft in seinen Schläfen. Triumphierend würde Laird Lion in die Festung reiten, ein hoch geschätzter, getreuer Ritter. Und sein König würde ihm eine Braut präsentieren, die sich gegen die Hochzeit sträubte und auch keinen Hehl daraus machen würde. »Seid so freundlich und lasst mich jetzt allein, Mellyora!«, stieß er erbost hervor.

»Wie Ihr wünscht, Sire. Ich werde Euch gehorchen.« In den blauen Augen glühte immer noch ein herausforderndes Feuer, und in der Stimme schwang trotz der höflichen Antwort ein scharfer Unterton mit.

»So?« Er verschränkte die Arme vor der Brust.

»Da ich Euch störe, werde ich den Rat meines armseligen Verstandes befolgen und die Halle verlassen, als Eure Gefangene – nein, Euer Gast, denn ich könnte Eurer überwältigenden Macht und den starken Mauern dieser Festung unmöglich entrinnen.«

»Ihr stellt meine Geduld auf eine harte Probe.«

»Tatsächlich? Verzeiht mir, ich möchte Euch keine Schwierigkeiten machen und nur beweisen, dass mein Verstand ein brauchbares Werkzeug ist – vor allem, wenn seine Fähigkeiten herausgefordert werden.«

»Mylady ...« Höflich neigte er den Kopf. »Nutzt Euren Verstand, wie es Euch beliebt. Jetzt wartet einer meiner Männer vor der Tür, der Euch in Eure Gemächer geleiten wird.«

»Nicht einmal ein König kann eine Frau zwingen, vor Gott und den Menschen zu heiraten.«

Mit ruhiger Stimme ausgesprochen, ärgerten ihn ihre Worte umso mehr. Während sie sich in der Gewalt hatte, verlor er die Beherrschung, und das durfte nicht geschehen. Er war der König – und Mellyora seine Schachfigur, die er umherschieben würde, so wie es seinen Zwecken diente. »Vor Gott? Meine Liebe, Ihr werdet staunen. Zum Spiel von Macht und Verstand gehören zwei. Unterschätzt nicht, was ich vermag. Euch zu zwingen? Vielleicht überlasse ich das Eurem Bräutigam.«

Plötzlich schenkte sie ihm ein sanftes Lächeln, das sein Herz gegen seinen Willen erwärmte – und beinahe schmolz. »Sire, ich fühle mich herausgefordert. Wie wir beide wissen, kann ich wohl kaum aus Eurer Festung fliehen. Sollte es mir trotzdem gelingen – wäre ich dann frei? Würdet Ihr mir gestatten, meine Zukunft selbst zu bestimmen?«

»Ihr entkommt mir nicht.«

»Und wenn doch, bin ich frei«, erwiderte sie unbeirrt. So wie in der Kindheit trat sie vor, legte die Hände auf seine Schultern und küsste seine Wange.

»Ich verspreche Euch gar nichts«, entgegnete er kühl.

»Wie auch immer, wenn ich dieser Festung entrinne, bin ich frei. Von meinem Vater habe ich viel gelernt. Eigentum verleiht einem Mann große Macht – und die Freiheit ermöglicht einer Frau zu verhandeln. Zudem weiß ich mit Waffen umzugehen, Sire, und meinen Verstand zu nutzen.«

Mit diesen Worten und hocherhobenen Hauptes wandte sie sich ab. Sie rannte nicht davon. Mit langsamen, würdevollen Schritten ging sie zur Tür und gab ihm Gelegenheit, das Gespräch fortzusetzen, eine andere Regelung zu finden, die ihre Zukunft betraf. Trotz des unerwarteten Lächelns und des Kusses blieb sie eigenwillig und entschlossen.

»Ich sollte Euch mit einem alten Brummbären verheiraten, der seine Frau prügelt!«, rief er wütend und folgte ihr. O ja, sie besaß einen eigenen Willen, und am Jüngsten Tag würde sie sogar mit dem Allmächtigen streiten. Im Flur traf er Sir Harry Wakefield an, seinen alten Freund und Berater. »Sir Harry!«

»Sire?«

»Anscheinend sind die Lady und ich in einen Machtkampf verstrickt. Bringt sie in ihre Gemächer. Dort soll sie bleiben, bis ich sie wieder zu mir rufe.«

»Sehr wohl, Sire.«

Lächelnd legte Mellyora eine Hand auf Sir Harrys Arm. »Wie könnte ich den König in irgendeinem Kampf besiegen! Aber es ist gut zu wissen, dass Ihr mich schützen werdet, Sir Harry.«

David schaute ihnen irritiert nach, als sie die Treppe hinaufstiegen. Nun hatte er doch tatsächlich einem erprobten, bewaffneten Ritter befohlen, eine einzige Frau zu beaufsichtigen. Er beschloss, die Wachen vor ihrer Tür zu verdoppeln und allen seinen Männern einzuschärfen, sie dürfe die Festung nicht verlassen.

Wenn sie es versuchte, würde man sie zurückbringen.

In Ketten, dachte er grimmig.

Ganz ruhig, Liebster …

Nachdem die erste Leidenschaft verflogen war, verarztete Eleanora seine Wunde. Nur ein Kratzer, versicherte er.

Auch eine kleine Verletzung könnte infiziert werden, erwiderte sie. Keine Angst, ich bin ganz sanft und vorsichtig …

Mit diesen süßen Worten strich sie eine Salbe auf die Schnittwunde in seinem Oberarm. Danach saß sie auf seinen Hüften, nackt und schön, schimmernd im Feuerschein und völlig unbefangen.

In den letzten Jahren waren sie oft zusammen gewesen. Sie wusste, wie und wo sie ihn streicheln musste, liebte ihn mit der wilden Lust einer Tigerin, und ihr kehliges Lachen erregte ihn immer wieder. In dieser schwierigen, von blutigen Kämpfen geprägten Welt fanden sie nur wenig Zeit, bevor er zum König zurückbeordert wurde.

Erzürnt und verwirrt über die unablässigen Schlachten, war er nur selten ein angenehmer Gefährte. Meistens kam er erschöpft und bedrückt zu ihr. Doch das störte Eleanora nicht. In den wenigen Tagen, Stunden oder Minuten, die ihnen blieben, gelang es ihr stets, ihn abzulenken. Dafür verlangte sie keinen Lohn …

»Waryk?« Aus seinen Erinnerungen gerissen, wandte er sich zu Angus, der neben ihm ritt. »Bald werden wir in der königlichen Festung eintreffen.«

»Aye.« Waryk drehte sich um und musterte die Männer, die ihm folgten – erfahrene Krieger, die den Umgang mit verschiedenen Waffen beherrschten. Jene letzte Schlacht erschien ihm immer noch rätselhaft und beunruhigte ihn umso mehr, weil er nicht wusste, wer den Anstoß dazu gegeben hatte. Gewiss, die nordenglischen Adeligen waren in diesen Zeiten besonders gefährlich, während Henrys Tochter und sein Neffe um den Thron stritten. Aber wie Sir Gabriel betont hatte – ein normannischer Lord würde zielstrebiger zuschlagen, mit stärkerer Kampfkraft, und Ländereien, Reichtümer und Adelstitel beanspruchen. Wogegen der seltsame Feind rebelliert oder was er erhofft hatte, konnte Waryk sich nicht vorstellen. Jedenfalls hatte die kurze Schlacht seinem Trupp keine Schwierigkeiten bereitet, und die Männer waren eher vom langen Marsch ermüdet.

Nun ermahnte Angus ihn zu Recht, denn er hatte seine Gedanken wandern lassen, und sie näherten sich dem Tor von Stirling. An den Mauern flackerten Fackeln, in der Festung schien reges Leben und Treiben zu herrschen. Doch der klare Sternenhimmel faszinierte ihn noch mehr als die Lichter der Stadt. Er versetzte seinen Hengst in langsameren Trab. »Hier werde ich mich von dir trennen, Angus, mein Freund.«

Verwundert runzelte Angus die Stirn. »Du befehligst diese Truppe. Vor uns liegt Stirling, und der König hat dich zu sich bestellt. Natürlich will er hören, was du zu sagen hast. Warst du nicht eifrig bestrebt, ihn aufzusuchen? Da wir die Festung möglichst schnell erreichen wollten, sind wir scharf geritten. Und du hast einen Boten vorausgeschickt, mit der Nachricht, du würdest den König heute Abend sprechen …«

»Ja, das stimmt. Aber die Nacht ist noch lang, und wir kamen schneller voran, als ich dachte. Außerdem weiß ich noch nicht, was ich dem König berichten soll. Sag unserem Lehensherrn, ich werde mich bald bei ihm melden.«

»Flussabwärts lagern die Wikinger …«, wandte Angus besorgt ein.

»Aye.«

»Wenn du allein irgendwohin reitest …«

»Diese Wikinger wollen mit dem König verhandeln. Glaub mir, das sind keine verrückten Berserker, die jeden Schotten niedermetzeln, der ihnen über den Weg läuft. Und ich reite nicht flussabwärts, ich bleibe hier am Ufer.«

»Wozu?«, fragte Angus verwirrt.

»Ich brauche ein bisschen Zeit für mich selbst, Angus, kostbare Zeit.«

»In deinen Gemächern auf Stirling wärst du auch allein …«

»Aber im Freien sehe ich die Sterne über mir. Sorg dich nicht um mich. Wir sind in die Zivilisation zurückgekehrt. Dort vorn siehst du das Tor. In dieser Gegend treiben sich nur Fischer herum, keine gefährlichen Feinde. Und ich kann sehr gut auf mich selber aufpassen. Bring die Männer in die Festung, erstatte dem König Bericht und versichere ihm, ich werde ihn nicht lange warten lassen.«

»Nun trägst du keine Rüstung mehr, keine Brustplatte, keinen Kettenpanzer …«

»Nur mein Messer.« Waryk warf einen Blick auf Geoffrey of Perth, seinen Knappen, der sich um seine Waffen und die Rüstung kümmerte. Letzte Nacht hatte Waryk das alles abgelegt und nun war er nur mit seinem schlichten Kilt und einem wollenen Umhang bekleidet. Seltsamerweise glich er den eigenartigen Feinden, die er bekämpft hatte.

»Waryk«

»Bitte, Angus!«, stöhnte Waryk. »Du bist ein tüchtiger Krieger, und du warst stets mein getreuer Beschützer. Sei jetzt ein guter Freund und gönn mir ein bisschen Ruhe.« Er winkte seinen Männern zu, dann lenkte er das Pferd zum Fluss hinab.

Unbehaglich starrte Angus ihm nach. Ein einzelner Mann war kein Heer.

Und in Angus' Adern floss genug Wikingerblut, um seine Angst zu schüren. *Zivilisation!* dachte er verächtlich. Nur der Allmächtige mochte wissen, welche Gefahren in einer solchen Nacht lauerten, selbst wenn Sterne am Himmel funkelten.

3

»Alle Männer sind Tyrannen!«, verkündete Mellyora und schloss die Tür ihres Schlafgemachs auf Stirling. Soeben hatte sie Sir Harry ihr liebenswürdigstes Lächeln geschenkt und sich für den sicheren Geleitschutz bedankt.

Gleichmütig zuckte Jillian MacGregor die Achseln. Da sie Mellyora großgezogen hatte, war sie eher eine Freundin als eine Dienerin. Ohne ihre Arbeit an einem Wandteppich zu unterbrechen, antwortete sie: »Ich dachte, Ihr mögt den König. Und Ihr seid so hoffnungsvoll hierher geritten ...«

In diesem Moment wünschte ihre Herrin inständig, sie besäße das gleiche Wesen wie Jillian. Nichts konnte die Frau aus der Ruhe bringen. Sie hatte bereits Mellyoras Mutter gedient und war ihre beste Freundin gewesen. Gemeinsam hatten sie turbulente Zeiten überstanden. Wie angenehm musste es sein, in so unerschütterlicher Eintracht mit der Welt zu leben ... Trotz ihrer vierzig Jahre war Jillians Gesicht immer noch hübsch und faltenlos. Ihr glänzendes silbriges Haar passte gut zu dem zarten Elfenbeinteint und den schiefergrauen Augen.

Als sie endlich aufblickte, las Mellyora eine gewisse Belustigung in diesen Augen. Jillian hatte das Ergebnis des Gesprächs mit dem König vorausgeahnt und sie davor gewarnt, ebenso wie alle Berater der Lady. Sogar Ewan hatte prophezeit, der König würde ihr niemals gestatten, auf der Insel zu regieren, und sie möglichst schnell verheiraten.

»Was ich auch für ihn empfinde – er ist ein Tyrann. Offenbar weißt du, was er mir mitgeteilt hat.«

»Aye, alle Dienstboten im Schloss reden darüber. Sie halten sehr viel von dieser Heirat. Und bedenkt bitte – der König ist berechtigt, solche Arrangements zu treffen.«

»Mag sein. Trotzdem ist und bleibt er ein Tyrann!«

»Wenn Ihr in Ruhe darüber nachdenkt, Mylady, werdet Ihr einsehen, dass er gut und umsichtig über sein Reich herrscht. Zweifellos hat er die Liebe und Treue seines Volkes verdient. Um weiteres Blutvergießen zu vermeiden, muss er Schottland zusammenhalten. Vergesst nicht – als er 1124 den Thron bestieg, fanden schreckliche Schlachten statt. Erst vor wenigen Jahren sah er sich zu neuen Kämpfen gezwungen, weil sich einige Clans wieder gegen ihn erhoben. Aus Sicherheitsgründen übergibt er die schottischen Festungen vertrauenswürdigen Männern. Gerade jetzt, während um die englische Krone gestritten wird, sind solche Maßnahmen besonders wichtig.«

Obwohl Mellyora ihrer alten Freundin Recht gab, ließ sie sich nicht besänftigen. »Glaub mir, der König wird die Probleme der Engländer zu seinem Vorteil nutzen. Er sagt, er muss sich gegen die Grenzland-Lords wehren. In Wirklichkeit will er die Grenze weiter südwärts verlegen. In dieser Situation vertraut er nur wenigen Männern – und keiner einzigen Frau.« Erregt eilte sie durch das Zimmer und sank vor Jillians Stuhl auf die Knie. »Warum begreift er nicht, dass ich ihm treu ergeben bin?«

Jillian legte ihre Handarbeit in den Schoß. »Ganz einfach – weil Ihr die Tochter eines Wikingers seid.«

»Mein Vater war loyal.«

»Jetzt ist er tot, Mylady. Und es fällt dem König gewiss nicht leicht, dieses zwiespältige Land zu regieren, wo stolze Clanführer, Adelige aus uralten Stämmen und zahlreiche Einwanderer leben.«

»Aye, mein Vater kannte die Probleme. Trotzdem hat

er nicht gezögert, mir sein geliebtes Zuhause zu vererben.«

»Das er Eurer Mutter verdankte.«

Ärgerlich richtete sich Mellyora auf. »Willst auch du mit mir streiten? Aye, meine Mutter brachte Blue Isle in die Ehe mit. Ein Grund mehr, warum das Land mein Eigentum bleiben sollte!«

»Nein, natürlich streite ich nicht mit Euch. Welchen Sinn hätte das? Ihr hört ohnehin nicht auf mich, obwohl ich mich bemühe, Euch die Tatsachen vor Augen zu führen, die Ihr wohl oder übel hinnehmen müsst. Sicher, die Insel war das Erbe Eurer Mutter. Aber Euer Vater hielt mit starker Hand die Stellung.«

Mellyora sprang auf. Rastlos wanderte sie umher. Wenn sie entkam, war sie frei. Mochte es dem König gefallen oder nicht. Sie würde die Verwandten ihres Vaters um Hilfe bitten und einen Kompromiss mit David schließen.

Bedauerlicherweise hatte er ihr keine Gelegenheit gegeben, ihm zu erklären, dass sie Ewan heiraten wollte. Nicht einmal der König könnte gegen diese Wahl protestieren. Denn Ewan war ein Schotte, selbst wenn die Familie seiner Mutter teilweise von Wikingern abstammte. Doch das spielte keine Rolle. Ewan MacKinny stand an der Spitze seiner Familie väterlicherseits. Und die MacKinnys hatten schon vor langer Zeit Ländereien aus dem Besitz der Familie von Mellyoras Mutter erhalten. Seit Jahrhunderten kämpften sie für schottische Könige. Viele waren zu Rittern geschlagen worden und hatten ihr Blut für das vereinigte Schottland vergossen. Also müsste David einen MacKinny als Herrn von Blue Isle gutheißen.

Doch er wusste nichts von Mellyoras Plänen, weil sie gar nicht dazu gekommen war, davon zu sprechen. Stattdessen hatte er ihr erklärt, sie würde einen seiner edelsten Krieger heiraten – Laird Lion. »Dieser Tyrann glaubt, er könnte mich nach Belieben herumkommandieren und ich hätte in einer Entscheidung, die *mich* betrifft, nichts zu sagen. Da irrt er sich!«

»Bitte, Mellyora!« Nun zeigte sich sogar die stets gelassene Jillian bestürzt. »Ihr habt zu lange auf Eurer Insel gelebt und wollt nicht verstehen, dass sie nur ein kleiner Teil einer großen Welt ist. Seid vernünftig. Ihr dürft Euch nicht gegen den König stellen.«

Wehmütig schüttelte Mellyora den Kopf. »So war es nicht immer. Die *Normannen* führten diese elenden Gesetze ein, an die wir uns jetzt halten müssen. Meine Mutter ist schon lange tot, und ich erinnere mich nicht allzu gut an sie. Aber ich entsinne mich, wie sie mir von früheren Zeiten erzählte, von vielen schottischen Königen und verschiedenen Völkern, von alten Göttern – und Frauen, die ihr Land regierten, mit den Männern gleichgestellt. Auch von dem Wicca-Kult …«

Hastig bekreuzigte sich Jillian. »Diesen heidnischen Glauben solltet Ihr nicht erwähnen, Mylady.«

»Nach diesem *heidnischen* Glauben«, betonte Mellyora lächelnd, »war die Erde unsere Mutter. Die Frauen wurden respektiert und geliebt. Hätten die verdammten Normannen unsere Traditionen nicht abgeschafft, wäre ich jetzt die unangefochtene Herrin meiner Insel …«

»Was wäre, wenn! Begreift Ihr's denn nicht? David fürchtet Eure Rebellion, weil die Wikinger eine reale Bedrohung darstellen. Oft genug haben sie schottische Stellungen angegriffen. Zum Glück hat sich Euer Vater als Schotte erwiesen, und die Freundschaft des Königs errungen. David liebt Euch. Da bin ich mir sicher …«

»Aber er missachtet meine Rechte, Jillian, obwohl ich ihm niemals einen Grund gab, an mir zu zweifeln. Ich kam hierher, um ihm Treue zu schwören. Und was habe ich davon?«

»Ob Ihr nun die Normannen, das Zeitalter oder die

göttliche Allmacht anklagt – Ihr habt nicht mehr Rechte als ein Kind. Und die Wikinger rücken dem König viel zu dicht auf den Pelz. Nach seiner Ansicht besitzen sie schon zu viele von den Ländereien, die den Schotten zustehen. Deshalb will er keine weiteren verlieren.«

»Wie schrecklich das alles ist! Ich bin die rechtmäßige Erbin. Oh, ich hasse die Normannen und alles, was sie uns angetan haben!«

»Ihren Einfluss übten sie schon lange vor Eurer Geburt aus. Ich liebte Eure Mutter. Aber sie hätte Euch keine Geschichten über die einstigen Rechte der Frauen erzählen dürfen. Ob's Euch passt oder nicht, der König ist ermächtigt, Euch und Eure Insel dem Mann seiner Wahl zu übergeben.«

»Dagegen muss ich mich wehren. Ich werde fliehen.«

»Was?«, rief Jillian erschrocken.

»Wenn ich dieser Festung entkomme …« Mellyora begutachtete eine schmale Fensteröffnung, durch die sie vielleicht kriechen konnte. »Dann bin ich frei.«

»Hat der König das gesagt?«

»Soeben habe ich mich von ihm verabschiedet«, antwortete Mellyora ausweichend. »Ja, genau das wird geschehen.«

»Seid Ihr sicher?«

Mellyora wandte sich von der Fensternische ab. »Wenn ich ihm entrinne, kann ich mit ihm verhandeln. Und dann muss er seinen Teil des Abkommens einhalten, das wir schließen würden. Zurzeit lagert mein Onkel Daro, der Jarl von Skul Island, in der Nähe von Stirling. Er wird den König treffen. Zweifellos verhilft er mir zur Flucht, wenn ich ihn darum bitte, und der gute David wird notgedrungen Vernunft annehmen.«

»Mylady, ein König lässt sich nur selten zur Vernunft zwingen …«

Entschieden schüttelte Mellyora den Kopf. »Da bin ich anderer Meinung. Auf dem Schlachtfeld werden die Könige oft genug zur Einsicht gezwungen, sobald sie erkennen, dass ihre Krieger das Heer eines anderen Herrschers nicht besiegen können. Überlegt doch, wie viele verschiedene Gebiete unseres Landes jetzt von einem einzigen schottischen König regiert werden! Eines Teils liegt es am Willen des Volkes, das sich zum Miteinander entschlossen hat, andererseits an der übergroßen Macht eines einzigen Königs. Er sollte auf mich hören. Denn ich könnte ihn in Gefahr bringen. Immerhin wurden sehr viele schottische Inseln von Wikingern erobert.«

»Natürlich kennt Ihr die Geschichte unseres Landes Mellyora. Viele Einwanderer leben seit Jahrhunderten hier und vertragen sich mit der einheimischen Bevölkerung. Aber die meisten Wikinger wahren Abstand. Verständlicherweise fürchtet der Köhig eure Wikingerverwandtschaft, Mellyora. Ja, Ihr seid eine Gefahr für ihn. Und bevor er sich von Euch bedrohen lässt, wird er Euch vernichten. Bitte, meine Liebe, denkt nach! Dann werdet Ihr verstehen, dass er Euer Schicksal entscheiden muss, weil er keine Wahl hat.«

Mellyora las tiefe Sorge in Jillians Augen. Das bedauerte sie, aber sie ärgerte sich, weil sie der Freundin ihren Standpunkt nicht klarmachen konnte. Zu ihrer Bestürzung war sie den Tränen nahe. O Gott, warum lebte der Vater nicht mehr? Sie hatte ihn innig geliebt. Ohne ihn erschien ihr die Welt schrecklich leer. Kein anderer ließ sich mit ihm vergleichen. Adin hatte die Kraft von zehn Männern besessen. Aber seine größten Vorzüge waren Klugheit und Güte gewesen. Im Lauf der Jahre hatte er Mellyora oft von der Mutter erzählt und deren Andenken am Leben erhalten. Viele Krieger, Geistliche und Künstler hatten seine Gastfreundschaft genossen. Von ihm hatte sie gelernt, zu reiten, sich mit dem Schwert zu verteidigen und sogar eine schwere Armbrust zu heben. Mit seinen Augen sah sie die Welt.

Er hatte ihr beigebracht, Männer und Frauen gleichermaßen zu achten – gleichgültig, welchem Glauben sie angehörten oder woher sie stammten. Vertrauenswürdige Freunde seien kostbar, hatte er stets betont, und das Geschenk der Macht und des Reichtums erfordere ein starkes Verantwortungsgefühl. Deshalb müsse seine Erbin in späteren Jahren gewissenhaft für ihre Untertanen sorgen. Liebevoll hatte er ihren Charakter geformt und sie zur Unabhängigkeit erzogen, zur Herzenswärme, zum Glauben an sich selbst.

Nun musste sie den schmerzlichen Verlust des Vaters verkraften und feststellen, dass ihre Situation noch unsicherer war, als sie es erwartet hatte. Sie stand ganz allein auf der Welt. Nicht nur die Eltern hatte sie verloren, sie lief auch noch Gefahr, ihre Freiheit zu verlieren. Nach Adins Tod hatte Ewan sie getröstet. Und jetzt wollte der König sie mit einem Fremden verheiraten, der sich ihren ganzen Besitz aneignen würde. Was sollte sie tun? Den Mann vergessen, der ihr liebster Freund war, dem ihr Herz gehörte? Und sie hatte es gewiss nicht leichtfertig verschenkt.

»Mellyora, Ihr jagt mir Angst ein. Ich flehe Euch an. Nehmt Euch Zeit. In dieser Lage dürft Ihr nicht überstürzt handeln. Beruhigt Euch erst einmal.«

Mellyora ging zu Jillian und ergriff ihre kleinen Hände. »Wie könnte ich mich beruhigen? Ich habe versucht, vernünftig mit David zu reden. Aber sein Entschluss steht fest. Er will mich mit diesem Laird Lion verheiraten – einem Normannen!«

»Ein Normanne? Da habe ich was anderes gehört.«

»Natürlich ist er ein Normanne – ein elender Normanne, der dem König in England gedient hat! Hast du Davids Männer in jenem Nachtlager nicht gesehen, Jillian? Lauter Normannen!«

»Ja, ich habe sie aus der Ferne beobachtet. Eine gute Rüstung macht noch lange keinen Normannen aus.

Und ich glaube, der König wird Euch nicht mit einem Normannen vermählen. Vorhin habe ich im Dienstbotenquartier gelauscht. Die Leute sagen, dieser Laird Lion habe als blutjunger Bursche eine mordende, plündernde Normannen-Bande besiegt. Das sah der König mit eigenen Augen und er schlug ihn zum Ritter, um ihn für seine Tapferkeit zu belohnen.«

»Laird Lion – ein Löwe, in der Tat!«, spottete Mellyora. »Wahrscheinlich hört er sich selber gern brüllen, so wie alle Normannen. Auf dieser Welt gibt es keine Gerechtigkeit und vielleicht passt der Name zu ihm. Sogar im Tierreich ist es die Löwin, die Nahrung sucht, während der Löwe in der Sonne schläft. Und dieser Löwe wird auf meiner Insel ein angenehmes Leben führen, die Früchte ernten, die meine Familie gesät hat ...«

»Ihr kennt ihn doch noch gar nicht, Mylady.«

»Und will ihm auch gar nicht begegnen. Ich fürchte, sobald ich ihm gegenüberstehe, ist mein Schicksal besiegelt. Vergiss nicht – ich habe meine Hand einem anderen versprochen.«

»Was sehr töricht war, meine Liebe. Dazu hattet Ihr kein Recht.«

»Aber den Segen meines Vaters!«, behauptete Mellyora verzweifelt. Wenn Adin ihr auch nicht ausdrücklich erlaubt hatte, Ewan MacKinny zu heiraten, war er mit der Freundschaft einverstanden gewesen. Seit sie denken konnte, schätzte und liebte sie den jungen Mann. Er war nur drei Jahre älter als sie, das Oberhaupt der größten Familie, die von Adin ein Lehensgut erhalten hatte. Nach dem Tod seines Vaters trug Ewan den Titel des Laird MacKinny – ein ruhiger freundlicher Mann, der Mellyoras Wutausbrüche stets geduldig über sich ergehen ließ und sie nur selten ärgerte, wenn er erklärte, sie würde diese oder jene Situation falsch beurteilen. Sie konnte nicht vergessen, wie er sie beim Abschied betrachtet hatte.

Als würden sie einander nie wiedersehen ...

Früher waren sie gemeinsam über Felder, Klippen und Hügel geritten und in den Lochs geschwommen, hatten Latein, Französisch, Englisch, Gälisch und sogar Norwegisch gelernt, Naturwissenschaften und Mathematik studiert, die Übersetzungen griechischer Tragödien und italienische Romane gelesen. Sie konnten miteinander lachen oder streiten, im Gras umhertoben oder in schweigendem Einvernehmen beisammen sitzen. Aufmerksam hörte er sich alles an, was sie zu sagen hatte.

Ein Leben mit Ewan – etwas anderes wünschte sie sich nicht. Nur er sollte den Platz ihres verstorbenen Vaters einnehmen – kein willfähriger Lakai des Königs. Mochte David auch noch so entschieden auf seinem Willen beharren – sie würde sich nicht kampflos damit abfinden.

Nachdenklich schaute sie aus einem Fenster der steinernen Festung. Wenn sie das andere Ufer des Flusses erreichte – das Lager ihres Onkels Daro ...

In plötzlicher Entschlossenheit eilte sie aus ihrem Gemach in den kleineren Raum, wo Jillian schlief. Hier war das Fenster etwas größer – und es ging zu einer hölzernen Plattform hinaus, einer Brustwehr mit Zinnen.

Durch dieses Fenster könnte sie mühelos klettern. Erfreut entdeckte sie ein Gerüst, das man errichtet hatte, um weitere Verteidigungsanlagen zu bauen. In der Dunkelheit würde sie unbemerkt an den hölzernen Querbalken und Pfeilern hinabklettern, in einen von Jillians schlichten braunen Umhängen gehüllt, und durch das Tor eilen.

Was dann?

Am Flussufer würde sie ein Boot stehlen. Nein, nicht stehlen, dachte sie lächelnd. David war der erste schottische Monarch gewesen, der seine eigenen Münzen hatte prägen lassen. Also würde sie eine kostbare Münze für den Besitzer des Boots hinterlegen, mit dem Bild seines Königs.

»Mylady?«, rief Jillian.

Nach kurzem Zögern erwiderte Mellyora: »Befass dich wieder mit deiner Handarbeit, Jillian. Tut mir leid, dass ich dich aufgeregt habe. Jetzt möchte ich ein bisschen allein sein.«

Leise schloss sie die Tür zwischen den beiden Räumen und wühlte in Jillians Reisetruhe. Sie nahm einen Umhang heraus, hüllte sich hinein und zog die Kapuze tief in die Stirn. Zweifellos würde die dunkelbraune Farbe mit der Nacht verschmelzen.

Mellyora stieg auf die Fensterbank und zwängte sich durch die schmale Öffnung. Dann sprang sie auf die hölzerne Plattform und spähte zum Gerüst hinab. Der Sprung war nicht ungefährlich. Und wenn sie den Querbalken verfehlte ... Doch die Freiheit war jedes Risiko wert.

Was hatte der Vater so oft gesagt? *Wenn irgendetwas machbar ist und nur ein bisschen Mut dazu gehört – dann tu's!*

Sie nahm einen kurzen Anlauf und sprang in die Tiefe, umklammerte den Querbalken und schwang sich zum nächsten hinab, dann immer weiter nach unten. Schließlich erreichte sie den Boden. Im Hof von Stirling hielten sich nur wenige Leute auf – Fischer kehrten vom Fluss zurück, Frauen gingen nach Hause, nachdem sie ihre letzten Waren verkauft hatten, Weber, Färber und Lebensmittelhändler versperrten ihre Läden.

Unauffällig mischte sich Mellyora unter die Menschen. Am Tor schloss sie sich einem Kaufmann an, der die Festung verließ. Falls sie von irgendjemandem beobachtet wurde, musste er den Eindruck gewinnen, sie wäre eine Ehefrau, die mit ihrem Mann Schritt zu halten versuchte.

Außerhalb der Mauern wandte sich der Mann nach Süden und Mellyora rannte zum Fluss. Trotz der späten Stunde herrschte am Ufer immer noch reges Leben und Treiben. Sie eilte nach Süden, bis sich das Gedränge lichtete. Bald entdeckte sie ein kleines Ruderboot am Wasserrand.

Aufmerksam schaute sie sich um. Weit und breit keine Menschenseele. Erleichtert atmete sie auf und erinnerte sich an ihren Vorsatz, niemanden zu bestehlen. Sie griff in die Tasche, die am Saum ihres Kleids eingenäht war, und nahm eine kleine Silbermünze heraus. Die würde sie ans Ufer werfen, bevor sie davonruderte.

Als sie das Boot aus dem Schlamm schob, tauchte plötzlich ein Schatten auf. Ein Mann in einem dunklen Umhang. »Nichtswürdiger Dieb!«, rief er.

Erschrocken schnappte sie nach Luft. Würde ihr die Flucht gelingen, bevor er sie erreichte? Wohl kaum.

Mit langen Schritten kam er näher und sie zwang sich zur Ruhe, versuchte klar zu denken, die Angst zu bezähmen, die der Fremde ihr einjagte. Verdammt, warum hatte sie ihr Schwert nicht mitgenommen?

In einer Scheide an ihrem Schienbein steckte ein kleines Messer. Aber der Mann war vermutlich viel besser bewaffnet …

Im Ruderboot konnte sie nicht fliehen. Nur zu Fuß. Sie wandte sich ab, um davonzulaufen. Im selben Augenblick wurde sie von starken Armen umschlungen und auf die weiche Uferböschung geschleudert.

Es war sinnlos, aufzuspringen. Denn der Mann stand zu dicht vor ihr und würde sie sofort festhalten. Vorsichtig tastete sie an ihrem Schienbein nach dem Messer, ihre Finger umschlossen den Griff und sie warf sich herum, um die Klinge zwischen die Rippen des Angreifers zu stoßen.

Ehe sie den Arm heben konnte, wurde ihr Handgelenk schmerzhaft umklammert. Unwillkürlich ließ sie das Messer fallen. Sie konnte kaum atmen, der große Unbekannte mit den stahlharten Muskeln saß rittlings auf ihrer Brust.

»Elender Dieb!«, stieß er mit heiserer, tiefer Stimme hervor. »Wohin wolltet Ihr in diesem Boot fahren? Antwortet, oder ich durchschneide Eure Kehle!«

4

Verzweifelt bekämpfte sie ihre Panik. Wenn sie sich von ihrer Angst überwältigen ließ, würde sie keinen klaren Gedanken mehr fassen können. Im bleichen Mondlicht sah sie ihren Widersacher viel deutlicher, als sie es wünschte – nur seine Gestalt, nicht sein Gesicht, das sich im Schatten seiner Kapuze verbarg. Er war sehr schwer. Und sie spürte die Kraft angespannter Muskeln unter seinem Umhang.

Dieses Kleidungsstück gab ihr zu denken – die Wolle, auf schottische Weise gewoben, so engmaschig, dass sie fast wasserfest war, die einzelnen Stränge mit verschiedenen pflanzlichen Farben hervorgehoben ... Dadurch entstand ein Muster, das auf einen bestimmten Landesteil oder einen Clan hinwies. Kunstfertige Weber stellten diese Karostoffe her, indem sie die gefärbten Wollstränge mit Stäben markierten und das Muster beliebig oft wiederholen konnten. Eine solche Kleidung trugen nur Schotten, nicht die Normannen, die der König ins Land geholt hatte. Also war der Fremde kein normannischer Eindringling.

Spielte es eine Rolle, woher der Mann stammte, der ihr am schlammigen Flussufer den Hals durchschneiden würde? Womit? War er bewaffnet? Aye, sicher steckte ein Messer in einer Scheide an seinem Schienbein. Oder ein Schwert? Hing eine größere Scheide an seiner Hüfte? Aus welcher Richtung mochte er gekommen sein? Nicht weit vom Fluss entfernt stand eine kleine Hütte aus Stein und Lehm, und in der Nähe graste ein Pferd. Gehörte das Boot ihm? Oder war er auf diesem großen Streitross mit der bestickten Schabracke hierher geritten? Würde er sie töten? Was trieb er am Ufer ganz allein? Sie zitterte und ärgerte sich über ihre Feigheit. Nein, sie würde nicht kampflos sterben.

»Lasst mich los!«, befahl sie. Dieser Ochse beachtete sie einfach nicht.

Wahrscheinlich war er der Diener eines Lords oder eines Kriegers und konnte selber recht gut mit Waffen umgehen. Jedenfalls besaß er genug Kräfte, um ihr alle Knochen zu brechen, wenn er noch länger auf ihr sitzen blieb.

»Seid Ihr taub?«, zischte sie. »Steigt endlich von mir runter!«

Er rührte sich noch immer nicht und sie fühlte seinen prüfenden Blick im Dunkel seiner Kapuze.

»Also wollte ein Mädchen das Boot stehlen«, murmelte er.

Unter dem Umhang trug er eine schlichte Wollhose, ein Leinenhemd und ein Wams, ebenfalls im Karomuster. Die Kleidung war von guter Qualität, aber schmutzig, so als hätte er eine weite Reise hinter sich.

»Guter Mann, ich möchte nichts stehlen«, erwiderte sie und zuckte zusammen, weil ihre Stimme unglücklicherweise bebte. »Ich warne Euch! Steht auf!«

Zu ihrer Erleichterung gehorchte er. Dann ergriff er ihre Hand und zog sie auf die Beine. Für eine Frau war sie groß, aber er überragte sie um Haupteslänge, und seine Nähe weckte ihr Unbehagen. Was hatte er vor? Sicher ahnte er nicht, dass er über ein Mündel des Königs hergefallen war.

Nun blieb ihr nichts anderes übrig, als ihm tapfer zu trotzen. Eine der ersten Lektionen, die sie von ihrem kriegerischen Vater gelernt hatte, lautete: *Einem potenziellen Feind darfst du niemals deine Angst zeigen.*

»Hört mir zu, ich bin keine Diebin«, beteuerte sie und hielt die Münze hoch, die sie ans Ufer hatte werfen wollen. »Aber ich muss nach Süden fahren. Ich bin bereit, das Boot zu bezahlen. Offenbar seid Ihr weit geritten, und vielleicht wird es Euer Herr nicht merken, wenn Ihr noch einen etwas längeren Weg auf Euch nehmt. Bringt mich flussabwärts, behaltet das Boot und das Geld. Ich kann Euch noch mehr geben.«

»Tatsächlich?« Er streckte seine Hand aus, und sie musste ihren ganzen Mut aufbieten, um nicht zurückzuweichen, als er ihr die Kapuze vom Kopf streifte. Nun sah er ihr Gesicht klar und deutlich, während ihr seine Züge nach wie vor verborgen blieben. Erbost musterte sie ihren schmutzigen Umhang. *Seiner* war kaum mit Schlamm bedeckt.

»Fasst mich nicht an!«, fauchte sie.

»Ich habe nur Eure Kleidung berührt.«

»Tut das nie wieder – und lasst Euch warnen! Manche Männer wurden schon wegen geringerer Vergehen getötet.«

»So?« Jetzt schwang eine gewisse Neugier in seiner Stimme mit und er hatte anscheinend alle Zeit der Welt.

Aber Mellyora nicht. Sie hatte keine Geduld mehr. »Nehmt Euch bloß in Acht! In diesem Land bin ich eine Lady. Wenn Ihr mir dient, werdet Ihr belohnt. Solltet Ihr mir auch nur ein Haar krümmen, müsst Ihr sterben.«

Wortlos wies er auf das Boot. Sie seufzte erleichtert. Wenigstens verstand er, dass sie eine Lady war und was er gewinnen konnte, wenn er ihr half. Hastig hob sie ihr Messer vom Boden auf. Dann kletterte sie in den kleinen Kahn und kroch nach achtern. Den mittleren Sitz ließ sie frei, damit der Mann rudern konnte. Er schob das Boot ins Wasser und stieg hinein, setzte sich und ergriff die Ruder. Bald glitten sie in schneller Fahrt flussabwärts.

Aus eigener Kraft wäre Mellyora wesentlich langsamer vorangekommen.

Aber obwohl sie aufatmen wollte, verflog ihr Unbehagen nicht. Sie spürte immer noch den forschenden Blick des Fremden. Nach einer Weile sprach er und seine tiefe Stimme klang viel zu gefährlich. »Eine Lady, eh?«

»Rudert weiter und kümmert Euch um Eure eigenen Angelegenheiten.«

»Eine Lady, allein in dunkler Nacht, am Fluss, wo möglicherweise Halsabschneider, Diebe, Mörder und Vergewaltiger lauern – oder einfach nur Leute, die jede Situation nutzen, um ihren Vorteil daraus zu ziehen?«

Drohte er ihr? *Offensichtlich, du Närrin!* schalt sie sich. »Wie Ihr wisst, trage ich einen kleinen Dolch bei mir, ein Geschenk von einem befreundeten Wikinger, schärfer als jedes Schwert. Und der Wikinger hat mir beigebracht, die Klinge zu nutzen.«

»Aye, das sah ich.«

»Weil Ihr mich überrumpelt habt. Das wird nicht noch einmal geschehen. Falls Ihr mir was antun wollt, solltet Ihr Euch eines Besseren besinnen.« Trotz ihrer wachsenden Angst bemühte sie sich, in entschiedenem Ton zu sprechen.

Ihre Warnung schien ihn nicht zu beeindrucken. »Seltsam – eine Lady, die in später Nacht die Dienste eines Unbekannten fordert und ihn auch noch bedroht … Dafür kann es nur eine einzige Erklärung geben. Verratet mir doch, Lady – wem versucht Ihr so verzweifelt zu entfliehen?«

»Wollt Ihr das herausfinden, um Lösegeld zu verlangen? Ich habe Euch nichts zu erzählen. Bringt mich an mein Ziel, und ich werde Euch belohnen.«

»Das habt Ihr mir bereits versprochen. Aber nun seid Ihr mir ausgeliefert, sozusagen auf Gnade oder Ungnade.«

Mellyora musste ihre Angst erneut bezwingen. »Wenn Ihr mich verschont, werdet Ihr viel mehr gewinnen als durch irgendwelche Attacken auf meine

Person. Solltet Ihr mich anrühren, schneide ich Euch das Herz aus dem Leib. Oder ich foltere Euch ganz langsam zu Tode, und Ihr werdet Euch in grässlichen Schmerzen winden, bevor ich Euren Körper zerhacke und an die Hunde verfüttere.«

»Wie gebieterisch und blutrünstig Ihr seid ...«

»Elender Bastard! Ihr wagt es, mich zu kritisieren?«

»Nun, Eure selbstsichere Haltung lässt mich vermuten, dass Ihr eine ranghohe Persönlichkeit seid. Also flüchtet Ihr vor keinem geringen Mann. Vielleicht sogar vor dem König.« Er beugte sich vor. »Warum?«

Sie biss die Zähne zusammen. Gewiss, in der Scheide an ihrem Schienbein steckte ein Messer, und sie konnte damit umgehen. Aber wenn dieser Mann sie bedrohte, würde es ihr gelingen, die Klinge schnell genug in seine Brust zu stoßen? Am Ufer des Flusses hatte er ihr das Gegenteil bewiesen. Nein, sie durfte keinen Kampf heraufbeschwören. »Was interessiert Euch das? Ich werde Euch gut bezahlen. Also braucht Ihr kein Lösegeld zu verlangen. Müsst Ihr noch mehr wissen?«

»Wahrscheinlich aus reiner Neugier ...« Sie glaubte zu sehen, wie er unter seinem faltenreichen Umhang die Schultern zuckte. »Und da ich in recht guten Verhältnissen lebe, bin ich nicht auf Euer Geld angewiesen.«

»Dann helft mir aus anderen Gründen, mein Ziel zu erreichen«, seufzte Mellyora. »Seid versichert – ich könnte Euch wegen des Überfalls am Ufer hinrichten lassen.«

»Merkwürdig – ich gewann den Eindruck, Ihr wollt nichts mit den Gesetzen dieses Landes zu tun haben.«

»Also gut, wenn Ihr unbedingt meine Geschichte hören wollt ...«, fauchte sie. »Ich bin Schottin – nicht väterlicherseits, aber die Familie meiner Mutter lebt schon sehr lange in diesem Land. Wie Ihr bereits erraten habt, will ich dem König entrinnen. Nach dem unerwarteten Tod meines Vaters beschloss David – bedauerlicherweise mein Vormund – mich mit einem nichtswürdigen, elenden, grausamen, hässlichen, pockennarbigen, alten normannischen Bastard zu vermählen. Das muss ich verhindern.«

»Ah, ich verstehe …«

Hatte sie endlich sein Mitgefühl erregt?

»Werdet Ihr mir helfen?«

»Ich bin immer noch verwirrt.«

»Weshalb?«

»Wohin wollt Ihr?«

»Flussabwärts.«

»Warum?«

»Dort werde ich Verwandte treffen.«

»Flussabwärts gibt's nur ein Wikingerlager.«

»Ja, ich weiß.«

»Seid Ihr mit Daro verwandt?«

»Er ist mein Onkel.«

»Zählt auch Bjorn Hallsteader zu Euren Angehörigen?«, fragte er in scharfem Ton.

»Nein«, erwiderte Mellyora überrascht. »Hallsteader stammt aus Dänemark, und mein Vater war der Sohn eines norwegischen Jarls.«

»Oft genug haben Dänen, Schweden und Norweger Seite an Seite gekämpft.«

»Aye, und Wikinger für den König.«

»Und nun wollt Ihr ihm Eure Wikinger an den Hals hetzen?«

»Unsinn! Ich suche nur eine Möglichkeit, dem König meinen Standpunkt zu erklären, und Onkel Daro soll mir dabei helfen.«

»Falls Ihr einen Aufstand anzetteln und Blut vergießen wollt, solltet Ihr mir Eure Situation etwas genauer erklären.«

»Das habe ich nicht vor. Obwohl mein Vater ein Wikinger war, liebte er Schottland.« Nach einer kurzen

Pause fügte sie hinzu: »Und nun frage ich noch einmal – warum interessiert Euch das alles?«

»Aus keinem besonderen Grund ...« Plötzlich schien seine Aufmerksamkeit dem rechten Ruder zu gelten, das er in der Dolle herumzudrehen suchte.

»Was macht Ihr? Passt doch auf ...« Noch während Mellyora sprach, glitt das Ruder aus der Dolle und trieb auf den Wellen davon. »O Gott, was habt Ihr getan?« War der Mann gefährlich oder nur ein ungeschickter Tölpel?

»Das Ruder ist ins Wasser gefallen.«

»Allerdings, verdammter Narr! Weil Ihr's herausgerissen habt ...«

»Ach, du meine Güte!«, rief er.

»Was gibt's?«

»Jetzt ist auch das zweite Ruder weg.«

»Wie könnt Ihr nur so dumm sein! Statt auf die Ruder zu achten, quält Ihr mich mit unzähligen Fragen ...«

»Tut mir leid, liebe Lady, aber sorgt Euch nicht.« Plötzlich stand er auf.

»Was habt Ihr vor?«, fragte sie und starrte ihn entgeistert an.

»Ich schwimme an Land und hole andere Ruder.«

»Nein, das dauert zu lange!«

»Beruhigt Euch, liebe Lady. Sobald ich zurückkomme, bringe ich Euch dorthin, wo Ihr sein solltet.«

»Warum habt Ihr mir das angetan? Ich bin verzweifelt und darf keine Zeit verlieren. Oh, man müsste Euch verprügeln und auspeitschen ...«

»Vielleicht foltern? Auf dem Scheiterhaufen verbrennen? Oder aufs Rad flechten?«

»Was für gute Ideen!«, zischte Mellyora. Sie begegnete den Dienstboten stets sehr freundlich. Vor Gott seien alle Menschen gleich, hatte der Vater ihr eingeschärft. Aber der liebe Gott hatte sie noch nie mit einem so elenden Schwachkopf konfrontiert, der sie auch noch zu verhöhnen schien. »Erst sollte man Euch aufs Rad flechten, ohne Euch zu töten, und dann verbrennen.«

»Gleich bin ich wieder da, Lady.« Er nahm seinen Umhang von den Schultern und legte ihn ins Boot. Endlich sah sie sein Gesicht, musterte das schulterlange kastanienbraune Haar, die markanten Züge, die hohen, breiten Wangenknochen – und die faszinierenden kobaltblauen Augen unter den ausdrucksvoll geschwungenen Brauen. Obwohl er noch jung war, wirkte er reif und erfahren. Seine Erscheinung strahlte eine unbesiegbare Kraft aus, die ihr Angst einjagte. Kühl und unbeirrt erwiderte er ihren Blick.

»Wartet …«, wisperte sie.

»Nein, Lady, *Ihr* werdet auf mich warten. Wahrscheinlich werdet Ihr inzwischen ein bisschen flussabwärts treiben – in die gewünschte Richtung.«

Bevor sie ihn zurückhalten konnte, sprang er ins Wasser.

Zum Teufel mit dem Bastard … Sie erschauerte und kämpfte gegen ihr Unbehagen an. In einiger Entfernung sah sie ihn auftauchen.

»Bleibt hier!«, befahl sie.

Doch da war er bereits wieder in den Wellen verschwunden. Als er das nächste Mal Luft holte, hatte er sich schon zu weit entfernt, um ihren Ruf zu hören. Und sie saß hilflos in diesem Boot, das in der Mitte des Flusses dahintrieb.

»Wie konnte dieser Idiot beide Ruder verlieren?«, stöhnte sie. Vielleicht würden sie irgendwo schwimmen. Suchend schaute sie sich im Mondlicht um. Nein, das Schicksal war ihr nicht gewogen.

Seltsam – der Kahn bewegte sich nicht. Eigentlich müsste ihn die Strömung flussabwärts tragen, zumindest langsam.

Mellyora ballte erbost die Hände. Hätte David ihre Wünsche doch erfüllt – oder wenigstens darüber nachgedacht … Er war ein guter, mächtiger König, der sich erfolgreich für das vereinte Schottland eingesetzt hatte, und sie wollte ihm keinesfalls schaden. Aber sie musste für ihre Position und ihre Unabhängigkeit kämpfen und sie hoffte, einen Kompromiss mit David zu schließen, der sie beide zufrieden stellen würde.

Eine halbe Ewigkeit saß sie im Boot und befasste sich mit ihren Problemen. Was würde der König tun, wenn er glaubte, sie wollte ihn hintergehen?

Sobald sie frei war, würde sie ihm ihre Loyalität beweisen.

Wo blieb der Narr, der die Ruder verloren hatte und zum Ufer geschwommen war, um andere zu holen? Sie wartete schon viel zu lange. Würde er sie verraten?

Durfte sie es wagen, noch länger in diesem Kahn auszuharren? Nein, es wäre zu gefährlich. Sie erhob sich und schätzte die Entfernung zum Ufer ab. Dann nahm sie ihren Umhang von den Schultern und zog die Schuhe aus. In dieser kühlen Nacht war der Fluss sicher sehr kalt. Doch das musste sie ertragen. Sie kleidete sich bis auf ihr Leinenhemd aus.

Nach kurzem Zögern biss sie die Zähne zusammen. Sie konnte ausgezeichnet schwimmen und sie würde der Kälte trotzen. Entschlossen sprang sie in die Wellen.

Waryk watete an Land und sank in den Schlamm, um Atem zu schöpfen. Lachend schüttelte er den Kopf. Also sah er wie der Diener eines reichen Mannes aus. Nun ja, nach der langen Reise wirkte seine Kleidung ein bisschen schäbig.

Wer mochte die junge Frau sein? Eine Erbin. Die stolze blonde Schönheit, die vor dem Lagerfeuer getanzt und ihrer Eskorte die Geschichte von St. Columba erzählt hatte. Jetzt entsann er sich, dass er Sir Harry nicht nach ihrem Namen gefragt hatte. Und David wollte sie mit einem grausamen alten Normannen verheiraten. Zumindest glaubte sie das. Und vielleicht hatte sie Recht. Mit wem würde der König sie vermählen? Auf solche Weise pflegte er die Männer zu belohnen, die ihm getreulich dienten, und die meisten stammten von Normannen ab.

Die Nacht war windstill. Wer immer die Lady auch war, sie würde stundenlang dort draußen im Boot sitzen und mit ihrem Schicksal hadern. Ich müsste mehr Verständnis für sie aufbringen, ermahnte er sich, mehr Mitgefühl. Immerhin sollte sie mit einem Mann vor den Traualtar treten, den sie nicht kannte und für ein Monstrum hielt.

Aber die meisten Ehen junger Aristokratinnen wurden arrangiert. Das müsste sie wissen. Ganz zu schweigen von seiner Verpflichtung dem König gegenüber. Und nach allem, was die junge Lady plante, war sie Davids Feindin.

Vielleicht unterschätzte sie die Gefahr, die von den Wikingern ausging, trotz aller Bündnisse und Verträge. Dieses wilde, stolze Volk wollte seinen eigenen Gesetzen gehorchen. Pausenlos bedrohte es den Thron des Königs, der immer neue Kämpfe führte, um sein vereintes Schottland zu bewahren.

Und trotzdem – er bedauerte die schöne junge Frau, deren Tanz am Lagerfeuer ihn so fasziniert hatte. In der Tat, sie war ein begehrenswerter Preis, und David stand in der Schuld vieler normannischer Ritter, die ihm geholfen hatten, kleine Aufstände niederzuschlagen. Andererseits verstand Waryk, dass sich die bezaubernde Erbin gegen die Ehe mit einem Normannen sträubte, der womöglich zwei- oder dreimal so alt war wie sie und den sie als Ausländer betrachtete.

Wenn der König ihre Flucht entdeckte, drohte ihr

allerdings ein noch schlimmeres Schicksal. Und da Davids Entschluss feststand, konnte Waryk ihr nicht helfen. Also würde er sie rechtzeitig aus dem Boot holen, ohne David zu informieren, und ihr seine Handlungsweise erklären. Gegen den Willen eines Königs war man machtlos. Aber das würde sie wohl kaum einsehen.

Er schaute zum Nachthimmel hinauf und erinnerte sich an Eleanora – eine Engländerin, ihrer Heimat treu verbunden. Gerade diese Loyalität gefiel ihm. Niemals nahm sie ein Blatt vor den Mund, doch sie achtete auch seine Gedanken und Meinungen. Sie war diskret, leidenschaftlich und abenteuerlustig, seine Freundin und Geliebte, eine Gefährtin, die seine Sinne immer wieder zu erregen wusste. Bis vor kurzem hatte er niemals ernsthaft erwogen, sie zu heiraten, weil sie eine Engländerin war und weil der König ihn mit einer schottischen Erbin vermählen wollte, die Ländereien in die Ehe mitbringen würde. Doch er besaß selber ein Stück Land, das ihm seine Mutter aus dem Geschlecht der Strathearn überlassen hatte. Und Eleanora verfügte über kostbare Juwelen und eine beträchtliche Geldsumme, das Vermögen ihres verstorbenen Gemahls.

Eigentlich stand einer Heirat nichts im Wege. Der König war am englischen Hof aufgewachsen und plante die schottische Grenze weiter nach Süden zu verlagern. Vielleicht würde er eine Verbindung zwischen Waryk und Eleanora, die im Grenzland lebte, sogar vorteilhaft finden.

Wenn Eleanora auch nie darüber gesprochen hatte, so wusste Waryk doch, dass sie ihn sehr gern heiraten würde. Ihre erste Ehe war vom englischen König Henry arrangiert worden. Ihren zweiten Gemahl durfte sie selbst wählen. In jener letzten Nacht hätte Waryk diese Möglichkeit beinahe erwähnt und sich dann anders besonnen, immer noch unter dem verwirrenden

Eindruck des Kampfs um Localsh. Außerdem brauchte er Zeit, um König David von den Vorzügen seiner Heiratspläne zu überzeugen. Das würde ihm vermutlich gelingen.

Aber erst einmal musste er die junge Erbin unbemerkt in Davids Festung zurückbringen und ihr Schwierigkeiten ersparen, die sie allem Anschein nach unterschätzt hatte.

Was sie beabsichtigte, grenzte an Hochverrat. Wusste sie nicht, dass sie ihren Kopf riskierte, wenn sie eine Verschwörung gegen den König anzettelte?

Als er aufstand und einen leisen Pfiff ausstieß, trottete sein ebenholzschwarzes Streitross Mercury zu ihm und erschreckte einen alten Fischer, der am Ufer entlangwanderte. Offenbar suchte der Mann sein Boot. Nur zufällig war Waryk zu der Stelle geritten, wo die Lady ihre Flucht vorbereitet hatte. Wann immer er Ruhe und Entspannung brauchte, suchte er den Fluss auf, lag am Wasserrand, betrachtete die Sterne und genoss die sanfte, kühle Brise, die nicht nach Blut roch. Solche Nächte beschwichtigten seine Seele. Und dieser Teil des Ufers, außerhalb von Stirling, war stets sein Lieblingsplatz gewesen. In dieser beschaulichen Stille störte ihn niemand, nur hin und wieder ein Fischer.

Bekümmert schaute der alte Mann zu Waryk auf. »Hier ließ ich mein Boot zurück. Da bin ich mir ganz sicher. Habt Ihr's vielleicht entdeckt, Sir? Ist es auf den Fluss hinausgetrieben?«

»In der Tat, ich habe Euren Kahn gesehen.« Waryk übergab dem Fischer eine Silbermünze mit König Davids Bild. »Nehmt das für Euer Boot. Morgen werdet Ihr's zurückbekommen. Dafür will ich sorgen.«

»Großer Gott!« Verwundert riss der Fischer die Augen auf. »Für ein Silberstück könnt Ihr getrost Brennholz aus dem alten Kahn machen, Sir.«

Waryk sprang auf Mercurys Rücken. »Wenn Ihr mir

einen Gefallen erweist, würdet Ihr Euch noch eine Münze verdienen. Seht Ihr Euer Boot da unten in der Flussmitte? Behaltet es im Auge und passt auf, dass es nicht ans Ufer treibt. Eine Lady sitzt drin. Bald werde ich sie holen.«

»Aye, Sir, wie Ihr wünscht!«, rief der Fischer entzückt. »Ich werde das Boot gut bewachen.«

»Wie heißt Ihr?«

»Milford, Sir. Und wer seid Ihr?«

»Waryk ...«

»Ah, Laird Lion!«

Verwundert hob Waryk die Brauen. »Ich wusste nicht, dass ich so bekannt bin.«

»Weit und breit berühmt, Sir. Alle Schotten lieben einen Krieger, der ihre Feinde besiegt – wenn er nicht selber zu den Feinden zählt. Freut mich, Euch persönlich kennen zu lernen, mein guter Laird. Ob Ihr's glaubt oder nicht, in meiner Jugend ritt ich mit einem gewissen William, der dem König diente. Und ich habe Euren Vater stets bewundert, junger Graham. Deshalb dürft Ihr Euch in dieser Nacht auf mich verlassen.«

Lächelnd nickte Waryk dem alten Fischer zu. »Vielen Dank. Mein Vater war ein großartiger Mann und ich weiß Eure Loyalität zu schätzen, Milford. Gebt auf das Boot Acht, ich komme möglichst schnell zurück.«

Er spornte Mercury an und ritt zur Festung. Am Tor nannte er dem Wachtposten seinen Namen und wurde in den Hof eingelassen. Dort übergab er Mercury einem jungen Reitknecht und eilte in seine Gemächer.

Inzwischen war es spät geworden. Er hatte nicht beabsichtigt, mit der Lady so viel Zeit zu verbringen. Kaum hatte er den langen Flur betreten, der zu den Quartieren der Ritter führte, versperrte ihm Alan of Air, Davids Kammerdiener, den Weg. »Laird Lion, der König wünscht Euch sofort zu sehen.«

»Das weiß ich. Aber wie Ihr seht, bin ich triefnass.

Ich will mich rasch waschen und umziehen, bevor ich den König aufsuche. Tut mir leid, ich hatte nicht vor, ihn die ganze Nacht warten zu lassen.«

»Oh, in der Nacht hat er geschlafen, Laird Waryk. Nun ist er wieder aufgestanden, weil der Tag anbricht. Geht unverzüglich zu ihm!«

Resignierend zuckte Waryk die Achseln. »Also gut.« In quietschenden nassen Schuhen ging er zur großen Halle, wo David umherwanderte. Sieht so aus, als müsste ich mich auf eine lange Diskussion gefasst machen, dachte Waryk unbehaglich. Er hatte beabsichtigt, der ungebärdigen Erbin etwas Zeit zu geben, damit sie zur Vernunft kam, aber keineswegs geplant, sie im Stich zu lassen. Nun würde es einige Zeit dauern, bis er zu ihr zurückkehren konnte. Unter diesen Umständen würde er David über die Lady informieren müssen, nachdem er die Schlacht geschildert hatte. Viel zu schnell würde der Morgen grauen.

Und dann mochte die junge Frau in Gefahr schweben, denn der Fluss würde anschwellen, die Wikinger, die sie erreichen wollte, in die Richtung von Stirling vorrücken …

So lange es möglich war, wollte er ihr Geheimnis hüten. Und wenn nicht … Dann musste sie den Zorn des Königs über sich ergehen lassen.

Oder sie würde sich bemühen, ihren Fluchtversuch wiedergutzumachen, indem sie ihn bei David anschwärzte. Die Wikinger konnten sehr gefährlich sein. Sogar die schöne Tochter eines Wikingers.

Vielleicht, dachte er, und eine böse Ahnung jagte einen Schauer über seinen Rücken. Vielleicht ist die schöne Tochter eines Wikingers besonders gefährlich.

5

»Sire …« Waryk neigte den Kopf, ließ sich auf ein Knie nieder und erhob sich wieder. »Nun will ich Euch berichten …«

»Nicht nötig. Deiner Ankunft ist die Nachricht von deiner Heldentat längst vorausgeeilt.«

»Sicher hat Angus maßlos übertrieben.«

»Die Boten erreichten mich schon, ehe er Bericht erstatten konnte. Übrigens, du hast dir viel Zeit gelassen, Laird Lion.«

»Nun, ich wollte mich kurz ausruhen, unten am Fluss.«

»Dein Leben lang hast du das Wasser geliebt.«

»Und die Sterne. Verzeiht mir, ich hätte sofort zu Euch kommen sollen …«

»Diese Atempause hast du verdient. Bist du in den Fluss gefallen?«

»Ich hatte Lust, ein wenig zu schwimmen.«

»Seltsam, in einer so kalten Nacht. Hast du Nymphen gejagt?«

Grinsend schüttelte Waryk den Kopf. »Nur eine kleine Erfrischung …«

»Hm.« Der König ahnte, dass mehr hinter der Geschichte steckte. Aber vorerst würde er das Thema nicht weiter verfolgen. »Welche Abenteuer du in den letzten Stunden auch immer bestanden hast – du bist im Triumph heimgekehrt. Nach deinem Sieg über die schurkischen Rebellen warst du umsichtig genug, ein paar deiner Männer in Localsh zurückzulassen, die neue Befestigungsanlagen bauen werden. Wir alle sind stolz auf dich. Und was mir am wichtigsten erscheint, du hast mir wieder einmal deine Treue bewiesen. Von diesem Kurs weichst du niemals ab, ganz egal, wie sich der politische Wind drehen mag.«

»Schon in früher Jugend konnte ich meine Loyalität beweisen, Sire«, erwiderte Waryk lächelnd, dann fügte er in ernstem Ton hinzu: »Dieser letzte Kampf hat mich beunruhigt. Irgendwie glich er unseren Scharmützeln vor ein paar Monaten im Westen – und davor im Norden und an der Ostgrenze. So als würde ein unsichtbarer, unbekannter Feind für Aufstände sorgen, wo eigentlich keine stattfinden dürften.«

»Angus erzählte mir von einer undisziplinierten Schlägerbande.«

»Aye, und das gibt mir zu denken. Wir bekämpften ungebildete Bauern – oder vielleicht Leibeigene von einer neuen normannischen Domäne. Offenbar wurden diese Männer in die Schlacht getrieben, und sie schienen nicht den Tod, sondern das Leben zu fürchten. Entweder flohen sie in den Wald oder sie starben. Wir versuchten ein paar Überlebende gefangen zu nehmen. Aber sie wehrten sich wie Dämonen. Das alles ergibt keinen Sinn.«

»Zu solchen Aufständen kommt es immer wieder. Jetzt, nach Henrys Tod, lassen sich die Leute umso leichter verleiten, für Mathilda oder Stephen zu kämpfen, Unruhen heraufzubeschwören und zu sehen, was bei diesem Zwist für sie herausspringt.«

»Jeder kämpft für diese oder jene Überzeugung. Für Mathilda oder Stephen. Jedenfalls gibt es im Tiefland nur wenige Schotten, die Eure Königswürde nicht anerkennen. Ich fürchte, wir haben es mit einem Feind zu tun, den wir erst einmal aufspüren müssen – der mächtiger ist als die armen Narren, die wir notgedrungen getötet haben. Warum will er sein Gesicht nicht zeigen? Diese Frage verwirrt mich und erregt meinen Zorn.«

»Vielleicht ein Wikinger?«, seufzte David.

»Die Wikinger glauben, ihre Götter würden sie für kühnen Kampfgeist belohnen. Bisher ist mir kein einziger Wikinger begegnet, der einer Schlacht ausgewichen wäre.«

»Letzten Endes ist es unsere kriegerische Stärke, die uns zum Sieg verhilft, Waryk, über welchen Feind auch immer. Verschwende deine Zeit nicht mit unlösbaren Rätseln.«

»Dieses Problem dürfen wir nicht unbeachtet lassen …«

»Ich lasse nichts außer Acht. Das weißt du. Natürlich werde ich mich vor allen Gefahren hüten. Und das führt mich zu den Maßnahmen, die ich mit dir besprechen will.«

»Wie Ihr wünscht, Sire, aber …«

»Vor kurzem starb ein Lehensmann, der einen großen Landsitz hinterließ. Endlich habe ich die richtige Festung für dich gefunden. Als du damals bei unserer ersten Begegnung eine Übermacht bezwungen hast, erkannte ich, was in dir steckt. Und du hast mich nie enttäuscht. Nun sollst du deinen Lohn erhalten – jenen begehrenswerten Besitz.«

Da Waryk mehrere Wochen unterwegs gewesen war, wusste er nicht, was sich inzwischen im Königreich ereignet hatte und welche Ländereien derzeit zur Verfügung standen. Hin und wieder hatte er überlegt, warum es so lange dauerte, bis David ihm das versprochene Schloss übereignete, und ob dies nur leere Worte gewesen waren. Doch im Grunde spielte das keine allzu große Rolle. Seit der Nacht, in der sein Vater und sein Onkel den Tod gefunden hatten, blieb er dem König treu.

Eleanora …, dachte er. Nachdem er erfahren hatte, dass er einen Landsitz erhalten sollte, konnte er seine Heiratspläne erwähnen.

Plötzlich schlug sein Herz schneller. Endlich war es

so weit. Ein Zuhause. Und bald eine Familie. So lange träumte er schon davon.

»Natürlich bin ich Euch sehr dankbar, Sire, insbesondere, weil ich eine Braut gefunden habe …«

»Eine Braut?«, fiel David ihm ins Wort.

»Aye, und ich glaube, es ist eine gute Wahl. Darüber habe ich lange nachgedacht und ich bin sicher, Ihr werdet meinen Entschluss billigen.«

»Leider nicht, Waryk«, erwiderte der König ungeduldig. »Zu jenem Land gehört eine Erbin.«

»Was?«, rief Waryk verwirrt und empfand ein gewisses Unbehagen, wenn er auch nicht wusste, warum.

»Ein großer Krieger ist gestorben und hat eine Tochter hinterlassen. Wenn sie dich heiratet, bleibt sie die Herrin ihres Erbes, und ich werde den Frieden mit allen Menschen sichern, die ihr Haus ehren. Die Mutter der Frau entstammte einem alten schottischen Geschlecht. Und das Land liegt an der Küste, an einem schönen Meeresarm, eine Insel und ein Teil des Festlands, nahe den Hebriden. Auf diesen Besitz darfst du stolz sein, Waryk. Das steinerne Schloss steht auf Grundmauern, die römische Einwanderer aus natürlichen Felsformationen errichtet haben. Später bauten die ersten Normannen, die nach Schottland kamen, eine starke Festung. Im Lauf der Zeit hielt sie allen Angreifern stand, mochten sie vom Meer oder vom Land her kommen. Manchmal ist die Brandung etwas stürmisch. Aber der Handel zwischen den Inseln, England und Irland blüht. Dafür sorgen nicht zuletzt ausgezeichnete Handwerker, vor allem die besten Waffenschmiede der ganzen Umgebung. Das Getreide gedeiht ebenso prächtig wie Rinder und Schafe. Für dieses Gebiet würde so mancher Mann einen Mord begehen. Um es zu schützen, sind viele gestorben. Die geographische Lage ist äußerst vorteilhaft, und der Laird muss unbedingt ein Schotte sein, der schottischen

Krone treu ergeben – keiner anderen. Denn die Wikinger leben in gefährlicher Nähe.«

Von wachsendem Ernst erfüllt, hatte David gesprochen, und Waryk antwortete im gleichen Ton: »Zweifellos bin ich Euch zu großem Dank verpflichtet, aber …«

»Waryk, du wirst mir auch weiterhin so treu dienen wie bisher. Ich lasse keinen Protest gelten. Wie gesagt, viele sind gestorben, um die Stellung zu halten, und ich fürchte, weitere Männer werden den Tod finden, wenn das Schloss nicht mit eiserner Hand verwaltet wird. Unter allen Umständen muss Lady Mellyoras Erbe in meiner Domäne bleiben. Die Festung liegt auf einer Insel, mit dem Festland verbunden. Von der Küste führen mehrere Wege ins Hochland, zu kriegerischen Clans. Und auf nahen Inseln herrschen unsere nordischen Nachbarn, die jederzeit auf den Gedanken kommen könnten, das schöne, fruchtbare Land zu erobern.«

»Seid versichert, Sire, ich weiß Eure Großzügigkeit zu würdigen, aber …«

Waryk wurde erneut unterbrochen. »Hast du diese Frau entehrt, die du heiraten willst?«

»Darum geht es nicht. Sie ist schon seit einiger Zeit meine Geliebte. Allerdings denke ich erst jetzt an eine Ehe …«

»Deine Geliebte! Aus welcher Familie stammt sie? Welcher Vater, Bruder oder Onkel würde eine solche Situation dulden, ohne dich zur Verantwortung zu ziehen?«

»Sie ist verwitwet und hat vom englischen König die Erlaubnis erhalten, ihren zweiten Ehemann selbst zu wählen.«

»Also eine Engländerin«, rief David irritiert.

»Auch Ihr habt eine Engländerin geheiratet, Sire. Es handelt sich um Lady Eleanora.«

»Ah … In der Tat, eine schöne Frau.«

Im Zwiespalt seiner Gefühle, senkte Waryk den Kopf. Was ihm der König anbot, reizte ihn. Ein schöner Landsitz … Gewiss, er hatte an Davids Hof gelebt und nach zahlreichen üppigen Mahlzeiten in einem weichen Bett geschlafen, aber seit dem Tod seiner Familie kein echtes Zuhause gekannt. Nach Reichtümern sehnte er sich nicht – nur nach einem Zuhause. Andererseits wollte er Eleanora heiraten. Wenn sie auch kein eigenes Schloss besaß – sie faszinierte seinen Geist ebenso wie seine Sinne. Nun wusste er nicht, ob er mit dem König debattieren sollte oder mit sich selbst. »Sire, ich habe Euch stets gedient …«

»Das sollst du auch weiterhin tun. Oder willst du ablehnen, was ich dir biete? Einen wundervollen Besitz, eine beneidenswerte Position?« In wachsendem Zorn musterte David seinen Ritter.

»Nein, es ist nur …«

»Was deine Liaison mit Eleanora angeht, tut's mir Leid. Ich mag das temperamentvolle Mädchen. Aber ich weiß, dass du kein Narr bist. Und ich warte seit Jahren auf die Gelegenheit, dir den Titel und die Stellung zu verschaffen, die du als einer meiner loyalsten Krieger verdienst. Bei Gott, seit du für mich kämpfst, sollte dir klar sein, welches Schicksal dich erwartet – nämlich ein politisches. Da muss dein Herz zurückstehen. Ich werde Eleanoras Enttäuschung lindern. Außerdem wird sie begreifen, wem du in erster Linie verpflichtet bist – mir und Schottland.«

Reglos stand Waryk vor dem König und spürte die Kälte des Flusswassers, das von seiner Kleidung zu Boden tropfte. Über seine Heirat ließ sich reden – über seine Treue zu Schottland nicht. Und er musste David zustimmen. Seit langer Zeit wusste er, welche Zukunft ihn erwartete.

Trotzdem missfiel ihm der Gedanke, mit einer Frau

vermählt zu werden, nur weil sie ein reiches Erbe besaß. Auf die Fröhlichkeit, Herzenswärme und Sinnenlust, die Eleanora ihm schenkte, konnte er Schottland zuliebe verzichten, aber nicht auf das Glück, das er seit dem schmerzlichen Verlust seiner Angehörigen am inbrünstigsten ersehnte – eine Familie. Und wenn die Herrin jener Ländereien eine vertrocknete alte Vettel war, würde ihm versagt bleiben, wofür er all die Jahre gekämpft hatte.

»Über dieses Land – und die Erbin würde ich gern etwas mehr erfahren, Sire. Bitte, zweifelt nicht an meiner Treue zu Euch und meinem Land ...« Er wollte gezielte Fragen stellen, doch er wurde unterbrochen, als die Tür der Halle aufflog und eine erregte Frau hereinstürmte.

»Sire!« Von silbergrauem Haar umflattert, rannte sie zum König. Sie verneigte sich, dann warf sie einen kurzen Blick auf Waryk.

»Verzeiht die Störung, ich ...«

»Sprecht nur, Jillian. Was ist geschehen?«

»O Sire – meine Herrin ist verschwunden!«

»Verschwunden?«, stieß David hervor. »Unmöglich!«

»Doch ...«

»Vor ihrer Tür stehen zwei Wachtposten.«

»Ich glaube, sie ist aus dem Fenster geklettert.«

»Aber ihre Gemächer liegen hoch über dem Hof.«

»Wahrscheinlich ist sie von der Brustwehr aufs Gerüst gesprungen. Sie ist sehr behände und ...«

»Und?«

»Verzweifelt.«

»Mein Gott!« Wütend schlug David mit der Faust auf den Tisch in der Mitte des Raums, so heftig, dass die Holzplatte ächzte. »Dieses tückische kleine Biest! Niemals hätte ich gedacht, sie wäre dreist genug, mir den Gehorsam zu verweigern. Aber ich werde sie finden und ihren Tatendrang unterbinden, was immer sie auch im Schilde führt. Diese Unverschämtheit wird sie bitter bereuen und die gerechte Strafe erleiden …«

»Beruhigt Euch, Sire, sonst trifft Euch noch der Schlag«, mahnte Waryk. Plötzlich stockte sein Atem. Er hätte es wissen müssen … »Sagt mir doch – wer ist diese Frau?«

Mühsam rang der König nach Fassung. »Mellyora MacAdin. Verdammt, ich habe sie unterschätzt. Wie sollte ich ahnen, dass sie ihr Leben riskieren würde, um mir zu trotzen?«

»Und warum durfte sie die Festung nicht verlassen? Hat sie etwas verbrochen? War sie Eure Gefangene?«

»Nein, mein Gast, die Tochter eines alten, ehrbaren Freundes. Bisher hat sie nichts verbrochen. Und jetzt – wenn ich nicht so barmherzig wäre, müsste ich sie eine Verräterin nennen.«

»Warum ist sie geflohen? Wollte sie ihrem Ehemann entrinnen?«

»Ihrem Bräutigam. Sie weigert sich, dich zu heiraten, Laird Lion.«

»Mich?«, flüsterte Waryk.

»Aye!«

Nun wusste Waryk endgültig Bescheid. Wie dumm von ihm, die Zusammenhänge nicht sofort zu erkennen! Die Lady, die er am Fluss getroffen hatte, war seine Braut. Das hätte er schon bei seinem Gespräch mit Sir Harry merken – und erraten müssen, warum er von David nach Stirling beordert worden war. Weil er die Erbin heiraten sollte, die der alte Ritter in die Festung eskortiert hatte.

Also rannte sie vor *ihm* davon. Er war jener elende, grausame Normanne. Und um dieser Ehe zu entrinnen, wollte sie zu ihrer Wikingerverwandtschaft fliehen. Krampfhaft schluckte er und bezähmte seinen Zorn. Mit *meiner* Hilfe hat sie versucht, dem König zu entrinnen, dachte er. Und unserer Hochzeit. O ja, er erinnerte sich an jedes Einzelne ihrer Worte. Was für eine arrogante kleine Hexe! Wie er gerechterweise zugeben musste, kannte sie ihn nicht. Doch dieser logische Gedanke vermochte seine Wut nicht zu mildern. Das Mitleid, das er vor kurzem mit ihr empfunden hatte, war restlos verflogen.

Großartig! Er hatte gehofft, seine leidenschaftliche, zärtliche, verständnisvolle Geliebte zu heiraten. Stattdessen wurde ihm ein eigenwilliges, leichtsinniges Mädchen aufgehalst, das viel zu jung war, um die Entstehung einer Nation zu begreifen. Würde sie ihm ihre Liebe schenken? Wohl kaum. Und ihre Leidenschaft galt nur der wilden Entschlossenheit, ihm zu entkommen.

Andererseits – er hatte befürchtet, er würde eine alte vertrocknete Vettel heiraten müssen, die unfähig wäre, ihm die ersehnten Söhne zu schenken. Und alt war Mellyora gewiss nicht. Sie besaß alle ihre Zähne und offenbar einen starken, gesunden Körper. Sonst hätte sie nicht am Gerüst hinabklettern können.

Aber sie war nicht nur jung und gesund, sondern auch schön. Und viel zu eigensinnig und verletzlich. In ihrem verzweifelten Wunsch nach Freiheit verstand sie nicht, wie viel sie wagte. Oder sie wusste es und es kümmerte sie nicht. Vielleicht gab es für sie kein schlimmeres Schicksal, als einen von Davids normannischen Rittern heiraten zu müssen. In ihrer Arroganz glaubte sie, ihre Willenskraft würde genügen, um das zu verhindern und einem König zu trotzen.

Und doch – bevor er ihr am Fluss begegnet war, hatte er sie vor dem Lagerfeuer tanzen sehen und ihre klare Stimme gehört. Seither verfolgte sie ihn in seinen Träumen …

Obwohl sie nicht ihn, sondern einen ihr unbekannten Normannen ablehnte, wuchs sein Zorn. Zu seiner Bestürzung bedrückte ihn das viel schmerzlicher als der Verlust Eleanoras. Mein Stolz besiegt mein Herz, dachte er wehmütig.

Innerhalb einer knappen Viertelstunde hatte sich sein ganzes Leben verändert. So ging es nun einmal zu auf dieser Welt. Er musste auf Eleanora verzichten – und Mellyora MacAdin auf ihre Freiheit.

Plötzlich entsann er sich, dass sie immer noch im Boot saß, mitten auf dem Fluss, und zu den Wikingern fahren wollte. »Ich werde die Lady finden«, erklärte er dem König.

»Was?«, fragte David geistesabwesend. Dann schüttelte er den Kopf. »Du hast einen harten Kampf bestanden und bist eben erst an den Hof zurückgekehrt. Jetzt brauchst du deine Ruhe. Ich werde andere Ritter beauftragen, Mellyora zu suchen, und …«

»Vertraut mir, Sire, ich bin nicht müde, und ich werde sie aufspüren«, gelobte Waryk. Dass er wusste, wo sie sich aufhielt, verriet er nicht. O ja, er würde sie finden, in die Festung zurückbringen und veranlassen, dem König zu gehorchen. Auch *ihm* würde sie sich unterordnen – wenn er auch keine Liebe erzwingen konnte. Er verneigte sich vor David und Jillian und eilte aus der Halle. Im Flur blieb er stehen. Bevor er seine widerstrebende Braut zurückholte, musste er einige Dinge erledigen und Befehle erteilen. »Angus!«, rief er und stürmte ins Quartier des Freundes, das neben seinem eigenen lag.

Allzu lange hatte Angus noch nicht geschlafen. Als er Waryks Stimme erkannte, sprang er sofort auf und griff instinktiv nach seinem Schwert.

»Noch brauchen wir keine Waffen«, bemerkte Waryk trocken. »Ich war soeben beim König …«

»Aye, dann hast du's gehört.«

»Allerdings.« Offenbar war das gesamte Haus über seine Zukunft informiert worden, während er am Fluss seine Zeit vergeudet hatte.

»Sicher wird sich Lady Eleanora verständnisvoll zeigen. Ich kenne den Landsitz, den du übernehmen sollst, Waryk, eine unglaublich schöne Landschaft. Dazu gehört eine Insel – und ich entsinne mich, wie sehr du das Meer liebst. Vor vielen Jahren sah ich auch die Erbin. Sie war ein bildhübsches kleines Mädchen. Übrigens, letzte Nacht haben wir sie aus der Ferne beobachtet – die junge Frau, die von Sir Harry eskortiert wurde. Angeblich ist sie zu einer Schönheit herangewachsen und sie wird dir zweifellos gefallen …«

»Wir sind uns schon begegnet.«

»Wo, wann?«, fragte Angus verwirrt. »Waryk, du bist ja ganz nass!«

»Aye. Wir haben uns zufällig getroffen. Da wusste ich noch nicht, wer sie ist. Und sie kannte mich auch nicht.«

Langsam hob Angus die Brauen. »Bist du ihretwegen klatschnass?«

»Ja.«

»Dann zieh dich um Himmels willen um.«

»Noch nicht. Erst muss ich meine Lady wiederfinden. Sie scheint das Wasser ebenso zu lieben wie ich.«

»Soll ich dich begleiten?«

»Nicht nötig.«

»Vermutlich wirst du ihr verraten, wer du bist.«

»Erst später. Wann ich mit ihr in die Festung zurückkehren werde, weiß ich noch nicht. Wenn es so weit ist, musst du dem König Bescheid geben. Außerdem solltest du Sir Harry und Tristan alarmieren. Diese Flure müssen streng bewacht werden.«

»Glaubst du, sie will dir entkommen?«

»Davon bin ich sogar überzeugt.« Waryk lächelte grimmig. »Doch es wird ihr nicht gelingen. Was immer sie sich auch einbildet.«

6

Frierend und erschöpft erreichte Mellyora das Ufer. In der Dunkelheit hatte sie die Orientierung verloren und eine halbe Ewigkeit gebraucht, um zur anderen Seite des Flusses zu schwimmen.

Hier fand sie eine Fischerhütte, so ähnlich wie jene am gegenüberliegenden Ufer – eine willkommene Zuflucht, die sie vor dem kalten Nachtwind schützen würde. Obwohl das Wikingerlager nicht weit entfernt war, musste sie sich ausruhen, bevor sie den Onkel aufsuchte. Das Schwimmen war mühsamer gewesen als erwartet. Und in den Wochen seit Adins Tod hatte sie kaum geschlafen. Mit letzter Kraft schleppte sie sich in die Hütte und schlief ein.

Als sie die Augen öffnete, blinzelte sie ins Tageslicht und sie sah Fischer auf dem Fluss – auch das kleine Boot, das sie sich am Vorabend ausgeliehen hatte. Inzwischen war es in die Nähe des Ufers getrieben und schien sie zu erwarten. Daneben schwammen erstaunlicherweise die beiden Ruder, die in den Dollen hingen. Der Morgen war fast so kalt wie die Nacht, und Mellyoras Kleidung lag in diesem Kahn. Also musste sie hinschwimmen. Innerhalb weniger Minuten würde sie hineinklettern, dann konnte sie die Fahrt zum Wikingerlager fortsetzen. Wenn sie am Ufer entlangging, würde sie womöglich in ernsthafte Schwierigkeiten geraten. Deshalb brauchte sie das Boot – ohne einen Tölpel, der die Ruder verlieren würde. Sie fragte sich, was mit dem jungen Mann geschehen sein mochte. Er war nicht zurückgekommen. Oder doch? Sicher hatte er sie nicht in der Hütte entdeckt. Er würde wahrscheinlich glauben, sie wäre bei ihrem Onkel angekommen oder ertrunken. Durch seine Schuld. Würde er sich Vorwürfe machen, weil er sie überfallen hatte?

Im eisigen Wasser begannen ihre Zähne zu klappern. Um sich zu erwärmen, schwamm sie mit möglichst kräftigen Zügen. Vermutlich war es albern gewesen, in den Fluss zurückzukehren. Aber was blieb ihr anderes übrig? Wie sie sich nun eingestand, hatte sie seit der Audienz bei David nur Dummheiten gemacht. Am Gerüst hätte sie sich den Hals brechen können. Und jetzt würde sie vielleicht erfrieren oder ertrinken. Doch sie besaß nicht viele Waffen, um den König zu bekämpfen, der ihre Zukunft bestimmen wollte. Und sie würde nicht ertrinken, sondern ins Boot steigen und stromabwärts zu ihrem Onkel rudern. Jetzt erblickte sie sogar das Wikingerlager, nicht allzu weit entfernt, und sie seufzte erleichtert. Zwischen den Zelten gingen Männer umher und Frauen saßen vor den Lagerfeuern.

Dieses Ziel musste sie erreichen, bevor die Männer des Königs nach ihr fahnden würden. Hoffentlich würde Jillian erst gegen Mittag herausfinden, dass ihre Herrin nicht im Bett lag, und den König erst dann alarmieren. Als das Boot zum Greifen nahe war, wurde sie plötzlich zurückgerissen, ihr Kopf tauchte unter, und sie schluckte Wasser. Irgendjemand hatte sie gepackt und versuchte, sie zu ertränken. Angstvoll und verzweifelt wehrte sie sich gegen den Arm, der ihre Taille umschlang. Ihre Nägel bohrten sich in festes Fleisch. Da wurde sie losgelassen und versank in der Tiefe. Mit aller Kraft trat sie Wasser und schnellte nach oben. Kaum hatte sie Luft geschöpft, legten sich Hände um ihre Schultern. Diesmal grub sie ihre Zähne in einen stahlharten Arm. Ein schmerzhafter Schlag traf ihre Schläfe, und sie öffnete den Mund, um nach Luft zu schnappen. Beinahe verlor sie die Besinnung. Drohte ihr der Tod? Doch sie wurde nicht ertränkt, sondern ans Ufer gezerrt.

Wütend trat sie nach ihrem Feind und versuchte erfolglos, sich umzudrehen, damit sie ihn sehen konnte. Mit beiden Händen ergriff sie kalten Schlamm, schleuderte ihn nach hinten und hoffte, das Gesicht des Schurken zu treffen. Plötzlich wurde sie nicht mehr festgehalten, und er stand vor ihr, die nackten Füße im nassen Sand.

Als sie seitwärts davonkroch, warf er sich sofort auf ihren Körper, und sie bekämpfte ihn verbissen. Ineinander verkeilt, wälzten sie sich im Schlamm umher. Mellyora wünschte inständig, sie wäre in der Festung Stirling geblieben. In diesem Augenblick verfluchte sie ihre Dummheit. Warum hatte sie jemals geglaubt, sie würde dem König entrinnen?

Wer war dieser Verrückte, der aus dem Wasser emporgetaucht war wie ein Meeresungeheuer? Würde er sie vergewaltigen und töten? Nein, sie wollte nicht sterben. In der Lederscheide an ihrem Schienbein steckte immer noch das Messer. Entschlossen zog sie es hervor und schwang es hoch.

»Also seid Ihr nicht nur eine Verräterin und Diebin. Nicht einmal vor einem Mord würdet Ihr zurückschrecken.« Eisenharte Finger umklammerten ihr Handgelenk – so fest, dass sie gequält aufschrie – und zwangen sie, das Messer fallen zu lassen. Dann wurde sie auf den Rücken geschleudert. Der Schurke kniete über ihren Hüften und hielt ihre Arme hinter ihrem Kopf fest.

Endlich sah sie das Gesicht des Ungeheuers.

»*Ihr* seid es«, fauchte sie. Der elende Tölpel, der die Ruder verloren hatte … Offenbar bereute er seinen ersten Angriff nicht, denn er attackierte sie erneut.

»Aye, Lady. Ich sagte doch, ich würde zurückkommen.«

»Zum Teufel mit Euch! Letzte Nacht habt Ihr mich schmählich im Stich gelassen. Und vorhin wolltet Ihr mich ertränken. Wie konntet Ihr es wagen! Dafür werdet Ihr büßen ...«

»Das bezweifle ich.«

Wortlos starrte sie ihn an. Im Tageslicht wirkten seine Augen noch unheimlicher. Arktisches Blau. Und die angespannten Züge erschienen ihr ebenso beängstigend. Hatte er beschlossen, doch noch Lösegeld für sie zu verlangen? Oder würde er sie umbringen? Nein, davon hätte er nichts. Aber er erwiderte ihren Blick so zornig, als würde er sie am liebsten erdrosseln.

Sie zwang sich zur Ruhe. Vorerst würde sie nicht gegen ihn kämpfen, Kräfte sammeln und einen geeigneten Zeitpunkt abwarten, um sich loszureißen. »Ihr begeht einen schweren Fehler«, warnte sie ihn. »Offenbar wisst Ihr nicht, wer ich bin ...«

»Doch.«

»Also gut. Hört mir zu. Wenn der König mir auch zürnt – sobald er erfährt, dass Ihr mich ertränken wolltet ...«

»Das hatte ich nicht vor. Sonst wärt Ihr jetzt tot.«

»Und wieso habt Ihr mich angegriffen?«

»Um Euch ans Ufer zu ziehen. Hättet Ihr Euch nicht so erbittert gewehrt, wäre ich etwas sanfter mit Euch umgegangen.«

»Warum habt Ihr mich aus dem Wasser geholt?«

»Weil ich dachte, Ihr würdet das Boot nicht erreichen.«

»Oh, ich bin eine ganz ausgezeichnete Schwimmerin.«

»Tatsächlich? Und deshalb seid Ihr gestern Nacht nur bis hierher gekommen?«

»Ich fror und war müde ...«

»Und zu schwach.«

»Heute Morgen hätte ich mich sehr gut allein zurechtgefunden.«

»Aber jetzt seid Ihr mit mir zusammen.«

»Versteht Ihr denn noch immer nicht, welch eine grausame Strafe Euch erwartet? Man wird Euch …«

»Aufs Rad flechten, vierteilen und verbrennen.«

Ihre Augen verengten sich. Erdreistete sich der elende Bastard, sie zu verhöhnen? »Allerdings!«, zischte sie. »Wenn ich den König sehe, werde ich ihn bitten, Euch so zu bestrafen, wie Ihr's vorgeschlagen habt. Und nachdem Ihr verbrannt seid, wird man Eure Asche in alle Winde streuen.«

»Das glaube ich nicht, Lady.« Er stand auf und hielt ihr eine Hand hin.

Verwundert runzelte sie die Stirn. Statt seine Hilfe anzunehmen, erhob sie sich aus eigener Kraft und beobachtete ihn misstrauisch. Er musterte sie von Kopf bis Fuß, und seine durchdringenden Augen trieben ihr heiße Röte in die Wangen. Nun bereute sie, dass sie sich bis auf das dünne Leinenhemd ausgezogen hatte, das klatschnass an ihrer Haut klebte und mehr enthüllte als verbarg. Der prüfende Blick dieses Mannes zerrte an ihren Nerven, und sie fühlte sich wie eine prämierte Kuh auf dem Viehmarkt. Gleich würde er verlangen, sie solle ihm ihre Zähne zeigen. Alles in ihr drängte sie, zurückzuspringen und davonzulaufen. Aber er würde sie nach wenigen Schritten einholen.

»Folgt mir«, befahl er.

»Wohin?«

»Natürlich zum König. Damit Ihr ihn auffordern könnt, mich aufs Rad zu flechten und vierteilen und verbrennen und meine Asche in alle Winde streuen zu lassen.«

Jetzt verspottete er sie schon wieder. Wer mochte er sein? Sicher kein Diener. Vielleicht ein Bandit. Oder der unzufriedene Anführer eines kleinen Clans. Jedenfalls wollte er sie entführen, irgendwo verstecken und mit David über das Lösegeld verhandeln.

»Kommt!«, drängte er ungeduldig.

Als er zu ihr trat, wich sie beklommen zurück. »Hört mich an! Wenn Ihr mich zu Daro bringt, wird er Euch reich belohnen …«

»Oder vierteilen, aufs Rad flechten …«

»So grausam sind die Wikinger nicht. Sie werden tun, worum ich sie bitte, und ich hasse Gewalt …«

»Davon habt Ihr mich bereits überzeugt.«

»Manchmal sind Drohungen nötig …«

»Wenn man einen Mann von niedrigem Stand in seine Schranken weisen muss?«

»Verdammt, das habe ich nicht gesagt!«

»Aber angedeutet.«

»Nein!«

»Lady, da draußen wartet Euer Boot.« Er zeigte auf den Kahn, der immer noch in der Nähe des Ufers trieb.

»Bevor Ihr mir erklärt, was Ihr plant, rühre ich mich nicht von der Stelle.«

»Wie ich bereits erwähnt habe, bringe ich Euch zum König.«

Das glaubte sie keine Minute lang. »Zu welchem?« fragte sie argwöhnisch.

Er verschränkte die Arme vor der Brust. »Hier gibt es nur einen«, erwiderte er mit so leidenschaftlichem Ernst, dass sie nicht länger an seinen Worten zweifelte. Er wollte sie tatsächlich zu David bringen.

»Oh – mein Gott …«, stammelte sie. »Ihr werdet mich dem König ausliefern – und eine Belohnung einheimsen. Letzte Nacht habt Ihr mich nur auf dem Fluss zurückgelassen, um herauszufinden, wie viel ich ihm wert bin. Welch ein niederträchtiger Verräter Ihr seid!«

»Keineswegs, Lady – *Ihr* seid eine Verräterin.«

»Nein, ich verrate den König nicht, ich suche nur eine Möglichkeit, mit ihm zu verhandeln …«

»Ihm zu trotzen, dem Mann zu entrinnen, dem er Euch anvertrauen will …«

»Mich – und meinen Besitz«, ergänzte sie in scharfem Ton.

»Mit *vornehmen* Ladys verbindet sich immer ein Vermögen.«

Natürlich merkte sie, dass er sie verhöhnte und kein bisschen vornehm fand. »Reichtum – das ist alles, woran David denkt.«

»Vielleicht auch an einen Angriff der Wikinger.«

»Nehmt Euch in Acht! Ich bin die Tochter eines Wikingers.«

»Das ist vermutlich der Punkt, den der König am allerwichtigsten findet.« Er fluchte ungeduldig. »Kommt endlich, Lady! Ihr habt Euch wie ein albernes Kind benommen. Wie konntet Ihr Euch einbilden, der König würde Euch gestatten, Eure Zukunft selbst zu bestimmen? In diesem Spiel geht es um Macht und Landbesitz, und wir alle sind Davids Schachfiguren. Kommt mit mir!«

Entschieden schüttelte sie den Kopf. »Versucht mich doch zu verstehen! Ihr seid ein Schotte – und der König will einen seiner normannischen Lakaien mit meinem Erbe belohnen ...«

»Also glaubt Ihr, Euer Bräutigam wäre ein Normanne? Seltsam – ich hörte, er sei ein Schotte.«

»Dann habt Ihr eine Lüge gehört. Sein Vater stand unter dem Kommando des Königs, bevor er aus England hierher kam. Wie sich der Sohn nennt, ist mir gleichgültig. Jedenfalls ist er ein elender Eindringling ...«

»Ein hässlicher, pockennarbiger alter Bastard.«

»Genau! Begreift Ihr jetzt, warum ich ihn nicht heiraten kann?«

»Armes Mädchen. Welch ein Jammer ...«

»Also werdet Ihr mir helfen?«, fragte sie hoffnungsvoll. Als er lächelte, hielt sie die Luft an. »Ja, Ihr helft mir!«

Er ergriff ihre Hände. »Nicht einmal, wenn die Sonne in diesem Augenblick vom Himmel fiele.«

Wütend riss sie sich los. Er hatte sich nur über sie lustig gemacht. Obwohl sie sich zur Vorsicht ermahnte und wusste, sie würde mit jedem Wort und jeder Tat ihre Zukunft riskieren, wenn nicht sogar ihr Leben, verlor sie die Beherrschung. Mit aller Kraft schlug sie in sein Gesicht – so schnell, dass er sie nicht daran zu hindern vermochte. Sobald sie den roten Abdruck ihrer Finger auf seiner Wange sah, bereute sie ihre Unbesonnenheit. Seine Augen blitzten eisiger denn je.

Angstvoll wandte sie sich ab, um zu fliehen, und er packte ihr Hemd, das unter seinen Fingern zerriss. Ohne darauf zu achten, rannte sie ins Wasser und hoffte inständig, sie könnte untertauchen, bevor er sie einholte, und davonschwimmen.

Die Wellen schlugen über ihrem Kopf zusammen. Doch es war sinnlos. Unerbittlich umschlang er ihren Körper, zog sie ans Ufer zurück und warf sie wieder in den nassen Sand. Diesmal starrte er sie so zornig an, dass sie nicht nur vor Kälte bebte. Ihr Hemd hing in Fetzen an ihr, nichts bedeckte ihre Blößen. Unfähig, dem Blick ihres Peinigers zu begegnen, schloss sie die Augen. Was wollte er ihr antun? »Nicht ...«, wisperte sie.

»Fürchtet Ihr, ich würde Euch die Tugend rauben? Besitzt Ihr denn irgendeine Tugend?«

Empört hob sie die Lider. »Arroganter Narr! Bringt mich zum König zurück und er soll Euch geben, was Ihr so heiß begehrt. Aber wenn Ihr mich anrührt ...«

»Ah, da liegt Ihr vor mir in Eurer ganzen Schönheit. Welch eine Verlockung!«

Sein spöttischer, leidenschaftsloser Ton verwirrte sie, doch sie war sich noch immer nicht sicher, was ihr drohte. »Lasst mich aufstehen!«

»Obwohl Ihr meine Sinne so unwiderstehlich reizt?«

»Warum quält Ihr mich so?«, rief sie und wusste nicht, ob sie sich völlig verängstigt oder gedemütigt fühlte. »Nein, Ihr wagt es nicht, Euch an mir zu vergreifen …«

»Je nachdem. Vielleicht will Eure Wikingerverwandtschaft Euch unversehrt in Empfang nehmen und ist bereit, einen hohen Preis dafür zu zahlen. Andererseits gibt es sicher zahlungswillige schottische Rebellen, die sich den Teufel darum scheren würden, ob Ihr unberührt seid oder nicht.«

»Meine Verwandten werden Euch bestimmt töten, wenn Ihr …«

»Wenn ich – was?«, erkundigte er sich höflich. Brennend stieg ihr das Blut ins Gesicht. Sie spürte sein Gewicht auf ihrem Körper, die kalte Luft an ihrem nackten Fleisch. Am liebsten würde sie unter eine warme Decke kriechen, die Augen schließen und sich vorstellen, sie hätte die Festung niemals verlassen.

Als seine Finger ihre Wange streiften, zitterte sie noch heftiger. Seine tiefe, heisere Stimme schien ihr unter die Haut zu gehen und weckte seltsame Gefühle. »So schön, so vornehm – welch edle Brüste … Tatsächlich, ein verlockender Preis.«

In ihrer wilden Panik wollte sie ihn wieder schlagen.

Diesmal ließ er sich nicht überrumpeln. Er packte ihre Handgelenke, presste sie in den Schlamm, und der Spott in seinen Augen wurde von unverhohlenem Zorn verdrängt. »Hört auf mit dem Unsinn!«

»Fahrt zur Hölle! Verdammt, mir ist kalt! Wenn ich erfriere, bin ich nichts mehr wert.«

»Keine Angst, Ihr werdet nicht sterben. Es sei denn, Ihr bringt mich um den letzten Rest meiner Geduld, und ich erwürge Euch.«

»Was immer Ihr beabsichtigt, tut es – oder lasst mich endlich aufstehen!«, forderte sie ihn heraus.

»Wisst Ihr, Lady – Ihr habt mir Befehle erteilt, mit

mir zu handeln versucht und alle möglichen Worte gebraucht, nur eins nicht.«

»Welches?«

»Bitte. Wahrscheinlich seid Ihr's nicht gewöhnt, dieses Wort zu benutzen.«

»Oh, ich kenne es sehr gut.«

»Warum sprecht Ihr's dann nicht aus?«

»Weil es einem gemeinen, habgierigen Bastard nicht zusteht.«

Seine Augen verengten sich. »Trotzdem solltet ihr's mal versuchen. Was habt Ihr zu verlieren?«

»Lasst mich bitte aufstehen.«

Lächelnd schaute er sie an und rührte sich nicht.

»*Bitte*!«, wiederholte Mellyora. »Sagtet Ihr nicht ...«

»Ich sagte, Ihr solltet es versuchen. Aber Ihr habt mich einen gemeinen, habgierigen Bastard genannt.«

Die Zähne zusammengebissen, bemühte sie sich, ihre Wut zu unterdrücken. Welchen Unsinn er auch immer redete, sie musste darauf eingehen, damit er sie endlich losließ. »Ich friere. Bitte ...«

»Weil Ihr in einem eiskalten Fluss geschwommen seid.«

»Ja, ich weiß, warum ich friere.«

»Wärme ich Euch nicht?«

»Noch nie in meinem Leben war mir so kalt.«

»Habt Ihr Angst?«

Natürlich. Doch das würde sie niemals zugeben. »Feiglinge von Eurer Sorte jagen mir keine Angst ein.«

»Schade! Und ich wollte Euch schon aufstehen lassen.«

»Oh!«, rief sie bestürzt. »Bitte, ich fürchte mich ganz schrecklich! Bitte! Lasst mich aufstehen!«

Statt ihren Wunsch zu erfüllen, neigte er sich näher zu ihr herab. »Nein, Ihr fürchtet Euch nicht. Obwohl Ihr allen Grund dazu hättet. Ihr glaubt, Eure Herkunft und die ferne Hand des Königs kann Euch schützen. So ist es nicht. Jetzt seid Ihr in meiner Gewalt und Ihr wisst nicht, was ich tun werde. Der König ist Euer Vormund. Genau genommen seid Ihr sein Eigentum. Nachdem Ihr Euer Leben riskiert habt, wird er Euch des Hochverrats beschuldigen.«

»Nein, ich habe nichts getan …«

»Im Augenblick liegt Ihr nackt am Flussufer, mit einem Fremden, der zehnmal stärker ist als Ihr.«

Nachdenklich starrte sie ihn an. Wenn er dem König tatsächlich so treu ergeben war, würde er sie nicht anrühren. Sie konnte beweisen, dass nicht nur die körperlichen Kräfte eines Menschen zählten, sondern auch sein Verstand. Sie holte tief Luft. »Bitte! Ihr macht mir Angst. Und ich friere. Aye, ich habe mich schuldig gemacht. *Bitte,* bringt mich zu David zurück und ich werde seine Verzeihung erflehen.« Zitternd schloss sie die Augen. In mancher Hinsicht hatte sie gelogen. Aber sie wusste, dass sich ihre Lippen blau verfärbt hatten. Und ihre Angst wuchs.

»Warum glaube ich Euch nicht?«, murmelte er.

»Keine Ahnung!«, fauchte sie und hob die Lider. »Ich sage die Wahrheit.«

»O nein, Ihr seid eine elende Lügnerin. Das werden wir ändern.«

Als er sich endlich erhob, rückte sie hastig beiseite. Er sollte ihr nicht auf die Beine helfen. Abwehrend hob sie eine Hand. »Rührt mich nicht an! Ich komme mit Euch!« Schwankend stand sie auf und verschränkte die Arme vor der Brust. Ihre Zähne klapperten. Noch nie in ihrem Leben hatte sie sich so verletzlich gefühlt. Bevor er ins Wasser gegangen war, hatte er sich ausgekleidet. Aber er trug immer noch ein wollenes Hemd. Das streifte er jetzt über seinen Kopf. Als Mellyora zurückwich, fluchte er ärgerlich, packte sie und zog ihr das nasse Hemd an. Immerhin war es besser als gar nichts.

»Gehen wir!« Er umfasste ihre Hand und führte sie zum Wasserrand. Kraftlos stolperte sie hinter ihm her und er fluchte wieder. Dann nahm er sie auf die Arme und watete mit ihr zum Boot, das inzwischen näher ans Ufer herangetrieben war und auf dem Grund im Schlamm feststeckte. Als sie sich an ihm festhielt, spürte sie wieder einmal seine Kraft, die harten Muskeln seiner nackten Arme. Nein, dieser Mann war kein Diener, der eines Tages den Ritterstand zu erlangen hoffte. Er war bereits ein Krieger, ein königlicher Ritter, im Umgang mit Waffen geübt. »Zieht Euch an!«, befahl er, setzte sie ins Boot und schob es tiefer ins Wasser. Sie griff nach ihrem Kleid und wollte es über das nasse Hemd ziehen. »Wenn Ihr mir vorher mein Hemd zurückgeben würdet, Lady …«

»Aber …«

»Warum zögert Ihr, nachdem ich schon alles gesehen habe, was Ihr einem Mann bieten könnt?«

»Ich möchte dem König nicht noch mehr Schande machen.«

»Und ich will mein Hemd wiederhaben.«

Verdammt, was trieb ihn dazu, sie immer wieder herauszufordern? »Wie Ihr wünscht!«, fauchte sie, riss sich das Hemd vom Leib und warf es zu ihm hinüber. Die kalte Brise jagte einen qualvollen Schauer durch ihren Körper. Trotzdem ließ sie sich Zeit, bevor sie in ihr Kleid schlüpfte. Damit stellte sie seine Geduld auf eine zu harte Probe. Er sprang ins Boot, hob ihren Umhang hoch und warf ihn über ihre Schultern. Dann setzte er sich auf die mittlere Bank und starrte sie an. In diesem Augenblick rutschte ein Ruder aus der Dolle.

»Das Ruder!«, rief Mellyora.

Hastig griff er danach. Zu spät. Es trieb davon.

»Oh, mein Gott!«, stöhnte sie. »Nicht schon wieder! Was für ein Narr Ihr seid!«

»Noch ein Wort und ich erwürge Euch!«, drohte er.

»Diesmal müsst Ihr Euch nicht sorgen.« Er warf das Hemd beiseite, stieg über den Bootsrand ins Wasser und holte das Ruder. Da sah sie, dass das zweite immer noch in der Dolle steckte. Blitzschnell griff sie danach und versuchte, den Kahn mit einem Ruder zu manövrieren. Anfangs rührte er sich nicht von der Stelle. Dann riss sie das Ruder aus der Dolle. Sie drehte sich im Kreis, bis es ihr gelang, das Ruderblatt abwechselnd links und rechts einzutauchen. In gerader Linie glitt das kleine Boot durch die Wellen.

Plötzlich konnte sie das Ruder zur Linken nicht mehr hochziehen. Erschrocken zerrte sie daran. Der Mann war ihr nachgeschwommen. Nun hielt er sich am Bootsrand fest, ließ das Ruder los und warf das zweite an Bord.

Verzweifelt versuchte sie, mit ihrem Ruder nach ihm zu schlagen. Da versank er im Wasser und tauchte an der anderen Seite des Kahns empor. Diesmal traf sie seine Schulter. Von wilder Panik erfasst, schlug sie noch einmal zu. Jetzt hatte sie einen brutalen Kampf begonnen – und wenn sie ihn nicht gewann …

Immer wieder hob sie das Ruderblatt hoch und ließ es hinabsausen. Und dann merkte sie, dass sie nur mehr aufs Wasser eindrosch. Der Mann war verschwunden. Zitternd lehnte sie sich zurück. In ihren Augen brannten Tränen. Kaltes Grauen stieg in ihr auf, und sie zwang sich, ruhig zu atmen. *Nein, ich habe ihn nicht ermordet,* sagte sie sich verzweifelt. *Und wenn doch, war 's Notwehr …*

Trotzdem fühlte sie sich elend. Wen hatte sie getötet? Einen jungen Ritter, dem König treu ergeben. Vielleicht war er soeben von einem siegreichen Kampf gegen Davids Feinde zurückgekehrt. Und sie hatte ihn kaltblütig ermordet, an diesem schönen Herbsttag … Sie schaute zur Sonne auf. Schon früher Nachmittag? Plötzlich knurrte ihr Magen. Und sie erschrak. Gerade hatte sie jemanden getötet – und nun war sie hungrig? Jedenfalls durfte sie nicht länger hier sitzen. Sie musste das Wikingerlager erreichen. In wenigen Stunden würde die Dunkelheit hereinbrechen. Zitternd versuchte sie, sich zusammenzureißen.

Und dann schrie sie erschrocken auf. Er war nicht tot. Plötzlich schnellte er aus dem Wasser wie ein wütender Dämon und schwang sich über den Bootsrand. Als er ihr das Ruder entriss, glaubte sie, er würde sie umbringen. Die Arme über dem Kopf erhoben, wartete sie auf den tödlichen Schlag und betete stumm. *Heilige Maria, Mutter Gottes …*

Als nichts geschah, ließ sie die Arme sinken und blickte auf. Er beachtete sie gar nicht, saß in der Mitte des Boots und rückte die Ruder zurecht.

Zitternd rang sie nach Luft. »Ihr seid am Leben.«

»Was ich nicht Euch verdanke.«

»Ich wollte Euch nicht …«

»Töten? Aye, ich denke doch.«

»Und Ihr habt mich nicht…«

»Geschlagen? Nein.«

»Ich verstehe. Natürlich wollt Ihr mich nicht tot und schwer verwundet zum König bringen.«

Verwundert schüttelte er den Kopf. »Nein, natürlich nicht. Übrigens – Ihr seid eine tapfere Kämpferin, aber unglaublich dumm.«

»Beinahe hätte ich Euch getötet.«

»Keineswegs, Lady.«

»Ihr wart so lange nicht zu sehen …«

»Inzwischen habe ich Euch beobachtet.«

»So wie Ihr letzte Nacht verschwunden seid …«

»Auch da habe ich Euch beobachtet.«

»Die ganze Zeit?«

»Fast. Mit Mühe und Not habt Ihr die Hütte erreicht. Ihr wart zu müde, um weiter zu schwimmen. Und Ihr habt erbärmlich gefroren.«

»Das wisst Ihr?«

»Aye, ich sah Euch in der Hütte zittern. Dann seid Ihr wieder ins Wasser gegangen …«

»Niederträchtiger Bastard!«

»Vorsicht! Passt auf, was Ihr sagt. Sonst könnte ich den Eindruck gewinnen, Ihr mögt mich nicht.«

Eine Zeit lang schwieg sie. Dann erklärte sie: »Ich möchte einfach nur frei sein.«

»Wollen wir das nicht alle?« Er begann zu rudern.

Bald erreichten sie das Ufer, wo die nächtliche Reise begonnen hatte. Als das Boot im Schlamm lag, trug er Mellyora an Land, stellte sie auf den Boden und stieß einen leisen Pfiff aus. Verwirrt sah sie das Pferd, das sie am Vorabend hatte grasen sehen, zwischen den Bäumen am Straßenrand hervortrotten. Ein großes, gepflegtes Streitross mit ein paar Narben, breiten Schultern und kräftigen Hinterbacken. Zweifellos konnte es einen Reiter in schwerer Rüstung tragen und mühelos aufs Schlachtfeld galoppieren. Jetzt schmiegte es seine Nüstern an den Arm des Mannes. In wachsendem Unbehagen musterte sie den Fremden, den sie inzwischen viel zu gut kannte. Wer mochte er sein?

»Ah, Mercury, braver Junge!«, begrüßte er den Hengst.

»Hat Mercury vielleicht ein Stück Brot in der Satteltasche?«, fragte sie zu ihrer eigenen Verblüffung.

Falls das zutraf, würde der Mann seinen Proviant wohl kaum mit ihr teilen, nachdem sie ihn zu töten versucht hatte.

Aber er zuckte die Achseln. »Vielleicht«, erwiderte er und hob die Lederklappe einer Satteltasche. Darin steckte ein kleines Leinenpäckchen mit Brot, Käse und Dörrfleisch. Er legte alles in ihre Hände. Dann zeigte er auf ein trockenes Plätzchen unter einer jungen Eiche und sie ließ sich nieder. Heißhungrig und erleichtert biss sie in das Brot. Während sie aß, starrte sie aufs

Wasser. Wenig später war sie gesättigt. Trotzdem setzte sie die Mahlzeit fort, schob immer wieder winzige Bissen in den Mund und beobachtete ihren Entführer. Er stand am Ufer und schien nachdenklich in die Wellen zu starren.

»Warum habt Ihr mir die ganze Nacht einfach nur nachspioniert, ohne etwas zu unternehmen?«, fragte sie.

»Da Ihr eine schäbige kleine Fischerhütte der königlichen Gastfreundschaft vorgezogen habt, fand ich, es wäre nicht richtig gewesen, Euch zu stören.«

»Aber heute Morgen habt Ihr mich gestört.«

»Es war um die Mittagsstunde. Ich wollte Euch nicht ertrinken lassen.«

»Wie freundlich …«

»Bald wird der Abend dämmern.«

»Oh, die Hütte ist sehr komfortabel, und es würde mir nichts ausmachen, eine weitere Nacht darin zu verbringen.«

»Lügnerin! Ihr seid an ein warmes, weiches Bett gewöhnt – und eine beflissene Dienerschaft, die pausenlos für Euer Wohl sorgt.«

»Haltet Ihr nichts von solchen Annehmlichkeiten?«

»Ich halte nichts von Menschen, die mich dauernd ärgern.« Nun setzte er sich zu ihr und sie betrachtete seine klassischen, markanten, harten Züge. Sein Körper glich einem Felsen. Schaudernd erinnerte sie sich an das Ruder, das sie auf seinen Kopf geschlagen hatte, und dankte dem Himmel, dass sie dem schwachen Geschlecht angehörte, denn einen Mann hätte er sicher getötet. Er war stark und stolz. Zweifellos entstammte er einem vornehmen Haus. Und jetzt wollte er sie in die königliche Festung zurückbringen. Sie beabsichtigte, immer noch zu fliehen.

Im Spätherbst blieb es nicht lange hell. Unter den kahlen Zweigen der jungen Eiche erschien ihr der frühe Abend seltsam schön und idyllisch. Eine sanfte Brise bewegte das Wasser und streichelte Mellyoras Wangen. Gesättigt, in ihren warmen Umhang gehüllt, spürte sie, wie ihre Kräfte und der Glaube an ihre Fähigkeiten zurückkehrten. Wenn bloß jemand vorbeikäme, der ihr helfen würde. Was sollte sie ihm erzählen? Auf dem Fluss ruderten Fischer in ihren Booten umher. In der Dämmerung würden sie an Land kommen …

»Verschwendet keinen Gedanken daran, Lady.«

»Woran?«

»Einen Fischer um Hilfe zu bitten. Ich müsste ihn töten und das wäre dann Eure Schuld.«

Verdammt, warum hatte er ihren Plan erraten? Sie erhob sich, wischte Brotkrumen von ihren Händen, und er stand ebenfalls auf.

»Reiten wir zum König, Lady.«

Mellyora zögerte. In ihrer Angst, vergewaltigt oder ermordet zu werden, war ihr die Rückkehr in die Festung erstrebenswert erschienen. Jetzt graute ihr vor Davids Zorn. Wie weit würde er gehen, um ihr seine Macht zu beweisen?

»Kommt endlich, Lady!«, befahl ihr Entführer.

Krampfhaft schluckte sie und schüttelte den Kopf. Würde er merken, dass sie sich nicht aus Trotz, sondern aus Angst sträubte? »Ich – ich kann nicht …«

Irgendwie musste sie ihn von seinem Vorhaben abbringen. Das würde ihr schwerfallen, nachdem sie mit einem Ruder auf seinen Schädel geschlagen und ihn zweimal mit ihrem Messer angegriffen hatte. Beim letzten Mal war es ihr nicht gelungen, diese Waffe zurückzugewinnen … Beklommen schaute sie zu ihm auf. Er war viel zu groß, sein Anblick zerrte an ihren Nerven, und sein ausdrucksloser Blick schürte ihre Angst und erfüllte sie mit einer sonderbaren Wärme.

Unbehaglich fuhr sie mit der Zunge über ihre Lippen. »Wir haben miteinander geredet und uns kennen gelernt.« Viel zu gut. Er hatte sie berührt, mit ihr gerungen, und sie wusste, wie er sich anfühlte, wie er roch. »Versteht doch – es ist mir unmöglich, Euch zu begleiten«, fügte sie hinzu und trat einen Schritt zurück. »Ihr glaubt, nun hättet Ihr alles unter Kontrolle. Aber die Situation könnte sich ändern. Am anderen Ufer des Flusses lagern die Wikinger. Wenn ich schreie, würden sie mich vielleicht hören. Gewiss, ein armer Fischer wäre Eurer Kraft nicht gewachsen. Würdet Ihr einen Wikinger, der wie ein Berserker kämpft, genauso leicht besiegen? Bitte, hört mich an – ich reite nicht mit Euch …«

Seufzend schüttelte er den Kopf. »Ihr irrt Euch, Lady. Ihr kommt mit mir.«

»Mal sehen, was der König zu alldem sagt!«, fauchte sie.

»Entscheidet Euch doch! Droht Ihr mit den Wikingern oder mit dem König?«

Einerseits schien er sich zu ärgern, andererseits wirkte er belustigt. Er wandte sich ab und zog das Boot noch weiter ans Ufer hinauf, als wollte er sichergehen, dass er es später an derselben Stelle wiederfinden würde. Entschlossen nutzte Mellyora die Gunst des Augenblicks.

Das Pferd erschien ihr riesengroß. Aber sie war die Tochter eines Wikingers und eine hervorragende Reiterin. Trotz der hohen Steigbügel gelang es ihr, einen Fuß in den linken zu schieben. Dann schwang sie sich mühelos in den Sattel und grub ihre Fersen in die Pferdeflanken. »Lauf, mein Junge, um Himmels willen, rette mich!«

Gehorsam galoppierte das Schlachtross davon. Mellyora spürte die kalte Abendluft, die Erde unter den Hufschlägen, genoss das Gefühl ihres Triumphs, ihrer Freiheit – bis ein gellender Pfiff erklang. Sofort blieb der Hengst stehen und bäumte sich auf. Beinahe wäre sie aus dem Sattel gefallen, als er herumfuhr und zurücksprengte.

Der Mann stand ihm im Weg und sie glaubte, das Pferd würde ihn zertrampeln. Entsetzt hielt sie den Atem an.

Aber das Schlachtross blieb abrupt stehen. Diesmal vermochte sie ihr Gleichgewicht nicht zu halten und flog über seinen Kopf hinweg. Zum Glück landete sie im weichen Gras. Trotzdem glaubte sie, jeder Knochen in ihrem Leib wäre gebrochen und der Schädel gespalten. Sie wusste, sie müsste jetzt aufspringen und flüchten. Doch die ganze Welt drehte sich. Am Himmel wirbelten die ersten Sterne umher.

»Mein Gott, was für eine alberne, eigensinnige Person!«

»Nein!«, schrie sie verzweifelt.

Zu spät. Seine Hände glitten über ihren Körper, tasteten nach Verletzungen oder Knochenbrüchen. Obwohl er sie auf intimste Weise berührte, dachte er vermutlich, sie hätte nicht das Recht zu protestieren. Schließlich hob er sie hoch und warf sie über seine Schulter, wie ein Jäger seine Beute und stieg aufs Pferd.

Vielleicht war sie das – die Beute des Mannes, der sie gejagt hatte.

Und jetzt ritt er durch den Abend mit seiner Trophäe, die er dem König zurückbrachte …

7

Sie musste eingeschlafen sein. Als sie die Augen öffnete, wusste sie zunächst nicht, wo sie war. Dann merkte sie, dass sie immer noch an seinem Rücken lehnte, den Kopf an seiner Schulter. In schnellem Trab näherte sich das Schlachtross der Festung. Mellyora fühlte sich niedergeschlagen und müde, und sie fror bis auf die Knochen. Beinahe war sie froh, seine Stimme zu hören, die den Wachtposten am Tor einen Gruß zurief.

Im Hof mit dem Steinboden änderte sich das Geräusch der Hufschläge. Er stieg ab, hob sie vom Pferd und stellte sie auf die Füße. Zu ihrem Entsetzen schwankte sie. Hätte er sie nicht auf seine starken Arme genommen, wäre sie gestürzt.

»Ist sie verletzt, M'laird?«, fragte ein Stallknecht.

»Nein, nicht verletzt – nur erschöpft und durchfroren. Ich kümmere mich um sie. Danach gehe ich zum König.«

Nicht verletzt, dachte sie erbost und versuchte, sich loszureißen. Plötzlich hielt sie inne. Wie hatte der Stallknecht ihn genannt? *M'laird.* Mit einiger Verspätung hatte sie erkannt, dass er kein einfacher Krieger war, sondern ein Ritter. *Nicht nur das – ein Laird …*

Verwirrt starrte sie ihn an, während er sie durch einen Nebeneingang ins Haus trug, nicht durch das Haupttor, das in die Halle führte – und zum König. »M'Laird. Nun, *Sir,* wohin bringt Ihr mich?«

»In einen Raum, wo Ihr Euch ausruhen könnt, bis ich mit dem König gesprochen habe.«

»Dafür werde ich Euch eines Tages töten«, zischte sie, »das schwöre ich.«

»Offenbar fällt es mir schwerer, Euer Leben zu retten

als mein eigenes«, erwiderte er ungeduldig, »wenn ich auch weiß, wie inbrünstig Ihr meinen Tod herbeisehnt.«

Mit langen Schritten folgte er einem Korridor. Unbehaglich schaute sie sich um. In diesem Teil des Schlosses wohnten Davids vertrauenswürdigste Ritter und Ratgeber.

»Führt mich sofort zum König!«, verlangte sie und stemmte sich gegen seine Brust.

»Lady, Ihr könnt Forderungen stellen, bis die Hölle gefriert.«

»Verdammt, wohin bringt Ihr mich?«

»Nicht in ein Verlies«, entgegnete er belustigt. »Obwohl das keine schlechte Idee wäre.« Er blieb stehen und stieß mit einem Fuß eine schwere Holztür auf.

»Wo …« Mellyora verstummte und begutachtete die schönen Wandteppiche an den Wänden eines großen Raums, den wuchtigen Kamin, vor dem kostbare Pelze lagen. »Wer wohnt hier?«

»Ich«, antwortete er und setzte sie aufs Bett, das in einer Nebenkammer hinter einem Torbogen stand. Als sie aufsprang, stieß er sie zurück. »Ihr werdet hier warten.«

Verzweifelt schüttelte sie den Kopf. Was sollte sie tun? Offenbar übte dieser Mann beträchtlichen Einfluss auf David aus, dessen Zorn sie so unbedacht erregt hatte. Sie stand wieder auf und berührte seinen Arm. »Bitte!«, flehte sie. »Helft mir! Ich ehre und liebe den König, das versichere ich Euch. Aber er will mir ein bitteres Unrecht zufügen und mich mit einem Fremden verheiraten, einem elenden …«

»… hässlichen, pockennarbigen alten Normannen. Waryk de Graham.«

»Also wisst Ihr Bescheid! Dann müsst Ihr doch verstehen, dass ich mich dagegen wehre. Wenn Ihr mir helfen würdet …«

»Das habe ich nicht vor. Entschuldigt mich jetzt, Lady. Bald komme ich zurück.«

Als er zur Tür ging, eilte sie ihm nach. »Wartet!«

»Was wollt Ihr?« Ärgerlich blieb er stehen und drehte sich um.

»Helft mir, diesem schrecklichen Mann zu entrinnen, und ich belohne Euch mit unermesslich reichen Schätzen – mit Wikingergold.«

»Ah, wie verlockend!« Er lächelte sanft. »Heute wurde ich schon des Öfteren in Versuchung geführt … Und wenn mich das Gold nicht reizt?«

»Was meint Ihr?«, fragte sie nervös und fürchtete, genau zu wissen, wovon er sprach. Verspottete er sie schon wieder? Oder hatte sie seine Sinnenlust entfacht?

Sein Lächeln vertiefte sich. Wieder einmal schien er ihre Gedanken zu erraten. »Ich besitze selber genug Gold«, erklärte er und streckte eine Hand aus, um auf sein erlesen ausgestattetes Zimmer hinzuweisen. »Der Lohn für siegreiche Schlachten.«

»Sogar wohlhabende Männer streben nach immer neuem Besitz.«

»Und manche nach einer anderen Art von Reichtum. Was habt Ihr außer Eurem Gold zu bieten?«

»Juwelen, alte keltische Kunstwerke und Schriften, ausgezeichnete Rüstungen und Pferde …«

»Aber das alles gehört nicht Euch. Also dürft Ihr's nicht verschenken.«

»Doch, es ist das Erbe meiner Mutter …«

»Im Augenblick spielt es keine Rolle, wer diese Dinge sein Eigen nennen darf. Ich dachte an etwas anderes.«

Während sie in seine Augen schaute, glaubte sie, Feuer und Eis würden durch ihre Adern strömen. Plötzlich wollte sie vor ihm davonlaufen, noch schneller, als sie letzte Nacht aus der Festung geflohen war. Aber er ging auf sie zu, und sie musste in einen Alkoven zurückweichen. Aus lauter Verzweiflung entschloss sie sich zur Kühnheit. »M'laird, Ihr habt meine edle Schönheit gerühmt. Ist es das, wonach Euch der Sinn steht?«

Lässig zuckte er die Achseln. »Nach einem langen, anstrengenden Feldzug wären eure Reize eine erfreuliche Abwechslung.«

»Nun, Ihr hattet mehrere Gelegenheiten, um …«

»Um Euch zu vergewaltigen?«

»Aye.«

»Wie könnte ich mich an einem Mündel des Königs vergreifen?«, rief er in gespieltem Entsetzen.

»Wäre es besser, das Mündel zu verführen? Würdet Ihr dann nicht den gleichen Verrat an Eurem geliebten König begehen?«

»Diese Unterhaltung habe ich nicht nötig, Lady, und meine Beweggründe gehen nur mich etwas an. Ihr wollt irgendein Abkommen mit mir aushandeln. Also brauchen Euch meine Sünden nicht zu interessieren. Stellt Euch lieber selber solche Gewissensfragen. Wie weit würdet Ihr gehen, um der verhassten Heirat zu entrinnen?«

»In die Hölle und wieder zurück«, flüsterte Mellyora und senkte den Blick. »Was verlangt Ihr?«

»Euch. Hier und jetzt.«

»So dumm bin ich nicht. Ihr würdet mich womöglich hintergehen. Treffen wir uns anderswo – nachdem Ihr mir zur Freiheit verholfen habt.«

»Wie kann ich wissen, dass Ihr Euch an die Vereinbarung halten werdet?«

»Ich gebe Euch mein Wort.«

»Und wenn Euch Davids Männer einfangen? Es würde mich um den Lohn bringen, der mir zusteht, nachdem ich Euch in die Festung zurückgebracht habe.«

»Oh, ich dachte, Ihr legt keinen Wert auf Gold und Geld.«

»Hier geht es um einen anderen Handel.«

»Wenn Ihr mir zur Flucht verhelft, werde ich Mittel und Wege finden, um meine Schuld zu begleichen. Das verspreche ich.«

»Lügt Ihr?«

Zitternd zwang sie sich, seine Hand nicht wegzustoßen, als er ihr Kinn umfasste und ihr Gesicht prüfend musterte. »Nein ...« Natürlich log sie. Aber wenn sie zu Daro gelangte und dieser Ritter ihr folgte, würde er sterben. Sie würde ihn vor den Foltermethoden der Wikinger warnen und das dürfte sie von diesem Abkommen entbinden.

»Wann und wo wollt Ihr Eure Schuld bezahlen?«, fragte er.

Sie zögerte. Nun war äußerste Vorsicht geboten. Offenbar meinte er's ernst und wollte ihr endlich beistehen. In ihrer Lage würde sie alle verfügbaren Waffen nutzen, auch Lug und Trug. Doch die Lügen mussten ein Körnchen Wahrheit enthalten. Sonst würde der Laird sie durchschauen. »Nordwestlich der Festung liegt ein Wald, nur eine Reitstunde entfernt. Dort erstreckt sich eine Schlucht mit steilen Wänden. Sie gehört zu den Ländereien des Königs. Kennt Ihr sie?«

»Aye.«

»Auf einer Lichtung steht eine Hütte. Der König benutzt sie, wenn er zur Jagd geht. Deshalb befindet sie sich in gutem Zustand.«

Langsam hob er die Brauen und beobachtete sie wieder mit jenem durchdringenden Blick, der sie so unbehaglich stimmte. »Ja, ich kenne die Hütte. Sprecht weiter.«

»Wenn Ihr bereit seid, mich freizulassen, treffen wir uns dort, in der nächsten Vollmondnacht.«

»In zwei Wochen?«

»Aye.«

»Werdet Ihr auch wirklich kommen?«

»Ich schwöre es«, wisperte sie.

»Nehmt Euch in Acht, Lady. Wenn Ihr einen Eid ablegt, werde ich Euch nicht gestatten, ihn zu brechen. Ihr würdet Euer Leben verwirken, und das sollten wir verhindern, nachdem Ihr den Tod schon oft genug herausgefordert habt.«

»Glaubt mir, ich werde mein Wort halten.«

Er nickte. »Denkt noch einmal darüber nach. Ist es wirklich Euer Wunsch?«

Mühsam rang sie nach Luft. »Aye!«

»Also gut«, erwiderte er. Dann kehrte er ihr abrupt den Rücken, ging zum Kamin und starrte in die Flammen. »Lady, ich werde Euch nicht aus der Festung bringen«, erklärte er. In seiner Stimme schwang ein Zorn mit, den sie nicht verstand und der ihren Puls beschleunigte. »Ich erlaube Euch nur, diesen Raum zu verlassen. Für alles Weitere müsst Ihr selber sorgen.«

»Mehr habe ich nicht erwartet.« Sehnsüchtig schaute sie zur Tür hinüber. »Innerhalb weniger Minuten könntet Ihr ins Schloss zurückgeholt werden«, warnte er.

»Ich weiß, wie ich hier herauskomme.«

»Scheint so«, bemerkte er trocken und wandte sich zu ihr. »Wenn Ihr trotzdem erwischt und mit diesem Normannen vermählt werdet – wie wollt Ihr dann unsere Vereinbarung einhalten?«

»Falls meine Flucht tatsächlich vereitelt wird, will ich alle Wünsche des Königs erfüllen. Dann bin ich keine Gefangene mehr und darf mich frei bewegen.«

»Und Euer künftiger Gemahl?«

»Diesem verdammten normannischen Eindringling, mit dem ich gegen meinen Willen verheiratet werden soll, schulde ich nichts. Ich werde mein Versprechen halten, das ich Euch gab.« Unverwandt starrte sie die Tür an, den Weg zur Freiheit. Um dieses Ziel zu erreichen, erschien ihr alles, was sie sagen oder tun konnte, gut und richtig.

»Euer letztes Wort, Lady?«

»Aye!«, stieß sie ungeduldig hervor.

Er hob eine Hand und zeigte zur Tür. »Geht.«

Während sie an ihm vorbeieilte, ließ sie ihn nicht aus den Augen. Plante er einen grausamen Streich? Würde er sie plötzlich packen? Er rührte sich nicht. Ausdruckslos schaute er ihr nach. Aber sie sah den Puls an seinem Hals pochen. Welche Rolle spielte das schon, solange er sie nicht zurückhielt?

Was eine Rolle spielt, ist dieser Blick, dachte sie. Warum sieht er mich so an – als wäre ich eine Hexe, ein grässlicher Dämon?

Sie öffnete die Tür und er beobachtete sie immer noch. Wollte er sie in Sicherheit wiegen, um sie im allerletzten Moment anzuspringen wie ein wütendes Raubtier?

Reglos stand er da. Sie verließ das Zimmer und schloss die Tür, lehnte sich dagegen und erwartete, er würde ihr folgen. Doch die Tür öffnete sich nicht. Mellyora holte tief Luft und rannte den Korridor mit fast lautlosen Schritten entlang. Wie spät es sein mochte, wusste sie nicht. Inzwischen war die Dunkelheit hereingebrochen, und die schwarzen Schatten würden sie verbergen, wenn sie den Hof erreichte. Sie musste ein Pferd aus dem Stall holen und sich irgendeine Erklärung ausdenken, um den Nachtwächter zu übertölpeln. Sobald sie das Tor und die Zugbrücke passiert hatte, würde sie davongaloppieren und sich von nichts und niemandem aufhalten lassen.

Sie bog um eine Ecke und fand den Eingang, durch den der Laird sie in die Festung getragen hatte. Als jemand auf der Schwelle erschien, blieb sie erschrocken stehen. Ein Wachtposten, groß und breitschultrig genug, um den Türrahmen auszufüllen. Vorsichtig trat sie zurück. Vielleicht hatte er sie nicht entdeckt.

»Lady Mellyora!«

Ihr Atem stockte, und sie wich noch weiter nach hinten. Sir Harry Wakefield, dem sie letzte Nacht entronnen war …

»Kommt her, Mylady, das Spiel ist aus.«

»Wenn Ihr beiseite gehen würdet, Sir Harry …«

»Das darf ich nicht, Mylady.«

Sie rannte in die Richtung zurück, aus der sie gekommen war, und bog um die nächste Ecke. Wenn sie die Korridore der Festung auch nicht kannte, so hoffte sie doch, einen anderen Ausgang zu finden. Nachdem sie mehrere Torbögen passiert hatte, hatte sie das beklemmende Gefühl, im Kreis zu laufen. Und als sie endlich eine Tür fand, die in den Hof führte, stand ein Ritter davor – hoch gewachsen, mit kahlem Schädel, die rechte Wange voller Narben, offenbar ein Krieger, der schon in vielen Schlachten gefochten hatte – und der ihr irgendwie bekannt vorkam. Bei seinem Anblick erkannte sie zum ersten Mal klar und deutlich, was sie wagte – sie kämpfte gegen einen König. Inzwischen hatte er ihr Verschwinden entdeckt und seinen härtesten, erfahrensten, unbarmherzigsten Soldaten befohlen, Jagd auf sie zu machen oder die ganze Festung nach ihr abzusuchen. Vor lauter Verzweiflung hatte sie sich von ihrem Entführer zum Narren halten lassen. Sicher wusste er, dass alle Ausgänge des Schlosses bewacht waren – dass es kein Entrinnen gab.

Hastig wandte sie sich ab und hoffte, der kahlköpfige Mann hätte sie nicht bemerkt. Während sie dem nächsten Korridor folgte, sah sie einen Vorhang zu ihrer Linken, schlüpfte dahinter und lehnte sich an die Wand eines Alkovens, um Atem zu schöpfen. Was sollte sie jetzt tun – eine Treppe hinauflaufen und über die Brustwehr fliehen wie in der vergangenen Nacht – oder sich verstecken und warten? Wie konnte sie jetzt noch entkommen, nachdem der König alle seine Ritter, Wächter und Soldaten beauftragt hatte, nach einer eigensinnigen, unberechenbaren jungen Frau Ausschau zu halten? Plötzlich hörte sie außer ihren eigenen Atemzügen noch andere im Alkoven. Wer war da? Jemand, der sich ebenfalls verbergen wollte – oder jemand, der einen geeigneten Augenblick abwartete, um sich auf sie zu stürzen?

Sie bezwang ihre Angst und sagte sich, in solchen Alkoven würden häufig heimliche Stelldicheins stattfinden. Sicher wollte diese Person genauso wenig entdeckt werden wie sie selbst.

Als Schritte im Korridor polterten, hielt sie die Luft an. »Hast du sie gesehen?«, rief ein Mann.

»Aye, sie rannte hier vorbei, aber ich weiß nicht, wohin.«

»Sag Tristan, nun wird sie versuchen, durch den Südausgang zu flüchten.«

Die Schritte entfernten sich, und sie atmete auf. Da hörte sie ein Flüstern. »Mellyora MacAdin?«

Eine Frauenstimme. Natürlich konnte eine Frau sie ebenso verraten wie ein Mann, und deshalb schwieg sie.

»Mellyora …« Das Wispern klang zögernd und ängstlich. »Hier ist Anne Halsteader.«

Erleichtert seufzte Mellyora auf. »Anne! Was machst du hier?« Anne, die Tochter des jüngsten Sohnes von einem dänischen Jarl und einer MacInnish-Erbin, hatte bald nach ihrer Geburt den Vater auf dem Schlachtfeld verloren und war bei der Familie ihrer Mutter aufgewachsen. Ihr Zuhause lag auf einer der Hebriden, in der Nähe von Mellyoras Inselfestung. Im Lauf der Jahre hatten sie sich oft gesehen. »Sag mir doch, was du hier machst!«

»Erzähl mir zuerst, warum sie dich suchen. Was hast du verbrochen? Warum versteckst du dich?«

»Gar nichts habe ich verbrochen.« Mittlerweile hatten sich Mellyoras Augen an das Dunkel im Alkoven gewöhnt, und sie sah die Umrisse von Annes Gestalt, nur wenige Schritte entfernt. Tagsüber waren die Vorhänge dieser Räume aufgezogen. Reich geschnitzte, bequeme Sessel boten den Gästen der Festung eine Gelegenheit, sich in kleinen Gruppen ungestört zu unterhalten. Wie Mellyora gehört hatte, geschah nachts, hinter geschlossenen Vorhängen, noch viel mehr. »Glaub mir, Anne, ich habe nichts Schlimmes getan – ich weiche nur den Wachtposten aus. Mein Vater ist gestorben. Jetzt bin ich ein Mündel des Königs.«

»Das habe ich gehört. Du sollst einen seiner Ritter heiraten.«

»Aye – und deshalb will ich fliehen.«

»Offenbar steckst du in schrecklichen Schwierigkeiten«, meinte Anne mitfühlend.

»Allerdings. Und was machst du hier?«

»Ich – treffe jemanden«, antwortete Anne stockend.

»Wen?« Als das Mädchen schwieg, drängte Mellyora: »Sag doch! Wen?«

»Daro.«

»*Was*?« In ihrer Verwirrung hätte Mellyora beinahe geschrien.

»Pst!« Anne trat zu ihr und presste eine Hand auf ihren Mund.

Nachdem Mellyora ihr bedeutet hatte, sie würde leise sprechen, ließ Anne sie los. »Mein Onkel Daro ...« Vielleicht dürfte sie sich nicht wundern. Daro war der jüngere Bruder ihres Vaters, ein blonder Krieger, der sehr gut aussah. Nach dem Tod eines Freundes hatte er Skul Island übernommen, eine Felseninsel in der Irischen See. Trotz seiner etwas wilden, aufsässigen Natur hatte er sich oft mit David verbündet. Bis zu Adins Tod hatte Friede geherrscht. Aber jetzt stritten oder verhandelten Mellyoras Onkel und der König über irgendeine Angelegenheit. Deshalb lagerte Daros Truppe flussabwärts, am anderen Ufer.

»Bitte, du musst Stillschweigen bewahren!«, flehte Anne. »Da der König jetzt so mächtig ist, wollen meine Angehörigen nichts mit Daro zu tun haben. Sie behaupten, er würde uns alle ins Verderben stürzen.«

»Niemals würde ich euch beide verraten«, versicherte Mellyora ihrer Freundin. »Immerhin ist der Mann mein Onkel.« Hätte sie nicht um ihr eigenes Schicksal gebangt, wäre sie belustigt gewesen. Ausgerechnet die sanftmütige Anne hatte eine heimliche Liebschaft mit dem temperamentvollen Daro angefangen. Jetzt hörte sie wieder Schritte. Sie starrte das Mädchen erschrocken an. Früher oder später würden die Wächter den Vorhang auseinander ziehen und sie beide aus dem Alkoven zerren. Nach kurzem Zaudern ergriff sie Annes Hände. »Sag Daro, ich würde seine Hilfe brauchen. Ich bin Davids Gefangene, und er will mich zwingen, einen seiner normannischen Lakaien zu heiraten. Aber Daro muss vorsichtig zu Werke gehen. Meinetwegen soll kein Blut vergossen werden. Ich strebe keinen Kampf an. Nur die Flucht.«

»Mellyora, was ...«, begann Anne.

»Geh zurück, in die Ecke!«, fiel Mellyora ihr energisch ins Wort. »Und bitte – enttäusch mich nicht!« Sie schob Anne in dunklere Schatten, dann hörte sie wieder die Schritte eines Wachtpostens und schlüpfte hinter dem Vorhang hervor.

»Da ist sie! Ah, Lady, gerade wollten wir Euch aus Eurem Schlupfwinkel holen.« Ärgerlich eilte Sir Harry zu ihr.

»Ich finde meinen Weg allein, Sir Harry.« Als sie sich abwandte, sah sie den großen, kahlköpfigen Krieger auf sich zukommen. Seine Miene missfiel ihr. In wachsender Angst versuchte sie, an ihm vorbeizulaufen, aber er hielt ihren Arm fest. »Sir Harry!«, schrie sie. »Sagt diesem Grobian ...«

»Sir Harry ist nicht mehr da, Mylady«, erklärte der

Mann mit tiefer, heiserer Stimme und dem unverwechselbaren Akzent eines Hochländers.

»Lasst mich los! Ich kenne Euch nicht! Sir Harry soll mit mir zum König gehen und ...«

»Nun muss sich Sir Harry um andere Dinge kümmern«, unterbrach er sie. »Ich geleite Euch ...«

»Nein, ich werde den König allein aufsuchen.«

»Das bezweifle ich.«

»Glaubt mir, ich laufe nicht mehr davon. Inzwischen weiß ich, dass ich den Wächtern des Königs nicht entrinnen kann. Ich werde sofort zu ihm gehen. Wenn Ihr wollt, folgt mir ...«

»Mylady, mitten in der Nacht darf der König nicht mit Euren Launen behelligt werden.«

»Mit meinen Launen? Sehr gut! Dann begleitet mich zu meinen eigenen Gemächern und ich werde seine Befehle erwarten.«

»Nein.« Stahlhart umklammerten seine Finger ihren Arm, und sie las unnachgiebige Kälte in seinen Augen. »Kommt mit mir.«

»Soeben sagtet Ihr, der König ...«

»Ich bringe Euch woandershin.«

»Das will ich nicht ...« Verzweifelt versuchte sie, sich zu befreien, ohne Erfolg. Er zog sie den Korridor entlang, riss sie beinahe von den Füßen, und sie musste wohl oder übel mit ihm Schritt halten. Sie wehrte sich, zerkratzte seinen Arm und trat nach ihm, was er kaum zu bemerken schien. Für diesen Krieger war sie offenbar kein schlimmeres Ärgernis als eine Stechmücke. In ihrem verbissenen Kampf merkte sie nicht, welche Richtung er einschlug. Plötzlich öffnete er eine Tür und schob sie hindurch.

Zu ihrem Entsetzen stellte sie fest, dass er sie zu ihrem Ausgangspunkt zurückgeführt hatte. Vor dem Kamin stand der Mann, der ihr Albtraum geworden war, den Rücken zu ihr gewandt. Nun trug er ein sauberes Hemd unter dem wollenen Wams und er hatte sein immer noch feuchtes dunkles Haar nach hinten gebürstet.

»Da ist sie, M'laird«, verkündete der kahlköpfige Mann.

»Gut, Angus, danke«, erwiderte der Laird in beiläufigem Ton und drehte sich nicht einmal um.

Die Tür fiel ins Schloss und Angus entfernte sich.

Ungläubig starrte Mellyora den Rücken des Mannes an und die Erkenntnis ihrer Niederlage erfüllte sie mit hellem Zorn. »Elender Lügner!«, beschuldigte sie ihn mit bebender Stimme. »Ihr habt mich nur gehen lassen, weil Ihr wusstet, die Männer in den Korridoren würden mich aufhalten! Nur um mich zu demütigen, habt Ihr mir zur Flucht verholfen ...«

»Um Euch klarzumachen, wie sinnlos Euer Widerstand ist«, unterbrach er sie ungeduldig. »Zweimal habt Ihr mich mit Eurem Messer bedroht und dann versucht, mich mit einem Ruder zu erschlagen. Trotzdem befindet Ihr Euch immer noch in der Gewalt des Königs. Jetzt bin ich Eurer Spiele müde, es ist vorbei.«

Unfähig, sich zu beherrschen, stürmte sie zu ihm. Ihre ganze Welt stürzte ein. Einzig und allein wegen dieses verdammten königlichen Ritters! Mit beiden Fäusten trommelte sie gegen seinen Rücken und suchte krampfhaft nach Worten, um ihrer Verachtung Ausdruck zu verleihen. »Niederträchtiger Bastard ... Gemeiner, tückischer Schurke ... Niemals werde ich Euch verzeihen ...«

Da fuhr er herum und sie wich einen Schritt zurück. Seine Augen verengten sich. »Ob Ihr mir Eure eigene Dummheit und Eure verräterischen Ränke verzeiht, ist mir gleichgültig.«

»So?« In wilder Wut warf sie sich erneut auf ihn. Diesmal schlugen ihre Fäuste gegen seine harte Brust, was ihn nicht zu beeindrucken schien. »Wer Ihr seid, weiß ich nicht. Aber ich werde niemals vergessen, was Ihr mir angetan habt!«

Blitzschnell packte er ihre Handgelenke, bezwang ihre erbitterte Gegenwehr und schüttelte sie. Sein eisiger Blick weckte die Angst, er würde zurückschlagen. Doch er übte keine Vergeltung. »Für mich spielt es keine Rolle, ob Ihr mir verzeihen und die letzten Ereignisse vergessen oder Euer Leben lang auf Rache sinnen wollt. Was auch immer Ihr plant, ich muss Euch warnen. Ich habe Euch erlaubt, diesen Raum zu verlassen, und Euch ein Versprechen abgenommen. Das werdet Ihr halten.«

»Welches Versprechen?« O Gott – ja, sie hatte sich bereit erklärt, ihn in der königlichen Jagdhütte zu treffen ... »Niemals!«, fauchte sie. »Ihr habt mich belogen und betrogen ...«

»Ob es Euch gefällt oder nicht, Lady, Ihr seid mir verpflichtet. Wie Ihr Euch vielleicht entsinnt – ich habe Euch sogar vor diesem Abkommen gewarnt und ich gab Euch eine Gelegenheit zur Flucht«

»Die mir nichts genützt hat!«

»So ist es nun einmal, wenn man sich gegen den König stellt.«

»Ihr seid nicht der König!«

»Aber ich habe Euch in meiner Gewalt.« Unsanft schob er sie von sich.

»Was soll das alles? Der König schläft, ich darf ihn nicht belästigen. Was habt Ihr mit alldem zu tun?«

»Sehr viel. Und wenn der König auch schlafen mag – er erwartet mich trotzdem. Entschuldigt mich jetzt ...« Er ging an ihr vorbei zur Tür.

Die Augen voller Tränen starrte sie ihm nach und es drängte sie, ihm zu folgen und erneut ihre Fäuste zu erheben. Doch sie fürchtete, ihre zahlreichen Attacken hätten die Grenzen seiner Geduld bereits überschritten. Und so stieß sie nur hervor: »Zum Teufel mit Euch!« Da er sie nicht beachtete, verlor sie erneut die Beherrschung, rannte ihm nach und schwang ihre Arme hoch. Wie nicht anders zu erwarten, packte er wieder ihre Handgelenke, die Lippen grimmig zusammengepresst. »Warum tut Ihr mir das an?« Forschend schaute sie in seine Augen. »Wer seid Ihr?«

Mit erhobenen Brauen erwiderte er ihren Blick. Dann lächelte er plötzlich, ließ sie los und verspottete sie mit einer übertriebenen Verbeugung. »Oh, wie gedankenlos von mir! Wir wurden uns noch gar nicht offiziell vorgestellt. Seltsam, nicht wahr? Obwohl wir uns schon so gut kennen gelernt haben ... Wer ich bin, Lady – der elende, hässliche, pockennarbige, grausame alte Normanne, den Ihr heiraten werdet. Waryk de Graham. Allerdings war mein Vater kein Normanne, wenn es auch möglich wäre, dass in seinen Adern ein bisschen Normannen- und sogar Wikingerblut floss. Meine Mutter entstammte einer der ältesten Familien im Tiefland. Also bin ich kein elender alter Normanne, sondern ein elender alter Schotte. Würdet Ihr mich jetzt entschuldigen? Ich muss endlich den König aufsuchen, der in tiefer Sorge um Euch war.«

Heiliger Himmel ... Niemals hätte sie gedacht ... In ihrer Verblüffung stand sie wie gelähmt da. Kein Wort kam über ihre Lippen. Erst als er die Tür öffnete, erwachte sie aus ihrer Erstarrung und fand die Sprache wieder. »Wartet ...«, flüsterte sie. O Gott ... Nach allem, was zwischen ihnen geschehen war, hätte sie es erraten müssen. Aber – nein, es konnte nicht sein. Er log, das war nur ein grausamer Scherz ... »Wartet!«, rief sie und eilte ihm nach.

Widerwillig drehte er sich um. »Was wollt Ihr?«

Ihr Herz schlug wie rasend. Mühsam rang sie nach Luft. »Bitte, sagt mir, dass es nicht wahr ist. Ihr wollt Euch nur rächen ...«

Mit harten Fingern umfasste er ihr Kinn, so fest, dass

sie sich nicht losreißen konnte. »Keine Angst, Lady, ich will mich nicht an meiner Braut rächen. Das war keine Lüge. Findet Euch endlich mit den Tatsachen ab. Der König hat mich – Waryk de Graham, Laird Lion – zu Eurem künftigen Gemahl bestimmt. Das missfällt Euch, was Ihr deutlich genug bekundet habt. Auch ich hätte lieber eine andere Wahl getroffen, und ich finde es keineswegs angenehm, ein so unglaublich dummes, störrisches, unreifes Mädchen zu heiraten. Aber die Würfel sind gefallen, wir werden heiraten, und wenn Ihr Euch für den Kampf entscheidet – ich habe fast mein ganzes Leben auf dem Schlachtfeld verbracht. Nur wenige Männer verstehen es, besser zu kämpfen. Habe ich mich klar genug ausgedrückt?«

Endlich gelang es ihr, sich vom schmerzhaften Druck seiner Finger zu befreien. »In der Hölle sehen wir uns wieder!«, wisperte sie.

»Falls das Euer Wunsch ist«, erwiderte er lächelnd, »dann wollen wir unsere Ehe nicht im Himmel schließen, sondern in der Hölle.« Er wandte sich wieder zur Tür.

Nun bereute sie ihre Worte. Da ihm diese Ehe ebenso widerstrebte wie ihr, bestand vielleicht immer noch Hoffnung. »Wartet, Laird Lion …«

Die Tür fiel ihr vor der Nase zu, schnell entfernten sich seine Schritte im Flur.

»Wartet! Bitte!« Zu spät. Kraftlos sank sie gegen die Tür.

Er hatte sie verlassen und sie war zu einer Ehe in der Hölle verdammt.

8

Daro Thorsson war ein stolzer Mann, ein brillanter Stratege und ein tapferer Krieger. Und der Letzte seines Geschlechts, was er sich immer wieder bedrückt vor Augen führte. Jahrhundertelang hatte das Volk seines Vaters die Meere beherrscht, die britischen Inseln, Finnland und Russland überfallen, war durch das Mittelmeer und sogar die Seine entlang gesegelt, um Paris zu bedrohen. Überall hatten die Wikinger ihre Festungen errichtet, ihre Sitten und Gebräuche eingeführt. Aber die Welt veränderte sich.

Vor nicht allzu langer Zeit war England in mehrere Königreiche unterteilt gewesen. Alfred vereinte Wessex, um die Eindringlinge abzuwehren, die sich vom Meer her näherten. Aber obwohl er seine Adelsherren veranlasste, einen gemeinsamen Feind zu bekämpfen, gewannen die Wikinger die Oberhand. Im Norden herrschten die Dänen als Könige, bis sich das Blut verschiedener Völker gemischt hatte und – durch Verträge oder Machtansprüche – unter Edward dem Bekenner zusammenschloss. Auch Schottland war zerrissen gewesen. Hier stritten die Erben eines großen Mannes um die Vorherrschaft. Die nördlichen Außenposten besaßen begehrenswerte Inseln. Manchmal fielen die Eindringlinge darüber her, plünderten und mordeten und verwüsteten zahlreiche Gebiete, bevor sie wieder verschwanden. Oder sie ließen sich auf den Inseln nieder. Mit der Zeit vergaßen die Einheimischen, dass sie mit Fremden zusammenlebten. Und das Blut der zugewanderten Krieger hatte das Volk gestärkt. Auf vielen Inseln vor der schottischen Küste, besonders im Norden, regierten immer noch Wikinger-Könige oder – Jarls, und die Bewohner heirateten untereinander.

Daro fand es seltsam, dass man die Wikinger als Barbaren bezeichnete. Wenn sich Engländer und Schotten bekämpften, konnte er kein zivilisierteres Verhalten beobachten.

Wie auch immer, nun zogen die einstigen Gegner den Frieden vor. Die glanzvollen kriegerischen Zeiten der Wikinger gingen zu Ende. Und die ruhmreichen Legenden verbargen oft den Grund, der dieses Volk aus der Heimat vertrieben hatte – zu wenig Land, zu wenig Nahrung, zu wenig Fische im Winter. Jedenfalls war die Welt nach Daros Ansicht ein gesegneter Ort, weil Wikinger in ihr lebten, und er besaß Skul Isle, eine Insel in der Irischen See, eine Festung, in der er herrschte, in die er eine Braut heimführen wollte.

In später Nacht schlich er lautlos und vorsichtig durch die Gänge des Schlosses Stirling. Während seiner Kriegserlebnisse hatte er sich wertvolle Fähigkeiten angeeignet. Er konnte kämpfen wie ein Berserker und sich so leise an einen Feind heranpirschen wie ein fliegender Falke an seine Beute. Als zehnjähriger Junge hatte er Norwegen mit seinem älteren Bruder verlassen und im Lauf der Zeit viel von ihm gelernt.

Manchmal war die Stille ein ebenso wirkungsvolles Mittel wie der Lärm klirrender Waffen. Nicht, dass er fürchtete, entdeckt zu werden. In dieser Festung hielt er sich mit Fug und Recht auf, denn er lagerte mit seinen Männern nahe der Stadt, um mit David zu verhandeln. Mehr Land für seine Bereitschaft, dem König häufiger zu dienen. Niemand würde ihn wegen seiner Anwesenheit zur Rechenschaft ziehen. An diesem Abend war er ein geladener Gast.

Er hatte gewartet, bis die letzten Händler ihre Läden und Verkaufsstände im Hof geschlossen hatten. Jetzt war der richtige Moment gekommen, denn vor dem

Morgengrauen würden die Fischweiber eintreffen, um den Fang ihrer Männer feilzubieten. Nur um diese Zeit konnte er ein Stelldichein riskieren.

Bevor er hinter den Vorhang des Alkovens schlüpfte, spähte er nach beiden Seiten. Keine Menschenseele. »Anne?«, flüsterte er.

»Daro!«, hauchte sie und sank an seine Brust. Was für ein Entzücken, seinen Mund auf ihren zu pressen, in der Leidenschaft zu schwelgen, die sofort erwachte … Diese Gefühle erstaunten ihn stets aufs Neue. In einem Dutzend verschiedener Länder hatte er die erotischen Künste zahlloser Huren kennen gelernt, aber niemals erfahren, welche Freude es bereitete, eine Frau einfach nur zu umarmen oder nachts wach zu liegen, an ihren Duft zu denken, an den Glanz ihrer Augen, ihr Gelächter.

Natürlich liebte er sie nicht, ohne Lust zu empfinden. Er glaubte, der Architekt der Festung müsste eine Hofdame heimlich geliebt und deshalb die Alkoven für solche verstohlenen intimen Begegnungen eingebaut haben. Voller Glut erwiderte Anne seine Liebkosungen.

Sein Blut strömte schneller durch die Adern. Worte waren überflüssig, abgesehen von gewisperten Kosenamen. Heiße Küsse schürten die Ungeduld. Hastig kämpften sie mit ihrer Kleidung. Der Zeitmangel, der ein zärtliches Vorspiel unterband, steigerte das Verlangen, das Verbotene, den Genuss. In wachsender Begierde lehnte er Anne an die Wand. Sie schlang ihre Beine um seine Hüften und biss in seine Schulter, um nicht beglückt zu schreien, als er in sie eindrang. Zitternd klammerte sie sich an ihn. Bald beschleunigte er das Tempo, fand seine Erfüllung und spürte den wilden Schauer ihres Höhepunkts. Danach lag sie kraftlos in seinen Armen, geschützt vom Dunkel der Nacht, und jeder kostete die Nähe des anderen aus. Daro bezwang seine Leidenschaft zuerst, stellte Anne auf die Füße und streifte ihren Rock nach unten, bevor er seine Breeches schloss.

Sofort schmiegte sie sich wieder an ihn und klagte: »O Daro, was sollen wir nur tun. Das ertrage ich nicht – es muss einen Ausweg geben ...«

»Was erträgst du nicht?«, fragte er in scharfem Ton. War seit den letzten gestohlenen Augenblicken vor der Halle von Stirling, nach einem der königlichen Bankette, irgend etwas geschehen? Sie hatten von ihrer Heirat gesprochen und überlegt, wie sie die Zustimmung ihres Onkels, ihres Vormunds, und ihrer Familie erlangen könnte. Nach dem Tod ihres Vaters, eines Jarls, war sie vom Bruder ihrer Mutter großgezogen worden. Sie erbte zwar keinen Landsitz, aber die Mutter besaß etwas Wikingergold und keltische Kunstgegenstände, vom Vater hinterlassen, die für Anne aufgehoben wurden. Zudem würde sie eine angemessene Mitgift erhalten.

Die Arme um seinen Hals geschlungen, erklärte sie: »Sie wollen mich ins Kloster schicken!«

»Wer?«, stieß Daro erbost hervor. »Davon war nie die Rede.« Er hatte erwogen, den König um Annes Hand zu bitten, aber dann entschieden, es wäre besser, vorher mit ihren Verwandten zu sprechen. Wenn er ihnen versicherte, er wolle nie mehr zur See fahren und betrachte Schottland als seine Heimat, würden sie Anne vielleicht erlauben, einen Wikinger zu heiraten.

»Onkel Padraic kam in mein Zimmer und verkündete, ich müsse in den Orden der Sisters of Mercy eintreten. Meine Mitgift würde er der Kirche übergeben, um die grausamen Plünderungen wiedergutzumachen, die meinem Vater ein Vermögen einbrachten. Padraic hasst alle Wikinger – Dänen, Norweger und Schweden gleichermaßen. Und er glaubt, in meinen Adern würde das wilde Blut meines Vaters fließen. Je älter ich werde, in desto größere Gefahr könnte mich dieses Erbe bringen.

Nur tägliche Gebete und Hingabe an den Allmächtigen würden mein ewiges Seelenheil retten. Außerdem bedrohe ich den guten Namen seiner und Mutters Familie. Er ließ mich gar nicht zu Wort kommen. Wie gern würde ich mit Michael reden … Aber er ist im Auftrag des Königs unterwegs. Sicher würde er mich verstehen. Nach seiner Meinung beruht der Wert eines Menschen auf seiner Gesinnung, nicht auf seiner Herkunft. Padraic behauptet, er habe mit dem König gesprochen, der ebenso wie er selbst die Ansicht vertrete, mein Wikingerblut sei gefährlich. Zudem fürchtet David die Kampfkraft der Wikinger.«

»Beruhige dich, wir werden die Pläne deines Onkels vereiteln und durchbrennen.«

Traurig schüttelte sie den Kopf. »Unmöglich, Daro … Die königlichen Krieger würden uns zurückholen. Ihrer Überzahl bist du nicht gewachsen.«

»Wenn wir weit genug fliehen – nach Norwegen, auf eine Insel …«

»Nein, Liebster«, unterbrach sie ihn und berührte seine Wange. »Ich weiß, wie viel dir Schottland bedeutet, und du willst nicht gegen David kämpfen …«

»Dazu wird es nicht kommen. Mein Bruder Adin genoss den Respekt, die Bewunderung und das Vertrauen des Königs.«

»Oh, mein Gott …« Anne hielt den Atem an. »Das hätte ich fast vergessen!«

»Was?«

»Mellyora ist hier – und in furchtbare Schwierigkeiten geraten. Vielleicht hast du's schon gehört. Sie glaubt, sie soll einen normannischen Laird heiraten, wenn ich auch vermute, dass es sich um Waryk, Laird Lion handelt. Jedenfalls hält sie ihn für einen Normannen, wegen all des Geredes über die Situation, in der ihn der König damals antraf, als der Laird noch ein Junge war. Offenbar weiß sie nicht, dass er ein loyaler

Schotte ist. Um dieser Ehe zu entrinnen, floh sie aus der Festung. Wenig später wurde sie zurückgebracht. Bei ihrem zweiten Fluchtversuch kam sie zu mir in den Alkoven und wurde ertappt – das heißt, sie stellte sich den Wächtern, bevor sie mich hinter dem Vorhang finden konnten. Sie bat mich, dir auszurichten, sie würde deine Hilfe brauchen. Aber du sollst kein Blut vergießen.«

Für einen kurzen Moment schloss Daro die Augen. Zum Teufel mit dem König – und zum Teufel auch mit Annes selbstgerechter Familie. Ihr schottischer Onkel wollte ihre Zukunft bestimmen und David benutzte Mellyora, um einen seiner verdienstvollen Ritter zu belohnen. In der Tat, Blue Isle war ein schöner Preis.

Daro hegte keinen Groll gegen Waryk, an dessen Seite er oft gekämpft hatte. Aber er wollte verdammt sein, wenn er untätig mit ansehen würde, wie seine Nichte den königlichen Machenschaften zum Opfer fiel. »Wohin wurde Mellyora gebracht?«

»Das weiß ich nicht«, erwiderte Anne. »Ich erkannte Sir Harrys Stimme. Dann kam ein anderer Mann hinzu und erklärte, in dieser Nacht dürfe sie den König nicht mehr stören. Er würde sie zu einem Laird führen. Vielleicht meinte er Laird Lion.«

»Ja, das glaube ich auch. Sicher ist die Tür verriegelt, und ein Krieger hält davor Wache. Ohne Hilfe kann sie nicht entkommen.«

»Willst du ihr zur Flucht verhelfen? Damit ziehst du dir den Zorn des Königs zu, und unsere letzte Hoffnung schwindet …«

»Im Augenblick gibt es ohnehin keine Hoffnung. Aber wenn ich meine Nichte entführe, muss David mit mir verhandeln und auf meine Bedingungen eingehen.«

»Dann benutzt du sie genauso wie der König.«

»Keineswegs. Immerhin ist sie das einzige Kind meines Bruders, und sie bittet mich um Hilfe.«

»Wenn du dich für sie einsetzt, sind wir verloren«, warnte Anne.

»Warten wir's ab. Was sie plant, werde ich erst erfahren, wenn ich mit ihr rede. Wie auch immer, ich muss sie schützen. Auch dich werde ich hier herausbringen.«

»Also gut, Daro.« Sie holte tief Luft. Dann schüttelte sie beklommen den Kopf. »Nein, besser nicht – der König würde dich töten …«

»Wir haben keine Wahl. Zunächst werden wir feststellen, wer Mellyoras Tür bewacht.« Er zog den Vorhang beiseite und spähte in den Korridor. »Morgen Abend treffen wir uns wieder in diesem Alkoven. Halt deine Augen und Ohren offen.« Zärtlich küsste er sie. »Vertrau mir.«

Der König saß in seinem Schlafgemach, nippte an einem Weinkelch und starrte ins Kaminfeuer. Auch in seinem weiten Morgenmantel wirkte er wie ein majestätischer Krieger. »Adin war ein großartiger Mann.« Nachdenklich wandte er sich zu Waryk. »Wer konnte seinen Tod voraussehen? Und wer in Gottes Namen hätte geahnt, dass seine Tochter mit dem Geschick einer Akrobatin aus dieser Festung fliehen würde?«

»Sie ist zurückgekehrt.«

»In zwei Wochen findet die Hochzeit statt. Das Aufgebot ist bestellt.«

»Wollt Ihr sie sehen, Sire?«

»Nein. Wo ist sie?«

»In meinem Quartier.«

»Und sie hat keinen Verrat geplant?«

Zu seiner eigenen Verblüffung erkannte Waryk, dass er Davids Groll gegen Mellyora nicht noch schüren wollte. »Nein, es ging ihr nur um ihre Freiheit.«

»Daro möchte mit mir über künftige Dienste der Wikinger verhandeln.«

»Ein tapferer Mann und kluger Stratege.«

»Und ein Wikinger. Sicher wird Mellyora seine Hilfe suchen. Nach deiner Meinung hatte sie nicht die Absicht, gemeinsam mit ihrem Onkel einen Aufstand anzuzetteln?«

»Niemals würde sie die Waffen gegen Euch erheben.« Stimmte das? Immerhin hatte sie um ihrer Freiheit willen viel gewagt.

Seufzend nahm der König noch einen Schluck Wein. »Ich bin müde, vor allem des ganzen Ärgers, den sie mir zumutet ... Übrigens muss ich dich warnen. Wie ich höre, fühlt sie sich an einen jungen Mann aus der Küstengegend bei der Insel gebunden. In seinen Adern fließt Wikingerblut.«

»Vielleicht auch in meinen.«

»Ich hasse niemanden, nur weil er ein Wikinger ist. Aber ich misstraue diesen Leuten. Nun, meine schöne Patentochter ist wieder da. Offenbar zürnst du ihr weniger als ich.«

»Was soll ich mit ihr machen? Ich glaube, in meinem Quartier ist sie gut aufgehoben ...«

»Mach mit ihr, was du willst. Im Augenblick bereiten mir die Attacken auf das Grenzgebiet, auf die du mich hingewiesen hast, größere Sorgen. Ich muss herausfinden, ob Daro so loyal ist wie sein Bruder. Und die Scharmützel an der Grenze hindern mich daran, die Wikinger zu überwachen, die in unserem Norden regieren ... Kümmere dich um Mellyora. Wenn sie weitere Schwierigkeiten heraufbeschwört, wird sie einfach verbannt.«

»Wie, bitte?«

»In ein Verlies, in ein Kloster. Oder ich verheirate sie mit einem Sarazenen, der schon ein Dutzend Frauen hat. Nicht einmal von meiner Patentochter lasse ich mich herausfordern. Sollte sie zusammen mit Daro gegen mich rebellieren, wird sie enthauptet. Ich bin gerecht, ich bin gnädig – aber Verräter müssen nun einmal sterben. So lautet das Gesetz.«

»Glaubt mir, sie plant keinen Verrat. Seit Jahrhunderten leben die Wikinger als Freunde und Feinde bei uns. Eure Ahnen benutzten sie für ihre eigenen Ziele, Sir. Zum Beispiel vermählte Malcolm II. seine Tochter mit Sigurd, dem norwegischen Grafen von Orkney. Dadurch stärkte er seinen Einfluss im Norden und erweiterte die schottischen Grenzen.«

»Gewiss, ich kenne die Geschichte, Waryk. Auch ich suche meine Macht durch Eheschließungen zu festigen. Aber wenn Bündnisse und friedliche Mittel nicht genügen, muss Blut fließen.«

Bald danach verließ Waryk den König. Von einem seltsamen Unbehagen erfüllt, folgte er den Korridoren. Als er Schritte hinter sich hörte, drehte er sich um und erkannte Jillian, Mellyoras Dienerin.

»Laird Waryk«, begann sie angstvoll. »Geht es ihr gut?«

»Wie Ihr sicher wisst, ist sie zäh wie Leder.«

»Aye, aber – darf ich sie sehen?«

»In absehbarer Zeit.«

»Bitte, verurteilt sie nicht zu scharf. Der unerwartete Tod ihres Vaters hat sie schmerzlich getroffen. Niemals hätte sie gedacht, dass sich ihr Leben von Grund auf ändern würde. Und sie liebt einen jungen Mann ...«

»Wie weit ging diese Liebe?«

»Die beiden sind von Kindheit an eng befreundet.«

»Wie eng?«

Bestürzt erkannte Jillian, was sie womöglich verriet. »Ich glaube, sie haben noch nie ... Nun, ich weiß es nicht ...«

»Danke für Eure Ehrlichkeit.«

»Bitte, tut ihr nichts an!«

»Das habe ich nicht vor. Wenn sie diesen jungen Mann liebt, tut es mir Leid. Aber mein Erbe soll von meinem Fleisch und Blut sein. Versteht Ihr, was ich meine?«

Jillian nickte. »Wenn Mellyoras nächste Regel fällig ist, werde ich Euch die Wahrheit sagen, ich schwöre es.«

Prüfend schaute er sie an und fühlte sich seltsam bewegt. In seiner rebellischen Braut musste ein guter Kern stecken. Sonst hätte sie die tiefe Zuneigung und Ergebenheit dieser Frau nicht gewonnen. »Ich verlasse mich auf Eure Aufrichtigkeit – und Eure Liebe zu Mellyora. Sorgt Euch nicht, ich werde ihr freundlich begegnen. Es sei denn, sie hintergeht mich.«

»Und dann …«

»Und dann?«, wiederholte er. »Vielleicht schlage ich sie grün und blau und werfe sie ins Meer. Entschuldigt mich jetzt. Wenn Ihr Eure Lady sehen könnt, gebe ich Euch Bescheid.«

Müde eilte er weiter und wünschte, er hätte Mellyora MacAdin nicht in seinem Quartier zurückgelassen. Letzte Nacht hatte er nicht geschlafen. Auch diesmal, in der Nähe seiner Braut, würde er kein Auge zutun, weil er das Leben liebte. Er wollte mit ihr reden, Angus eine Ruhepause gönnen und dann in dessen Zimmer schlafen, während der Freund wieder Wache hielt. Am nächsten Morgen würde er entscheiden, was bis zur Hochzeit geschehen sollte. Wenn Angus die junge Frau bewachte, war sie sicher. Außerdem konnte sie nicht durch die von außen verriegelte Tür fliehen. Und im Erdgeschoss der Festung gab es nur schmale Fensterschlitze, durch die nicht einmal die schlanke Tochter des Wikingers zu klettern vermochte.

Wie weit würde die Nachricht von der bevorstehenden Hochzeit gedrungen sein? War Eleanora bereits informiert? Er sehnte sich nach ihrer Zärtlichkeit.

Wenn sie doch in dieser Nacht bei ihm wäre, seine Stirn streicheln und sein Blut erhitzen würde …

Rastlos wanderte Mellyora in Laird Lions Zimmer umher. Einmal versuchte sie die Tür zu öffnen. Aber sie war versperrt. Nach einer Weile schwang sie auf, und der kahlköpfige Mann fragte lächelnd: »Braucht Ihr etwas, Mylady?«

»Dürfte ich in meine eigenen Gemächer zurückkehren?«

»Leider nicht.«

»Ich bin schmutzig – und hungrig …«

»Beruhigt Euch, wir werden für Eure Bedürfnisse sorgen.«

»Aber …«

Die Tür fiel wieder ins Schloss, der Riegel wurde vorgeschoben.

Wenig später klopfte es, und die Tür öffnete sich. Angus kam herein, gefolgt von ein paar Küchenjungen, die ein Tablett mit einer Mahlzeit, eine Sitzbadewanne, Seife, Handtücher und mehrere Wassereimer hereintrugen. Nachdem sie das Tablett auf eine Truhe gestellt hatten, rückten sie die Wanne vors Kaminfeuer und füllten sie mit dampfendem Wasser.

»Habe ich etwas vergessen?«, erkundigte sich Angus höflich.

»Nein«, erwiderte Mellyora, »es stört mich nur, dass ich mich in Laird Lions Quartier so häuslich niederlassen soll.«

»Macht Euch deshalb keine Gedanken.«

»Und ich habe keine saubere Kleidung.«

Nach kurzem Zögern öffnete Angus eine Truhe am Fußende des Betts und nahm ein langes weißes Hemd mit kunstvoller Stickerei heraus. »Genügt das?«

»Es gehört mir nicht.«

»Jetzt schon, Mylady.«

Errötend starrte sie ihn an. Sie wusste, dass er ihr ein Nachthemd anbot, das der Laird für eine andere Frau gekauft hatte.

»Keine Angst, dieses Hemd hat noch niemand getragen«, versicherte Angus verständnisvoll. »Ich weiß, Ihr fühlt Euch unwohl. Aber Ihr dürft diesen Raum nicht verlassen. Waryk wird noch eine Zeit lang beim König bleiben. Übrigens, Lady, Ihr habt einen Schmutzfleck auf der Nase.«

»Danke …« Verlegen senkte sie den Blick. »Ich weiß Eure Fürsorge zu schätzen.«

»Mylady, es ist mir ein Vergnügen, Euch zu dienen«, beteuerte er und ging hinaus.

Im nächsten Augenblick hörte sie, wie der Riegel vorgeschoben wurde. Unbehaglich schaute sie sich um. Dann spähte sie in einen Krug, der dunkel gebrautes Ale enthielt. Sie nippte daran und es schmeckte köstlich. Sehnsüchtig musterte sie die Wanne. Der Laird konnte jeden Moment zurückkehren.

Andererseits hatte er ihren nackten Körper schon gesehen. Bevor sie erfahren hatte, wer er war. Und sie ertrug den verkrusteten Schlamm auf ihrer Haut nicht länger.

Während sie sich auszog, kostete sie geräucherten Fisch, Brot und süßen Schafskäse. In einem Zug leerte sie den Ale-Krug und stieg ins heiße Wasser, das sich himmlisch anfühlte. Nachdem sie den Schmutz von ihrem Körper gewaschen hatte, lehnte sie sich in der schönen, mit Silber beschlagenen Wanne zurück und betrachtete die Wandteppiche, die Jagdszenen darstellten. Wahrscheinlich stammten sie aus Flandern. Auf dem großen Bett häuften sich Pelzdecken – Bär, Reh, Biber. Mehrere Truhen standen im ganzen Raum verteilt. An den Wänden lehnten die einzelnen Teile einer festlichen Rüstung, andere lagen auf den Truhen. Über einem Gestell vor dem Kamin hing ein schimmernder

Kettenpanzer, und Mellyora stellte sich vor, wie ihn ein gewissenhafter Knappe poliert hatte. Laird Lion. Seltsamerweise war sein Wappentier kein Löwe, sondern ein Falke, der dem Wappenvogel ihres Vaters glich.

Müde schloss sie die Augen. Zugegeben – Waryk de Graham entsprach nicht dem Bild, das sie sich von ihm gemacht hatte. In ganz Schottland rühmte man den treuen Ritter des Königs. Soviel sie wusste, war er mit den Normannen hierher geritten, die David vor dessen Thronbesteigung nach Schottland begleitet hatten. Deshalb war sie der Meinung gewesen, er müsste mindestens so alt sein wie der König.

In zahlreichen Balladen wurden Laird Lions Heldentaten gepriesen, von fahrenden Sängern, die im Tiefland, im Hochland und im Inselgebiet auftraten.

Ein alter Normanne, hatte sie gedacht, dem sie leicht entkommen könnte … Zweifellos sah er nicht so abstoßend aus, wie sie vermutet hatte. Doch das änderte nichts an der Tatsache, dass er ihre Zukunft bestimmen, ihre Insel übernehmen und ihr Glück zerstören würde. Bedrückt entsann sie sich, wie sie Ewan ewige Liebe geschworen hatte. Und jetzt?

Als der Riegel zurückgeschoben wurde, richtete sie sich auf und umklammerte den Wannenrand. Sicher würde Angus höflich fragen, ob er eintreten dürfe.

Aber es war nicht Angus. Die Tür öffnete sich. Und wer immer hereinkam, bat Mellyora nicht um Erlaubnis.

Blitzschnell sprang sie aus dem Wasser und hüllte sich in ihr Badetuch. In einer Ecke lehnte ein Schwert mit schön graviertem Griff. Sie rannte hinüber. Mit einer Hand ergriff sie die Waffe, mit der anderen hielt sie das Badetuch vor der Brust zusammen.

Waryk war zurückgekehrt. Trotz der Hitze des Kaminfeuers, die sie am Rücken spürte, fröstelte sie. Eine Zeit lang musterte er ihre bebende Gestalt, die Wanne, das Schwert. Dann ging er zu ihr und wirkte so bedrohlich, dass ihre Angst wuchs.

Hatte der erzürnte König ihm befohlen, sie zu töten?

»Kommt nicht näher!«, warnte sie den Laird und ließ das Badetuch fallen, um das Schwert mit beiden Händen zu umfassen.

Aber er missachtete ihre Worte. Ohne sie aus den eisblauen Augen zu verlieren, packte er die Klinge und hielt sie an seine Brust. »Tut es doch! Tötet mich!«

»Das kann ich nicht ...«

»Versucht es, wenn Euer Hass so groß ist ...«

»Nein, ich hasse Euch nicht. Und ich will Euch nicht verletzen ...«

Da entwand er ihr den Schwertgriff und schleuderte die schwere Waffe quer durch den Raum. Mellyoras Nacktheit, die ihr so schmerzlich bewusst war, schien er gar nicht wahrzunehmen. »Ich habe dem König mitgeteilt, Ihr wärt zurückkehrt und würdet Euch in meinem Gewahrsam befinden. Jetzt bin ich müde. Erschöpft.«

Was wollte er ihr damit sagen? Sie spürte, wie sich ihre Brustwarzen zu kleinen Spitzen erhärteten, eine Gänsehaut überzog ihren ganzen Körper. Hastig hob sie das Badetuch auf und bedeckte ihre Blößen. »Bitte, Ihr müsst schlafen – ich werde Euch nicht stören ...«

»Natürlich nicht. Vorerst bleibt Ihr hier. Wir reden später.« Auf dem Weg zur Tür blieb er stehen, drehte sich aber nicht um. »Richtet nie wieder eine Waffe auf mich, Mellyora. Und wenn Ihr's tut, solltet Ihr sie benutzen.«

Die Tür öffnete sich und fiel ins Schloss, der Riegel wurde vorgeschoben. Zitternd sank sie zu Boden, in das Badetuch gewickelt. Er hasste sie, er verabscheute sie, und die Zukunft erschien ihr grausiger denn je. Irgendwie musste sie ihm entrinnen. Nicht nur um ihrer Freiheit willen. Seinetwegen. Weil er so stark war.

Und wegen seiner Augen, die sie immer wieder so seltsam betrachteten. Weil sie kein Schwert schwingen konnte, um ihn zu töten, und weil sie erbärmlich fror – und gleichzeitig zu verbrennen schien.

Trotz seiner Erschöpfung dauerte es lange, bis er einschlief. Und dann träumte er von Eleanora. Sanfte Finger, ein beruhigender Balsam, ihre warme Haut, geflüsterte Liebesworte. Sie lag unter ihm. Dann saß sie auf seinen Hüften, und ihr Haar kitzelte seine Brust …

Goldblondes Haar, lang und üppig, und es schlang sich um seine Schultern.

Aber ihre Haare waren dunkel, die Augen braun …

Nein – blau. Und in seinem Traum umarmte er nicht mehr die Geliebte, die ihn so beglückte, sondern die Tochter des Wikingers. Plötzlich richtete sie sich auf, splitternackt, ein Kind Odins und sie schwang ein Schwert empor. Mit aller Kraft entriss er ihr die Waffe, kämpfte mit ihr und sie lag unter ihm. Große, himmelblaue Augen starrten ihn an und er wollte sie erwürgen, die Klinge an die Kehle halten, er wollte …

Sie berühren. Er begehrte – nicht Eleanora, sondern sie.

Wieder einmal verfolgte sie ihn in seinen Träumen, eine überirdisch schöne Gestalt. Und jetzt wusste er, dass sie nicht unerreichbar war.

9

Am nächsten Abend trafen sich Anne und Daro wie geplant. So viel stand auf dem Spiel. Er wollte nur wenige Worte mit ihr wechseln. Und doch …

Im nächtlichen Dunkel fanden sich ihre Lippen, er spürte ihre Liebe, dachte an Schlachten und Blutvergießen und den Zorn des Königs …

Trotzdem konnte er sie nicht loslassen.

Einige Minuten später als beabsichtigt fragte er: »Hast du etwas Neues erfahren? Angeblich hält sich Mellyora in Waryks Quartier auf, nur von Angus bewacht.«

»Aye. Man sagt, der König sei wütend auf sie.«

»Fürchtest du dich?«

»Nein«, log Anne, und er lächelte.

»Bist du bereit?«

»Ja. Aber in diesem Teil des Schlosses kenne ich mich nicht allzu gut aus und ich habe keine Ahnung, was ich tun soll …«

»Vertrau mir und nimm meine Hand. Nur Mut!« Er öffnete den Vorhang und schaute in den Korridor, wo sich niemand blicken ließ. Dann führte er Anne durch mehrere Gänge.

»Vielleicht begehen wir einen schweren Fehler, Daro!«, wisperte sie atemlos. »Um den König von seinem Entschluss abzubringen, Mellyora mit Laird Lion zu vermählen, würden wir ein riesiges Heer brauchen. Die Festung deines verstorbenen Bruders ist zu wichtig, David will sie nicht verlieren. O Gott, sobald er von Mellyoras Flucht mit deiner Hilfe erfährt, werden dich seine Krieger gnadenlos jagen und töten …«

Da hielt er inne und umarmte sie. »Du bist mein

Leben«, flüsterte er an ihren Lippen. »Für dich lohnt es sich zu sterben.«

»Aber das will ich nicht! Lieber gehe ich ins Kloster, wenn du nur am Leben bleibst, selbst wenn du eine andere zur Frau nimmst …«

»Wir finden einen Ausweg«, versicherte er, und sie gingen weiter. Plötzlich zog er sie wieder an sich, drückte sie gegen die Wand und spähte um eine Ecke herum. »Aye, Angus bewacht Mellyoras Tür.«

»Kennst du ihn gut?«

»Der Sohn einer Nonne aus Iona«, erklärte Daro grinsend.

»Einer Nonne …«

»Und eines Berserkers, der sie vergewaltigt hat. Angus wuchs in der Wildnis des Hochlands auf, wo seine Mutter mit ihrem barbarischen Laird ein glückliches Leben führte. Später schloss er sich Waryk an. Seit dessen Familie niedergemetzelt wurde, ist Angus sein treuer Gefährte – ein tapferer, anständiger Mann.« Nach einer kurzen Pause fügte Daro hinzu: »Gib mir ein bisschen Zeit, Anne. Und dann schrei.«

»Ich soll schreien?«, wisperte sie und fürchtete, er hätte den Verstand verloren.

»Als wären alle Dämonen der Hölle hinter dir her. Wenn er dir zu Hilfe eilt, musst du behaupten, irgend etwas in den Schatten habe dich erschreckt. Halt ihn auf, verwickle ihn in ein Gespräch, betöre ihn. Inzwischen befreie ich Mellyora, dann treffen wir uns am südlichen Torbogen, der direkt zum Stall führt. Wir beschaffen uns Helme und Umhänge und galoppieren davon wie betrunkene Soldaten.«

»O Daro …«

»Keine Angst, es wird uns gelingen.« Er drückte ihre Hand und wandte sich in die Richtung, aus der sie gekommen waren, um sich Waryks Quartier von einer anderen Seite her zu nähern.

»Und nach der Flucht?«, hauchte sie. Aber er war bereits davongeeilt, und sie musste ihre Rolle spielen. Würde sie schreien können, wenn ihr kaltes Entsetzen die Kehle zuschnürte? Sie versuchte es und würgte nur einen schwachen Laut hervor.

Beim zweiten Versuch hallte ein gellender Schrei von den Wänden wider. Sie schloss die Augen und lauschte den Schritten, die durch den Korridor heranpolterten. Dann hob sie die Lider und starrte Angus an – einen kahlköpfigen Krieger mit harten, narbigen Gesichtszügen. Noch nie in ihrem Leben hatte sie eine so beklemmende Angst empfunden.

»Was ist geschehen?«, fragte er. »Sprecht doch, Mädchen! Ihr seid ja leichenblass.« Obwohl er wie ein Berserker aussah, klang seine Stimme sanft und besorgt.

»O Gott, es – es tut mir Leid«, stammelte sie. »Ich glaubte etwas zu sehen … Wahrscheinlich war es nur mein eigener Schatten, den diese Fackel dort drüben an die Wand warf.«

Angus schaute sich um. »Da ist niemand. Wer seid Ihr? Warum treibt Ihr Euch zu so später Stunde in den Fluren herum?«

»Oh – Sir – ich war bei einer kranken Freundin. Und jetzt bin ich auf dem Weg zu meinem Zimmer. Verzeiht mir, dass ich Euch gestört habe.« Allmählich kamen die Lügen immer leichter über Annes Lippen. Würde er ihre Worte für bare Münze nehmen?

»Wenn ich nicht hier bleiben müsste, würde ich Euch zu Eurer Tür begleiten. Aber in der Festung Stirling droht Euch keine Gefahr.«

»Natürlich nicht«, stimmte sie lächelnd zu. »Ich habe mir selber Angst eingejagt. Unglücklicherweise besitze ich eine viel zu rege Fantasie. Meine Freundin ist Irin. Und Ihr wisst ja, wie abergläubisch die Iren sind. Dauernd erzählt sie mir Schauergeschichten über Geister und Todesfeen, die in der Nacht heulen.«

»Geht nur, Mädchen. Hier gibt es keine Todesfeen.«
Sie schenkte ihm ein letztes Lächeln, dann lief sie davon.

Voller Entsetzen hörte Mellyora, wie der schwere Riegel wieder zurückgeschoben wurde. Sie fürchtete, Waryk würde zurückkehren, und wich in eine dunkle Ecke zurück. Aber als die Tür lautlos aufschwang, sah sie Daro im Flur stehen und stieß einen leisen Freudenschrei aus. Hastig legte er einen Finger an seine Lippen. »Komm schnell, meine Nichte, wenn du Butvergießen vermeiden willst – obwohl ich in meiner derzeitigen Stimmung nichts dagegen hätte. Beeil dich!«
Das ließ sie sich nicht zweimal sagen. Sie rannte über die Schwelle und wartete, während er die Tür schloss und den Riegel vorschob. Dann nahm er ihren Arm, und sie folgte ihm.

Nach dem Bankett, bei dem Davids Familie, die Ritter, Höflinge und Hofdamen belustigt den Auftritt einiger Akrobaten verfolgt hatten, begleitete Waryk den König zu dessen Gemächern.
Obwohl er letzte Nacht ein paar Stunden geschlafen hatte, fühlte er sich immer noch müde. Er hatte sich von Mellyora fern gehalten, träumte aber zuversichtlich von seiner künftigen Rolle als Laird auf Blue Isle.
Einen langen Pelzmantel um die Schultern gelegt, der ihn vor der herbstlichen Kälte schützte, ging der König in seinem Schlafzimmer hin und her und zeichnete mit einem Schürhaken imaginäre Bilder auf den Boden. »Nur ein starker Verbündeter kann auf dieser Insel die Stellung für mich halten. Siehst du, hier liegt sie. Auf dem Festland gegenüber verbindet die alte Römerstraße das Hochland mit dem Tiefland. Weil die Insel einen Wellenbrecher bildet, ist die kleine Bucht geschützt. Deshalb bietet sie ausgezeichnete Verteidi-

gungspositionen und die Handelsschiffe können darin ankern. Die Festung auf der Insel ist uneinnehmbar. Angeblich war sie die letzte Bastion der Römer, während sie sich nur mehr auf harmlose Scharmützel mit den Hochlandstämmen einließen und nicht mehr richtig kämpfen konnten. Eine Zeit lang wurde das Schloss von den Soldaten des Eroberers besetzt – ein Vorteil, denn Williams Architekten befestigten den Bau. Unter der Herrschaft meines Vaters gewann Mellyora MacAdins Großvater mütterlicherseits die Festung zurück und ich möchte sie nicht noch einmal verlieren. Wenn sie in die falschen Hände gerät, werden meine Feinde in dieses Land einfallen.« Seufzend wandte er sich zu Waryk. »Tut mir Leid. So lange hast du für mich gekämpft. Und ich hatte nicht vor, eine Feindin in dein Ehebett zu legen.«

»Irgendwie werde ich mich schon mit ihr einigen.« Oder ich lasse sie in einem Turmzimmer schmachten, dachte Waryk.

»In zwei Wochen, am Tag vor der nächsten Vollmondnacht, wirst du heiraten. An diesem Fest sollen möglichst viele meiner Lords und Krieger teilnehmen, sogar meine Feinde, damit kein Zweifel an der Legitimität deiner Ehe aufkommt.«

Die nächste Vollmondnacht … Waryk erinnerte sich an das Versprechen der Lady, sich in der derselben Nacht mit ihm zu treffen, in der königlichen Jagdhütte. »Noch vierzehn Tage – das ist eine lange Zeit, während der sie in meinem Gewahrsam bleibt und noch nicht meine Frau ist. Was soll ich bis dahin mit ihr anfangen?«

»Leg sie in Ketten, binde sie an einem Stuhl fest, oder gib ihr ein starkes Schlafmittel«, erwiderte David ärgerlich. »Wie gesagt, du kannst mit ihr machen, was du willst. Vor der Hochzeit muss sie von ihrer Dienerin und den Hofdamen gekleidet und geschmückt werden.

Selbstverständlich werden wir uns an die Tradition halten.«

Waryk hob belustigt die Brauen. »Also soll ich sie in Ketten legen, an einen Stuhl fesseln oder einschläfern? Benimmt sich so ein liebevoller Bräutigam?«

»Pass vor allem auf, dass sie dein Quartier nicht verlässt.« Der König schenkte Wein ein und reichte seinem Ritter einen Kelch. »Auf deine Zukunft, Waryk. Möge der Allmächtige dir Kraft geben.«

»Ihr, mein König, habt mir Macht verliehen. Möge der Allmächtige mir helfen, sie zu nutzen.« Zögernd fügte er hinzu: »Euer Mündel ist sehr eigenwillig.«

»Das weiß ich. Aber ich bin genauso starrköpfig. Notfalls schleppe ich sie mit Gewalt zum Altar.«

»Dann könnte sie sich immer noch weigern, mich zu heiraten.«

»Wenn sie so störrisch ist, wird sie's büßen.« Davids Augen verengten sich. »In diesem Fall würde ich ihr Land konfiszieren und dir übereignen und sie müßte den Rest ihrer Tage in einem dunklen Verließ verbringen. So leid es mir tut, das meine ich ernst.«

Eine solche Grausamkeit traute Waryk ihm nicht zu. »Da könnte es Schwierigkeiten geben, Sire. Zweifellos sind die Bewohner von Blue Isle ihrer Herrin treu ergeben. Dort hat die Familie ihrer Mutter seit langer Zeit geherrscht und Adin erwies sich als guter, gerechter Laird. Wenn seine Erbin vertrieben wird …«

»… werden sich die Leuten gegen dich erheben und du wirst durch die Hölle gehen. Trotzdem werde ich diese Festung keinem Mann überlassen, der nicht mein treuer Anhänger ist. Schon gar nicht während der Unruhen in England und der Bedrohung durch die Wikinger.« Seufzend zuckte David die Achseln. »Glaub mir, Waryk, ich wünsche der Lady nichts Böses. Aber ich bin der König, und bei Gott, sie wird mich achten und ehren.«

»Sehr wohl, Sire.«
»Sag ihr das!«
Waryk nickte. Vielleicht war der Ernst ihrer Lage die stärkste Waffe, die er gegen seine Braut verwenden konnte.

Zitternd und aufgeregt stand Mellyora mit ihrem Onkel im Torbogen. Sie hatte nicht erwartet, dass er sie tatsächlich aus der Festung holen würde, und die Hoffnung auf seine Hilfe schon fast aufgegeben.

So viele Stunden hatte sie allein verbracht und Waryks Rückkehr gefürchtet. Am Abend war sie wütend gewesen, weil er am königlichen Bankett teilgenommen hatte, statt sie aufzusuchen. Und dann hatte Daro sie aus ihrer Gefangenschaft befreit. Sobald Anne den Torbogen erreichen würde, wollten sie gemeinsam fliehen – ein kühner Plan. Wenn sie ihn durchführten, durfte ihnen kein einziger Fehler unterlaufen.

Mellyoras Nervosität wuchs. »Warum braucht sie so lange?«, flüsterte sie ihrem Onkel zu.

Seine Miene blieb ausdruckslos. »Wenn sie nicht bald kommt, müssen wir ohne sie aufbrechen.«

»O Gott, nein, nur ihr verdanke ich deine Hilfe …«

»Und du hast sie gestern vor den Wächtern gerettet, als sie im Alkoven stand«, unterbrach er sie ungeduldig. Dann bemerkte er Mellyoras Verwunderung und lächelte. »Das hat sie mir erzählt. Wenn unsere Flucht gelingt, habe ich das Recht, ein Wörtchen mitzureden, was deine Zukunft betrifft. Aber es steht mir nicht zu, Annes Schicksal zu entscheiden.«

»O Daro …«

»Bleib hier, ich hole die Pferde, Umhänge und Helme. Halt inzwischen nach Anne Ausschau. Das ist unsere einzige Gelegenheit, dem König zu entrinnen.«

»Aye«, wisperte sie. Wenn die Flucht missglückte, würden sie sterben, so wie alle Verräter.

Tagsüber hatte Waryk nicht auf Annes Verhalten geachtet. Er kannte sie, weil sie entfernt mit Michael MacInnish verwandt war, dem Grenzland-Laird auf der Landzunge, wo der habgierige Lord Renfrew so viele Männer niedergemetzelt hatte. Seither war sie zu einer schönen jungen Frau herangewachsen, mit großen rehbraunen Augen und kupferrotem Haar, einer schlanken, geschmeidigen Gestalt und einem zarten Gesicht, das Lebensfreude und Herzenswärme ausstrahlte. Aber an diesem Abend benahm sie sich seltsam. Den Kopf gesenkt, die Hände gefaltet, eilte sie einen Korridor entlang. Alle paar Schritte schaute sie nervös von einer Seite zur anderen. Oder sie spähte über die Schulter, als erwartete sie, jemand würde ihr folgen. Im Schatten an eine Wand gelehnt, sah er sie herankommen.

Warum war sie so spät noch auf den Beinen? Oder so früh? Er sorgte sich um die junge Frau, mit deren Familie er befreundet war, und er hatte es nicht eilig, in sein Zimmer zurückzukehren. Den ganzen Tag hatte er sich von Mellyora fern gehalten. Aber nun musste er ihr erklären, der König würde sie enterben, wenn sie ihm nicht gehorchte.

Die zwei Wochen bis zur Hochzeit würde sie in seinem Quartier verbringen und er musste irgendwo anders schlafen. Mellyoras Schönheit reizte ihn viel zu sehr. Und er wollte ihr nicht zu nahe treten, bevor er sich Gewissheit verschafft hatte, was ihren Zustand betraf. Falls ein Kind unter ihrem Herzen wuchs, würde es nicht von ihm stammen. In Angus' Obhut war sie vor allen Männern sicher, ihren Bräutigam eingeschlossen.

In der Tat, die Mauern der Festung Stirling boten allen Bewohnern Schutz. Trotzdem schien sich Anne vor irgendeiner Gefahr zu fürchten. Waryk trat aus den Schatten und versperrte ihr den Weg. »Anne?«

»Oh …« Abrupt blieb sie stehen und erblasste. »Laird Lion …«

»Was macht Ihr hier, zu dieser späten Stunde?« Wollte sie einen Liebhaber treffen? Das war die einzige plausible Erklärung für ihr Verhalten.

»Ich – ich habe eine kranke Freundin besucht.« Zu ihrem Bedauern war sie eine schlechte Lügnerin.

»So spät?«

Verzweifelt schaute sie zu ihm auf, dann senkte sie wieder den Blick. »Bald werde ich keine Zeit mehr finden, irgendjemanden zu besuchen. Mein Onkel will mich in ein Kloster schicken.«

Ja, sie musste einen Liebhaber getroffen haben. Wie er dem Klang ihrer Stimme entnahm, bedeutete ihr dieser Mann sehr viel. »Und Ihr verspürt keine religiöse Berufung?«

»Nein, ich möchte heiraten.«

»Habt Ihr das Eurem Onkel erklärt?«

Nun stieg dunkle Röte in ihre Wangen. »Er glaubt, das Blut meines Vaters hätte einen verderblichen Einfluss auf mich. Und wenn ich ins Kloster gehe, würde ich Buße tun für die Sünden der Wikinger, die sie in diesem Land gegen die Kirche begingen.«

»Meistens versündigen sich Menschen an Menschen. Und ein Mann, der kein Christ war und die Gesetze dieses Glaubens nicht verstand, konnte sich wohl kaum an der katholischen Kirche versündigen.«

»Oh – Laird Lion!«, flüsterte Anne bestürzt. »Das ist Blasphemie.«

»Keineswegs. Ich wurde im christlichen Glauben erzogen, und viele Wikinger ließen sich taufen. Dazu hätte sich auch Euer Vater entschlossen, wäre er am Leben geblieben. Aber er wurde getötet. Und Ihr seid nicht verpflichtet, seine Sünden zu büßen – falls er überhaupt welche auf sich geladen hat.«

In ihren Augen leuchtete ein Hoffnungsschimmer.

»Laird Lion – wenn Ihr das meinen Verwandten erklärt, würden sie sicher auf Euch hören. Könntet Ihr doch mit meinem Onkel reden … Oder mit Michael … Er ist das Oberhaupt der Familie, aber er ist ständig unterwegs, um irgendwo zu kämpfen. Meine Zukunft hat er in Padraics Hände gelegt. Er bewundert Euch sehr. Und wenn …« Plötzlich verstummte sie, als hätte sie schon zu viel gesagt.

Und dann hielt sie erschrocken den Atem an. Jillian, Mellyoras Dienerin, rannte den Flur herab und blieb neben Waryk stehen. Bei Annes Anblick biss sie unsicher in ihre Lippen. »Bitte, Laird Lion, ich muss Euch unbedingt sprechen.«

»Aye, Jillian. Unterhalten wir uns ein andermal, Anne. Wenn Ihr mich überzeugt, dass Ihr Euch nicht gegen den Allmächtigen oder den König stellen wollt, kann ich Euch vielleicht helfen.« Er trat zur Seite und sie eilte an ihm vorbei.

»O Laird Lion – Mellyora ist …« Jillian unterbrach sich, als wäre sie in Atemnot.

»Nun?«

»Sie ist schon wieder verschwunden, Sir.«

»Wieso wisst Ihr das?«

»Ich wollte ihr saubere Kleidung bringen. Und da war sie – nicht mehr da.«

»Unmöglich! Die Tür war verriegelt, Angus hielt Wache …« Plötzlich verstummte er. Ihre Augen verrieten, dass sie die Wahrheit sagte. »Das verstehe ich nicht. Angus hätte niemanden vorbeigelassen.« Von Jillian gefolgt, rannte er den Korridor entlang.

Die Tür zu seinem Quartier stand offen. Fluchend klopfte Angus alle Wände ab und schaute unter das Bett im Alkoven. Als Waryk eintrat, drehte er sich um. Wahrscheinlich hatte der große, grimmige Krieger noch nie in seinem Leben so verlegen dreingeschaut. »Sie hat sich einfach in Luft aufgelöst. Wie der Nebel über dem Moor. Vorhin kam Jillian hierher. Da war der Riegel vorgeschoben. Aber wie du siehst, ist Mellyora nirgends zu finden. Mein Leben würde ich dir zu Füßen legen, das weißt du, Waryk …«

»Aye, natürlich.«

»Auf irgendeine Art und Weise muß sie aus diesem Zimmer geschlüpft sein.«

»Außer der Tür gibt es keinen Ausgang.«

»Vielleicht der Schornstein?«, schlug Jillian vor.

»Dann müsste sie völlig verkohlt sein, denn das Feuer brennt noch immer. Hast du den Korridor verlassen, Angus?«

»Nein – das heißt, einmal ging ich um die Ecke, weil eine Frau schrie. Ich dachte, jemand hätte sie angegriffen …«

»Welche Frau?«

»Anne Halsteader …«, begann Angus.

»Verdammt, wir wurden hereingelegt!«, stieß Waryk hervor.

Mit langen Schritten verließ er den Raum und Angus blieb ihm auf den Fersen. »Hereingelegt? Von einer jungen Frau? Sie war allein, das schwöre ich …«

»Aye, sie war allein – um die Rolle zu spielen, die ihr in dieser Intrige zugewiesen wurde.« Waryk stürmte zum südlichen Torbogen, in die Richtung, die Anne bei Jillians Ankunft eingeschlagen hatte.

Als er in die Nacht hinausrannte, sah er niemanden. Im Stall fand er mehrere leere Boxen, was nichts bedeutete, da die Männer des Königs ständig kamen und gingen. Auf einem Lager aus weichem Heu schlief Joshua, der Stallknecht, der Mercury versorgte.

»Joshua!«

Verwirrt rieb sich der Junge die Augen. »Laird Lion, ich habe mich um Euren Hengst gekümmert …«

»Darum geht es nicht. Hat jemand Pferde aus dem Stall geholt?«

»Nur die betrunkenen Wikinger, M'laird. Drei Kerle, die übereinander stolperten und kaum auf die Pferde steigen konnten.«

»Wann war das?«

»Lange ist's noch nicht her – dann bin ich eingeschlafen«, gab Joshua zerknirscht zu.

»Wo ist Mercury?«

»Dort drüben, Laird Waryk, ich hole nur schnell Euren Sattel ...«

»Dafür habe ich keine Zeit.« Waryk ergriff ein Zaumzeug und eilte zu seinem Schlachtross, mit dem er schon so viele Gefahren überstanden hatte. »Leider muss ich deine wohlverdiente Nachtruhe stören, mein Junge«, erklärte er und streifte das Zaumzeug über die Nüstern. Dann sprang er auf den ungesattelten Rücken.

Inzwischen war auch Angus in den Stall gerannt. »Falls du das Wikingerlager aufsuchen willst ... Du darfst dort nicht allein hinreiten, Waryk ...«

»Niemals würde ich's allein mit Daros Norwegerheer aufnehmen. Ich will die Flüchtlinge nur aufhalten, bevor sie das Lager erreichen. Und wenn nicht ... Vielleicht kann ich Daros Nichte entführen.«

»Warte, Waryk!«, schrie Angus.

Aber Waryk galoppierte bereits in den Hof. Am Tor nannte er einem verschlafenen Wachtposten seinen Namen, dann sprengte er das Flussufer zur Brücke entlang.

Zwanzig Minuten später war er am Ziel und zügelte sein Pferd. Der Mond verblasste, am Horizont zeigten sich die ersten rosigen Streifen des neuen Tages. Im schwachen Licht sah er drei Reiter in dunklen Umhängen. Zwei überquerten die Brücke, der dritte hatte sie noch nicht erreicht.

Offenbar eine Frau. Das erkannte Waryk an der Größe der schattenhafte Gestalt, an der Art, wie sie auf dem Pferd saß. Sie schaute sich um. Anscheinend wollte sie sich vergewissern, dass ihr niemand folgte.

Mellyora. Ihr Gesicht konnte er nicht sehen. Aber er glaubte den Umhang zu erkennen, den sie bei ihrer ersten Flucht getragen hatte. Entschlossen spornte er Mercury an. Über den Hufschlägen ihres eigenen Pferdes hörte sie ihn nicht herankommen. Es fiel ihm leicht, sie zu überholen und von ihrem Pferd auf seines herüberzuzerren. In ihrer Verwirrung wehrte sie sich nicht. Die Kapuze fiel über ihre Augen und nahm ihr die Sicht.

»Verdammtes kleines Biest!«, fauchte er. »Diesmal werde ich Euch anketten! Soviel Ärger, wie Ihr mir bereitet, könnt Ihr gar nicht wert sein. Ginge es nicht um den Wunsch des Königs ...«

Blitzschnell schwang er sein Streitross herum und achtete nicht auf Mellyoras atemloses Gestammel.

Mit einem kurzen Blick über die Schulter stellte er fest, dass die anderen Reiter den Angriff auf ihre Gefährtin nicht bemerkt hatten. In halsbrecherischer Geschwindigkeit galoppierte er zur Festung Stirling zurück und beschloss erst später mit Daro abzurechnen. Jetzt durfte er sich nicht ins Wikingerlager wagen, da er keine Rüstung trug und sehr schlecht bewaffnet war.

Eine Zeit lang hatte sich Mellyora, die quer über seinen Knien lag, an Mercurys Mähne geklammert, um nicht hinunterzufallen. Sie stöhnte leise, aber sie leistete keinen Widerstand. Nun versuchte sie sich aufzurichten.

»Haltet still!«, befahl Waryk. »Oder wollt Ihr unter die Hufe geraten und zertrampelt werden?«

»Bitte – hört mir zu ...«

Als er Angus auf sich zureiten sah, zügelte er Mercury.

Im selben Augenblick glitt die Frau vom Pferderücken. Fluchend stieg er ab, rannte ihr nach und brachte sie im weichen Herbstlaub zu Fall. »Mellyora, ich schwöre Euch ...«, begann er.

»Nein, bitte ...«, schluchzte sie. Und da sah er, warum sie sich so unterwürfig verhielt.

Er hatte die falsche Frau eingefangen.

10

Obwohl in Waryks Zimmer ein helles Feuer brannte, fröstelte Anne. Aufs Kaminsims gestützt, musterte Waryk die junge Frau mit strenger Miene, und Jillian saß nervös neben ihr. Angus lehnte an der Tür, immer noch verwundert, weil es diesem zarten Mädchen gelungen war, ihn zu überlisten.

»Ich – ich wusste, dass Mellyora in Schwierigkeiten war«, stotterte Anne. »Und – sie beteuerte, sie habe nichts verbrochen.« Bedrückt fuhr sie mit der Zunge über ihre Lippen. »Sie wollte sich nicht zur Ehe mit einem verhassten Normannen zwingen lassen. In England mussten so viele Sachsen aus altem Adel unter der Herrschaft des Eroberers leiden. Und die normannische Bedrohung an unserer Grenze bleibt bestehen. Bei meinem Gespräch mit Mellyora war ich mir noch nicht sicher, wer ihr Bräutigam ist ...«

»Wie auch immer«, fiel Waryk ihr ins Wort, »sie wusste genau, vor wem sie floh. Sie hat ihre eigenen Zukunftspläne. Aber die wird sie niemals verwirklichen. Wenn sie sich nicht in Acht nimmt, könnte sie einen Krieg heraufbeschwören. Zahllose Männer würden sterben. Vielleicht auch ihr Onkel.«

Entsetzt sprang sie auf. »Deshalb dürft Ihr dem König nichts verraten. Bitte, Laird Waryk ...« Ihre zitternde Gestalt bot ein Bild des Jammers. über ihre Wangen rannen Tränen, die schönen haselnussbraunen Augen waren gerötet. »Welch ein wahnwitziger Krieg wäre das! Bedenkt doch – viele Geschichtsschreiber glauben, Harold Godwinson wäre der König des sächsischen Englands geblieben, hätte er sich nicht unmittelbar vor der Schlacht von Hastings nach Norden begeben, um die Norweger zu bekämpfen. Und nun herrscht ein Chaos in England. Viele englische Aristokraten warten nur auf Unruhen in Schottland, um unsere Grenze zu überqueren!«

Verzweifelt warf sie sich vor Waryks Füße. »Bitte, Laird Lion, ich flehe Euch an! Glaubt mir, Daro liebt Schottland mehr als seine eigene Heimat. Seid barmherzig! Vermeidet ein Blutvergießen!«

»Steht auf, Anne!« befahl er, umfasste ihre Ellbogen und zog sie hoch. »Natürlich möchte ich ein Gemetzel verhindern. Und da ich Daro als tapferen Krieger schätze, soll er auch nicht für die Entführung seiner Nichte büßen. Sonst würde er womöglich den Tod eines Verräters sterben.«

»Oh …«, hauchte Anne. Alle Farbe wich aus ihrem Gesicht.

Offensichtlich liebt sie ihn, dachte Waryk. Ehe sie zuließe, dass ihm ein Leid geschieht, würde sie auf ihn verzichten und alle Schuld auf sich nehmen. Eine so selbstlose Liebe hatte er selten beobachtet, und das bestärkte ihn in seinem Entschluss, dem Mädchen zu helfen – trotz der Dummheit, die Mellyora und ihr Onkel begangen hatten. Eine Zeit lang starrte er nachdenklich ins Kaminfeuer. »Vielleicht gibt es eine Möglichkeit, dem König zu verheimlichen, was heute Nacht geschah.«

»Auf welche Weise?«

»Ich muss Mellyora allein zurückholen.«

»Nein, Waryk«, widersprach Angus erbost, »du wirst dein Leben nicht aufs Spiel setzen!«

»Das habe ich nicht vor, weil mich ein harter Kampf erwartet.«

»Ein harter Kampf?«, fragte Anne bestürzt.

»Damit meine ich meine künftige Ehe. Angus, such einen vertrauenswürdigen Boten, den wir in ein paar Tagen zu Daro schicken können.«

»Aye, Waryk.«

»Kehrt jetzt in Euer Zimmer zurück, Anne. Ihr solltet endlich schlafen.«

»Wie könnte ich ein Auge zutun? Wenn der König herausfindet, dass Mellyora wieder verschwunden ist …«

»Davon wird er vermutlich nichts erfahren. Er hat mir erlaubt, meine Braut so zu behandeln, wie ich will. Also werde ich den Eindruck erwecken, sie hätte Daro mit meiner Zustimmung begleitet.«

»Vielen Dank!« Erleichtert griff Anne nach seiner Hand und küsste sie.

Waryk legte einen Finger unter ihr Kinn und hob ihr Gesicht hoch. »Seid nicht zu dankbar! Ich kann nichts versprechen. Und David hat seine eigenen Methoden, um sich über die Ereignisse in seiner Umgebung zu informieren. Geht jetzt und bleibt in Eurem Zimmer. Falls Euch morgen jemand aufsucht, benehmt Euch ganz normal. Lasst niemanden wissen, was geschehen ist, habt Geduld – und vertraut mir.«

»Darum hat Daro mich auch gebeten«, seufzte sie.

»Weil er zu allem entschlossen war«, erwiderte Waryk lächelnd, »aus Liebe zu Euch und aus Zorn über Mellyoras Schicksal.«

Voller Zuneigung schaute sie zu ihm auf. »Sie weiß nicht, welch ein Glück ihr geboten wird. Und sie kämpft nur …«

»Für ihre Freiheit und ihren Liebsten – ein sinnloses Unterfangen. Nun müsst Ihr gehen, Anne, ich habe zu tun.«

»Ich werde sie begleiten«, sagte Jillian, und er nickte.

Nachdem die beiden Frauen das Zimmer verlassen hatten, fragte Angus: »Soll ich ihnen folgen?«

»Aye, pass auf sie auf. Ich werde mit David sprechen …«

»Hast du Anne belogen? Wirst du den König informieren?« Verwirrt runzelte Angus die Stirn. Soviel er wusste, pflegte Waryk sein Wort stets zu halten.

»Natürlich nicht. Im Augenblick haben Anne und Daro keinen besseren Freund als mich.«

Sobald Mellyora merkte, dass Anne nicht mehr hinter ihr ritt, wollte sie umkehren. Aber Daro hielt sie zurück. »Wir haben das Lager fast erreicht. Später sende ich ein paar Männer zur Festung.«

»Ihr Pferd ist uns nachgelaufen. Vielleicht ist sie gestürzt und hat sich verletzt ...«

»Wohl kaum.«

»Dann wurde sie zurückgebracht, und wir müssen sie holen!«

»Wenn wir kehrtmachen, könnten wir in einen Hinterhalt geraten und wären alle verloren. Reiten wir weiter.«

Sie spürte seine Sorge um Anne. Doch er zeigte keine Gefühle. Von Gewissensbissen geplagt, folgte sie ihm. Ihretwegen waren Daro und seine Liebste zu Rebellen geworden.

Am Rand des Lagers gab er sich den Wachtposten zu erkennen. Zwei seiner Männer, Ragnar und Thayne, halfen ihnen, von den Pferden zu steigen. In aller Eile befahl Daro einigen Kriegern auf Norwegisch, nach Stirling zu reiten. Dann legte er einen Arm um Mellyoras Schultern und führte sie in eine kleine Hütte aus Holz und Tierhäuten, die er errichtet hatte. Während der jahrhundertelangen Invasionen hatten die Wikinger gelernt, provisorische Wohnstätten auf verschiedenartigem Gelände zu bauen. Neben Daros Raum lag eine kleinere Kammer, in die er seine Nichte schickte. Eine Dienerin brachte ihr eine Kupferschüssel mit warmem Wasser, damit sie sich Gesicht und Hände waschen konnte. In der Kammer erblickte sie eine schöne keltische Wanne und ein Lager aus kostbaren Pelzen vor einem Herdfeuer. Hatte Daro gehofft, Anne in Stirling zu heiraten und danach hierher zu bringen? Am liebsten hätte sich Mellyora in die weichen Felle gehüllt. Doch sie würde keinen Schlaf finden. Voller Sorge um die Freundin eilte sie zu ihrem Onkel.

Gedankenverloren saß er vor dem Feuer, das in einem größeren Herd brannte, einen Becher Glühwein in der Hand. »Sind deine Männer zurückgekommen?«

»Ja.«

»Was ist Anne zugestoßen?«

»Sie war nirgends zu finden.«

»Suchen die Krieger des Königs nach uns?«

»Anscheinend nicht. Ragnar entdeckte Spuren, die darauf hinwiesen, dass Anne von einem einzelnen Reiter überwältigt wurde. Etwas später gesellte sich ein zweiter hinzu, und sie kehrten alle nach Stirling zurück.«

Mellyora schluckte krampfhaft. »Also weiß man über unsere Flucht Bescheid. Wurden deine Männer trotzdem nicht angegriffen? Daro, wenn der König herausfindet, wer mich befreit hat ...«

»Dann werden seine Männer hierher reiten.«

Unglücklich kniete sie neben seinem Stuhl nieder. »O Daro, es tut mir so leid. Ich hätte dich nicht um Hilfe bitten dürfen.«

»Schon gut«, entgegnete er lächelnd. »Wir beide sind nun einmal tollkühn, das liegt uns im Blut. Da Anne mir von deinen Problemen erzählte, hätte ich dir auch ohne deinen Hilferuf zur Flucht verholfen. Und jetzt verstehe ich nicht, warum niemand über uns herfällt.«

»Wir müssen uns auf einen Kampf vorbereiten. Jeden Augenblick werden die königlichen Krieger eintreffen.«

»Nein, meine Männer beobachten die Straßen und den Fluss. Weit und breit keine Menschenseele.«

»Und wo ist Anne?«

»Vermutlich wurde sie von Waryk eingefangen, weil er sie mit dir verwechselt hat. Sie wird in der Festung sein, in Sicherheit. Aber warum dürstet David nicht nach meinem Blut?«

»Ich reite zurück und erkläre ihm, es sei meine Schuld …«

»Damit würdest du nichts erreichen. Sobald sich irgendjemand dem Lager nähert, geben mir meine Männer Bescheid. Ruh dich aus. Auch ich brauche meinen Schlaf.«

»O Gott, ich habe solche Angst. Warum werden wir nicht angegriffen? Was plant der König?«

»Vorerst können wir nichts weiter tun, als abzuwarten.«

»Also gut. Ich bitte dich nur um eins, Daro. Meinetwegen darfst du dein Leben nicht aufs Spiel setzen. Ich habe dem König getrotzt und dich in meine Schwierigkeiten hineingezogen. Das sollst du nicht büßen. Den Preis dafür muss ich bezahlen. Ich dachte, wenn du mich hierher bringst, wäre David bereit, mit dir über mein Schicksal zu verhandeln, weil er deine Kampfkraft kennt. Und nun fürchte ich ein schreckliches Gemetzel auf beiden Seiten.«

»Wie auch immer, es gibt kein Zurück. Sag mir doch – warum hast du den König so entschlossen herausgefordert?«

»Ich wollte ihn nur veranlassen, mir zuzuhören.«

»Geht es um deinen Freund Ewan?«

Sie zögerte nur kurz. »Aye. Er ist ein Schotte und dem König treu ergeben. Würde David auf mich hören …«

»Das kann er nicht. Dein Ewan mag ein guter Mann sein, aber er ist kein ausgebildeter Ritter und unfähig, den Feinden des Königs standzuhalten. Würde ich beschließen, die Insel zu erobern, wäre er mir nicht gewachsen.«

»Da unterschätzt du Ewan und mich ...«

»Nein, Mellyora, so leid es mir tut.« Nach einer kurzen Pause bat Daro: »Beruhige dich, noch besteht kein Grund zur Verzweiflung. Ich habe gehört, Laird Waryk wollte eine andere heiraten. Seit Jahren hat er eine Geliebte, die ihm viel bedeutet. Wenn sie auch kein Land besitzt wie du, so stammt sie doch aus einer guten Familie. Vielleicht lässt sich etwas machen. Jetzt bin ich müde und brauche meine Ruhe. Versuch zu schlafen. Bevor wir nicht Neuigkeiten aus Stirling erfahren haben, können wir ohnehin nichts unternehmen.«

Sie nickte und ging in die Kammer. Wenig später brachte ihr die Dienerin, eine rundliche ältere Frau namens Inga, einen Becher Glühwein. »Das wird Euch helfen einzuschlummern.«

Beklommen sank Mellyora auf das Lager. So fest hatte sie an den Sieg ihrer Willenskraft geglaubt. Und nun würde Daro womöglich für sie kämpfen und sterben, gemeinsam mit vielen seiner tapferen Wikinger. An ihrem Tod wäre nur sie allein Schuld. Wie sollte sie unter diesen Umständen schlafen? Aber der Wein wirkte Wunder. Schon nach wenigen Minuten fielen ihr die Augen zu.

Ein Tag verstrich, dann ein zweiter.

Während Daros Männer ihre Waffenübungen durchführten, wartete Mellyora und fürchtete das Schlimmste, aber nichts geschah. Ihr Onkel schickte wieder Männer nach Stirling, die ihm bei ihrer Rückkehr berichteten, Anne gehe es gut und sie würde gemeinsam mit anderen Hofdamen die Königin betreuen. Nirgends war zu hören, die Wikinger hätten irgendetwas verbrochen, und David rüstete nicht zum Krieg.

In den Nächten lag Mellyora stundenlang wach und fragte sich, was Laird Lion planen mochte. Sein Bild verfolgte sie in unruhigen Träumen. Viel zu deutlich erinnerte sie sich an sein Gesicht, seine Stimme und die Art, wie er sie berührt hatte. Manchmal schreckte sie aus dem Schlaf hoch und glaubte, er wäre in ihrer Nähe. O Gott, was würde er tun?

Gelegentlich nahm sie an den Waffenübungen der Wikinger teil. Daro gab ihr ein altes Schwert, das bei Dalriada ausgegraben wurde. Angeblich hatte es zur Römerzeit einer keltischen Prinzessin gehört. Es war leichter als die schweren Waffen, mit denen sie früher geübt hatte. Deshalb konnte sie es länger schwingen, und sie nahm an, im Kampf würde die biegsame Klinge nicht so schnell zerbrechen wie härterer Stahl.

Noch ein Tag schleppte sich dahin. In Stirling ereignete sich nichts. Wie gewohnt gingen die Bewohner ihren Geschäften nach. Laird Lions Hochzeit wurde vorbereitet. Unterdessen lernte Mellyora die Wikinger im Lager besser kennen, beteiligte sich nach wie vor an den Waffenübungen und lauschte den alten nordischen Sagen von Göttern und Göttinnen und Walhall. Ihr Unbehagen wuchs. Als einige Männer ihrem Onkel einen Angriff auf Stirling vorschlugen, schüttelte er den Kopf. »Wir warten.«

Das erschien auch ihr ratsam. Auf Blue Isle könnte sie einer Belagerung standhalten. Aber hier am Fluss waren sie verwundbar, und wenn sie einen Kampf heraufbeschworen, würden viele Köpfe rollen.

Eines Abends, nach einer Woche voller Angst und Sorge, ging sie zu Bett, und nun wurde ihr bewusst, dass sie seit der ersten Nacht in Daros Lager kein einziges Mal an Ewan gedacht hatte. Nur an Waryk, an die Kälte und das Feuer in seinen blauen Augen …

Nach Einbruch der Dunkelheit wurde ein Reiter beobachtet, der Stirling verließ – unbewaffnet, das Banner Waryk de Grahams in der Hand, das einen fliegenden Falken vor blauem Hintergrund zeigte.

Die Wikinger weckten Daro, teilten ihm die Neuigkeit mit, und er wies sie an, ihn sofort zu verständigen, wenn der Mann in die Nähe des Lagers kam.

Welches Spiel spielte Laird Lion? Er brauchte nicht zu verhandeln. Das wusste Daro. Nachdem der König die Heirat beschlossen hatte, musste Waryk ihm nur berichten, die Wikinger hätten Mellyora entführt und David würde ihm sofort ein schlagkräftiges Heer zur Verfügung stellen.

Als der Bote die Brücke überquerte, erwarteten ihn Daro und einige seiner Krieger am Rand des Lagers. »Ich komme von Laird Waryk und ich bin unbewaffnet«, erklärte der Mann auf Norwegisch, was Daro beeindruckte. Immerhin war der Schotte so höflich, einen Norweger hierher zu schicken. »Versprecht Ihr mir, dass ich Euer Lager unbehelligt verlassen kann?«

»Da Ihr keine Waffen bei Euch tragt, wird Euch nichts zustoßen. Was habt Ihr mir zu sagen?«

»Was Laird Lion mir aufgetragen hat, darf ich nur Euch allein ausrichten, Laird Daro«, erwiderte der junge Bote.

Daro nickte, entließ seine Begleiter und führt ihn in seine Hütte. »Will Laird Lion mit mir über die Herausgabe der Frau verhandeln, die er heiraten soll?«, fragte er und bot ihm einen Becher Wein an. »Damit bringt er mich in eine schwierige Lage, denn es geht um mein eigenes Fleisch und Blut.«

Bevor der Bote antwortete, löschte er seinen Durst. »Nein, Laird Waryk legt keinen Wert auf Verhandlungen. Er erkennt Euch als Lady Mellyoras nächsten Verwandten an und er bedauert, dass Ihr nicht zu Rate gezogen wurdet, bevor der König beschloss, ihn mit ihr zu vermählen. Natürlich ist es das gute Recht Eurer Nichte, ihr Jawort zu verweigern …«

»Natürlich?«, wiederholte Daro grinsend und der Bote zuckte die Achseln. »Selbst wenn sie Laird Lion nicht heiratet, wird ihm der König ihr Erbe übergeben. Mit oder ohne Braut.«

Verblüfft über Davids Kühnheit, starrte Daro den Mann an. Das wäre eine ziemlich unpopuläre Entscheidung und viele Leute würden dem König zürnen. Jeder müsste sich vor Augen führen, dass sein Land im Grunde dem König gehörte, dass er es jederzeit verlieren könnte. Wenn die Normannen Schottland auch nicht erobert hatten, ihr Feudalsystem war hier eingeführt worden. Hätte Adin einen männlichen Erben hinterlassen, wäre seine Festung weniger gefährdet. Aber seine Tochter besaß keine Rechte. Aus eigener Kraft konnte sie Blue Isle nicht halten. Sollte sie sich weigern, Waryk zu heiraten, würde der König keinen anderen Ehemann für sie wählen, sondern einfach ihren Besitz konfiszieren. Daro holte tief Luft. »Erwartet Laird Lion, dass ich meiner Nichte den Sachverhalt erkläre?«

»Diese Entscheidung liegt bei Euch. Wenn Ihr es wünscht, wird er selbst mit ihr reden. Er möchte hierher kommen und sie holen, bevor der König von ihrer Flucht erfährt. Nun hofft er auf Eure Einladung, die möglichst bald erfolgen sollte.«

Daros Bewunderung für Waryk wuchs. Offenbar wollte der Ritter ein Blutvergießen vermeiden. Falls ihm das nicht gelang, würde er das Wikingerlager mit den königlichen Kriegern angreifen.

»Nach Lairds Lions Ansicht sollte das Problem friedlich gelöst werden«, fuhr der Bote fort. »Wenn er mit Mellyora vor den Traualtar tritt, soll nicht das Blut ihres Onkels an seinen Händen kleben. Außerdem will er Euch ein Geschenk überbringen.«

Erstaunt hob Daro die Brauen. »Ein Geschenk?«

»Aye, er kennt Eure geheimen Wünsche, die der Sehnsucht einer gewissen jungen Frau entsprechen. Deshalb beriet er sich mit dem König und den MacInnishs. Seit langer Zeit ist Michael, das Oberhaupt der

Familie, sein Freund und Verbündeter. Laird Waryk traf ihn im Grenzgebiet und trat für Euch ein. Daraufhin redete Michael mit seinem Vetter Padraic und dem König. Nun lässt er Euch mitteilen, Ihr könntet über einen Ehevertrag mit Anne Halsteader verhandeln.«

Ungläubig schüttelte Daro den Kopf. Statt mit dem Schwert über ihn herzufallen, besiegte Waryk ihn auf höchst ungewöhnliche Weise – mit einer besonders tückischen Form von Ehre und Anstand. »Wie kann ich wissen, ob Ihr die Wahrheit sagt?«, fragte er vorsichtig.

»Wenn Ihr ihn einladet, wird er Anne hierher bringen. Außerdem hält er stets sein Wort – das ist ihm heilig.«

Wenn Daro auf diesen Vorschlag einging, würde kein Tropfen Blut fließen und der König nichts erfahren. Und Waryk verlangte nicht einmal, Daro möge Mellyora gegen Anne austauschen. Er ließ ihm einfach nur mitteilen, falls Mellyora sich weiterhin gegen die Heirat sträubte, würde ihr die Enterbung drohen.

Also musste sie selbst die Entscheidung treffen. Die Armut würde sie nicht schrecken, denn er war nicht mittellos und würde sie gern in seine Obhut nehmen. Aber sie liebte ihre Heimat, ihre Insel, sogar das kalte, wilde Wasser, das gegen die Klippen schlug. Zudem gefiel ihr die Position der Herrin von Blue Isle, die Streitigkeiten zwischen den Untertanen schlichtete, Kranke und Verwundete pflegte und die Traditionen ihrer Vorfahren wahrte. Sie war das Kind eines Wikingers, aber auch die Tochter ihrer Mutter, sie kannte die Geschichten von den großen keltischen Helden ebenso wie die norwegischen Legenden. Mit kristallklarer Stimme konnte sie Balladen singen. Von weit und breit waren Poeten und andere Künstler nach Blue Isle gekommen, nur um Mellyora kennen zu lernen.

Nein, niemals würde sie auf ihre Heimat verzichten, dachte Daro. Gleichgültig, was es sie kosten mochte, ihre Stellung zu halten. Hätte sie gewusst, dass der König ihr die Festung wegnehmen wollte, wäre sie gewiss nicht davongelaufen.

»Reitet zu Laird Lion zurück«, forderte Daro den Boten auf. »Und sagt ihm, ich bin sehr dankbar für seine Bemühungen um mein künftiges Eheglück. Das werde ich ihm nie vergessen. Er ist mir jederzeit willkommen, und meine Krieger werden ihm kein Haar krümmen. Auch ich pflege mein Wort zu halten. Ich freue mich, einen alten Kampfgefährten und Freund zu begrüßen, der bald mein Verwandter sein wird – durch die Ehe mit meiner Nichte.«

Zufrieden nickte der Bote. »Das werde ich ihm ausrichten, Laird Daro.«

Nachdem der junge Mann die Hütte verlassen hatte, eilte Ragnar herein. »Drohungen? Forderungen? Müssen wir uns zum Kampf rüsten?«

Daro schüttelte den Kopf. »Erklär den Männern, wir würden Laird Lion erwarten, den Ritter des Königs. Er bringt meine Braut mit und darf in keiner Weise behelligt werden. Wer ihn angreift, muss meinen Zorn und mein Schwert fürchten.«

»Und deine Nichte?«

»Wenn sie Laird Lion nicht heiratet, wird der König ihren Besitz konfiszieren. Für David ist diese Ehe ein politisches Manöver, und er lässt sich nicht davon abbringen.«

»Soll ich Inga befehlen, Mellyora zu wecken?«

»Lass sie schlafen, solange sie noch ein bisschen innere Ruhe findet. Sobald Laird Lion eingetroffen ist, werde ich ihr die Situation erklären. Darüber wird sie sich natürlich nicht freuen, aber zumindest eine gewisse Erleichterung empfinden, weil wir uns nicht in einen blutigen Kampf stürzen müssen.«

Wenig später sprach sich im ganzen Lager herum, Daro habe Laird Lion eingeladen, den berühmten Ritter des Königs, der persönliche und politische Angelegenheiten mit ihm besprechen würde. Die meisten Wikinger atmeten auf, weil ihnen eine Schlacht erspart blieb. Die Welt veränderte sich und die einst so kampflustigen Berserker zogen es vor, ihre Familien als Jäger und Bauern zu ernähren und in kalten Winternächten ein heimisches Herdfeuer zu genießen. Deshalb wollte Daro mit dem König über die Zuteilung weiterer Ländereien verhandeln.

Nur ein einziger Mann sann auf Ränke.

Uric Broadsword, von nordischer Abstammung und in Schottland geboren, hatte sich Daros Wikingern erst vor wenigen Tagen mit seiner Truppe angeschlossen. Bei den Waffenübungen konnte er es mit den Besten aufnehmen. Er lachte und trank mit ihnen, erzählte faszinierende Geschichten und bot ihnen die Gastfreundschaft seines Hauses im Süden an, nahe der umstrittenen Grenze zum normannischen England.

Vor einer Woche hatte er Daros Ankunft mit Mellyora beobachtet. Nun wurde Waryk, Laird Lion, im Lager erwartet, den der König mit der schönen reichen Erbin zu vermählen trachtete. In der Tat, ein erstrebenswerter Preis, den Ulric für sich selbst gewinnen wollte. Selbst wenn sie eine hässliche alte Vettel mit einem Gesicht voller Warzen wäre, würde ihn das nicht stören. Nicht einmal, wenn er seine Augen verbinden müsste, bevor er sie vergewaltigte … Für ihn zählte nur ihre Position.

Aber sie war nicht hässlich, sondern schön wie eine Göttin, mit strahlenden blauen Augen und goldenem Haar. Und angeblich sehr stolz. Aber den Stolz einer Frau konnte man brechen. Darin besaß er gewisse Erfahrungen.

Während er die Diener beobachtete, die umhereilten, kochten und Kälber für ein Festmahl schlachteten, sagte er sich, nun sei der richtige Augenblick gekommen. Er winkte Han zu sich, einen seiner Männer. »Bald brechen wir auf. Ruf unsere Leute zusammen und erwarte mich mit zwei zusätzlichen Pferden am südwestlichen Ausgang des Lagers.«

»Was hast du vor, Ulric?«

»Rache! Wo ist Daros Nichte?«

»In seiner Hütte.«

»Zusammen mit ihm?«

»Sie schläft in einer Kammer und soll erst kurz vor Waryks Ankunft geweckt werden.«

»Wird sie bewacht?«

»Ein paar Männer stehen vor der Tür. Aber das ist ein Lager, keine Festung. Außerdem würde sie nicht vor ihrem eigenen Onkel fliehen. Eine Dienerin kümmert sich um sie. Ein paar Mal sah ich sie durch eine Tür aus Hirschhäuten kommen und gehen, an der linken Ecke der Hütte.«

»Gut.«

»Verrat mir doch, was du planst! Da wir nicht gegen den König kämpfen ...«

»In absehbarer Zeit wird ein Krieg ausbrechen«, erwiderte Ulric. »Noch heute Nacht reiten wir los.«

Mellyora spürte, dass sie erwachen müsste. Aber sie war so müde und träge und wusste nicht, warum. Der traumlose Schlaf war wundervoll gewesen. Vielleicht hatte Inga irgendwelche Kräuter in den Wein getan. Wohlig zog sie die Pelzdecken enger um ihren Körper. »Mellyora!« Die Flüsterstimme klang so drängend, dass sofort ein seltsames Unbehagen in ihr aufstieg.

In der Kammer war es noch dunkel. Durch das kleine Fenster sah sie Fackeln im Lager brennen, und der rötliche Lichtschein zeichnete die Silhouette eines Mannes nach, der sich zu ihrem Lager hinabneigte. »Daro?«, wisperte sie und bekämpfte ihre Lethargie.

»Nein, ich bin ein Krieger Eures Onkels und hierher gekommen, um Euch zu helfen.«

»Was ist geschehen?«

»Der König hat einen Unterhändler ins Lager geschickt und ich muss Euch wegbringen und schützen, bis Daro seine Argumente vorgebracht hat. Nun müssen wir möglichst schnell und lautlos verschwinden.«

»Ist das eine Finte? Soll der Eindruck entstehen, mein Qnkel wäre ebenso verblüfft über mein Verschwinden wie sein Besucher?«

»So ist es, Mylady, und ich bitte Euch, mir zu helfen.«

»Aye …« Schwankend erhob sie sich und er schlang einen Arm um ihre Taille. Er trug einen Wikingerhelm, aber außer einer ledernen Brustplatte keine Rüstung. Sicher ein kluger Entschluss, dachte sie, denn ein Kettenpanzer würde zu viel Lärm verursachen. »Wohin bringt Ihr mich?«

»In Sicherheit, Mylady. Kommt, die Zeit wird knapp!«

Aus dem Nebenraum, den ihr Onkel bewohnte, drangen Stimmen herüber. Offenbar war der Unterhändler bereits eingetroffen.

»Aye, ich will mich nur rasch anziehen.« Als er sich abwandte, hob sie ein Kleid vom Fußende des Lagers auf und streifte es über ihren Kopf. Dann griff sie hastig nach ihren Schuhen.

»Tragt diesen Umhang!«, flüsterte der Mann. »Zieht die Kapuze tief in die Stirn und senkt den Kopf. Beeilt Euch!«

Sie hüllte sich in den Umhang, und dabei sah sie das keltische Schwert neben dem Bett liegen, Daros Geschenk. Während der Krieger zur Tür ging, legte sie einen Gürtel um ihre Taille und schob die Waffe in die lederne Scheide. Dann folgte sie dem Mann. Er zog die Hirschhaut beiseite, und Mellyora schlüpfte hinaus. Was würde Daro dem Unterhändler erzählen? Diese

Finte musste ihr Onkel gut geplant haben. Sicher würde er auf alle Bedingungen eingehen und schwören, seine Nichte nach Stirling zu bringen, sobald er sie gefunden habe …

Auf dem Weg durch das Lager sah sie sich um. Hier und da loderten Flammen, Wikinger wanderten zwischen den Hütten und Zelten umher. Hohe Holzwände hielten unwillkommene Besucher fern.

»Haltet den Kopf gesenkt!«, mahnte Mellyoras Begleiter.

»Warum sollte ich fürchten, erkannt zu werden? Immerhin sind das die Krieger meines Onkels.«

»Mylady, man weiß nie, wem man trauen darf. Manchmal ändert ein Mann seine Gesinnung. Es ist besser, wenn unser Verschwinden unbemerkt bleibt. Bedauerlicherweise leben wir in gefährlichen Zeiten.«

Die Kapuze in die Stirn gezogen, senkte Mellyora den Kopf. Niemand versperrte ihnen den Weg. An einem der Ausgänge warteten mehrere Reiter mit zusätzlichen Pferden.

»Wo ist die Wache?« fragte Mellyora. »Hier müsste ein Mann stehen.«

»Sicher wird er bald zurückkehren, Mylady. Nun muss ich Euch möglichst schnell wegbringen, damit Daro unbesorgt seine Verhandlungen führen kann.«

»Wo ist Ragnar?«

»An Daros Seite. Bitte, vertraut Eurem Onkel, Mylady. Er kämpft für Euch. Also stellt Euch nicht gegen ihn.«

»Wartet! Meinetwegen soll er kein Blut vergießen …«

»Natürlich wird er nicht sein Schwert ziehen, sondern mit der Kraft seines Verstandes kämpfen. Doch das wird ihm nur gelingen, wenn er Euch in Sicherheit weiß. Macht es ihm nicht noch schwerer und beeilt Euch!«

Immer noch unschlüssig, schaute sie sich um. Die

meisten Männer trugen Helme mit Visieren aus Stahl oder Leder. Einige Kettenpanzer unter Überwürfen, andere lederne Brustplatten. Hatten sie sich für einen Krieg gerüstet? Seltsam – warum hielt niemand an diesem Tor Wache? Sie trat zurück. »Bevor ich mit Euch reite, will ich meinen Onkel sprechen.«

»Dafür fehlt uns die Zeit.« Der Mann, der sie aus ihrer Kammer geholt hatte, hob sie hoch und setzte sie auf ein Pferd. Sofort wurde sie von den anderen umringt. Über ein Dutzend bewaffnete Männer, zum Kampf bereit.

»Nein ...«, begann sie.

Als sie sah, dass der Entführer hinter ihr aufsteigen wollte, spornte sie hastig das Pferd an, das sich wiehernd aufbäumte. Doch der Wikinger folgte ihr mit einem mächtigen Satz, sprang auf den Rücken des Tieres und umschlang sie mit einem starken Arm. »Los!«, rief er seinen Männern zu.

»Nein!«, schrie Mellyora. Aber ihre Stimme verlor sich im heulenden Wind und sie galoppierten durch die Nacht.

11

Waryk erwartete keine unlauteren Machenschaften von Daros Seite. Deshalb ritt er nur mit seinen engsten Vertrauten ins Wikingerlager – Angus, Thomas of Perth, Rem of Wick und Gerrit MacLyle. Natürlich folgte ihm auch Anne Halsteader, mit der sich Daro vermählen wollte. Stolz und Verantwortungsbewusstsein würden ihn vielleicht daran hindern, seine Nichte gegen die geliebte Frau auszutauschen. Aber er war kein Narr und er würde niemals zulassen, dass Mellyora ihren Landsitz verlor, nur weil sie sich weigerte, Laird Lion zu heiraten.

Während Waryk durch das Lager zu Daros Quartier ritt, bewunderte er die kunstfertig errichteten Hütten. Die meisten der Völker, die durch Europa zu den britischen Inseln gezogen waren, hatten ihre Kultur und ihren Glauben mitgebracht. Und die Wikinger, durch zahlreiche Länder gereist, hatten von allen Völkern das Beste übernommen. Im Schiffsbau konnte sich niemand mit ihnen messen. Und ihr architektonisches Talent zeigte sich auch in den Wohnstätten dieses Lagers. So schöne Hütten hatte Waryk nicht einmal auf großen schottischen Ländereien gesehen.

Daro stand vor seiner Tür, vom Schein des Feuers umrahmt, das in seinem Quartier brannte. In seinem blonden Haar und seinem Bart glänzten rötliche Lichter. Er wartete, bis die Gäste abgestiegen waren. Dann umfasste er Waryks Hand. »Herzlich willkommen, Laird Lion.«

»Freut mich, Euch zu begrüßen«, erwiderte Waryk und beobachtete, wie sich der Wikinger suchend nach Anne umschaute. »Anne?« Schüchtern trat sie hinter den königlichen Kriegern vor. Aber als Daro einen heiseren Schrei ausstieß, warf sie sich in seine Arme.

Eine Zeit lang drückte er sie fest an seine Brust, bevor er sich zu Waryk wandte. »Ich stehe tief in Eurer Schuld.«

»Nun, es beglückt mich, Euch beide vereint zu sehen.«

Lächelnd blickte Daro in Annes Augen. »Sind deine Verwandten mit unserer Hochzeit einverstanden?«

»Aye, und das verdanken wir Laird Waryk. Der König erklärte meinem Onkel, er würde die Verbindung gutheißen und dich enger in seine Ritterschaft einbeziehen, wenn wir verheiratet sind.«

»O Anne …« Zärtlich küsste er ihre Stirn. »Ich kann dir gar nicht sagen, wie froh ich bin. Jetzt wird Ragnar dich in dein Quartier geleiten, während ich mit Waryk und Mellyora spreche. Dürfen wir bald heiraten, Laird Lion?«

»Eine Woche nach meiner Hochzeit. Natürlich müsst Ihr Eure Treue zum christlichen Glauben bekräftigen.«

»Aye. Wenn mir ein christlicher Gott meine Anne geschenkt hat, will ich mich gern vor ihm verneigen. Ragnar …«

Der Krieger bot Anne seinen Arm. Nach einem letzten liebevollen Blick auf ihren Bräutigam folgte sie dem großen Wikinger, und Daro bedeutete dem Gast, seine Hütte zu betreten. Waryk ging vor ihm hinein und wusste, dass sein Rücken einem eventuellen Schwertstreich ausgeliefert war. Wenn seine Männer auch hinter Daro standen – falls der Wikinger sein Vertrauen missbrauchte, wären sie in der Unterzahl. Aber bevor sie starben, würden sie mindestens ein Dutzend Feinde töten. Zum Glück war diese Sorge überflüssig. Daro kam in die Hütte und schenkte Wein ein. Dann nippte er an beiden Kelchen. »Das erlaubt ihr mir doch? Ihr sollt nicht glauben, ich würde Euch vergiften.«

»So etwas würde nicht zu einem Wikinger passen«, entgegnete Waryk trocken und nahm einen Kelch entgegen. »Und da Ihr versprochen habt, in diesem Lager würde mir nichts zustoßen, fürchte ich weder Eure Männer noch euren Wein.«

»Nicht einmal der leiseste Verdacht soll Euren Genuss meiner Gastfreundschaft trüben. Was Ihr getan habt, war ungewöhnlich großzügig.«

»Nur vernünftig«, betonte Waryk. »Die Wikinger bereiten dem König tiefen Kummer, da immer noch Eindringlinge aus den nordischen Ländern auf unseren Inseln Unheil anrichten. Aber zur Zeit betrachte ich diese Außenseiter nicht als unsere gefährlichsten Feinde. Die Spaltung Englands beschwört ein schreckliches Blutvergießen herauf. Deshalb müssen wir die Grenzen sichern, um Invasionen der Normannen abzuwehren. Und da der König Adin getraut hat, sollte er auch dessen Bruder trauen.«

»Trotzdem will David Euch Mellyoras Erbe übergeben, weil er glaubt, Blue Isle könnte eine Wikingerfestung werden.«

»Nach dem Tod Eures Bruders ist dieses Gebiet sehr wichtig. Zu oft haben die Wikinger zu viele unserer Inseln regiert. Das tun sie immer noch. Und David braucht Blue Isle wegen der strategisch bedeutsamen Lage.«

Daro nickte. »Hätte er Mellyora erklärt, er würde sie aus ihrer Heimat vertreiben, wenn sie der Heirat nicht zustimmt, wäre sie niemals geflohen. Damit hätte er Euch großen Ärger erspart.«

»Habt Ihr sie schon über Davids Entschluss informiert?«

»Nein. Ich wollte Eure Ankunft abwarten. In den letzten Tagen hat sie kaum geschlafen, und gestern Abend, bevor ich Eure Nachricht erhielt, ließ ich Kräuter in ihren Wein mischen, um ihr etwas Ruhe zu gönnen. Nun will ich ihr die Situation erläutern. Inga!« Eine ältere Frau mit langen Zöpfen trat ein. »Weck Lady Mellyora und sag ihr, ich würde sie in ein paar Minuten aufsuchen.« Nachdem die Dienerin im Nebenraum verschwunden war, fuhr Daro fort: »Ihr habt meine Neugier erregt, Laird Lion. Da meine Nichte Euch so viele Schwierigkeiten bereitet hat, dachte ich, Ihr würdet auf die Hochzeit verzichten. Außerdem hörte ich, Ihr würdet lieber die Witwe eines Grenzland-Lords heiraten.«

»Wenn ich Blue Isle ohne Mellyora übernehme, würden zahlreiche Leute rebellieren, und ich müsste sie töten. Kein Mann soll wegen seiner Loyalität sterben.«

»Gut.« Daro hob sein Glas. »Aber vergesst bitte nicht – ich liebe meine Nichte, und ich hoffe, Ihr wollt sie ebenso wenig töten.«

Waryk unterdrückte ein Lächeln. »Höchstens in Notwehr.«

»Offenbar kennt Ihr sie nicht.«

»Sogar sehr gut.«

»Nun ja, sie kann sehr eigensinnig sein. In Zukunft wird sie sich anders verhalten, da sie ihr geliebtes Zuhause nicht verlieren will ... Ah, da kommt Inga zurück. Ist Melloyra bereit, mich zu empfangen?«

Sichtlich bedrückt, warf die Dienerin einen kurzen Blick auf Waryk und erwiderte in ihrer norwegischen Muttersprache: »Sie ist nicht da.«

»Nicht da?« Daro runzelte die Stirn.

Eine Finte? fragte sich Waryk. Daro wirkte überrascht und verwirrt. Doch das konnte eine schauspielerische Meisterleistung sein.

»Was heißt das, Inga?« Ohne eine Antwort abzuwarten, schob Daro einen Vorhang aus Tierhäuten beiseite und betrat eine kleine Kammer. Waryk folgte ihm, von einer seltsamen inneren Anspannung erfasst. Auf einem Toilettentisch lagen eine Haarbürste mit Elfenbeingriff und zwei Armreifen, aus Gold geschmiedet, mit Drachenköpfen verziert. Beinahe glaubte er, Mellyoras Duft einzuatmen. Die Pelzdecken waren zerwühlt, als hätte sie sich eben erst erhoben. Nachdenklich bückte er sich und strich über das Laken, das sich immer noch warm anfühlte.

»Vielleicht hat sie von Annes Ankunft gehört und ist zu ihr gegangen«, meinte Daro.

»Oder Ihr treibt ein falsches Spiel mit mir.«

Daro zögerte und schien zu überlegen, ob er sein Schwert ziehen oder der Anklage einfach nur widersprechen sollte. Schließlich entschied er sich für Letzteres. »Ich schwöre Euch, ich habe sie nicht weggeschickt und ich verstecke sie nirgendwo. Warum sollte ich? Ihr werdet ihr Erbe so oder so erhalten, und ich habe keinen Grund, das Leben meiner Männer zu riskieren.«

Obwohl Waryk ihm Recht geben musste, verflog sein Argwohn nicht.

»Ragnar!«, rief Daro. Wenig später erschien ein hoch gewachsener Wikinger. »Mellyora ist verschwunden »

»Verschwunden?«, wiederholte Ragnar erstaunt.

»Aye. Durchsuch das Lager, stell fest, ob sie gesehen wurde.«

Hinter Ragnar war Angus hereingekommen, und Waryk nickte fast unmerklich, um ihm zu bedeuten, er sollte dem Wikinger folgen.

»Glaubt mir, Laird Lion, damit habe ich nichts zu tun«, beteuerte Daro. »Vielleicht erwachte sie ohne mein Wissen, erfuhr von Eurer Ankunft und dachte, ich würde sie gegen Anne austauschen. Diesen Vorschlag hat sie mir allerdings selbst gemacht … Aber dann geriet sie wahrscheinlich in Panik und rannte davon.«

»Dann müssten Eure Männer sie beobachtet haben. Wohin könnte sie von hier aus gehen?«

»Keine Ahnung«, seufzte Daro besorgt.

In diesem Augenblick kehrte Ragnar zurück und

legte einen blutüberströmten Mann vor das Herdfeuer in Daros Raum. Beide Lairds eilten zu dem Verletzten und knieten neben ihm nieder. Offenbar von einem Schwert durchbohrt, war er kaum bei Besinnung.

»Das ist Oso, der den südlichen Ausgang des Lagers bewacht hat«, erklärte Ragnar. »Vor kurzem wurde er niedergestochen.«

»Von wem?«, stieß Daro hervor.

»Das weiß er nicht. Die Männer trugen Helme und sie überwältigten ihn so schnell, dass er keine Wappen an ihrer Kleidung erkennen konnte.«

Mühsam rang Oso nach Luft und umklammerte Daros Arm. »Viele Männer – sie ritten nach Süden … Zu den Felsspalten am Loch – hörte ich sie sagen … Von dort – zur Grenze …« Seine Augen schlossen sich. Nachdem er seinem Herrn Bericht erstattet hatte, war er offensichtlich bereit zu sterben, und Waryk bewunderte seine Loyalität.

»Inga, verbinde seine Wunden und hol Hilfe«, befahl Daro und sprang auf. »Ragnar, du bewachst das Lager. Kommt, Laird Lion, wir reiten los!«

Waryk rannte aus der Hütte und pfiff nach Mercury. Zum Teufel mit Mellyora! Die Angst, die sein Herz zusammenkrampfte, missfiel ihm. War sie freiwillig ein paar Narren gefolgt, die sich für Krieger ihres Onkels ausgegeben hatten? Oder kannte sie diese Männer?

»Wir werden sie finden, Waryk«, versicherte Daro.

»Aye.« Waryk schwang sich auf sein Streitross. »Beeilt Euch!«

»Ich habe einigen meiner Männer befohlen, uns zu begleiten …«

»Auch meine Krieger werden uns folgen. Reiten wir mit Angus voraus – verlieren wir keine Zeit!« Waryk wusste nicht, ob Mellyora die Schuld an ihrem Verschwinden trug. Wie auch immer – wenn er sie fand, würde er sie tatsächlich in einem Verlies anketten.

Als sie den wilden Galopp über die Hügel endlich verlangsamten, stand der Mond hoch am Himmel. Mellyora betrachtete die steilen, zerklüfteten Felsen, die am Rand eines schimmernden Lochs emporragten. Zwischen diesen Klippen muss es zahlreiche Schlupfwinkel geben, dachte sie.

»Kümmert euch um die Pferde!«, befahl ihr Entführer, stieg ab und streckte sie Arme aus. »Mylady?«

»Rührt mich nicht an!«

Trotz ihres Protests hob er sie aus dem Sattel und stellte sie auf den Boden. Ein Instinkt drängte sie zur Flucht, der Verstand riet ihr davon ab. Immerhin wurde sie von zwölf Männern umringt. Sie schaute sich um. Am Felsenufer des Lochs klafften mehrere Höhlen, die Menschen und sogar Pferden Zuflucht boten.

»Kommt!« Der unbekannte Entführer reichte ihr seine Hand. »Nun bringe ich Euch an einen Ort, wo ihr vor dem Lakaien des Königs sicher seid.«

»Und wo bin ich vor Euch sicher? Wer seid ihr?«

»Ein Krieger Eures Onkels.«

»Lügner ...«

»Kommt mit mir!« Unsanft ergriff er ihren Arm. An ihrem Schenkel spürte sie das Schwert, das sie unter dem weiten Umhang trug. Vorerst würde sie die Waffe nicht ziehen, weil sie einen günstigeren Augenblick abwarten wollte.

Der Mann führte sie am Ufer entlang zu einem Weg, der sich durch eine schmale Schlucht hinaufwand. In der Nacht wirkte die Umgebung unheimlich und geisterhaft. Aber Mellyora kannte eine ähnliche Landschaft, die Felsenküste ihrer Heimat. Ein kalter Wind wehte ihr ins Gesicht, Wolken verhüllten den Mond. In ihre Angst mischte sich Zorn auf sich selbst, weil sie so leicht überlistet worden war und bei ihrer eigenen Entführung mitgeholfen hatte. »Mit Euren Machenschaften hatte mein Onkel nichts zu tun.«

»Warum zürnt Ihr mir? Ihr wollt den Normannen doch nicht heiraten, oder?«

»Ihr beschwört einen Krieg herauf!«

»In diesem Land wird es immer Kriege geben. Passt auf, dass ihr nicht über die Steine stolpert.«

Entschlossen blieb sie stehen und entriss ihm ihren Arm. »Nein, ich gehe keinen Schritt weiter.« Sie starrte seinen geschlossenen Helm an. Wenn sie ihn später wieder sah, würde sie ihn nicht erkennen. »Wer seid Ihr? Was habt Ihr vor? Wenn Daro verletzt oder für mein Verschwinden zur Rechenschaft gezogen wird, droht Euch ein grausamer Tod ...«

»Ah, so spricht die Tochter des großen Adin. Aber er ist tot, Mylady, und Ihr seid mir wehrlos ausgeliefert.«

Ihre Augen verengten sich. »Da täuscht Ihr Euch. Ich bin tatsächlich die Tochter meines Vaters.«

Sofort bereute sie ihre herausfordernden Worte, denn er zog sein Schwert und hielt es an ihre Kehle. »Mylady, Ihr werdet tun, was ich sage.«

Wie dumm war sie gewesen! Einem Mann zu glauben, den sie nie zuvor gesehen hatte, und heimlich aus Daros Lager zu fliehen! Wer mochte der Entführer sein? Würde er es wagen, sie zu ermorden? War sie eine Schachfigur in einem Spiel, bei dem es um seine eigene Macht ging?

»Werdet Ihr mich töten?« Trotz ihrer Furcht schlug sie einen verächtlichen Ton an.

»Wenn Ihr mich dazu zwingt, Mylady.«

»Nun, ich will nicht sterben. Also gehe ich weiter.« Ungeduldig schob sie das Schwert beiseite, raffte den Rock ihres Kleides und eilte den Weg hinauf. Ihr Herz schlug wie rasend.

Auf dem unebenen Boden geriet man leicht ins Straucheln. Aber ihr Entführer wusste wahrscheinlich nicht, dass sie so behände wie eine Bergziege klettern konnte. Aufmerksam sah sie sich um. Über die Klippen führten mehrere Pfade. Im Mondschein warfen die Felsblöcke schwarze Schatten, die riesigen Tränentropfen glichen.

»Seid Ihr tatsächlich ein Wikinger?« fauchte sie.

»Ja und nein, Lady. Wikinger, Normanne, Schotte … Wo liegt der Unterschied? Ich bin vor allem ich selbst.«

»Ein Feigling, der eine Frau entführt und die Schuld in Daros Schuhe schiebt!«

»Und wenn schon? Er wollte Euch schmählich hintergehen.«

»Wie denn?«

»Laird Waryk ist ins Lager gekommen, um Euch zu holen, Mylady. Und er hat Anne Halsteader mitgebracht. Gegen sie will Daro Euch austauschen.«

»Niemals würde sich mein Onkel auf so einen Handel einlassen. Wenn Waryk wirklich gekommen ist …«

»Auf Einladung Eures Onkels.«

»Dann gab es sicher einen bestimmten Grund dafür.«

»Jetzt spielt das keine Rolle mehr. Mag der Löwe auch noch so laut brüllen, Euch wird er nicht gewinnen – den Lohn für seine Verdienste, den König David ihm versprach. Weiß Gott, Lady, vielleicht ist Laird Lion schon tot. Gutgläubig ritt er ins Lager und erwartete, Euch anzutreffen. Aber Ihr wart verschwunden. Eine üble Finte der Wikinger. Die Gegner schleudern sich Anklagen ins Gesicht und ziehen ihre Schwerter. Vielleicht habe ich Euch einen großen Gefallen erwiesen, Lady. Selbst wenn der Schotte Euren Onkel tötet, wird er sterben, weil Daros Männer in der Überzahl sind.«

Verzweifelt stieg Mellyora bergauf. Was im Lager geschehen war, wollte sie sich nicht vorstellen. Jedenfalls musste sie diesem Mann entrinnen. Zum Glück hatte sie ihr Schwert mitgenommen und sie trug auch ein Messer bei sich. Der Schurke hatte es versäumt, sie zu entwaffnen. »Warum sind wir hierher gekommen wenn ohnehin alle tot sind?«

»Bald werden wir erfahren, was sich ereignet hat. Dann reiten wir zur Grenze. Und irgendwann werde ich Euch in Eure Heimat bringen. Selbst wenn Waryk den Kampf überlebt – seine kostbare Braut ist in meiner Gewalt. Was glaubt Ihr wohl, warum ich Euch in diese Schlucht führe? Um mir zu nehmen, was für Laird Lion bestimmt ist.«

Sie war ihm vorausgeeilt. Als sie einen Weg entdeckte, der hinter einer Felsformation bergab führte, verlangsamte sie ihre Schritte und ließ den Mann näher kommen. Plötzlich drehte sie sich um und versetzte ihm einen kraftvollen Stoß.

Fluchend taumelte er nach hinten, sein Schwert landete klirrend auf dem steinigen Boden. Er war sicher nicht verletzt, aber sie hatte kostbare Zeit gewonnen. Hastig stieg sie den Weg hinab, den sie soeben entdeckt hatte, über Felsbrocken, Grasbüschel und verkümmerte Sträucher hinweg. Nach einer Weile führte der Weg wieder bergauf und sie sah eine Felswand, von dunklen Höhlen durchlöchert. Dort würde sie sich vorerst verbergen.

Und dann wurde sie an ihrem Umhang gepackt und zurückgezerrt. Schreiend klammerte sie sich an einen Felsbrocken, verlor den Halt und ließ sich fallen. Ihr Körper prallte gegen den Verfolger und warf ihn nach hinten. Aber er fand sein Gleichgewicht sofort wieder und versuchte sich rittlings auf ihre Hüften zu setzen. Da tastete sie nach dem Messer, das in der Scheide an ihrem Schienbein steckte. Diese kleine Waffe mit dem reich verzierten Griff hatte der Vater ihr geschenkt. Während der Mann sich herabneigte, zielte sie sorgsam auf die Seite seines Körpers. Mit der kleinen Klinge würde sie seinen ledernen Brustpanzer nicht durchstechen können.

Und so bohrte sie die Stahlspitze seitlich zwischen seine Rippen. Mit einem Schmerzensschrei richtete er sich auf. Mellyora gab ihm wieder einen Stoß und er rollte nach hinten.

Bevor er taumelnd auf die Beine kam, erhob sie sich, warf ihren Umhang beiseite und zückte ihr Schwert. Auch er ergriff seine Waffe, die am Boden lag. Verbissen focht sie um ihr Leben. Obwohl er ein starker Gegner war, parierte sie jeden seiner Schwerthiebe. Doch sie wusste nicht, wie lange ihre Kraft oder ihre schmale Klinge dem überlegenen Widersacher standhalten würden. Als er zum tödlichen Schlag ausholte, duckte sie sich blitzschnell und stieß ihr Schwert in seinen Schenkel. Stöhnend krümmte er sich zusammen und stürzte, von seiner eigenen Schwungkraft zu Boden geworfen. Mellyora rannte davon. Einem weiteren Gefecht fühlte sie sich nicht gewachsen.

»Mylady«, rief er ihr nach, »wenn ich mit Euch fertig bin, wird nichts von Eurem Stolz und Kampfgeist übrig bleiben! Ich foltere Euch zu Tode! Das schwöre ich bei allen Göttern!«

Diese Drohung meinte er zweifellos ernst. Wenn er sie wieder einfing, würde sie ihn erstechen müssen – oder sterben.

Glücklicherweise hatte sie einen beträchtlichen Vorsprung herausgeholt. Sie floh in eine der Höhlen und hoffte inständig, er würde sie nicht beobachten. Eine Zeit lang blieb sie stehen, bis sich ihre Augen an das Dunkel gewöhnt hatten. Dann wagte sie sich tiefer in die schwarzen Schatten hinein.

Sie folgten den Spuren der unbekannten Entführer bis zum felsigen Ufer des Lochs. Hier endete die Fährte. Waryk schwang sich aus dem Sattel und sah, dass jemand versucht hatte, die Abdrücke der Hufe in der dünnen Sandschicht mit einem Zweig zu verwischen – ohne nennenswerten Erfolg. Offenbar war der Mann in Eile gewesen, denn Waryk konnte feststellen, dass die

Männer ihre Pferde zu einer Höhle geführt hatten. Er hob eine Hand, bedeutete seinen Begleitern zu schweigen und stieg wieder auf Mercurys Rücken.

Während er sich der Höhle näherte, erklang ein gellender Berserker-Kriegsschrei, und mehrere Reiter sprengten aus der dunklen Öffnung in der Felsenwand.

Einen Streitkolben erhoben, galoppierte ein großer, bärtiger Krieger auf Waryk zu, der sein Schwert hob. Mit einem mächtigen Hieb wehrte er den Schlag des Streitkolbens ab und der Mann fiel vom Pferd auf das feuchte steinige Ufer. Ein zweiter Gegner griff Waryk an.

Als sie fochten, hörte er hinter seinem Rücken andere Schwerter klirren. Auch Daro und Angus waren in Kämpfe verwickelt, die Feinde in der Überzahl. Wieder einmal überlegte er, ob Mellyoras Onkel ihn hintergegangen hatte. Wenn er sich auf die Seite der Wikinger schlägt, sind Angus und ich verloren, überlegte er. Doch er fand keine Zeit, darüber nachzudenken, denn er musste sein Leben verteidigen.

Immer mehr Männer attackierten ihn. Mit aller Kraft schwang er sein Schwert von einer Seite zur anderen. Schließlich wehrte er sich nur noch gegen einen einzigen Widersacher, den ein lederner Brustpanzer schützte. Er selbst trug unter seinem Hemd und dem wollenen Wams eine stählerne Brustplatte. Wenn er sich auch auf Daros Wort verlassen hatte – er war zu vorsichtig gewesen, um sich wehrlos in ein Wikingerlager zu wagen. Beinahe hätte der Feind ihn seitlich zwischen den Rippen getroffen. Doch Mercury tänzelte blitzschnell davon. Sein Herr spornte ihn an. Die Klinge durchbohrte den Lederpanzer des Gegners und drang mitten ins Herz.

Aufatmend drehte Waryk sich im Sattel um und sah Daro, in ein heftiges Gefecht verstrickt. Falls Mellyoras

Onkel die Entführung angezettelt hatte, war er offensichtlich entschlossen, seinen Mitverschwörer zu töten. Auch Angus kämpfte verbissen gegen einen feindlichen Reiter.

Bevor Waryk seinem Freund beistehen konnte, galoppierte ein weiterer Mann aus der Höhle. Waryk lenkte Mercury darauf zu. Wurde Mellyora in den dunklen Tiefen versteckt?

Aber er erreichte sein Ziel nicht. Kurz davor prallte sein Schwert gegen den Stahl des Reiters. Aus dem Loch quoll Wasser in die Höhle und die Pferdehufe wirbelten hohe Fontänen auf. Überzeugt, dass Mellyora in der Höhle gefangen gehalten wurde, kämpfte Waryk mit neuer Kraft. Sein Gegner benutzte nicht nur ein Schwert, sondern auch eine Streitaxt, die Waryk mit einem gewaltigen Streich spaltete. Fluchend ließ der Mann die zerschmetterte Waffe fallen. Jetzt prallten nur mehr die Schwerter aufeinander, und das Klirren glich Donnerschlägen. Endlich gelang es Waryk, die Kehle seines Feindes zu durchbohren. Blut quoll aus der Wunde, und der Tote fiel ins Wasser. Das Schwert immer noch gezückt, sprang Waryk aus dem Sattel und eilte in die Höhle. »Mellyora!«

Keine Antwort. Würde sie seinen Ruf beachten?

Im Dunkel der Höhle fand er mehrere Pferde, aber weder Mellyora noch weitere Männer. Als er wieder ins Freie rannte, sah er, dass Angus seinen Gegner soeben erstochen hatte und Daro zum tödlichen Schlag ausholte. »Lasst ihn leben!«, schrie Waryk.

Zu spät. Daro konnte die Spitze selnes Schwerts gerade noch ein wenig beiseite lenken, sodass sie nicht das Herz durchbohrte. Röchelnd fiel der Mann vom Pferd und Daro stieg ab. Gemeinsam mit Waryk neigte er sich über den Sterbenden.

»Wo ist Lady Mellyora?«, stieß Waryk mitleidlos hervor.

»Wer seid Ihr? Wo ist meine Nichte?«, fragte Daro auf Norwegisch und der Todgeweihte lächelte ihn an.

»Trefft mich in Walhall!«, würgte er hervor, zog ein Messer und versuchte es in Daros Brust zu stoßen.

Mühelos hielt Daro das Handgelenk des Mannes fest, der sich zu Waryk wandte. »Euer schöner Preis ist bereits besudelt, M'laird … Die Tochter des Wikingers gehört einem Wikinger … Nicht Euch, Schotte …«

»Wo ist sie?« Waryk packte den Mann an den Haaren und riss seinen Kopf hoch. »Wo?«

Doch er erhielt keine Antwort. Nach einem letzten Atemzug spuckte der Mann Blut, sein Blick brach.

Fluchend richtete Waryk sich auf und verdrängte den Verdacht, Daro könnte den Mann getötet haben, weil er ihn zum Schweigen bringen wollte.

»Hier gibt's mehr Pferde als Leichen, Waryk«, erklärte Angus und zeigte zu den Klippen.

»Aye!«, rief Waryk. »Und wo stecken die Reiter? Vermutlich in den Höhlen!«

»Soll ich hier mit der Suche beginnen?«

»Tu das, und ich gehe nach Westen.«

»Mellyora!«, schrie Daro. Hastig umklammerte Waryk seinen Arm und schüttelte den Kopf. »Wir müssen sie finden, Laird Lion …«

»Seid vorsichtig! Sicher sind noch andere Männer in der Nähe und wir sollten sie entdecken, bevor sie uns sehen. Ich glaube, Mellyora ist in ihrer Gewalt.«

»Also gut«, stieß Daro zwischen zusammengebissenen Zähnen hervor, »gehen wir behutsam zu Werke, bis wir meine Nichte aufspüren – und die restlichen Verräter aus meinem eigenen Lager.«

»Und wenn wir sie aus ihrem Versteck locken …«

»Dann werden sie sterben. Diese Schurken haben das Brot mit meinen Kriegern gebrochen – und dann meine Nichte entführt!«

»Gewiss, sie müssen sterben«, stimmte Waryk zu.

»Aber erst, wenn wir herausgefunden haben, wer sie sind und warum Mellyora hierher gebracht worden ist.«

Sie wusste nicht, wie tief sie in die Höhle eingedrungen war. In den düsteren Schatten konnte sie fast nichts sehen. Würde sie irgendwelche Tiere aufscheuchen? Wölfe oder Bären?

Wenn der Tag anbrach, würde sie sich in diesem Labyrinth aus Felsen und Schluchten besser zurechtfinden, könnte ihrem Feind leichter entrinnen. In der Dunkelheit wäre er imstande, unbemerkt an sie heranzuschleichen. Sie beschloss zu warten, sank zu Boden und lehnte sich an die Höhlenwand. Irgendwo da draußen würde er umherirren und nach ihr suchen. Und da waren noch andere Männer. Sie wagte kaum Luft zu holen.

Nach einer Weile sah sie die Umrisse des Höhleneingangs. Der Mond war hinter den Wolken hervorgekrochen. Erschrocken blinzelte sie. Spielten ihr die Augen einen Streich? Oder stand tatsächlich eine Gestalt vor der Höhle? Sie hörte nichts. Und dann – leise Schritte, die langsam auf sie zukamen.

Wenn sie sich erhob – würde er sie sehen? Jetzt vernahm sie Atemzüge. Immer näher und näher …

Diesmal würde er sie töten.

Dicht vor ihr hielt er inne und schien sie anzustarren. Hatten sich seine Augen so schnell an die Finsternis gewöhnt?

Jeden Moment würde er sich auf sie stürzen. Sie musste zuschlagen. Sofort und tödlich. Sie hatte keine Wahl. Mit dem Schwert würde sie ihr Ziel im Dunkeln nicht treffen. Deshalb musste sie das Messer benutzen. Wenn sie ihn nur verwundete …

Jetzt bewegte er sich. Er hatte sie gesehen, ihre Anwesenheit gespürt, gerochen …

Mit einem schrillen Schrei sprang sie auf, schwang das Messer hoch und stach mit aller Kraft zu.

Doch sie verfehlte seine Kehle, die Klinge prallte von einem Brustpanzer ab, und sie hörte, wie ein Wollstoff zerriss. Kreischend und fluchend versuchte sie, das Messer erneut zu heben und nach ihrem Gegner zu treten. Aber er packte ihr Handgelenk, die Waffe wurde ihr entwunden, und ein heftiger Stoß warf sie auf den Rücken. Einen Augenblick später saß der Mann auf ihren Hüften. Sie konnte sich nicht rühren und bekam kaum Luft.

»Verdammt, macht ein Ende!«, zischte sie und wartete auf den tödlichen Stahl in ihrer Brust.

12

Kein Schwert sank herab.

»Soll ich wirklich ein Ende machen?« Eine tiefe raue Stimme verwirrte Mellyora.

Zitternd rang sie nach Luft. Erst jetzt gestand sie sich ein, wie sehr sie das Leben liebte. »Laird – Lion?«, wisperte sie.

Im Dunkeln sah sie ihn nicht. Doch sie kannte seine Stimme, war vertraut mit seiner Berührung, seiner Wärme.

»Wusstet Ihr das nicht?«, fragte er, und sie spürte sein Misstrauen.

»Natürlich nicht! Hättet Ihr Euch zu erkennen gegeben …«

»Ah, dann hättet Ihr mich anders begrüßt?«, spottete er. »Verzeiht meinen Argwohn – aber seid Ihr nicht in die Höhle gerannt, um mir zu entkommen?«

»Ich hielt Euch für – diesen Wikinger.«

»Welchen Wikinger? Hier wimmelt es von Wikingern.«

»Nun, ich dachte, Ihr wärt der Mann, der mich entführt hat.«

»Seid Ihr nicht freiwillig mit ihm gegangen?« Waryks höhnischer Tonfall erregte ihren Unmut.

»Bitte, Laird Lion«, begann sie kühl und höflich. »Wenn Ihr mich nicht töten wollt – würdet Ihr mich aufstehen lassen?«

»Bald. Ihr habt meine Frage nicht beantwortet. Wäre ich anders begrüßt worden, wenn Ihr gewusst hättet, wer ich bin?«

»Aye«, seufzte sie müde, »ich wollte Euch niemals töten.«

»Nicht einmal, als Ihr ein Ruder auf meinen Kopf schlugt?«

»Da kämpfte ich um mein Leben. Ich will niemanden sterben sehen.«

»Wie aufschlussreich ... Habt Ihr Euch bei der Flucht mit Daro nicht vorgestellt, ich könnte ihn in einen tödlichen Schwertkampf verwickeln?«

»Nein!«, zischte Mellyora. Sein spöttisches Gelächter beleidigte sie. Doch sie fand keine Gelegenheit, ihn darauf hinzuweisen, denn sie nahm eine Bewegung hinter ihm wahr. »Waryk ...«, flüsterte sie warnend.

Blitzschnell sprang er auf und schirmte sie mit seinem Körper ab. Sie erhob sich ebenfalls. Wer sich dem Höhleneingang näherte, wusste sie nicht. Falls es ein Feind war, musste sie ihr eigenes Leben schützen. Vorsichtig trat sie zur Felsenwand zurück und fand ihr Schwert. Während ihre Finger den Griff umschlossen, stürmte ein Mann in die Höhle und schwang eine Streitaxt. Waryk sprang seitwärts, zückte sein Schwert und der Gegner, von der Triebkraft seines Angriffs nach vorn geschleudert, spießte sich selber auf. Von der Klinge durchbohrt, sank er zu Boden.

Zwei weitere Männer folgten dem ersten. Als Waryk seine schwere Waffe aus der tödlichen Wunde zog, stürmte Mellyora an ihm vorbei und parierte einen Schwertstreich, der auf seine Kehle zielte. »Verschwindet!«, rief er.

»›Danke, Mylady‹, wäre angemessen!« schrie sie. Aber da eilte ein Wikinger mit einem breiten Dolch heran und zwang sie, noch tiefer ins Dunkel zurückzuweichen. Bald würde ihr Rücken gegen die Wand am Ende der Höhle stoßen ...

Ein Schlag auf die Schulter des Mannes veranlasste ihn, sich umzudrehen, und Waryk bekämpfte beide Feinde.

Immer wieder klirrte der Stahl. Trotz seines erbitterten Widerstands wurde seine Waffe mit zwei Streichen in die Luft geschleudert.

Hastig sprang Mellyora vor. »Hier, Waryk, meine Klinge!«, rief sie, und er fing ihr Schwert geschickt auf, fuhr herum und stach es in den Hals des nichtsahnenden Angreifers zu seiner Linken. Den zweiten traf die scharfe Spitze in den Bauch.

Als beide tot am Boden lagen, wandte er sich zu Mellyora. »Verdammt!« Unvernünftigerweise glaubte sie, der Fluch würde den Leichen gelten. Sie erschauerte. Welch ein schreckliches Gemetzel … Aber diese Männer waren entschlossen gewesen, sie zu töten, obwohl sie ihnen nichts getan hatte.

»Warum …«, begann sie, dann hörte sie die Stimme ihres Onkels, die durch den Höhleneingang hereindrang.

»Laird Lion?«

Waryk zögerte. Obwohl sie seine Augen nicht sah, spürte sie seinen Blick. »Hier, Daro, ich habe sie gefunden.«

»Allein?«

»Aye, jetzt ist sie allein.« Waryk griff nach Mellyoras Hand, und sie schwankte, so dass sie sich an ihn lehnen musste. Sie bebte am ganzen Körper. Ungeduldig nahm er sie auf die Arme. »Habt Ihr auch gezittert, als Ihr an mir vorbeigestürmt seid, um die zwei Feinde anzugreifen?«

»Nun, ich dachte, Ihr würdet Hilfe brauchen.«

Mondlicht fiel in die Höhle, und Mellyora sah Blut in den Gesichtern beider Männer. »Daro!«, rief sie erschrocken. Hatte er lebensgefährliche Wunden erlitten? Waryk stellte sie auf die Beine und sie lief zu ihrem Onkel. Atemlos warf sie sich an seine Brust. »Du bist verletzt!«

»Nur ein paar Kratzer«, versicherte er.

»Aber am Loch liegen viele Tote«, warf Waryk ein.

Mellyora seufzte erleichtert, weil die beiden Lairds einander nicht an die Kehle sprangen. »Tote?«

»Aye«, bestätigte Waryk. »Was waren das für Männer? Wer ist mit Euch hierher geritten?«

»Jemand kam in meine Kammer und behauptete, er müsse mich auf Wunsch meines Onkels aus dem Lager bringen, während irgendwelcher Verhandlungen ... Dann sah ich keinen Wachtposten am Ausgang und erkannte, dass irgend etwas nicht stimmte.«

»Würdet Ihr den Mann wiedererkennen?«

»Nein, er trug einen Helm. Vielleicht – wenn ich seine Stimme höre ...«

»Verräter inmitten meiner Krieger!«, stieß Daro hervor.

Waryk beobachtete ihn, und Mellyora fragte sich, ob er einen Verdacht gegen ihren Onkel hegte. Hoch aufgerichtet, mit dem Blut seiner Feinde befleckt, stand er im Mondlicht und wirkte so unerschütterlich wie die Felsblöcke ringsum.

»Ich bekämpfte und verwundete ihn«, erklärte sie. »Da drohte er in hellem Zorn, er würde mich zu Tode foltern, denn Laird Lion sollte den Lohn für seine Verdienste nicht gewinnen. Und er hoffte, dass ihr beide einander umbringen würdet.«

»Und dann?«, drängte Waryk.

»Zum Glück bin ich ihm entwischt. Aber ich fürchtete, er würde mich in der Höhle finden. Habt Ihr am Loch viele Männer getötet?«

»Ein paar müssen zu Fuß entkommen sein, weil mehrere Pferde zurückblieben. Also sind einige am Leben, die wissen, was hinter den Ereignissen dieser Nacht steckt.«

»Zwischen diesen Felsen könnten wir sie bis in alle Ewigkeit suchen«, meinte Daro.

»Reiten wir zurück«, schlug Waryk vor.

»Wer waren diese Männer?«, fragte Mellyora bedrückt. »Offenbar kannten sie sich sehr gut im Lager aus …«

»Aye!«, fiel Daro ihr erbost ins Wort. »Manchmal kommen und gehen Krieger, die nur in lockerer Verbindung zu mir stehen. Aber einen so niederträchtigen Verrat habe ich noch nie erlebt. Ich kenne keinen Einzigen der Toten, die unten am Ufer liegen, obwohl sie sich zweifellos in meinem Lager aufhielten. Noch in dieser Nacht lasse ich die Leichen holen. Vielleicht weiß irgendjemand etwas über diese Männer.«

Mellyora zitterte immer noch. Beklommen wich sie Waryks prüfendem Blick aus, der bis in ihre Seele zu dringen schien.

Wollte er feststellen, ob sie ihn belogen und die Entführung gemeinsam mit ihrem Onkel geplant hatte? Nein, offenbar verdächtigte er Daro nicht. Immerhin waren ihr die beiden gemeinsam nachgeritten. Und woher rührte dieses erstaunliche Einvernehmen? Hatte Daro versprochen, seine Nichte dem König auszuliefern? Unmöglich … Das würde er niemals tun. Oder doch?

»Gehen wir …« In aller Eile stieg sie zum Loch hinab und Waryk holte sie nach wenigen Schritten ein. Zunächst schwieg sie, dann ertrug sie die Ungewissheit nicht länger.

»Habt Ihr Daro überredet, mich gegen Anne auszutauschen?«, fragte sie bitter.

»Nein.«

»Wo ist sie jetzt?«

»Im Lager Eures Onkels.«

»Also lügt Ihr …«

»Keineswegs. Daro und Anne haben nichts mit Euch zu tun … Reden wir später darüber«, fügte er hinzu, als er Angus mit den Pferden warten sah.

»Gott sei Dank, die Lady ist gerettet!«, rief der treue Freund.

»Aye«, stimmte Waryk zu. »Könnt Ihr reiten, Mellyora?«

»Natürlich.« Sie ging zu dem Pferd, auf dem sie vorhin gesessen hatte.

Aber bevor sie in den Sattel steigen konnte, hielt Waryk sie zurück. »Riskieren wir lieber nichts. Reitet mit mir.«

Ohne ihn anzuschauen, flüsterte sie: »Glaubt mir, ich werde nicht mehr fliehen. Ich bin todmüde. Und wohin sollte ich mich wenden? Ihr würdet mich überall finden und zurückholen.«

»Vielleicht nicht. Es wäre möglich, dass man Euch die Entscheidung über Eure Zukunft überlässt. Bis es so weit ist, begebt Euch in meine Obhut. Ich denke nur an Eure Erschöpfung und Euer Wohl.« Doch seine kristallklaren Augen straften seine Worte Lügen. Niemals würde er ihr trauen.

Er hob sie auf sein Streitross, dann stieg er hinter ihr auf. Inzwischen waren seine Männer und einige von Daros Kriegern am Loch eingetroffen. Mit einer großen Eskorte ritten die beiden Lairds und Mellyora zum Lager zurück.

Ermattet schloss sie die Augen. Wenn sie es auch in tausend Jahren nicht zugeben würde – sie war froh, an Waryks Brust zu lehnen, seine Wärme und Kraft zu spüren.

Im Lager wurden sie von einer aufgeregten Anne begrüßt, die wissen wollte, was geschehen war. Aber Daro und Waryk vertrösteten sie auf später und erklärten, erst einmal müssten sie das Blut und den Schmutz des Kampfes wegspülen.

Auch Mellyora sehnte sich nach einem Bad. Inga führte sie in die kleine Kammer und füllte die Kupferwanne mit heißem Wasser. Genüsslich streckte sich Mellyora darin aus. Für eine Weile vergaß sie ihre Sorgen und Ängste. Sie wusch ihr Haar und trocknete es mit Ingas Hilfe. In weiches Leinen und warme Wolle gehüllt, trank sie einen Becher Wein.

Und dann betrat er ihre Kammer. Er stand vor ihr in einem langen, weiten Umhang, ein imposanter Mann mit harten Gesichtszügen. Ungeduldig sprach er. »Es war *meine* Entscheidung, Anne hierher zu bringen. Dabei ging es keineswegs um ein Tauschgeschäft. Was Euch betrifft, Mellyora MacAdin – niemand zwingt Euch, mich zu heiraten.«

»Welches Spiel treibt Ihr nun schon wieder? Ihr verfolgt mich gnadenlos, und plötzlich sollen wir gar nicht heiraten? Ist das ein übler Scherz?«

Ernsthaft schüttelte er den Kopf. »Falls Ihr Wert auf unsere Hochzeit legt, müsst Ihr mich höflich darum bitten, Lady.«

»Niemals würde ich Euch freiwillig heiraten!«, fauchte sie.

Bildete sie sich nur ein, dass Waryks Lächeln etwas grimmig wirkte? »Einem königlichen Erlass zufolge werde ich den Grund und Boden Eures verstorbenen Vaters übernehmen.«

»Ich – ich verstehe nicht«, stammelte sie.

»Nun, Lady, die schottischen Ländereien gehören dem König. Also war es sein gutes Recht, mich zum Laird von Blue Isle zu ernennen. Mit oder ohne Euch, Lady. Und glaubt mir, meine Teure – ohne Euch erscheint mir meine neue Position viel erstrebenswerter. Morgen verlasse ich das Lager. Falls Ihr mir noch etwas zu sagen habt, wendet Euch rechtzeitig an mich. Die Hochzeit ist geplant, aber solche Ereignisse finden nicht immer statt. Gute Nacht, Lady Mellyora.« Mit einer förmlichen Verneigung ging er in den Nebenraum.

Daro saß in einem der reich geschnitzten Sessel vor seinem Herdfeuer. Als Waryk eintrat, erhob sich der

Wikinger und bot ihm einen Weinkelch an. »Habt Ihr's meiner Nichte erklärt?«

»Aye, jetzt liegt die Entscheidung bei ihr.«

»Natürlich weiß ich, was sie tun wird. Hätte sie bloß gewusst, wie weit David gehen würde ...« Nach einer kurzen Pause fuhr Daro fort: »Mittlerweile wurden die Toten vom Loch ins Lager gebracht. Wie ich von meinen Kriegern erfuhr, kam diese Gruppe erst vor einigen Tagen zu uns. Die Männer erweckten einen sonderbaren Eindruck, und ihre Sprache klang fremdartig.«

»Waren sie keine Norweger?«

»Vielleicht nicht. Oder sie lebten längere Zeit bei den Normannen. Jedenfalls sprachen sie norwegisch mit einem ausgeprägten Akzent.«

»Interessant ...« Waryk nippte an seinem Kelch. Wenn Daro und seine Nichte die Entführung nicht geplant hatten, war der Zwischenfall äußerst seltsam – und wies auf eine Gefahr hin. Mellyora hatte berichtet, ihr Entführer habe ihr nach dem Leben getrachtet und Laird Lion um den Lohn für seine Verdienste bringen wollen. Vermutlich wusste der Mann nicht, dass Waryk das Erbe Adins mit oder ohne Braut erhalten würde. Darüber waren nur wenige informiert – er selbst, Angus, Daro und Mellyora.

»Nur selten werden Wikinger von Wikingern verraten«, bemerkte Daro.

Waryk hob die Brauen. Viele Wikinger pflegten sich als Söldner bei fremden Heeren zu verdingen.

»Nicht auf diese Weise«, betonte Daro. »Dänen führten Krieg gegen Norweger, Norweger gegen Schweden, und so weiter. Meistens ging es um Land und Frauen. Aber es ist ungewöhnlich, dass Wikinger unter Wikingern leben und sie so schmählich hintergehen. Wir kämpfen offen und ehrlich und wir verschwören uns nicht gegen einander.«

»Aye, Lug und Trug überlasst ihr unsereins.« Mit

einem ironischen Lächeln hob Waryk seinen Kelch. »Nun werde ich Eure Gastfreundschaft dankend annehmen und ein paar Stunden schlafen. Es war eine lange – und ereignisreiche Nacht. Vermutlich habe ich Feinde. Ich muss sie entlarven.«

»Wo wollt Ihr suchen? Der Anführer ist offenbar verschwunden, die anderen sind tot.«

»Irgendwann wird dieser Mann sein Gesicht zeigen.«

»Was habt Ihr jetzt vor?«

»Morgen kehre ich nach Stirling zurück.«

»Und Mellyora?«

»Sie kennt den Beschluss des Königs, und alles Weitere liegt bei ihr.«

Seufzend nickte Daro und Waryk ließ ihn allein, voller Freude auf seine Nachtruhe. Dank seiner widerspenstigen Braut waren die letzten Tage ziemlich anstrengend gewesen.

Daro hatte ihm eine alte steinerne Schäferhütte angeboten, von den Wikingern in Stand gesetzt und gründlich gereinigt. Neben einem Lager aus üppigen Pelzen waren Wein, Brot und Käse angerichtet.

Da seine Krieger in einem nahen Verschlag übernachteten, durfte er es wagen, bis zum Morgen zu schlafen. Nachdem er ihnen eine gute Nacht gewünscht hatte, betrat er die Hütte. Er legte seinen Umhang ab und streckte sich vor dem Herdfeuer aus. Während er aß und trank, starrte er in die Flammen. Was würde Mellyora planen? Sonderbar – noch nie war sie ihm so verletzlich erschienen wie bei der letzten Begegnung. Frisch gebadet, hatte sie nach Rosen geduftet. Ihr gewaschenes Haar glänzte wie eine goldene Gloriole. In den Augen spiegelte sich der Widerschein des Feuers. Sie hatte müde gewirkt, sehr feminin, zart, sogar zerbrechlich.

Zerbrechlich wie ein Felsen, dachte er, zart wie Stahl.

Konnte er ihr trauen – nach allem, was geschehen war, obwohl sie so oft bekräftigt hatte, sie müsste ihm entrinnen? War sie tatsächlich der Meinung gewesen, ein Feind würde sie in der Höhle überfallen, oder hatte sie gehofft, Laird Lions Kehle zu durchschneiden? War sie wirklich von Wikingern bedroht worden, oder hatten sie ihr zur Flucht verholfen? Endlose Fragen.

Wie auch immer, jetzt war die Lady am Zug. Die Augen geschlossen, lauschte er dem Knistern der Flammen. *Aye, der König zwang Mellyora, eine Entscheidung zu treffen. Ob sie Waryk heiratete oder nicht, ein harter Kampf stand ihm bevor. Entweder mit seiner Braut oder mit den Leuten auf Blue Isle. In diesem Augenblick wusste er nicht, was er vorzog. Falls sie sich zur Hochzeit entschloss – würde er je wieder ruhig schlafen? Oder müsste er jede Nacht fürchten, ein Messer am Hals würde ihn wecken? Und doch – er sah sie vor sich, wie sie in ihrer Kammer gesessen hatte, mit schimmerndem Haar, leuchtenden Augen und dem Gesicht eines Engels …*

Fluchend richtete er sich auf und goss noch etwas Wein in seinen Becher.

Nachdem Mellyora sich vergewissert hatte, dass Waryk gegangen war, stürmte sie ins Zimmer ihres Onkels. »Das darf doch nicht wahr sein, Daro! Wie kann der König mir nehmen, was mir gehört!«

»Das ist sein gutes Recht. Anscheinend hast du die normannischen Gesetze vergessen. Da du eine Frau bist, steht es dir auch nicht zu, eine Festung zu regieren.«

»Aber Blue Isle wurde von meinem Vater verwaltet. Wenn ich das Gebiet nicht behalten kann, sollte es an *dich* fallen …«

»Deinem Vater wurde dieses Land nur zugewiesen, weil es das Erbe deiner Mutter war.«

Verzweifelt sank sie in einen der Sessel vor dem

Feuer. Über ihre Wangen rannen zwei Tränen und funkelten im flackernden Licht wie Diamanten. »Was soll ich denn tun?«, wisperte sie.

»Triff deine Wahl«, erwiderte Daro in sanftem Ton. »Ewan liebt dich. Würdest du dich gegen den königlichen Erlass stellen, wärst du nicht allein.«

»Meine Leute würden rebellieren – und Davids normannische Gesetze niemals hinnehmen!«

»Gewiss nicht. Aber die königlichen Krieger würden den Aufstand sofort niederschlagen – und unbarmherzig, um weitere Revolten zu unterbinden. Wenn du Ewan liebst, müsste dein Entschluss feststehen.«

»Ich liebe auch die Insel, meine Heimat, mein Erbe. Von alldem weiß Laird Lion nichts. Er hat das Land nie gesehen.« Eine Zeit lang schaute sie schweigend vor sich hin. Dann musterte sie ihren Onkel misstrauisch. »Und er hat Anne einfach hierher gebracht, zu dir. Am liebsten würde ihre Familie alle Wikinger vernichten. Aber Laird Lion spricht mit ihrem Vormund, und sie darf dich heiraten, mit dem Segen ihrer ganzen Verwandtschaft!«

»Nun, er besitzt die Gabe, eigensinnige Männer zur Vernunft zu bringen.«

»Nicht Frauen!«, entgegnete Mellyora erbost. Zürnte sie im Augenblick eher sich selbst als Laird Lion? Würde sie Ewan wirklich so innig lieben, wie sie geglaubt hatte, müsste sie alles für ihn aufgeben. Ja, sie liebte ihn. Aber nicht bedingungslos. Auf ihre Insel würde sie niemals verzichten. Nein, sie könnte es nicht ertragen, wenn eine andere Frau das Schlafgemach ihrer Eltern bewohnen und durch die Halle mit den exquisiten Wandteppichen gehen würde. Die Hände geballt, hasste sie sich selbst, weil ihr das alles so viel bedeutete. Doch es ließ sich nicht ändern, sie liebte die Kapelle, den Marktplatz, vor allem die Menschen, die ihr treu ergeben waren, die sich gegen den neuen Herren auflehnen – und sterben würden. »Was rätst du mir, Daro?«, fragte sie und erhob sich.

»Spielt das eine Rolle? Ich denke, du hast dich bereits entschieden – und den richtigen Entschluss gefasst.«

»Also magst du ihn!«, warf sie ihm vor.

»Willst du uns beide für deine Rechte und deine Ehre kämpfen sehen?«

Bedrückt senkte sie den Blick. »Nein.«

»Dann empfehle ich dir, ihn zu heiraten. Dein Ewan ist gut und anständig, aber nicht der Mann, den der König braucht. Und du hasst Waryk nur, weil David ihn zu deinem Ehemann bestimmt hat. Für das, was er ist, dürftest du ihn nicht hassen. Ich bewundere ihn. In dieser schwierigen Situation hat er sich klug und umsichtig verhalten.«

»Und jetzt bekommt er mein Land, mit mir oder ohne mich.«

»Denk darüber nach. Die Ereignisse in dieser Nacht könnten ihn veranlassen, auf deine Hand zu verzichten.«

»An der Entführung sind wir nicht schuld«, wandte Mellyora ein.

»Wie willst du das beweisen?«

Sie wanderte vor dem Feuer auf und ab. Schließlich stieß sie einen Fluch hervor und eilte zur Tür.

»Was hast du vor, Mellyora? Du musst nicht mehr davonlaufen. Wenn du ihn nicht heiraten willst …«

»Ich laufe nicht davon, ich gehe zu Waryk.«

»Vielleicht solltest du noch warten und in aller Ruhe überlegen, was du tun wirst.«

»Das wäre überflüssig.«

»Eins muss ich dir gestehen, meine Liebe. Wäre ich der König, hätte ich keinen besseren Krieger als Waryk gefunden, dem ich Blue Isle anvertrauen würde.«

Krampfhaft schluckte sie und fragte sich, warum Davids Beschluss allen gefiel – nur ihr nicht. »Jetzt muss ich gehen. Ehe ich mich doch noch anders besinne.«

Er saß auf seinem Lager und beobachtete die bläulichen Flammen, als es an der Tür klopfte.

»Laird Waryk?«

Obwohl sie leise sprach, erkannte er ihre Stimme, erhob sich und öffnete die Tür. Da stand sie und sah immer noch wie ein Engel aus. In glänzenden Wellen fiel das offene Haar über ihre Schultern. Bei diesem Anblick musste er zugeben, dass Adins Tochter tatsächlich ein schöner Preis war. Warum sie ihn besuchte, las er deutlich in ihren Augen. Daro behielt Recht, niemals würde sie ihre Heimat aufgeben. Aber obwohl sie sich entschieden hatte, schienen ihr die Worte zu fehlen.

»Kommt herein«, bat er und schämte sich nicht im mindesten, weil er ihr Unbehagen genoss. »Darf ich Euch einen Becher Wein anbieten? Der wird Euch helfen, Euren Stolz hinunterzuschlucken.«

»Wie niederträchtig Ihr seid!«

»Wollt Ihr keinen Wein trinken?«

»Doch!«

Er reichte ihr einen gefüllten Becher und wies auf die Pelzdecken. »Setzt Euch.«

Bevor sie Platz nahm, leerte sie den Becher in einem Zug.

»Noch etwas Wein?«, fragte Waryk. »Offenbar müsst Ihr eine ganze Menge Stolz hinunterschlucken.«

»Ihr seid widerlich!«

»Keineswegs, ich versuche Euch nur zu helfen«, entgegnete er und schenkte ihr noch einmal Wein ein.

Nachdem sie einen großen Schluck genommen hatte, schloss sie die Augen. »Ich tu's.«

»Was?«

»Was?«, wiederholte sie bitter. »Ich heirate Euch!

Obwohl ich andere Pläne hatte. Aber ich liebe meine Heimat. Und ich muss mich der Übermacht beugen. Vielleicht lernen wir, höflich miteinander umzugehen. Die Festung ist sehr geräumig. Also können wir die Wünsche des Königs erfüllen und trotzdem eigene Wege gehen und verschiedene Gemächer bewohnen.«

Ungläubig starrte er sie an, stellte seinen Weinbecher auf den steinernen Rand des Herds und verschränkte die Arme vor der Brust. »Nein.«

»Was meint Ihr?«

»Mit einer solchen Ehe bin ich nicht einverstanden.«

»Aber – Ihr habt eine Geliebte.«

»Aye, und ich könnte sie heiraten, nachdem Ihr Euch so lange gegen diese Ehe gesträubt habt.«

»Dann würde man Euch verachten.«

»Wohl kaum. Und Ihr, Lady? Vorhin war von Euren *anderen* Plänen die Rede. Hattet Ihr einen Liebhaber?«

Das Blut stieg ihr in die Wangen. »Wie Ihr wisst, gab es einen anderen Mann in meinem Leben.«

»Dann werdet glücklich mit ihm.«

»Wie kann ich das, wenn ich auf meine Heimat verzichten müsste. Mein Onkel meint, Ihr wärt genau der richtige Laird für Blue Isle, Waryk. Gut und schön. Wir brauchen einander nicht zu behelligen …«

»Nein, Mellyora, so geht das nicht. Wenn Ihr unbedingt mit diesem jungen Mann zusammen sein wollt, das sei Euch gegönnt. Doch nicht als meine Frau.«

»Aber – aber«, stotterte sie.

»Erst einmal müsstet Ihr mich höflich bitten, Euch zu heiraten. Das wisst Ihr. Bis jetzt habe ich keine Bitte gehört, eine höfliche schon gar nicht. Stattdessen versucht Ihr wieder einmal, Euren Willen durchzusetzen.«

»Ich möchte nur eine vernünftige Regelung finden. In dieser schwierigen Situation …«

Unnachgiebig und belustigt zugleich, schüttelte er den Kopf. »In dieser Situation seid Ihr mir auf Gnade oder Ungnade ausgeliefert. Eine interessante Konstellation, nach all dem Ärger, den Ihr mir bereitet habt. Nun, wie entscheidet Ihr Euch? Wenn Ihr eine höfliche Bitte äußert, werde ich darüber nachdenken.«

Sie war leichenblass geworden. Empört sprang sie auf, um aus der Hütte zu fliehen. Aber er hielt ihren Arm fest und zerrte sie zurück, verblüfft über die wilde Entschlossenheit, die ihn plötzlich erfüllte. Nein, er würde ihr nicht länger erlauben, sein Leben zu komplizieren. »Demut, meine Liebe, ist eine ausgezeichnete Tugend, und sie würde Euch gut anstehen.«

Mellyora warf verächtlich den Kopf in den Nacken. »Was für ein erbärmlicher normannischer Lakai Ihr seid – gleichgültig, welche Kleidung Ihr tragt, wie Ihr sprecht …«

»Das war gar nicht höflich«, unterbrach er sie. Obwohl seine Stimme sanft klang, schwang ein warnender Unterton darin mit.

»Mein teurer Laird Lion«, stieß sie zwischen zusammengebissenen Zähnen hervor, »wärt Ihr bitte so freundlich, mich zu heiraten – und würdet Ihr mir das Wohnrecht in meinem Elternhaus zubilligen?«

»Schon besser. Aber nicht demütig.« Eisenhart umschlossen seine Finger ihren Arm.

»Nun?«

»Nein.«

»Was wollt Ihr denn noch?«, schrie sie wütend und versuchte vergeblich, sich loszureißen. Er zog sie näher zu sich heran.

»Nicht zu Euren Bedingungen.«

»O Gott, hört mich doch an …«

»Nein, Lady, Ihr werdet *mir* zuhören. Ich wünsche mir Söhne. Wenn Ihr mich heiratet, werdet Ihr als meine Frau mit mir leben, ohne Wenn und Aber.« Er spürte, wie sie zitterte, und empfand beinahe Mitleid. Nur beinahe. »Dazu müsst Ihr Euch bereit finden. Nun?«

»Aye«, hauchte sie.

»Aye – was?«

»Dazu finde ich mich bereit!«, zischte sie.

»Gut.« Er ließ sie los und wandte sich ab. »Morgen Vormittag reiten wir nach Stirling. Für den übernächsten Tag ist die Hochzeit geplant, in Anwesenheit der königlichen Familie und zahlreicher Aristokraten. Geht jetzt schlafen und nutzt die wenigen Stunden, die Euch noch bleiben, um Euch auszuruhen.«

»Aye, M'laird, wie Ihr befehlt, M'laird!«, fauchte sie und rannte zur Tür. In ihrer Hast wäre sie fast gestolpert und sie fürchtete, er würde sie wieder festhalten. Doch er rührte sie nicht an und ließ sie gehen.

Zu seiner Verblüffung merkte er, dass auch er zitterte – aus anderen Gründen. Ganz so schrecklich, wie er es befürchtete, würde die Ehe wohl nicht verlaufen. Im Gegenteil. Heiße, erwartungsvolle Freude beschleunigte seinen Puls. Wenn ihm auch ein harter Kampf bevorstand.

Nach der Hochzeit würde er seines Lebens nicht sicher sein. Womöglich würde er sich gezwungen sehen, Mellyora in ein Turmzimmer oder ein Verlies zu verbannen. Und trotzdem sehnte er sich danach, sie endlich in seinen Armen zu halten, im Ehebett …

13

Am Vormittag bereiteten sie die Rückkehr nach Stirling vor. Waryk erklärte Mellyora, der König wisse nichts von ihrer Flucht mit Daro. Wäre sie nicht so wütend gewesen, hätte sie ihm vielleicht für sein Schweigen gedankt.

Dafür dankte ihm ihr Onkel, der sie genauso erzürnte wie ihr Bräutigam. Nächste Woche sollten Daro und Anne in der Kapelle von Stirling heiraten. Das sichtliche Glück der beiden war ein weiteres Ärgernis für Mellyora. Offenbar wurde nur sie allein vom Schicksal vernachlässigt.

Wie würde Waryk sich in der Ehe verhalten? Wollte er die Beziehung zu seiner Geliebten fortsetzen? Vermutlich. Auf einer Seite seine Gemahlin, sein Land, seine Stellung – auf der anderen die Frau, die er liebte …

Natürlich müsste er mich nicht heiraten, dachte Mellyora. Wenn der König den Eindruck gewänne, sie hätte sich mit Wikingerfeinden gegen ihn verschworen, würde er sie aus ihrer Heimat vertreiben. Dieses Los ersparte ihr Laird Lion. Die bevorstehende Hochzeit erfreute ihn keineswegs, das wusste sie. Dass er möglicherweise auf die Wahl seines Herzens verzichtete, um den Frieden auf Blue Isle zu sichern, wollte sie nicht wahrhaben.

Auf dem Ritt nach Stirling hielt er sich von ihr fern. Während sie ihn beobachtete, fröstelte sie. Nach allem, was sie ihm zugemutet hatte, musste er sie verabscheuen, und der Gedanke an ihre Ehe bedrückte sie immer schmerzlicher. Kurz bevor sie die Festungsmauern erreichten, lenkte sie ihr Pferd zu ihm. »Waryk?«

»Aye?«

»Was glaubt der König, wo ich war? Wenn er nichts von meiner Flucht ahnt …«

»Er weiß, dass Ihr im Wikingerlager wart. Weil ich ihm einredete, Ihr hättet vor der Hochzeit mit meiner Erlaubnis ein paar Tage bei Eurem Onkel verbracht.«

Darauf gab sie keine Antwort. Wie klug er war – sogar zu einem gewissen Anstand fähig … Ganz sicher nicht der Normanne, den sie sich vorgestellt hatte. Weder alt noch hässlich. Im Gegenteil. Seine jugendliche Kraft zerrte qualvoll an ihren Nerven. Könnte die Hochzeit wenigstens verschoben werden … Er wünschte sich Söhne. Wie die meisten Männer. Allein schon der Gedanke an die erforderlichen Intimitäten erschreckte sie. Wenn ihre Vermutung stimmte, hatten sich Anne und Daro in jenem Alkoven nicht nur getroffen, um Küsse zu tauschen. Für sie selbst war eine solche Beziehung nie in Frage gekommen, nicht einmal mit Ewan. Sie hatten gelacht und gescherzt und sich geküsst, nebeneinander im Gras gelegen und Zukunftspläne geschmiedet. Leidenschaftlichere Gefühle waren nie in ihr erwacht, und sie hatte ihre Zuneigung zu Ewan stets mit der romantischen Liebe verglichen, die von Poeten besungen wurde.

Wie wenig sie wusste … Hingegen war Waryk ein erfahrener Mann, ein weit gereister Krieger, der zweifellos viele Frauen gekannt hatte.

»Nun?« Sein Blick trieb ihr das Blut in die Wangen.

»Wie, bitte?«

»Ein Dankeswort wäre angebracht.«

»Danke«, erwiderte sie tonlos.

Er musterte sie noch einen Augenblick. Dann spornte er sein Schlachtross an und sprengte voraus. Vielleicht sollte ich mich etwas diplomatischer benehmen, überlegte sie zerknirscht, und ihn freundlicher behandeln.

Und Ewan? Was war aus ihren gemeinsamen Träumen geworden?

Er würde sein eigenes Leben führen, als Oberhaupt seiner Familie, eine andere heiraten und mit seinem zärtlichen, rücksichtsvollen Wesen beglücken, während sie selbst … Während sie einen hohen Preis zahlte, um die Herrin ihrer Insel zu bleiben.

Lächelnde Wachtposten begrüßten sie am Tor der Festung und sie ritten in den Hof. Wie es der Anstand erforderte, ließ sich Mellyora von ihrem Bräutigam aus dem Sattel helfen. Zu ihrer Bestürzung eilte der König die Treppe herab.

»Meine Liebe!« Väterlich ergriff er ihre Hand. Aber seine Stimme klang kühl, und sie spürte, dass er ihr noch nicht verziehen hatte. »Ihr seht erholt aus. Wird Euer Onkel am Hochzeitsfest teilnehmen? In zwei Tagen ist es so weit.«

»Aye, Sire.«

»Und Ihr seid Euch mit Waryk einig?«

»Aye«, murmelte sie.

»Dann ist ja alles in Ordnung. Ah, da ist Jillian. Sie soll Euch in Eure Gemächer führen, und später wird man Euch eine Mahlzeit bringen. An diesem Abend könnt Ihr Euch ausruhen und Hochzeitsvorbreitungen treffen. Father Hedgewick, Euer Beichtvater, wird Euch aufsuchen. Geht jetzt.« Er umfasste Mellyoras Schultern und küsste ihre Stirn. »Übermorgen bricht ein großer Tag für Euch an.«

Sie nickte und folgte Jillian zu den Eingangsstufen. Dabei musste sie sich zwingen, nicht über die Schulter zu spähen, um Waryks Miene zu erforschen. Was würde er mit David besprechen? Wenigstens musste sie ihn vorerst nicht sehen und würde ein bisschen Ruhe finden. Diese Hoffnung erfüllte sich nicht.

»Großer Gott, Kindchen, wie leichtsinnig Ihr wart!«, klagte Jillian. »Ohne an die Folgen Eurer Kühnheit zu denken …«

»Ich dachte, ich würde den Sieg erringen. Dann wäre ich tapfer und bewundernswert gewesen.«

»Diesen Kampf konntet Ihr gar nicht gewinnen.«

»Ich wusste nicht, dass der König mich notfalls enterben würde.«

»In Zukunft solltet Ihr lernen, Eure Gegner besser einzuschätzen.« Als Jillian das blasse, traurige Gesicht ihrer Herrin sah, seufzte sie und nahm sie in die Arme. »Glaubt mir, alles wird gut. Inzwischen habe ich Laird Lion kennen gelernt. Ein wunderbarer Mann …«

Ohne ihre Gedanken auszusprechen, erwiderte Mellyora die Umarmung. Auch sie hatte Waryk kennen gelernt. Und er sie. Was er dabei herausgefunden hatte, missfiel ihm. Wenn Jillian glaubte, alles würde sich zum Guten wenden, unterlief ihr ein schwerer Irrtum.

Würdevoll überstand Mellyora den nächsten Tag. Abends saß sie mit Waryk an der königlichen Tafel. Seine Freunde gratulierten ihm zur baldigen Hochzeit, die Hofdamen bewunderten ihn und wünschten der Braut viel Glück. Sicher halten sie mich für verrückt, dachte sie, weil ich einem so beneidenswerten Schicksal entfliehen wollte. Ob verheiratet oder ledig – alle Frauen flirteten mit ihm, was Mellyora aus unerklärlichen Gründen ärgerte.

Um sich zu rächen, setzte sie ein strahlendes Lächeln auf, betörte alte und junge Männer, Schotten und Normannen. Sie aß fast nichts. Dafür trank sie umso mehr Wein. Immer wieder spürte sie Waryks prüfenden Blick und weigerte sich, ihn zu erwidern.

Wenn er sie nicht anschaute, beobachtete sie sein Lächeln, das anderen galt, seine Finger, um den Kelch geschlossen, der zwischen ihnen auf dem Tisch stand.

Wann immer sie seine tiefe Stimme hörte, rann ein eigenartiger Schauer über ihren Rücken. Sie fühlte sich elend und trauerte ihrem einstigen Leben nach. Warum übte Waryk dann eine so merkwürdige Faszination auf sie aus? Und obwohl sie seine Berührung fürchtete, fragte sie sich, wie es sein mochte, seine Hände auf ihrer Haut zu spüren.

Schließlich nahm der qualvolle Abend ein Ende. Zum Glück hatte sie genug getrunken, um einer schlaflosen Nacht zu entrinnen. Am nächsten Morgen würde sie unter heftigen Kopfschmerzen leiden. Rastlos wanderte sie in ihrem Zimmer umher.

Jillian kam zu ihr, etwas sanftmütiger als am vergangenen Tag. »Vor dem Feuer steht eine Badewanne für Euch, mit heißem Wasser und Rosenöl. Das wird Euch beruhigen. Gleich bringe ich Euch Glühwein mit Zimt, damit Ihr gut schlafen und Euch für morgen stärken könnt.«

Dankbar sank Mellyora ins dampfende Wasser, atmete den Rosenduft ein und nippte an ihrem warmen, würzigen Wein. Wie sollte sie es ertragen, mit einem Mann vor den Traualtar zu treten, den sie so erbittert bekämpft hatte, der sie berühren und sich dabei nach einer anderen sehnen würde? O Gott, war sie eifersüchtig? Auf eine Frau, die sie gar nicht kannte?

»Mellyora, ich gehe in die Küche und hole noch etwas Wein«, erbot sich Jillian. »Kann ich Euch solange allein lassen?«

»Mach dir keine Sorgen, wenn du zurückkommst, wirst du mich noch hier antreffen«, versicherte Mellyora und lachte, obwohl Tränen in ihren Augen brannten. »Wohin sollte ich fliehen? Wahrscheinlich wäre der grandiose Laird Lion froh, wenn ich wieder verschwinden würde.«

Zu ihrem Ärger widersprach Jillian nicht. Mellyora nahm noch einen Schluck Wein. An diesem Abend hatte sie zu viel und zu schnell getrunken. Trotzdem wollte sie einen weiteren Becher leeren, weil sie unbedingt schlafen musste.

Allmählich erkaltete das Wasser. Sie stieg seufzend aus der Wanne, wickelte ihren Körper in ein großes Badetuch und setzte sich vor das Kaminfeuer. Nachdem sie ihr Haar gebürstet hatte, schlüpfte sie in eine Robe aus feinem blauem Leinen mit weichem Pelzbesatz.

Nach einer Weile kehrte eine bleiche Jillian zurück, ohne Wein, und befasste sich wortlos mit überflüssigen Aufgaben, faltete Kleider, die ohnehin sorgsam zusammengelegt waren, rückte zurecht, was bereits am richtigen Ort stand.

»Stimmt was nicht, Jillian?« fragte Mellyora.

»Auch *das* werdet Ihr überstehen …«

»Worum geht es? Sprich doch endlich!«

Widerstrebend erwiderte Jillian den Blick ihrer Herrin. »Der König ist sehr böse.«

»Und?«, drängte Mellyora. Plötzlich stieg kalte Angst in ihr auf. Hatte David beschlossen, sie grausam zu strafen und ihr doch noch alles zu nehmen, was sie liebte? »O Gott, er hat die Hochzeit abgesagt!«

»Ganz so schlimm ist es nicht. Aber er weiß, dass Ihr einen anderen heiraten wolltet. Deshalb schlug er dem Laird ein öffentliches Hochzeitsbett vor.«

Entsetzt schüttelte Mellyora den Kopf. Solche Maßnahmen waren üblich – besonders in vornehmen Familien, wenn die Brauteltern den Bräutigam von der Unschuld des Mädchens zu überzeugen suchten. Mellyora hatte ein solches Spektakel noch nie beobachtet und nur an Hochzeitsfeiern im großen Familien- und Freundeskreis teilgenommen, wobei die Brautpaare nach dem Festmahl in der Privatsphäre ihres Schlafgemachs verschwunden waren. »Um Himmels willen«, flüsterte sie. Hastig stand sie auf und eilte zur Tür.

»Bitte, Mellyora, lauft nicht wieder davon!«, flehte

Jillian und versperrte ihr den Weg. »Glaubt mir, es hätte keinen Sinn …«

»Ich laufe nicht davon.«

»Wohin wollt Ihr gehen?«

»Zu Waryk. Lass mich vorbei!«

Unglücklich trat Jillian beiseite und Mellyora öffnete die Tür. Sie war nicht überrascht, als sie Angus im Flur Wache halten sah. »Mylady?«, fragte er höflich.

»Ich muss mit Waryk sprechen.«

Nur mühsam verbarg er seine Verblüffung. »Ich begleite Euch.«

Ein Bad war stets ein Genuss, obwohl Waryk selbst die größten Wannen etwas zu beengt fand. In seinem Quartier stand eine Wanne aus Brügge, verziert mit silbernen Reliefs, die Wasserspeier und Engel darstellten. Das warme Wasser besänftigte seine müden Knochen und milderte seine Sorgen. Über seinem Körper schwebte nebliger Dampf. Seine letzte Nacht als unverheirateter Mann … Von morgen an durfte er sich Laird of Blue Isle nennen. In wenigen Tagen würde er die Festung erreichen. Und es mochte einige Zeit dauern, bis ihn der König wieder zu sich berufen würde.

Jetzt hatte er ein Zuhause. Und eine Frau. Beinahe.

Falls seine widerspenstige Braut keinen neuen Trumpf im Ärmel versteckte. Die Augen geschlossen, lehnte er den Kopf an den Wannenrand. Vielleicht wäre es klüger gewesen, Mellyora den Laufpass zu geben und ihr Erbe ohne die Gefahren einer Ehe zu übernehmen. Andererseits – sie konnte ihm nichts antun, denn er würde sich in Acht nehmen und gewiss nicht den Fehler begehen, ihr zu trauen. Deutlich genug hatte sie ihre feindselige Haltung gezeigt. Also würde kein Friede zwischen ihnen herrschen. Und doch – wie er sich eingestehen musste, begehrte er seine Frau mittlerweile genauso heiß wie ihr Land. An diesem Abend hatte es ihn maßlos irritiert, sie mit anderen Männern lachen und scherzen zu sehen. Die jungen Burschen waren fasziniert gewesen und alle hatten ihn beneidet.

Seltsam – irgendwie war es ihr gelungen, sein Blut zu erhitzen. Natürlich konnte er dieses Feuer stillen, ohne zu vergessen, welche Gefahren ihm in ihrer Nähe drohten. Auch seine Seele würde er nicht aufs Spiel setzen. Gewiss, sie war bezaubernd, aber sie würde ihn nicht betören.

Wenn sie auch noch so gut mit Waffen umgehen konnte, was sie bei jenem bizarren Wikingerangriff in der Höhle bewiesen hatte – er war stärker. Und er würde sich nicht gestatten, tiefere Gefühle für sie zu empfinden. Verlangen – das war etwas anderes. Wenn er es hinreichend gestillt hatte, würde sie ihm nicht mehr bedeuten als jede andere Frau, und nicht länger in seinen Träumen verfolgen.

Der König grollte ihr immer noch. An eigensinnige Frauen, die ihn so mutwillig herausforderten, war er nicht gewöhnt. Deshalb hatte er ein öffentliches Hochzeitsbett vorgeschlagen. Waryk hielt nichts davon. Nicht einmal seine wachsende Begierde würde ihn veranlassen, schon in der Hochzeitsnacht mit Mellyora zu schlafen. Erst musste er sich vergewissern, dass sie kein Kind von einem anderen erwartete.

Und sie hatte eine Liebschaft mit jenem jungen Mann auf Blue Isle nicht bestritten. Das nahm er nicht übel. Männer und Frauen waren gleichermaßen zur Leidenschaft fähig. Aber sie durfte ihren Ehemann nicht betrügen. Und wie würde er sich verhalten, wenn er herausfand, dass sie das Kind eines anderen erwartete? Könnte er einer Mutter ihr Kind wegnehmen und sie trauern sehen? Nein, niemals.

Könnte er das Kind als sein eigenes anerkennen? Auch das nicht.

Musste er es überhaupt wissen? Ja, ohne jeden Zweifel. Viel zu schmerzlich erinnerte er sich an jenes Schlachtfeld, auf dem er seine Familie verloren hatte – an König Davids Versprechen, Waryk würde nicht der einzige de Graham bleiben. Seither sehnte er sich nach einer Familie, und seine Frau musste ein Kind von seinem Fleisch und Blut gebären. Was immer die Zukunft bringen mochte, erst einmal würde er herausfinden, was in der Vergangenheit geschehen war.

Gerade wollte er aus der Wanne steigen, als es an der Tür klopfte. Zu seiner Verblüffung schwang sie auf, bevor er antworten konnte. Alle seine Muskeln spannten sich an. Sollte er nach dem Schwert greifen, das neben ihm am Boden lag?

Gefahren klopfen nur selten an, entsann er sich.

»Laird Lion ...«, hörte er Angus rufen und sah, wie sich der große kahle Kopf am Türrahmen vorbeischob.

»Bitte, ich kann mich selbst anmelden.«

Mellyoras Stimme. Hastig trat sie ein, hinter ihr wurde die Tür geschlossen und sie lehnte sich dagegen. Manche Gefahren klopften also doch an. Waryk beobachtete sie mit schmalen Augen. Würde er sein Schwert brauchen, um sich zu verteidigen? Ausnahmsweise wirkte sie nicht wütend, nur aufgeregt und verzweifelt, und sie schien nicht einmal zu bemerken, dass er nackt in der Badewanne saß.

»Ah, meine Liebe ...«, begann er. »Willkommen! Welch ein überraschender Besuch!«

Sie rührte sich nicht.

»Wollt Ihr mit mir sprechen, Lady? Nun?«

Reglos blieb sie stehen. An ihrem schlanken weißen Hals pochte der Puls, ihre Augen spiegelten den Feuerschein wider. Zitternd bewegten sich ihre Lippen. Aber sie brachte kein Wort hervor. Heftige Atemzüge bewegten ihre vollen Brüste unter einer weichen blauen Robe, die alle verlockenden Rundungen ihres Körpers nachzeichnete, und ihr Haar glänzte wie gesponnenes Gold.

Mochte sie auch die tückische Tochter eines Wikingers sein – ihr Anblick genügte, Ungeduld in eine fast unerreichbare Tugend zu verwandeln.

»Mellyora, die Hochzeit soll erst morgen stattfinden. Aber wenn Ihr hier bleiben und die Dinge beschleunigen wollt …«

»Bitte!« Endlich verließ sie die Tür, und nun sah er, warum ihre Augen so wundervoll schimmerten – weil sie in Tränen schwammen. Sie eilte zu ihm und kniete neben der Wanne nieder. »Tut mir das nicht an!«

»Ihr hattet die Wahl. Gegen den königlichen Erlass bin ich machtlos. Wenn ich Euch nicht heirate, Euer Erbe ausschlage und meinen Kopf auf dem Richtplatz verliere, wird Euch David mit einem anderen vermählen. Aber wenn Euch so sehr vor dieser Ehe graut …«

»Um die Ehe geht es nicht.«

»Worum dann?«

»Ich flehe Euch an – demütigt mich nicht in aller Öffentlichkeit!«

Wie schnell sich Klatsch und Tratsch in dieser Festung verbreiteten … Unvollständige Gerüchte – denn der König hatte ihm das öffentliche Hochzeitsbett nur angeraten, nicht befohlen. Diesen Vorschlag würde Waryk ablehnen. So heiß er Mellyora auch begehrte – eine unbestreitbare Tatsache, die sich allmählich zu einem Problem entwickelte –, er musste sichergehen, dass sie sein Kind und kein anderes gebären würde.

»Lasst es nicht zu«, wisperte sie.

In ihrem Kummer sah sie bezaubernd aus. Er hob eine Hand, berührte ihre Wange, strich ihr goldblonde Locken aus der Stirn. Wie Seide. O Gott, er war versucht, sie ins Badewasser zu zerren, alle Gedanken an ein öffentliches Hochzeitsbett ein für alle Mal zu beenden – und seinen Entschluss zu vergessen.

Aber die Lady hatte ihn durch die Hölle geschickt. »Der König ist sehr böse mit Euch.«

»Trotzdem könnt Ihr es verhindern.«

»Wie ich gestehen muss – die Ungewissheit bedrückt mich. Was Eure Vergangenheit betrifft, wären einige Fragen zu klären. Das Kind, das meine Frau zur Welt bringen wird, soll von mir stammen.«

»Wollt Ihr Euch rächen? Habt Ihr der Heirat nur zugestimmt, um die Ehe später annullieren zu lassen – mit der Begründung, ich sei nicht unberührt gewesen? Würdet Ihr vor nichts zurückschrecken, um mich zu demütigen?«

»Das öffentliche Hochzeitsbett war nicht meine Idee. Diesen Vorschlag wurde mir vom König unterbreitet. Bis jetzt habe ich nicht eingewilligt …«

»Dann erklärt ihm, Ihr wärt nicht dazu bereit!«

»Nun, wie gesagt – er ist sehr böse mit Euch. Ihr habt seinen Stolz verletzt. Vielleicht möchte er sich mit eigenen Augen von der Wahrheit überzeugen. Neulich war von einem Liebhaber die Rede …«

»Davon habt *Ihr* gesprochen, Waryk. Nicht ich!«

Gleichmütig zuckte er die Achseln, als wäre das Thema unwichtig.

»Es stimmt nicht«, flüsterte sie.

»Was?«

»Ich hatte niemals einen Liebhaber. Das schwöre ich bei der Ehre meines Vaters.«

Forschend betrachtete er ihr Gesicht, und es fiel ihm immer schwerer, eine ausdruckslose Miene beizubehalten. Seine Finger streichelten immer noch ihre Wange, was sie nicht zu bemerken schien. »Wisst Ihr, welch ein Tag morgen ist?«, fragte er leise.

»Wie könnte ich das vergessen? Unser Hochzeitstag …«

»Morgen Nacht wird ein Vollmond am Himmel stehen. Erinnert Ihr Euch noch? Ihr habt versprochen, mich – einen fast fremden Mann – während der nächsten Vollmondnacht in einer Jagdhütte zu treffen, wenn ich Euch gestatten würde, mein Zimmer zu verlassen.«

Verlegen senkte sie den Blick. »Weil ich verzweifelt war …«

»Und ich betonte, Ihr müsstet Euer Wort halten. Was zwischen uns geschehen wird, soll die Öffentlichkeit nicht mit ansehen. Die Unschuld meiner Braut geht nur *mich* etwas an. Nach der Trauung und dem Festmahl reiten wir in den Wald. Und bei Gott, Ihr werdet Euer Versprechen halten, süß und sanft, ohne Widerworte, ohne Diskussionen.«

Nur mühsam bezähmte sie ihren Zorn. »Warum seid Ihr so – grausam?«

»Natürlich könnte ich auch den Rat des Königs befolgen …«

Sie hob den Kopf. Erst jetzt nahm sie seine Finger wahr, die über ihre Wange strichen. Hastig wich sie ihnen aus. Im selben Augenblick wurde ihr auch seine Nacktheit bewusst, und sie erhob sich. »Was wollt Ihr?«

»Das habe ich Euch soeben erklärt. Ihr werdet mir zu der Jagdhütte folgen. Sanftmütig und gehorsam.«

»Dann würdet Ihr auf das – öffentliche Spektakel verzichten?«

Er nickte.

»Schwört Ihr das?«

»Aye, und ich pflege mein Wort zu halten.« Als sie zur Tür flüchtete, rief er ihr nach: »Habt Ihr mich belogen, Mellyora?«

»Nein«

»Lasst Euch warnen, meine Liebe, Ihr solltet mich *niemals* belügen.«

Sie schüttelte den Kopf und schloss die Tür hinter sich.

Im kalten Badewasser zurückgelehnt, dachte Waryk an die Hochzeitsnacht, die ihr eine Überraschung bereiten und sie erzürnen würde, weil sie sich grundlos gesorgt hatte. Auch danach wollte er sich von ihr fern halten, bis alle Zweifel zerstreut waren. Wahrscheinlich würde sie ihm für die Galgenfrist danken – während er einen qualvollen Kampf mit seinem Verlangen ausfechten musste.

14

Da Mellyora sehr spät eingeschlafen war, erwachte sie erst gegen Mittag. Father Hedgewick hatte sie besucht, um ihr die Beichte abzunehmen. Unschlüssig, was sie als Sünde betrachten sollte und was nicht, kämpfte sie sehr lange mit sich. Schließlich bat sie um Vergebung für die Sünden des Stolzes und des Ungehorsams. Dabei ließ er es bewenden. Nachdem der Geistliche gegangen war, wanderte sie nachdenklich in ihrem Zimmer umher. Würde der Allmächtige von ihr erwarten, einem König zu gehorchen, der die Gesetze der Liebe nicht beachtet? Und wie konnte sie sich einem Mann unterordnen, der sie nicht mochte, der ihr misstraute? Wenn sie ihm auch allen Grund dazu gegeben hatte … In diesem Augenblick grollte sie allen Menschen, sogar ihrem Vater. Er hätte sich nicht das Recht nehmen dürfen, zu sterben und sein einziges Kind der Gnade oder Ungnade anderer Leute auszuliefern.

Bevor sie eingeschlafen war, hatte sie gebetet, sie möge am nächsten Morgen auf Blue Isle erwachen und alles wäre nur ein böser Traum gewesen.

Diese Hoffnung erfüllte sich nicht. In wachsender Sorge wartete Jillian, bis ihre Herrin die Augen öffnete. Die Zeit drängte, die Hochzeitsvorbereitungen waren in vollem Gang. Am späten Nachmittag erschienen drei Hofdamen, um der Braut beim Ankleiden zu helfen. Obwohl Mellyora lieber allein geblieben wäre, fügte sie sich der Tradition. Zu den Hofdamen zählte Lady Mary Dougall, eine einstige Freundin ihrer Mutter.

»Liebes Mädchen, wenn deine Mutter dich jetzt sehen könnte!«, rief sie, als Mellyora in feinem, mit Hermelin besetztem Leinen vor ihr stand. »Wie bezaubernd du aussiehst!« Ihr Blick wirkte etwas wehmütig. Vor einigen Monaten hatte eine Fieberkrankheit ihren Mann und ihre Tochter dahingerafft. Ihr älterer Sohn, ein königlicher Ritter, war auf dem Schlachtfeld gefallen. Auch Darrin, der jüngere, diente dem König, und sie lebte in ständiger Angst, ihm könnte ebenfalls etwas zustoßen.

»Danke. Ich wünschte, meine Mutter wäre hier. Leider erinnere ich mich nur dunkel an sie.«

»Wie ich mich entsinne, war sie kleiner als du, hatte kastanienrotes Haar und grüne Augen. Aber du hast ihre Gesichtszüge und ihr Lächeln geerbt. Sie war so fröhlich, so schön, und sie hat das Herz deines Vaters mühelos erobert.«

»Aye, und ein Monstrum gezähmt«, ergänzte Lady Judith Rutherford und trat vor, eine Halskette mit einem juwelenbesetzten Kreuz in den Händen.

»Unsinn, Judith!«, mahnte Lady Dougall und verdrehte die Augen, um Mellyora zu bedeuten, die Frau sei eine unverbesserliche Klatschbase.

»Wenn es doch stimmt ...«

»Mellyora hat ihren Vater sehr geliebt, Judith«, betonte Lady Dougall.

»Was wolltet Ihr damit sagen, Lady Rutherford?«, fragte Mellyora.

Statt zu antworten, kräuselte Judith die Lippen. Sarah MacNiall, die jüngste Hofdame, eine seit kurzem verwitwete sinnliche Schönheit, lachte leise. »Nun, sie meint, Euer Vater sei bei seiner Ankunft in Schottland ein wilder Barbar gewesen. Damit hat sie Recht.«

»Mein Vater war ein Wikingerkrieger, ein guter, anständiger Mann ...«

»Der seine Feinde lächelnd niedermetzelte.«

»Im Namen des Königs«, warf Judith ein. »Gewiss, Laird Adin war ein Wikinger, aber ein Anhänger unseres Königs. Und er hielt seiner neuen Heimat stets die Treue. Eure Mutter hat ihn vergöttert, Mellyora.«

»So wie Ihr Euren Mann vergöttern werdet«, fügte Sarah hinzu. Das Geschwätz Lady Rutherfords störte Mellyora nicht, denn die Frau sprach einfach nur aus, was ihr gerade durch den Sinn ging. Aber Sarah lachte boshaft. »Er ist ein Krieger, wie Laird Adin, der Eure Mutter erobert hat. Bei einem Krieger zählen weder Güte noch Anstand, nur seine – Fähigkeiten.«

»Im Dienst des Königs hat Laird Lion seine Fähigkeiten oft genug bewiesen«, erklärte Lady Dougall.

»Natürlich ...« An das Kaminsims gelehnt, lächelte Sarah anzüglich, und Mellyora erriet, dass die junge Hofdame keineswegs Waryks Heldentaten auf dem Schlachtfeld meinte. »So viele Ladys, mochten sie Land besitzen oder nicht, haben von dem großen Laird Lion geträumt. Zum Beispiel Eleanora of Tyne. Angeblich möchte sie wieder heiraten. Aber darauf wird sie wohl verzichten müssen, da sie Waryk nicht bekommen kann. Einen anderen Ritter mit solchen Fähigkeiten dürfte sie nicht finden.«

Mellyora ließ sich nicht aus der Fassung bringen. »Offenbar ist Lady Eleanora sehr vernünftig. Nicht alle Frauen finden ihr Glück in einer Ehe, und sie scheint ihre Unabhängigkeit vorzuziehen – ein kostbares Gut.«

»Nun, die erste Ehe wurde ihr befohlen, und sie tat ihre Pflicht. Jetzt kann sie ihre freie Wahl treffen.« Sarah ging zu Mellyora. »Gleich beginnt die Trauung.« Mit leiser Stimme fuhr sie fort: »Hoffentlich werdet Ihr Euch klug verhalten. In der ganzen Festung tuschelt man über Euren Versuch, dieser Heirat zu entrinnen und Waryk zu demütigen. Viele Leute glauben, er sollte Euch einen Korb geben. Glaubt mir, nicht nur Lady Eleanora würde sehr gern Euren Platz einnehmen.«

»Wie schade, dass der König nicht eine dieser Frauen ausgesucht hat, um seinen edlen Ritter zu belohnen«, erwiderte Mellyora honigsüß.

»Manche Männer heiraten ihrer Position zuliebe und genießen trotzdem ihre Freiheit. Auch ich schätze meine Unabhängigkeit. So viele Männer fallen in diesen endlosen Schlachten und hinterlassen trauernde Witwen. Und Ehefrauen sterben im Kindbett, an Krankheiten, oder sie erleiden tödliche Unfälle. Dann halten die Witwer Ausschau nach neuen Gemahlinnen.«

Bei diesen Worten fröstelte Mellyora. Das klang beinahe so, als wünschte Sarah ihr den Tod.

»Ja, es ist an der Zeit. Kommt, wir müssen zur Kapelle vorausgehen.« Mary Dougall scheuchte die beiden anderen Hofdamen aus dem Zimmer. Dann wandte sie sich zu Mellyora und küsste ihre Wange. »Sarah ist nur verbittert, und sie steckt voller Bosheit. Mach dir keine Sorgen. Du bist so schön. Sicher wird dir dein Bräutigam alles verzeihen.«

Wie viel es zu verzeihen gibt, weiß sie nicht, dachte Mellyora. Aber sie lächelte und dankte der warmherzigen Frau. Endlich allein mit Jillian, schüttelte sie den Kopf. »Ich ertrage es nicht«

»Noch nie im Leben wart Ihr feige. Lasst Euch von dieser bösartigen Frau nicht unterkriegen.«

»Nein, ihretwegen fürchte ich mich nicht. Ich fühle mich so elend. Hilf mir! Irgendwie muss ich mich stärken, mit Ale oder Wein …«

Jillian räusperte sich und blickte über die Schulter ihrer Herrin hinweg. Langsam drehte Mellyora sich um. Hatten die Hofdamen die Tür nicht geschlossen? Waryk war auf der Schwelle erschienen, in einem langen schottischen Überwurf, an einer Schulter von einer Brosche festgehalten, die das Falkenwappen zeigte. Hinter ihm stand Angus.

»Was macht Ihr hier?«, fragte Mellyora. »Wir sollten uns erst in der Kapelle sehen …«

»Ist es nicht gut, dass ich hierher gekommen bin? Ich werde Euch geleiten. Angus, auf der Truhe steht eine Weinkaraffe. Füll einen Becher für meine Lady, schnell! Sonst trinkt sie bei der Zeremonie womöglich den ganzen Messwein und das wäre zu peinlich.«

Scherzte er nur – oder verachtete er sie? Doch das kümmerte sie nicht. Lächelnd nahm sie den Becher aus Angus' Hand und dankte ihm.

»Trinkt, Mellyora – und dann gehen wir!«, drängte Waryk.

»Vorsicht, Mylady!«, mahnte Jillian. »Ihr wollt doch bei klarem Verstand bleiben.«

»Gewiss …« Mellyora leerte den Becher und starrte ihren Bräutigam an, dessen Miene keine Emotionen verriet.

Er bot ihr seinen Arm. »Wollen wir aufbrechen, meine Liebe?« Es war keine Frage, sondern ein Befehl. »Lassen wir die Hochzeitsgäste nicht warten. Die Kapelle ist bis auf den letzten Platz gefüllt. Offenbar will der König dieses Spektakel einem möglichst großen Publikum bieten.«

»Dieses Spektakel …«, wiederholte sie unbehaglich, während sie ihm aus dem Zimmer folgte. »Ihr habt doch Wort gehalten?«

»Wie immer. Ein öffentliches Hochzeitsbett ist nicht geplant.«

Langen Schrittes eilte er zur Treppe, und sie musste beinahe laufen. »Sagt doch …«, begann sie atemlos. »Befindet sich Eure Geliebte unter den Gästen?«

Zu ihrer Überraschung blieb er abrupt stehen und musterte sie so durchdringend, dass sie ihre Frage bereute. Aber der Gedanke, sie müsste ihren Ehemann mit einer anderen teilen, war zu erniedrigend.

»Gehen wir!«, fauchte sie. »Es macht keinen Unterschied.« Wie dicht waren ihnen Jillian und Angus auf den Fersen? Hatten sie zugehört?

Also würde es keine Rolle spielen, wenn Eleanora in einer Kirchenbank säße?« Waryk führte sie die Stufen hinab.

»Nichts scheint eine Rolle zu spielen, oder?«

»Doch, die Zukunft.«

Wenig später erreichten sie den Eingang der Kapelle. Mellyora entsann sich nicht, wie sie den Hof durchquert hatten. Offenbar erzielte der Wein die gewünschte Wirkung und ließ die Ereignisse irreal erscheinen. Im Kirchenschiff brannten Hunderte von Kerzen und erzeugten ein gespenstisches Licht, eine traumhafte, bizarre Atmosphäre. Mellyora gewann den erfreulichen Eindruck, sie könnte sich über die Flammen erheben und die Ereignisse von oben beobachten, als würde sie gar nicht daran teilnehmen. Der König wartete ungeduldig im Hintergrund der Kapelle, um seine störrische Patentochter zum Altar zu führen und endlich abzugeben.

Beim Anblick der zahlreichen Gäste wäre sie gerührt gewesen, weil er so tief in die Tasche griff, hätte sie nicht erkannt, dass er sich keineswegs aus Liebe zu ihr in Unkosten stürzte, sondern um des ›Spektakels‹ willen. Jetzt gehörte sie Laird Lion, ebenso wie ihr Erbe, und alle sollten es wissen.

Der Weg zum Altar kam ihr endlos vor, und sie bildete sich ein, sie würde über den Kerzen schweben …

Nun stimmte ein Chor eine Hymne an, dann hielt der Bischof, ein strenger, dürrer Mann, eine Rede, die eine halbe Ewigkeit dauerte. Den Kopf gesenkt, lag Mellyora auf den Knien. Als ihr der Messwein gereicht wurde, fühlte sie sich versucht, den Kelch zu leeren, so wie Waryk es befürchtet hatte. Aber sie beherrschte sich. Sicher durfte man in dieser Situation weder den Allmächtigen noch den König oder Laird Lion herausfordern.

Zu ihrer eigenen Verwunderung war sie aufgestanden. Ein intarsierter Silberring wurde ihr über den Finger gestreift, und der Bischof erklärte Mellyora MacAdin und Waryk de Graham für Mann und Frau, vor Gott und den Menschen.

Plötzlich spürte sie seine Hand in ihrem Nacken, seinen Mund auf ihrem, seine Zunge zwischen ihren Lippen. Sie hatte einen keuschen Kuss erwartet. Nicht das. Noch nie war sie so verzehrend geküsst worden, bisher. Nur zärtlich und liebevoll.

Waryks Nähe drohte sie zu überwältigen. Vor diesem muskulösen Körper, an den sie gepresst wurde, gab es kein Entrinnen. Ein Krieger, dachte sie verzweifelt. Hart wie Stahl, unnachgiebig wie ein Fels.

Er nahm ihr die Luft zum Atmen und raubte ihr alle Kraft. Vor ihren Augen tanzten Hitzewellen. Entsetzt versuchte sie, sich loszureißen, hörte das Hüsteln des Bischofs, das Gelächter der Hochzeitsgäste. Ihre Knie wurden weich. Bis an ihr Lebensende würde sie diesen Kuss schmecken …

Endlich hob er den Kopf. Ihre Lippen fühlten sich wund und geschwollen an. Mit bebenden Fingern wollte sie den Kuss wegwischen. Doch das würde ihr niemals gelingen. Waryk hatte bewirkt, dass sie ihn nicht vergessen konnte. Sie brauchte nur die Augen zu schließen und ihre Sinne würden sich erinnern. »Warum hast du das getan?«, wisperte sie vorwurfsvoll. Anerkennender Jubel gellte ihr in den Ohren.

»Weil wir den Leuten ein Spektakel bieten mussten«, erwiderte er und nahm ihren Arm. Als er sie aus der Kirche führte, stolperte sie, und er hielt sie fest. Vor dem Tor wurden sie von den Gästen umringt. Lady Dougall umarmte sie. »Noch nie habe ich eine so schöne Braut gesehen!«

»Und ich keine, die fast in Ohnmacht gefallen wäre.« Sarah küsste Mellyoras Wange und heuchelte Mitgefühl.

Doch das kümmerte Mellyora nicht, denn jetzt lag sie in den Armen ihrer Freundin Anne, die ihr aufrichtige Zuneigung entgegenbrachte. »Was für ein wundervolles Paar ihr seid! Du goldblond, er dunkel, und beide groß wie die Götter. Zweifellos werdet ihr bildschöne Kinder zeugen.«

Beklommen erwiderte Mellyora die Umarmung. »Nächste Woche wirst *du* heiraten.«

»Ja, und ich bin deinem Mann so dankbar. Ohne seine Hilfe würde ich ein schreckliches Schicksal erleiden. Womöglich hätte sich Daro gegen den König gestellt, dir und mir zuliebe, und wäre im Kampf gestorben. Und vielleicht hätten die Wikinger die königlichen Streitkräfte so geschwächt, dass sie den Feinden nicht mehr standhalten könnten. Aber Waryk besitzt die Gabe der Barmherzigkeit und nun werden wir alle ein glückliches Leben führen.«

Mellyora brachte es nicht übers Herz, Anne an ihr eigenes Unglück zu erinnern.

»Wie stolz Euer Vater auf Euch wäre, Mellyora!«, hörte sie den König rufen. Er drehte sie zu sich herum, umarmte sie und küsste sie auf die Stirn. Aye, sie hatte ihre Pflicht und Schuldigkeit getan. Jetzt genoss sie wieder seine Gunst.

»Glaubt Ihr das wirklich, Sire?«, fragte sie leise.

»Seid versichert, mein Mädchen, bald werdet Ihr mir danken.«

Mühsam zwang sie sich zu einem Lächeln. Sie wollte nicht mit David streiten und sie würde erleichtert aufatmen, wenn sie die Festung verlassen durfte, selbst wenn sie die Begleitung ihres neuen Ehemanns ertragen musste. Inzwischen hatten die Diener lange Tische im Hof aufgestellt. Vom Licht des Vollmonds beleuchtet, begann das Festmahl. Der Wein floss in Strömen.

Freudestrahlend reichte David der Braut einen gefüllten Kelch und prostete ihr zu. »Ein Trinkspruch!«, rief er und alles verstummte. »Auf den Erfolg dieser Ehe, auf die Verbindung zweier großer Häuser, auf die Kraft unseres Landes, auf meinen Krieger und seine Braut, auf unser vereintes Schottland!«

Unter ohrenbetäubendem Jubel nippte Mellyora an ihrem Wein, nahm die Glückwünsche von Freunden, Bekannten und Unbekannten entgegen. Etwas später hatte sie das unangenehme Gefühl, jemand würde sie beobachten. Sie drehte sich um und begegnete Sarahs Blick. Im Lächeln der jungen Hofdame lag eine seltsame Bedrohung. Hastig wandte Mellyora sich ab und lachte über den Scherz eines Ritters.

Nach einer Weile nahm sie mit ihrem Gemahl an der königlichen Tafel Platz. Zum Glück musste sie sich nicht mit ihm unterhalten, denn der König ließ Spaßmacher, Tänzer, Zauberer und Gaukler auftreten. Das Fest zog sich in die Länge. Das Gesicht vom Wein gerötet, mit verrutschter Haube, saß Lady Rutherford schwankend neben ihrem Mann. Eifrig sprach Sarah auf einen betrunkenen Ritter ein und Mellyora glaubte, die junge Frau würde ihn zu irgendetwas herausfordern. Damit behielt sie Recht, denn der Mann sprang plötzlich auf und rief: »Geht endlich zu Bett, Laird Lion! Immerhin sagt man, Ihr hättet die schönste Braut von Schottland errungen! Lasst uns an Eurem Glück teilhaben!«

Brennend stieg das Blut in Mellyoras Wangen. Diese Bosheit hatte sie nicht einmal der mutwilligen Sarah zugetraut, und sie hoffte inständig, Waryk würde sich an sein Versprechen erinnern. Wenn er nichts unternahm, würde die Menge außer Rand und Band geraten, das Brautpaar in sein Schlafgemach scheuchen und ihm die Kleider vom Leib reißen. Sie wagte nicht, ihn anzuschauen. Aber sie spürte, wie er an ihrer Seite aufstand und dem jungen Mann zuprostete. »Gewiss, Sir, es ist spät geworden. Wenn Ihr uns noch eine bisschen

Zeit gebt …« Er ergriff Mellyoras Hand, zog sie auf die Beine und führte sie von der königlichen Tafel weg. Doch er hatte es nicht eilig. Immer wieder blieb er stehen, um unbefangen mit den Gästen zu plaudern.

»Was tun wir?«, wisperte sie.

»Wir laufen davon.« Am Ende des Hofs stieß er einen leisen Pfiff aus, sein großes Schlachtross trottete zu ihm und zog die allgemeine Aufmerksamkeit auf sich. Gehorsam blieb es vor seinem Herrn stehen. Waryk hob seine Braut in den Sattel, dann stieg er hinter ihr auf.

»Oh, sie wollen fliehen!«, schrie jemand.

»Fangt sie ein!«, drängte ein anderer Ritter. »Los, holt sie zurück! Jetzt fängt der Spaß erst an!«

Doch die jungen Männer versuchten vergeblich, das Brautpaar einzuholen, weil sie ihre Pferde, die im Stall standen, nicht schnell genug erreichten. Mercury galoppierte durch das Tor und in die Nacht hinaus, nach Norden, in die Richtung des Waldes.

Die Augen geschlossen, spürte Mellyora den kühlen Wind im Gesicht und seufzte erleichtert. Waryk hatte Wort gehalten und ihr das öffentliche Hochzeitsbett erspart. Und dann fühlte sie seinen Herzschlag an ihrem Rücken, die Kraft seiner Arme.

In ihrem verzweifelten Bestreben, der Festung zu entrinnen, hatte sie nicht bedacht, was ihr bevorstand. Und jetzt erschien ihr die Jagdhütte im Wald viel zu nahe – viel zu schnell sprengte Mercury ihrem unausweichlichen Schicksal entgegen.

Nach zwanzig Minuten drosselte Waryk das wilde Tempo seines Hengstes und erlaubte ihm, an einem Bach zu trinken. Auch Mellyora bat um einen Schluck Wasser. Ihr Mann hob sie aus dem Sattel, stellte sie ins Gras, und sie neigte sich zu den Wellen hinab. Erst löschte sie ihren Durst, dann kühlte sie ihr fieberheißes Gesicht. Um ihr Haar nicht zu benetzen, hielt sie es mit einer Hand im Nacken zusammen. Immer wieder beugte sie sich hinunter und spritzte kaltes Wasser auf ihre Wangen.

Eine Zeit lang beobachtete Waryk das Ritual, dann mahnte er ungeduldig: »Wir müssen weiterreiten.«

»Das Wasser schmeckt so köstlich. Und der Vollmond wird noch die ganze Nacht scheinen.«

»Komm jetzt, Mellyora.«

Widerstrebend stand sie auf. Ohne ihn anzuschauen, kehrte sie zu Mercury zurück. Waryk half ihr wieder aufzusteigen, bevor er sich selbst auf den Pferderücken schwang. Bald danach erreichten sie die Jagdhütte.

Mit der Hilfe ihres Mannes landete Mellyora in weichem Gras, spürte seinen warmen Atem an ihrem Ohr und hörte sein heiseres Flüstern.

»Wir sind da, meine Liebe. Jetzt musst du dein Wort halten.«

Am liebsten hätte sie sich losgerissen. Doch das war nicht nötig. Er wandte sich ab und band sein Schlachtross fest. Machtlos stand sie auf der mondhellen Lichtung. Das alles war kein Traum gewesen. Weder der Wein noch geisterhaftes Kerzenlicht konnten sie vor der Wirklichkeit retten. Sie war Lord Lions Frau. Und sie musste erfüllen, was sie ihm versprochen hatte.

15

Sie ging vor ihm zur Jagdhütte und wagte nicht zurückzublicken. Welcher Wahnsinn hatte sie dazu getrieben, diesen Treffpunkt vorzuschlagen?

Damals hatte sie noch nicht gewusst, dass er Laird Lion hieß. Und um sich dem Befehl des Königs zu widersetzen, war sie bereit gewesen, ihre Seele zu verkaufen. Sie hatte das Ausmaß seiner Macht noch nicht erkannt und Waryk jenes unselige Versprechen gegeben – fest überzeugt, sie würde dem Unheil rechtzeitig entfliehen und müsste ihr Wort nicht halten.

Nun blieb sie vor der Hütte stehen, voller Angst und wehrlos. Nicht einmal Daro hatte ihr helfen können. Sicher, er wäre bereit gewesen, für sie zu kämpfen und zu sterben. Der Gedanke, in welche Gefahr sie ihn gebracht hatte, ließ sie frösteln. Glücklicherweise hatte Waryk ein Gemetzel verhindert. Dass sie ihm zu Dank verpflichtet war, erleichterte ihre Situation keineswegs. Im Gegenteil.

»Geh hinein, Mellyora.«

Die Leute auf Blue Isle hatten Geschichten über die Wälder erzählt. Angeblich hausten Geister und Nymphen in dicken Eichenstämmen. Magische Geschöpfe, die den Menschen Streiche spielten – oder ihnen beistanden … Könnte sie sich doch in Luft auflösen und mit einer Eiche verschmelzen!

»Mellyora!«

Schaudernd öffnete sie die Tür und überquerte die Schwelle. Irgendjemand musste hier gewesen sein, denn das Schlafzimmer war sauber. Hinter einer offenen Tür lag ein Nebenraum, wo ein gedeckter Tisch stand, mit Räucherfleisch, Käse, Brot und Wein.

In beiden Herden brannte ein Feuer. Neben dem Bett erblickte sie eine Wanne, einen Stapel weißer Badetücher, Seife und verschiedene Parfumfläschchen. Und über den Flammen hing ein dampfender Kessel mit Wasser, das in die Wanne geschüttet werden sollte, falls das Bad bis zur Ankunft der Braut erkaltete. Ein weißes Nachthemd lag auf den Pelzdecken.

Erst als Waryk hinter ihr eintrat, merkte sie, dass sie wie gelähmt dastand. »Möchtest du einen Schluck Wein, Mellyora?«

»Ja.«

Er reichte ihr einen gefüllten Kelch. »Ein hübsches Liebesnest, nicht wahr?«

Statt zu antworten, ergriff sie den Kelch und leerte ihn in einem Zug.

»Noch ein Schluck, und dann wirst du Wort halten.« Nachdem er ihr ein zweites Mal Wein eingeschenkt hatte, fragte er: »Brauchst du Hilfe, wenn du dich auskleidest? Sonst gehe ich nach nebenan. Ich wusste nicht, ob du deine Dienerin Jillian mitnehmen wolltest. Schließlich entschied ich, eine gewisse Diskretion wäre dir wichtiger als ihr Beistand.«

»Ich brauche keine Hilfe.«

»Gut. Dein Bad wartet. Eine kleine Weile werde ich mich gedulden.« Seine Augen funkelten. »Wirst du dein Wort halten?«

Erbost starrte sie ihn an und hasste ihn, weil er diese Farce auch noch amüsant fand. »Ja, ich werde mein Wort halten!«

Nachdem er in den Nebenraum geschlendert war, schlug sie die Tür hinter ihm zu und trank ihren Wein. Dann kleidete sie sich hastig aus und spürte die Wärme des Herdfeuers auf ihrer Haut. Sie goss heißes Wasser in die Wanne, steckte ihr Haar zu einem Knoten hoch und stieg in ihr Bad.

Ja, sie würde ihr Wort halten. Außerdem gehörte das alles

zur Ehe. So schlimm war es nicht. Jeden Tag heiraten irgendwelche Frauen. Manche verliebten sich sogar. Anne liebte Daro …

Was für eine angenehme Atempause, im warmen Wasser zu liegen und die Angst zu verdrängen, während die Minuten viel zu schnell verstrichen … Allzu schrecklich würde es nicht sein. Sie erinnerte sich an Waryks Kuss, die Emotionen, die er geweckt hatte. Und da wurde sie wieder von jener seltsamen Hitze erfasst, obwohl er sie gar nicht berührte. Es genügte ihr, daran zu denken …

»Meine Liebe?« Es klopfte an der Tür. »Lebst du noch? Ich möchte dich nicht tadeln. Aber inzwischen müsstest du in deinem Badewasser wie eine Rosine verschrumpelt sein.«

Wütend biss sie die Zähne zusammen. Warum musste er sie schon wieder verspotten? Da sie doch gerade geglaubt hatte, es könnte erträglich werden … Sie stieg schnell aus der Wanne und hüllte sich in ein Badetuch. Offenbar war Jillian hier gewesen. Wie üblich hatte sie das Tuch über einen Stuhl vors Feuer gelegt, und es fühlte sich angenehm warm und tröstlich an.

»Mellyora?«

»Schurke«, murmelte sie. Jeden Augenblick konnte er zur Tür hereinkommen. Deshalb streifte sie hastig das Nachthemd über ihren Kopf und zog die Nadeln aus ihrem Haar, so dass es in weichen Wellen über die Schultern fiel. Dann sprang sie ins Bett und kroch unter die Pelzdecken. Den Feuerschein konnte sie nicht löschen. Aber bevor Waryk das Schlafzimmer betrat, blies sie die Kerzen auf dem Nachttisch aus. »Jetzt darfst du eintreten, mein Gemahl«, verkündete sie gebieterisch.

»Da bin ich.«

»Ja, das sehe ich. Und ich bin auch hier. Also habe ich Wort gehalten.«

»Nicht so, wie du's versprochen hast«, erwiderte Waryk und setzte sich auf die Bettkante.

Mit gerunzelter Stirn zog sie eine Pelzdecke bis ans Kinn. »Was meinst du?«

»Das genügt nicht.«

»Warum nicht?«

Seufzend zuckte er die Achseln. »Wären wir in der Festung Stirling geblieben, hätten uns einige betrunkene Narren die Kleidung gestohlen und unsere körperlichen Vorzüge und Nachteile begafft und mich gezwungen, vor ihren lüsternen Blicken die Initiative zu ergreifen. Sonst hätte ich vor meinen Freunden und Landsleuten das Gesicht verloren. Natürlich auch vor den Frauen. Vor aller Welt hätte die schöne Tochter MacAdins, das Mündel des Königs, ihre Vollkommenheit bewiesen. Und jetzt versteckst du dich unter diesen Decken ...«

»Ich verstecke mich nicht, ich liege einfach nur im Bett.«

»Damit löst du dein Versprechen aber nicht ein.«

»Was habe ich denn versprochen?«

»Steig erst einmal aus dem Bett.«

»Warum? Willst du dich nicht hinlegen?«

»Steh auf!«

Nervös gehorchte sie und war froh, weil sie die Kerzen gelöscht hatte. Sie glaubte, ihr Hemd wäre durchsichtig. Glücklicherweise stand sie im Schatten. Langsam erhob sich Waryk und ging zu ihr.

»Was nun?«, flüsterte sie.

»Vielleicht noch etwas Wein.« Er ergriff Mellyoras Becher, der auf dem Rand des Herds stand, und wanderte in den Nebenraum. »Komm mit mir, meine Liebe!«

Dort hinüber, wo es viel heller war? »Nein, bleib lieber hier.«

»Willst du nicht Wort halten?«

Zögernd folgte sie ihm und trat an den Tisch. Als er an einem Kelch nippte, erkannte sie, dass er nur sich selbst einen Schluck Wein vergönnte, nicht ihr.

»Dreh dich im Kreis!«, befahl er, an die Tischkante gelehnt.

Mit einiger Mühe bezwang sie ihren Unmut und erfüllte Waryks Wunsch. Nach einer Weile stellte er den Kelch beiseite, schlang einen Arm um ihre Taille und zog sie an sich. Mit der freien Hand hob er ihr Kinn, sein Mund berührte ihren. Sofort strömte wieder jene sonderbare Wärme durch ihren Körper. Erstaunlich sanft küßte er sie. Wie von selbst öffneten sich ihre Lippen und sie schmeckte ihn wieder, atmete ihn ein, spürte das rasende Pochen ihres eigenen Herzens. In ihren Gliedern entstand eine süße Schwäche. Sie war froh, dass er sie festhielt. Aus eigener Kraft konnte sie nicht mehr stehen. Sie hatte erwartet, es wäre schrecklich. Nein, sie hatte gehofft, es wäre schrecklich. Sie müsste eine Pflicht erfüllen. Dieses unbeschreibliche Entzücken dürfte sie nicht empfinden …

Nach einer Weile hob er den Kopf und ließ sie los. »Das genügt nicht.«

»Was?« Verwirrt starrte sie ihn an und versuchte, neue Kräfte zu sammeln und in die Wirklichkeit zurückzukehren. Sie flüchtete zum Herd. »Was genügt nicht?«

»Zieh das Hemd aus.«

Wütend fragte sie sich, welch ein Spiel er mit ihr trieb.

»Wenn du deine Zähne noch fester zusammenbeißt, werden sie sich womöglich spalten, meine Liebe. Und du hast so schöne Zähne.«

»Tatsächlich?«, flüsterte sie. »Deine sind auch nicht übel.«

»Das hast du bemerkt?« Für einen kurzen Moment senkte er lächelnd seine langen Wimpern über die kristallblauen Augen. Dann schaute er Mellyora wieder an.

»Für einen Normannen.« Instinktiv ahnte sie, dass sie nichts sagen konnte, was ihn noch mehr erzürnen würde. Welche Gefühle sich in ihr regten, wusste sie nicht genau. Sie fürchtete seine Berührung, sehnte sich danach, hatte Angst vor ihren eigenen sonderbaren Bedürfnissen.

Sein Lächeln erlosch nicht, wirkte aber etwas gezwungen. »Zieh das Hemd aus.«

Sogar seine Stimme entfachte ein unwillkommenes Feuer in ihrem Körper. »Nein …«

»Hast du nicht versprochen, für deine Freiheit zu bezahlen? Warum zögerst du? Sei süß und sanft und widersprich mir nicht. Auch das hast du gelobt.«

Fluchend zerrte sie das Hemd über ihren Kopf und ließ es zu Boden fallen. Nur ihr langes Haar bedeckte ihre Blößen.

Eine Zeit lang schaute er sie schweigend an. »Und jetzt komm zu mir.«

Sie rührte sich nicht.

»Hat die kühne Tochter des großen Adin Angst? Vermisst du dein Schwert und dein Messer? Ausnahmsweise bist du unbewaffnet.«

»So wie du.«

»Ich? Niemals. Komm her …«

Widerstrebend gehorchte sie und zitterte, als er ihre Hand ergriff, an seine Wange hielt und die Handfläche küsste. Mit dieser überraschenden zärtlichen Geste verwirrte er sie noch mehr. Viel zu deutlich spürte sie seine Nähe.

»Nur keine Hemmungen! Nun darfst du deine Schuld begleichen und mich verführen.«

»Verdammt …«, fauchte sie.

Lachend umfasste er ihr Kinn. »Küss mich, Lady …

Wie sie das geschafft hatte, wusste sie nicht. Jedenfalls fanden sich ihre Lippen. Aber diesmal nahm sie den Kuss kaum wahr, denn sie zuckte zusammen, weil Waryks Hände über ihre Brüste glitten, ihre Taille, die Hüften, wieder die Brüste … Die Hitze und die Wallungen waren unerträglich und sie konnte kaum atmen, sie konnte ihn nur *fühlen* …

Plötzlich schob er sie von sich und sie wäre beinahe gestürzt. Im Feuerschein wirkten seine Augen fast schwarz. »Also weißt du dein Wort zu halten. Und du bist beinahe so vollkommen, wie es die Legende behauptet.« Gleichmütig hob er eine Hand, um sie zu entlassen. »Geh wieder ins Bett.«

Sie starrte ihn verständnislos an. Und dann erkannte sie seine Absicht. In dieser Nacht würde er seine ehelichen Rechte nicht fordern und er hatte sie nur zu dieser Farce gezwungen, um ihr zu beweisen, dass er jetzt ihr Herr und Meister war, der große Laird von Blue Isle. Auf diese grausame Art wollte er sich für alles rächen, was sie ihm angetan hatte. »Bastard!« zischte sie.

»Vielleicht hast du meine Geduld ein bisschen zu hart auf die Probe gestellt, meine Liebe. Geh ins Bett.«

Zitternd ballte sie die Hände und wich nicht von der Stelle. Ihre Beine hätten sie auch gar nicht getragen.

»Kannst du nicht einfach dankbar und höflich annehmen, was du ohnehin vorziehst?«, seufzte Waryk.

»Deine Güte? Deine Rücksicht? So verhältst du dich nur, weil du mir misstraust …«

»Das müsstest du verstehen.«

»Du glaubst, ich trage das Kind eines anderen Mannes unter dem Herzen. Wenn es so wäre, würdest du die Ehe annullieren lassen?« Er gab ihr keine Antwort. »Und du wolltest mich gar nicht heiraten, nicht wahr? Du hast eine Geliebte – und nur Gott weiß, wie viele Frauen mit ihr wetteifern. Aber sag doch, mein großer Laird Lion – was wird mich daran hindern, andere Männer zu treffen?«

Schmerzhaft packte er ihre Schultern, neigte sich zu ihr und flüsterte dicht an ihren Lippen: »Die Vergangenheit ist vorbei, Lady. Was auf Blue Isle geschah, bevor ich in dein Leben trat, nehme ich dir nicht übel. Aber sollte ich jemals auch nur den leisesten Verdacht hegen, du hättest dich mit einem anderen Mann eingelassen, wird er eine Stunde später sterben. Du würdest meinen Zorn überleben und könntest die Unabhängigkeit genießen, die du so heiß ersehnst – allein, in einem steinernen Turm.«

Reglos stand sie vor ihm, erwiderte seinen Blick und wehrte sich nicht gegen den qualvollen Griff. Vielleicht erkannte er die Kraft seiner harten Finger, denn er ließ Mellyora los und trat zurück.

Am liebsten hätte sie mit beiden Fäusten gegen seine Brust getrommelt. Aber sie beherrschte sich. »Also gut, dann will ich die Unabhängigkeit auskosten, die du mir jetzt vergönnst, mein Gemahl. Und natürlich danke ich dir, weil du mich nicht vor den betrunkenen Gästen des Königs gedemütigt hast.«

»Dafür musst du mir nicht danken. Dieses Spektakel wäre mir selbst zuwider gewesen. Geh jetzt ins Bett und schlaf dich aus. Morgen möchte ich möglichst früh nach Blue Isle aufbrechen.«

So vieles hätte sie noch sagen können. Sie war wütend, weil er dieses erniedrigende Spiel mit ihr getrieben hatte, weil er sie für eine Lügnerin hielt. Aber ihr Zorn war machtlos. Waryk hatte sein Ziel erreicht, er war der Herr von Blue Isle und er würde seinen Erben mit ihr zeugen. Erst später. Wenn er sich vergewissert hatte, dass sie kein Kind von einem anderen erwartete.

Obwohl sie beteuert hatte, sie sei niemals mit einem Liebhaber zusammen gewesen … *Er misstraut mir. Das ist offenkundig – und schmerzlich,* dachte sie plötzlich. *Ein bitterer Anfang eines neuen Lebens …*

Wenigstens eine Atempause. Doch dieser Gedanke tröstete sie nicht. In ihrem Inneren war eine beklemmende Leere entstanden. Und Waryk schien sich seines Triumphs nicht zu freuen. Er wirkte ungeduldig und irritiert. Vielleicht war es an der Zeit, sich mit einem letzten Wort zurückzuziehen.

»Hoffentlich bist du zufrieden mit dem Erfolg dieses Abends, M'laird. Du hast mich verspottet und gequält, um dich zu rächen. Gut und schön. Vielleicht hast du von Anfang an nur eine Scheinehe geplant. Das wäre mir sehr angenehm. Gute Nacht, Waryk, angenehme Ruhe.«

Ohne ihr Nachthemd aufzuheben, wandte sie sich ab. Verdammt, warum musste sie mit den Tränen kämpfen? Wenigstens konnte sie seine Sinne reizen, wenn ihr schon sonst nichts gelang. Langsam ging sie mit wiegenden Hüften durch die Tür. So aufreizend benahm sie sich nur, weil sie wusste, er würde sie nicht mehr anrühren. Nicht in dieser Nacht.

Die Augen fest geschlossen, lag sie auf dem Bett, im schwachen Feuerschein. Sie breitete die Pelzdecken über ihren Körper und stellte sich schlafend. *Eigentlich müsste sie sich freuen, weil er sie verschonte …*

Doch sie freute sich nicht. Stattdessen fühlte sie sich auf seltsame Weise betrogen. Wie mochte es sein, wenn er neben ihr läge, wenn sie in seinen Armen einschliefe, wenn sie seine Kraft, seine Wärme und den Schutz spürte, den er ihr bieten würde? Aber sie war allein und unglücklich und sie fröstelte. Nur um den Wunsch des Königs zu erfüllen, hatte er sie geheiratet. Und um auf Blue Isle zu herrschen. Das hatte er nie bestritten.

Als sie hörte, wie er die Hütte verließ und nach Mercury pfiff, war ihr noch elender zumute. In wessen Bett würde er die Nacht verbringen? Sobald sich Hufschläge entfernten, stand sie auf, hüllte sich in eine Pelzdecke und eilte in den Nebenraum. Sie zog den schweren Vorhang aus Tierhäuten beiseite und spähte in die Mondnacht hinaus.

Nein, sie war nicht allein. Der gute, treue Angus saß unter einer Eiche und schnitzte an einem Stück Holz. Beschützte er sie vor Gefahren, die vielleicht in diesem Wald lauerten? Oder war er ihr Gefängniswärter, der sie an einem weiteren Fluchtversuch hindern sollte? Sie sank wieder ins Bett und sehnte sich nach einem traumlosen Schlaf. Doch das süße Vergessen blieb ihr verwehrt.

Stunden später kehrte Waryk zurück und sie lag immer noch wach. Während er sein Schwert abnahm und die Stiefel auszog, stellte sie sich schlafend. Auf leisen Sohlen trat er ans Bett, um sie zu betrachten. Sie spürte seinen Blick – und erneut jene merkwürdige Wärme, die er ausstrahlte, und die in ihren Körper floß. Viel zu lebhaft erinnerte sie sich an seine Küsse.

Als er ihr Haar berührte, zuckte sie beinahe zusammen und wagte nicht zu atmen. Mit den Fingerknöcheln strich er eine Locke aus ihrem Gesicht. Noch eine zärtliche Geste, die Mellyora verblüffte …

Was sah er in ihr? Sie wünschte, sie hätte sich tiefer unter den Pelzen vergraben, um mehr von ihrem Körper, von ihrem Geist und ihrer Seele zu verbergen.

Nachdem sie sich seine Feindschaft zugezogen hatte, war es zu spät zur Umkehr. Sie misstrauten einander. Was sie gesagt und getan hatte, ließ sich nicht mehr ändern. Zu oft hatte sie ihn verletzt – und sich selbst … Warum schaute er sie so lange an, warum glitten seine Finger immer noch über ihre Wange?

Endlich ging er in den Nebenraum, schloss die Tür, und sie hörte, wie er sich Wein einschenkte. Wollte er die Nacht in der Hütte verbringen? Irgendwann schlief sie ein.

Und dann wurde sie von einer beklemmenden Erkenntnis geweckt. Waryk wusste zu viel über sie. In ihrem Zorn und Widerstandsgeist hatte sie einiges verraten. Kannte er den Namen des Mannes, den sie zu heiraten beabsichtigt hatte? Was würde geschehen, wenn er Ewan gegenüberstand? Waryk hatte gedroht, jeden zu töten, den er für ihren Liebhaber hielt.

Um Himmels willen, was würde er Ewan antun?

Ihre Angst wuchs, und jener andere beunruhigende Gedanke suchte sie erneut heim. Wäre diese Nacht angenehmer verlaufen, wenn sie in seinen Armen gelegen hätte?

TEIL II

Laird und Lady

16

Schon in der Kindheit hatte Waryk Land besessen, das Erbe seiner Mutter. Auch sein Vater hatte einen Grundbesitz geerbt. Es waren schöne Ländereien, allerdings dünn besiedelt, ohne den Schutz starker Festungen. Doch das spielte keine Rolle. Er liebte die Wildnis, die friedliche Atmosphäre seiner Heimat, die Hügel und Täler und zerfurchten Klippen – und ganz Schottland. Majestätisch ragten die Grampian-Berge empor, sanft gewellt erstreckte sich das Tiefland. Mit dem König war er nach England geritten, er kannte die Normandie, Paris, die spanischen und deutschen Königreiche, wo er an Turnieren teilgenommen hatte. Aber einen so wundervollen Anblick wie Blue Isle genoss er zum ersten Mal.

Der Ritt von Stirling zu dieser hohen Klippe hatte eine Woche gedauert. Sie hätten schneller vorankommen können, wären sie nicht von Packpferden und Wagen voller Hochzeitsgeschenke und seinem persönlichen Eigentum aus dem Quartier in Davids Festung behindert worden. Zehn Dienstboten begleiteten das junge Paar, acht kräftige junge Männer und zwei Mädchen, Sir Harry und zehn Krieger, darunter Angus. An Mellyoras Seite ritt Jillian, ihre treue Gefährtin und Beschützerin – wenn Waryk auch nicht wusste, wovor sie geschützt werden musste. Gewiss nicht vor ihm. Unterwegs hatte er sich von seiner Gemahlin fern gehalten, wann immer es möglich gewesen war. Sie behandelte ihn kühl und höflich. Was in ihr vorging, verriet sie nicht.

Manchmal hätte er sie am liebsten höchst unritterlich geschüttelt.

Während sie ihn kaum beachtete, begegnete sie den Rittern und Dienstboten freundlich und liebenswürdig. Sie ritt mit Thomas um die Wette, neckte Garth wegen seiner Bartstoppeln und flocht Blumen in Sir Harrys Haar. Abends saß sie mit den anderen am Lager, spielte Harfe und sang dazu. Oder sie wanderte umher und erzählte Geschichten von piktischen Feldherren, die in blauer Kriegsbemalung gefochten hatten, von kühnen Wikingern und Kenneth MacAlpin auf dem Thron eines vereinten Schottlands. Fasziniert hörte ihr Publikum zu. Mit ihren ausdrucksvollen Erzählungen fesselte sie Männer und Frauen gleichermaßen. *Genauso muss sie die Bewunderung und Zuneigung der Menschen gewonnen haben, die auf ihrer Insel leben,* dachte Waryk. Zweifellos würden sie sich gegen ihn erheben, wenn er Blue Isle ohne ihre Herrin regierte, und ihr Blut vergießen. Das hatte er verhindert – seinen persönlichen Kampf gegen Mellyora nicht.

Auf der Reise war er ihr ausgewichen. Meistens ritt er neben den Wagen, um dafür zu sorgen, dass die Räder steile Klippen, Flüsse und Sümpfe unbeschadet bewältigten. Hin und wieder stand er abends zwischen den Bäumen, beobachtete Mellyora, wenn sie ihre Geschichten erzählte, und dachte an die Nacht, in der er sie zum ersten Mal gesehen und noch nichts von der erbitterten Feindschaft geahnt hatte. Irgendwann würde er den Kampf beenden. Aber was mochte es sein, was ihn bei ihrem Anblick quälte? War ihre Höflichkeit nicht mehr, als er erwarten durfte?

Die Tage erschienen ihm lang, die Nächte endlos. Jeden Abend stellten die Männer für den Laird und die Lady ein Zelt in den Wäldern auf. Mellyora ging zuerst hinein und Waryk wanderte eine Zeit lang durch das Dunkel, bevor er sich zu ihr gesellte. Dann schlief sie bereits und er lag wach an ihrer Seite, ohne sie zu berühren.

Mit jedem Tag wuchs sein Unmut, den er nur mühsam bezwang. Wie konnte er sie anschreien, oder das Bedürfnis empfinden, sie zu erdrosseln, wenn sie sich so sanft und höflich verhielt?

Und nun hatte er am Rand des zerklüfteten Felsens seinen Hengst gezügelt und betrachtete die Insel nahe dem Festland.

Auf den ersten Blick wirkte Blue Isle friedlich. Unterhalb der Klippe sah er Bauernhütten mit Zäunen, Scheunen und Ställen, von Steilwänden geschützt. Seichtes Wasser voller Felsbrocken erstreckte sich bis zur Insel, wo ebenso wie auf dem Festland lange Sandstrände in saftige grüne Wiesen übergingen. Dahinter stiegen die Klippen fast senkrecht an, und die Festungsmauern schienen mit dem Gestein zu verschmelzen und die Türme in die Wolken zu ragen.

Angus ritt an seine Seite. »Hab ich's nicht gesagt, Waryk? Ein Land, so schön wie deine Braut. Vielleicht auch genauso wild. Manchmal tobt das Meer und schlägt gegen den Fels. Bei Ebbe kann man zu Fuß zur Insel gehen. Und an der Südseite liegt ein sicherer Hafen.«

»Da ist niemand!«

Als Waryk den Ruf hörte, wandte er sich zur Seite. Mellyora war herangeritten und starrte entsetzt zur Insel hinüber. »Nun, die Abenddämmerung bricht bereits herein …«

»Da ist niemand!«, wiederholte sie. Jetzt sah er den Rauch, der aus dem Strohdach einer Hütte am Fuß des Steilhangs quoll. »Gib den Männern Bescheid, Angus, wir haben Besuch.«

»Besuch?«, fragte Mellyora atemlos. »Meine Krieger sind …«

»Aye, Lady, siehst du sie dort drüben auf deinen Mauern?«

Tatsächlich – jetzt entdeckten sie alle die Männer an

der Brustwehr und auf den Türmen des Schlosses. Nördlich von der Küste trieben kleine Boote. Ein Mann in einem schlichten Kettenpanzer, einen Stab in der Hand, trat aus einer der Hütten auf dem Festland und zerrte eine junge Frau mit sich, deren verzweifeltes Schluchzen bis zum Klippenrand heraufdrang.

»Mein Gott!«, stöhnte Mellyora. Bevor Waryk sie zurückhalten konnte, galoppierte sie den steilen Hang hinab.

»Mellyora!«, schrie er und folgte ihr. Glücklicherweise gab es kein schnelleres Pferd als Mercury. Fluchend beobachtete er, wie seine Frau ihr Schwert zog. Verdammt, musste es seine erste Tat sein, sie zu bändigen, während sein neues Zuhause angegriffen wurde? Jedenfalls würde er ihr nicht erlauben, einen unbekannten Feind zu attackieren? Und so befahl er Angus mit Donnerstimme, seine Krieger in den Kampf zu führen, während er Mercury vor Mellyoras Pferd lenkte und ihr den Weg versperrte.

Bestürzt starrte sie ihn an. »Waryk, sie töten meine Leute …«

»*Meine* Leute, Lady, und dich werden sie nicht töten.«

»Wie gut ich kämpfen kann, weißt du. Ich bin die Tochter eines Wikingers …«

»Das warst du. Jetzt bist du meine Frau.«

Sie war völlig außer sich. Und er hatte trotz seines leidenschaftlichen Ungestüms in der Jugend gelernt, dass man mit kühlem Kopf besser kämpfte. Als sie an ihm vorbeireiten wollte, sprang er vom Rücken seines Streitrosses und riss sie aus dem Sattel, warf sich über sie und setzte sich rittlings auf ihre Hüften.

In ihren Augen glänzten Tränen. »Waryk …«

»Du weißt, ich kann dich im Zaum halten – und jeden Feind besiegen, der deine Tür aufbricht. Bei Gott, überlass das mir!«

»Kämpfen wir doch beide …«

»Du bist die Lady, die künftige Mutter meines Erben. Und ich bin der Beschützer. So ist das nun einmal.« Er erhob sich, half ihr auf die Beine und bestieg seinen Hengst. »Rühr dich nicht von der Stelle!«

Er sah Jillian auf ihrer grauen Stute zu Mellyora reiten. Deshalb wagte er Mercury anzuspornen. Grasbüschel und Schlammklumpen flogen empor, während er zur Küste sprengte. Dort waren seine Krieger bereits in ein heftiges Gefecht mit einer wütenden kleinen Schar verstrickt. Boote offenbar Wikingerboote – lagen am Wasserrand, auch an den Stränden der Insel.

Hastig erkundete er die Lage. Die Leute von Blue Isle waren vom Meer aus angegriffen und offenbar überrumpelt worden. Heimlich und leise hatten sich die Boote dem Blue Isle-Gebiet genähert. Erst überwältigten ihre Insassen die Menschen in den Hütten auf dem Festland, dann attackierten sie das Schloss, dessen Bewohner angesichts des Leids, das ihren Gefährten an der Küste geschah, demoralisiert waren. Nun bereiteten sie auf der Brustwehr einen Gegenangriff vor. Anscheinend waren alle Tore geschlossen.

Die meisten Feinde trugen Kettenpanzer und Schilde, schwangen Streitäxte, -kolben, Schwerter und andere Waffen. Doch die Bauern am Küstenstrich wehrten sich nur mit Piken und Messern. Am Ufer lagen Tote und Verwundete, Frauen schrien und weinten. Inmitten des Getümmels saß ein brüllendes Baby. Ein Angreifer rannte zu ihm und schwang einen Streitkolben empor, um seinen Schädel zu zertrümmern. Entsetzt galoppierte Waryk zu dem Kind, neigte sich aus dem Sattel hinab, hob es hoch und schwenkte Mercury gerade noch rechtzeitig seitwärts, um dem Streitkolben auszuweichen. Angus sprengte heran und attackierte den Mann, der beinahe einen Kindesmord begangen hätte, so heftig, dass er ihn mit seinem Schwert enthauptete.

Bald hatten Laird Lions erprobte Krieger den Angriff auf die Hütten abgewehrt. Die Invasoren riefen einander Anweisungen zu und zogen sich in Richtung ihrer Boote zurück. Schnell übergab Waryk das schluchzende Baby einer der Frauen, die aus der qualmenden Hütte gerannt waren, und folgte den Feinden. Einer zerrte die junge Frau hinter sich her, die vorhin aus der brennenden Hütte geschleift worden war. Unbarmherzig ritt der Laird ihn nieder. Ehe der Wikinger sich erheben konnte, traf ihn ein tödlicher Schwertstreich. »Lauft zurück!«, forderte Waryk die kreischende Frau auf, und sie gehorchte sofort.

Dann galt seine Aufmerksamkeit wieder den Flüchtlingen. Fachkundig gerudert, entfernten sich die Boote bereits vom Strand, und eine Verfolgung wäre sinnlos gewesen.

Er schaute zur Insel hinüber, wo sich die Gefährten der Flüchtlinge tummelten, und schätzte den Stand der Gezeiten ab.

»Durchqueren wir das Wasser!«, rief er seinen Männern zu. »Lenken wir die Angreifer von der Festung ab, damit die Bewohner ihre Tore öffnen und uns im Kampf unterstützen können.«

»Aye!«, antwortete Angus.

Waryk steuerte Mercury ins Meer, und das Wasser reichte ihm bald bis zu den Knien. Viel tiefer wurde es nicht. Ringsum wirbelte weißer Schaum, während das große Schlachtross zum Schloss watete. Die anderen Krieger folgten ihm. Am Strand angekommen, nutzte Waryk sofort seine Position im Sattel und griff die Fußsoldaten der Wikinger vehement an. Reihenweise fielen sie zu Boden. Über die Mauern drang Geschrei hinweg, knarrend schwangen die Tore auf.

Unter dem Kommando eines Mannes, der einen

Helm und einen schottischen Überwurf trug, stürzten sich zehn Reiter ins Gefecht, gefolgt von mehreren Fußsoldaten. Laird MacKinny, dachte Waryk. Offenbar ein kluger Stratege, der seinen Leuten befahl, die Feinde zu umzingeln und an der Flucht zu hindern ...

Trotzdem eilten einige Wikinger zu den Booten. Immer noch erbost über die Verwüstung, die sie auf dem Festland angerichtet hatten, sprengte Waryk hinterher und erreichte ein Boot, das gerade ins Wasser glitt, mit einer dreiköpfigen Besatzung. Er stieg ab, stürmte durch die Brandung und sprang an Bord. Wie ein Berserker schwang er sein breites schottisches Schwert, durchbohrte den Bauch eines Gegners, wich einer Streitaxt aus und traf ihren Besitzer direkt unter dem Metall der Brustplatte. Den letzten Feind verwickelte er in einen erbitterten Zweikampf. Immer wieder prallten die Schwerter klirrend aufeinander. Schließlich stach Waryk seine Klinge in die Kehle des Mannes, der beide Hände auf die Wunde presste und ihn entgeistert anstarrte, bevor er starb.

Als sich jemand von hinten auf ihn stürzte, spürte er gerade noch rechtzeitig den Luftzug und fuhr herum. Doch sein Widersacher brach zusammen, bevor Waryk sein Schwert hob. Er schaute zum Strand und sah den Anführer der Blue Isle-Krieger auf seinem Pferd sitzen, eine Armbrust in der Hand, mit der er den Wikinger getötet hatte. Dunkles Haar und haselnussbraune Augen, ein ernsthaftes Gesicht – vielleicht noch unerfahren, aber sehr tapfer.

Waryk stieg aus dem Boot und watete durch den weißen Schaum, vom Blut rot gefärbt, an Land.

»Laird Waryk ...« Der junge Bursche stieg ab und kam ihm entgegen, ein sanftes Lächeln in den Augen. »Während ich Euch beobachtete, wusste ich nicht, ob Ihr Hilfe brauchen würdet. Doch dann sagte ich mir – je früher so ein Bastard stirbt, desto besser.«

Grinsend nickte Waryk und musterte ihn. Wie er überrascht und nicht allzu erfreut feststellte, besaß der Mann gewisse Vorzüge. »Seid Ihr Laird MacKinny?«, erkundigte er sich, obwohl die Frage völlig überflüssig war.

»Aye. Verzeiht, dass wir Euch eine so unerquickliche Ankunft zumuten mussten, Laird Lion. Plötzlich tauchten die Angreifer aus dem Nichts auf. So etwas ist nicht mehr geschehen seit ...«

»Vermutlich, seit Adin die Insel übernommen hat.«

Ewan MacKinny zuckte die Achseln. »Seltsam. Auf unseren Mauern stehen immer Wachtposten, die Tore bleiben stets geschlossen. Die Bastarde ruderten um die Klippe am Ende der Bucht und attackierten das Dorf. Entsetzt verfolgten wir die grausigen Ereignisse. Aber ich konnte keine Männer hinausschicken ...«

»Sonst hättet Ihr das ganze Gebiet gefährdet.«

Ewan stimmte zu, sichtlich erleichtert, da Waryk sein Vorgehen billigte. »Zum Glück habt Ihr viele Menschen gerettet. Wir sind Euch sehr dankbar. Eigentlich haben wir Euch erst morgen erwartet, so wie Euer Bote den Ankunftstag ankündigte.« Nach einem tiefen Seufzer erklärte er: »Zu den Geretteten zählt auch meine Schwester Igraina. Ein bärtiger Riese schleppte sie aus ihrer Hütte.«

»Das freut mich.« Waryk pfiff Mercury zu sich und stieg auf. Sofort erschien Angus an seiner Seite, nickte Ewan zu und wartete auf die Anweisungen seines Herrn. »Reiten wir über das Wasser und kümmern wir uns um die Verletzten.«

Jenseits der steigenden Flut trafen sie Thomas, der hastig Bericht erstattete. »Wir waren gerade noch rechtzeitig zur Stelle. Nur zwei Tote, vier Verwundete, fünf geplünderte, drei ausgebrannte Hütten.«

»Die Verletzten ...«

»... werden von Lady Mellyora betreut, und ihr

Priester Phagin hilft ihr. Offensichtlich kennt er sich gut mit Heilkräutern aus.«

Waryk sprang von Mercurys Rücken. »Wo ist meine Frau?«

»Dort drüben«, erwiderte Thomas und zeigte auf eine der Hütten.

»Ruf die Handwerker zusammen. Seht zu, dass ihr vor Einbruch der Dunkelheit möglichst viele Schäden behebt.«

»Aye, Sir. Da sind lauter MacKinnys, MacAllistairs und MacMahans, und alle unterstützen einander.«

»Und ihren Oberherrn«, ergänzte Ewan.

»Insbesondere, wenn er ein Krieger ist und sein Leben für seine Untertanen wagt.«

Waryk schaute in die ausdruckslosen Augen des jungen Mannes. Wie er von David erfahren hatte, war Laird MacKinny der Liebste Mellyoras gewesen. Sollte er den Burschen hier und jetzt töten – oder bedeutete Ewans loyales Verhalten, dass er die Entscheidung des Königs hinnahm? Dann wäre er ein unerschütterlicher Getreuer, dessen Verlust sich Waryk nicht leisten konnte. Zweifellos war der Mann ein guter Krieger.

Wenn er ausgebildet wird, könnte er für den König kämpfen, dachte Waryk. In absehbarer Zeit würde David ihn wieder zu sich beordern. Und dann würde er Ewan nicht auf der Insel zurücklassen.

»Postiert heute Nacht Wachen an der Küste und rings um die Festung«, befahl er und ging zu der Hütte, wo er Mellyora finden würde.

Inmitten der Verwüstung kochte Wasser auf dem Herd, eine schlanke Frau in mittleren Jahren neigte sich über den Kessel und Mellyora saß neben dem Bett eines Mannes, in dessen Arm eine lange Schnittwunde klaffte. Ein alter Mann mit langem weißem Bart hielt die Wundränder und Mellyora nähte sie geschickt mit winzigen Stichen zusammen. »Wenn du auch eine

Narbe behalten wirst, Joshua, dank meiner Nähkunst müsste sie sehr hübsch aussehen«, scherzte sie.

»Ich habe den Mann getötet, der mit einem Stab hereinkam ...«, begann Joshua, dann verstummte er und zuckte zusammen.

»In der Tat, du warst sehr tapfer. Margot bring mir den Umschlag und dein stärkstes Ale. Jetzt braucht er ein bisschen Schlaf.«

»Aye, mein Freund«, bestätigte der Priester, »Ruhe ist die beste Medizin.«

Die Frau, die am Herd gestanden hatte, knickste vor Waryk. Dann eilte sie zum Bett.

Als Mellyora sich erhob, entdeckte sie ihren Mann und errötete. Hinter ihm standen Angus und Ewan, den sie zum ersten Mal seit ihrer Ankunft in Stirling wiedersah.

»Alles in Ordnung?«, fragte Waryk.

»Aye«, murmelte Mellyora und warf einen Blick auf Joshua, der nun von seiner Frau betreut wurde.

Fasziniert musterte Waryk den Mann mit dem weißen Bart.

»Laird Lion, Ihr seid zur rechten Zeit gekommen«, bemerkte er und verneigte sich. »Ich bin Father Phagin. Aber da mein Vater angeblich ein Wikinger-Runenmeister und meine Mutter eine keltische Hexe war, nennen mich meine Schäfchen nur Phagin. Ich erteile ihnen Ratschläge, behandle sie, wenn sie erkranken, und tue mein Bestes, um mit dem Himmel Verbindung zu halten.«

Waryk vermutete, der Mann würde sich woandershin wenden, wenn er keine Antwort vom Himmel bekam. Aber er spürte instinktiv, dass Father Phagin, welche Methoden er auch immer vorzog, viel enger mit dem Allmächtigen zusammenarbeitete als so mancher orthodoxe Priester. »Wie ich höre, haben wir zwei Tote, Father.«

»Aye, Avery, unser junger Schmied, und der alte Maurer Joseph sind gefallen.«

»Heute Nacht sollen die Frauen die beiden für den morgigen Gottesdienst vorbereiten.«

»Aye, Laird Waryk. Und willkommen auf Blue Isle.« Phagin lächelte etwas grimmig. »So unfähig, wie wir bei Eurer Ankunft den Eindruck gemacht haben mögen, sind wir nicht. Sicher seid Ihr müde von der Reise. Wenn Ihr Euch in Eurem neuen Zuhause ausruhen wollt, wir werden gut für die Leute auf dem Festland sorgen und die beschädigten Hütten ausbessern. Das verspreche ich Euch.«

Waryk nickte und wandte sich zu Mellyora, die immer noch mitten im Zimmer stand, ausnahmsweise schweigsam und sichtlich bedrückt. »Komm, meine Liebe«, bat er und reichte ihr eine Hand. »Zeig mir mein neues Zuhause. Ich sehne mich nach Ruhe und Frieden in *unseren* Gemächern.«

Forschend betrachtete er ihr aschfahles Gesicht. Wollte sie sich wieder einmal gegen ihn stellen, nachdem er – noch dazu in Ewan MacKinnys Gegenwart – betont hatte, sie würden nicht in getrennten Räumen wohnen? Sollte sie ihm widersprechen, würde er ihr sofort klarmachen, wer hier der Herr war.

Aber sie protestierte nicht. »Wir reden später, Father Phagin. Margot, pass gut auf Joshua auf.«

»Aye, Lady, er ist mein Leben«, beteuerte Margot, setzte sich zu ihrem Mann und ergriff seine Hand. Beide waren nicht mehr jung und keineswegs schön. Doch die Zärtlichkeit, die sie trotz aller Schicksalsschläge teilten, schien einen besonderen Glanz auf ihre Gesichter zu werfen. Zweifellos führten sie ein bescheidenes Leben. Aber Waryk las in Margots Augen, dass sie nichts entbehrte, denn ihr Mann hatte den grausamen Angriff der Wikinger überstanden.

Lächelnd neigte sich Waryk zu dem Verwundeten

hinab. »Sorgt Euch nicht um die Zukunft, Joshua. Ihr habt Euch tapfer gegen den Feind gewehrt. Was immer Ihr braucht und was wir Euch geben können, sollt Ihr erhalten.«

»Vielen Dank, Laird Lion«, antwortete Joshua ehrerbietig. »Und danke, dass Ihr zur rechten Zeit angekommen seid, um diese Heiden zu töten.«

»Dafür sollten wir dem Himmel danken, Joshua, denn wir wussten nicht, was hier vorging. Gehen wir, Mellyora.«

Endlich trat sie neben ihn. Nach kurzem Zögern ergriff sie seine Hand und ließ sich aus der Hütte führen. »Die Flut steigt«, erklärte sie, als sie ihm zu seinem Schlachtross folgte.

»Sicher wird sie Mercury keine Schwierigkeiten bereiten.«

»Und das Wasser ist kalt.«

Davon hatte er in der Hitze des Gefechts nichts bemerkt. »Was schlägst du vor, Lady?«

»Am Strand liegen Boote, und meine Männer werden mich zur Insel bringen«, erwiderte sie und wollte an ihm vorbeigehen.

»Tatsächlich? Sag doch, Mellyora – waren das deine Leute, die Blue Isle soeben angriffen?«

Wie erstarrt hielt sie inne, dann wandte sie sich wütend zu ihm. »*Was*?«

»Wir wurden von Wikingern attackiert.«

»Von Gesetzlosen! Die meisten Wikinger fühlen sich jetzt mit Schottland verbunden, so wie du und ich.«

»Seltsam, wie viele Wikinger zu deiner Verwandtschaft gehören ... Dein Vater war einer, und nach den heutigen Ereignissen glaube ich, du hast die Wikinger hierher gebeten, die dieses Gebiet für ihr Eigentum halten.«

»Wenn du es wagst, meinen Onkel zu beschuldigen ...«

»Das wage ich, weil Blue Isle von Wikingern angegriffen wurde.«

Abrupt kehrte sie ihm den Rücken und versuchte davonzulaufen. Aber er hielt ihren Arm fest. »Ich beschuldige niemanden und ich hoffe nur, du erkennst, dass solche Wikinger deine Feinde sind, nicht deine Retter.«

»Lass mich los! Nach der langen Reise bin ich müde.«

Energisch befreite sie sich von seinem Griff und er stieg auf sein Schlachtross. Dann entschied er, sie müssten gemeinsam auf der Insel eintreffen, ganz gleichgültig, ob das Wasser eiskalt oder glühend heiß war. Und so spornte er Mercury entschlossen an. Mellyora hörte die Hufschläge und drehte sich um. Bevor sie sich zu wehren vermochte, umschlang er ihre Taille und setzte sie zwischen seine Schenkel in den Sattel. Gehorsam trabte der Hengst in die Brandung. Obwohl die Flut stieg, strauchelte er kein einziges Mal. Am Strand von Blue Isle angekommen, drückte Waryk seine Knie in die Pferdeflanken und ritt durch ein massives Tor mit einem Fallgitter, dann durch ein zweites in den großen Hof.

Eine Zeit lang blieb er auf Mercurys Rücken sitzen und schaute sich um. In die dicken Steinmauern waren Nischen eingelassen, wo Händler ihre Waren feilboten. Das Vieh, während des Angriffs von den Weiden geholt und in Sicherheit gebracht, trottete immer noch herum. Durch Mauern verbunden, ragten fünf Türme empor, jeder mit einer Brustwehr versehen.

Sobald die Neuankömmlinge entdeckt wurden, eilten von allen Seiten Menschen herbei. Freudestrahlend begrüßten sie Mellyora und jubelten dem neuen Laird zu. So herzlich wäre er wohl kaum empfangen worden, hätte er den Feind nicht in die Flucht geschlagen. Auch Mercury wurde willkommen geheißen und gebührend bewundert. Er gebärdete sich, als wäre er der Held des Tages. Schließlich verbeugte sich ein Mann und Mellyora benutzte den gälischen Ausdruck, um ihren Haushofmeister vorzustellen. »Das ist Donald, *ard Ghillean an-tighe.* »

»Lady Mellyora, Laird Lion, willkommen! In Euren Gemächern steht eine Weinkaraffe vor dem Kaminfeuer.«

»Danke, Donald«, erwiderte Waryk und ließ Mellyora zu Boden gleiten, bevor er aus dem Sattel sprang. Sofort eilte ein Stallknecht herbei, um das Schlachtross zu versorgen.

Während sie Donald zu einem der Hauseingänge folgten, begrüßte Mellyora mehrere Schlossbewohner und ihr Gemahl wurde neugierig gemustert.

Sie betraten den nördlichsten Turm und stiegen eine Treppenflucht hinauf. Wie in vielen Festungen wurden auch hier die Erdgeschosse zur Viehhaltung und Lagerung von Vorräten und Waffen benutzt.

Donald erklärte seinem neuen Herrn, die Krieger würden an der Westmauer wohnen und Gäste an der Ostseite untergebracht, während der Nordturm traditionsgemäß dem Laird gehörte.

Am Treppenabsatz bogen sie nach links und erreichten die Herrschaftsgemächer, deren Fenster zum Meer hinausgingen.

Das riesige Schlafzimmer war mit einem breiten Bett, einem großen Kamin, einem Tisch, der vor einem schmalen Fensterschlitz stand, mehreren Truhen, einem Waschtisch und einem kunstvoll geschnitzten Toilettentisch eingerichtet. Hinter einem Torbogen mit Vorhängen lag ein Vorraum, ebenso komfortabel eingerichtet, mit wuchtigen lederbezogenen Sesseln und Fellen vor dem Kamin und einem Tisch voller Bücher und Landkarten. An den Wänden hingen verschiedene Waffen.

Vorsicht, ermahnte sich Waryk, *meine Frau könnte mir jede dieser Klingen ins Herz stoßen …*

Während Donald dem neuen Festungskommandanten eine Tür zeigte, die auf einen Balkon mit einer Treppe zur Brustwehr führte, stand Mellyora reglos inmitten des Schlafgemachs. »Wo sind Eure Sachen, M'laird?«, fragte der Haushofmeister.

»Sicher wird es eine Weile dauern, bis sie aus den Wagen in die Boote verladen werden. Gibt es hier eine Badewanne?«

»Natürlich, Laird Lion!«, entgegnete Donald indigniert. »Wenn man uns auch für wilde Barbaren hält, wir legen großen Wert auf Sauberkeit, Sir. Und Sie werden feststellen, dass die Schotten …«

»Ich bin ein Schotte, Donald.«

Verlegen senkte Donald den Blick. »Verzeiht mir, Sir. Wir hörten, der König habe einen normannischen Laird gewählt …«

»Nun, ich bin ein Schotte. Jetzt wird meine Lady baden. Nachdem wir durch das Meer geritten sind, fröstelte sie.« Waryk wandte sich zu Mellyora, die den Eindruck erweckte, sie würde am liebsten eine Waffe von der Wand reißen und ihn attackieren.

»Aye, M'laird.« Donald verließ das Schlafgemach und Waryk trat vor den Herd.

»Nun, ist der Preis die ganze Mühe wert?«, fragte Mellyora.

»Das weiß ich noch nicht.«

»Obwohl du das Land und die Festung gesehen hast?«

»Gewiss, ein prächtiger Besitz, und ich verstehe, warum David sich geweigert hat, Blue Isle einem Mann zu überlassen, dem er misstraut.«

»Oder der Tochter eines Wikingers.«

»Wie gesagt, heute wurden wir von Wikingern angegriffen.«

»Nicht alle Wikinger leben froh und friedlich mit den Schotten zusammen.«

»Wie schade, dass wir sie getötet oder verscheucht haben. Deshalb konnten sie uns nicht erzählen, woher sie gekommen waren.«

Zu seiner Überraschung ging sie zu ihm. »Glaub bloß nicht, Daro hätte den Angriff befohlen!«

»Das habe ich nicht behauptet.«

»Nun, du beschuldigst *mich!*«

Er hob die Brauen. »Meinst du, ich sollte dir trauen?«

Als sie zögerte, merkte er ihr an, wie mühsam sie nach Fassung rang. »Immerhin ritt ich den Hang hinab, um das Dorf zu verteidigen. Ich liebe die Menschen, die hier leben, und sie verlassen sich auf mich. Für meine Heimat würde ich alles tun und ich finde, sie ist jede Mühe wert.«

»So denke ich auch. Nun möchte ich mich etwas genauer umsehen und feststellen, welch imposanten Preis ich errungen habe.« Höflich verneigte er sich und ging zur Tür.

»Waryk!«, rief sie, eilte ihm nach und berührte seinen Arm. Verwundert blieb er stehen. »Hier habe ich nie geschlafen. Es war das Zimmer meines Vaters. Wie du vielleicht gesehen hast, hängen an der Wand des Nebenraums mehrere Waffen. Da du mir nicht traust, sollte ich lieber in meine eigenen Gemächer ziehen, gleich gegenüber, an der Hofseite …«

»Du bist die Herrin dieser Festung und du wirst hier schlafen.«

»Wo schläfst du?«

»Hier.«

»Obwohl ich dich so oft attackiert habe?« Herausfordernd schaute sie ihn mit einem mutwilligen Funkeln in den Augen an. Wie bedauerlich, dass er so fest zur Enthaltsamkeit entschlossen war. Sonst würde er sie in die Arme reißen und aufs Bett werfen. Stattdessen zuckte er lächelnd die Achseln. »Ich schlafe, wo es mir gefällt, Lady. Vielleicht woanders …« Ohne ein weiteres Wort schob er sie beiseite, verließ den Raum und schlug die Tür hinter sich zu.

In der Halle traf er Phagin, Angus und Ewan an, die an einem großen geschnitzten Tisch saßen. Ein Feuer brannte im Kamin, eine Weinkaraffe und Kelche standen bereit.

Nachdem Waryk sich Wein eingeschenkt hatte, nahm er am Kopfende des Tisches Platz und wandte sich zu Ewan. »Weiß niemand, woher die Angreifer kamen?«

»Nein, Laird Waryk. Wie ich bereits erwähnt habe, sie tauchten aus heiterem Himmel auf. Jahrelang wurden wir nicht von Wikingern überfallen. Welcher Wikinger hätte es mit Adin aufgenommen?«

»Jedenfalls waren es Wikinger«, seufzte Phagin.

»Allerdings«, stimmte Waryk zu.

»Vielleicht Söldner«, meinte Ewan verwirrt.

»Und was hofften sie zu gewinnen?«, fragte Waryk.

»Keine Ahnung«, erwiderte Ewan. »An den Mauern hätten sie niemals hochklettern konnen.«

»Und im Dorf liegen keine Schätze vergraben.« Nachdenklich strich Phagin über seinen langen Bart. »Dort wohnen nur hart arbeitende Bauern und Handwerker mit ihren Familien. Gewiss, die Wikinger haben schon oft Frauen entführt. Aber …«

»Kein ausreichender Grund für einen so massiven Angriff.«

»Wahrscheinlich dachten die Schurken, sie könnten unsere Verteidigung schwächen, bevor …«, begann Ewan.

»Bevor was?«

»Bevor Ihr hierher gekommen seid.« Zögernd fügte Ewan hinzu: »Manche Männer genießen es, zu plündern, zu vergewaltigen und zu morden – nur um der Grausamkeit willen.«

Waryk bezweifelte, dass Daro ihn bekämpfen würde. Aber irgendjemand hatte das Wikingerlager benutzt – zuerst, um Mellyora zu entführen. Und jetzt … Es gab einen Feind, der nicht stark genug war, um ihn schon jetzt zu besiegen. Doch wenn der Gegner genug Macht und Geld besaß und Männer kaufte – viele Männer … Die würde er in Angst und Schrecken versetzen, so dass sie lieber starben, bevor sie ihn verrieten.

»Verdoppelt die Wachtposten, MacKinny«, befahl er und stand auf. »Seit Jahren ist Angus meine rechte Hand. Teilt Euch mit ihm die Verantwortung und dient mir so treu wie früher dem großen Adin. Morgen werdet Ihr mir alle Ecken und Winkel dieser Festung zeigen. Und danach fangen wir an.«

»Womit?«

»Mit der Ausbildung der Blue Isle-Krieger. Ich habe zehn Männer mitgebracht, brauche aber zwanzig, wenn der König mich wieder zu sich beordert. Das wird in absehbarer Zeit geschehen. Unter den gegebenen Umständen benötigen wir noch mehr tüchtige Leute, die das Schloss während unserer Abwesenheit schützen. Vermutlich will unser unbekannter Feind bald wieder über Blue Isle herfallen. Das werden wir verhindern.«

»Aye, Sir«, stimmte Ewan zu und stand auf.

Auch Phagin erhob sich. »Nun möchte ich wieder nach den Verletzten sehen, Sir. Im Morgengrauen begraben wir die Toten.«

»Und ich kümmere mich um unsere Krieger«, erklärte Angus.

Waryk nickte. Als die Männer zur Tür gingen, rief er nach Ewan, der beklommen zurückkehrte.

»Aye, Sir?«

»Was in der Vergangenheit geschah, werfe ich Euch

nicht vor, Ewan. Ich weiß, Mellyora wollte Euch heiraten …«

»Und ich sagte ihr, das sei unmöglich«, fiel Ewan seinem Laird leise ins Wort.

»Ich glaube, Ihr seid ein anständiger Mann und ein guter Krieger. Dient mir, wie Ihr Adin gedient habt, und Ihr werdet Euren Lohn erhalten.«

»Danke, Sir.«

»Aber ich muss Euch warnen. Wenn Ihr Mellyora anrührt, werdet Ihr sterben. Auch sie müsste ihre Strafe erleiden.«

»Niemals würde ich irgendetwas tun, das ihr schaden könnte. Dafür liebe ich sie viel zu sehr.«

Zu seiner eigenen Verblüffung bedauerte Waryk den jungen Mann. »Tut mir leid.«

»Bitte, seid gut zu ihr, Sir. Wenn sie schreit und tobt, solltet Ihr einfach warten, bis sie sich von selbst wieder beruhigt. Sie ist stark und mutig.«

»Das weiß ich. Geht jetzt und erfüllt Eure Pflichten, MacKinny. Es war ein langer Tag, für uns alle.«

»Aye, Laird Lion.« Ewan ging zur Tür. Aber er drehte sich noch einmal um. »Ihr seid ganz anders, als ich dachte. Allzu schwer wird's mir nicht fallen, Euch zu dienen.«

Nachdem der junge Mann die Halle verlassen hatte, trommelte Waryk eine Zeit lang mit den Fingern auf den Tisch. Dann stieg er die Treppe zu den Herrschaftsgemächern hinauf.

Mellyora lag in einer großen, keltischen Badewanne aus reich geschnitztem Eichenholz, die im Raum neben dem Schlafzimmer stand. Über dem Wasser schwebten Dampfwolken. Ihr Kopf lehnte am Wannenrand. Die Augen geschlossen, schien sie einen Duft einzuatmen, der an eine frisch gemähte Wiese erinnerte.

Plötzlich hob sie die Lider, als hätte sie Waryks Anwesenheit gespürt.

»Ist das Wasser noch heiß?«, fragte er.

»Aye …«

Er setzte sich auf eine Truhe, legte seine Waffen ab und zog die Stiefel aus. Dann streifte er den Überwurf von der Schulter und befreite sich von seinem Kettenpanzer. Als er auch noch aus seinem Wams schlüpfte, wandte Mellyora hastig den Blick ab.

Schließlich ging er splitternackt zu der großen Wanne und stieg hinein. Entsetzt richtete sie sich auf und wollte die Flucht ergreifen.

»Nein«, befahl er und hielt ihr Handgelenk fest. Er sah den rasenden Puls in ihrem Hals und lächelte sanft. »Gerade sprach ich mit dem jungen MacKinny.«

»Oh?« Ihre Stimme klang belegt.

»Ich mag ihn.«

»Tatsächlich? Wie großzügig von dir … Ich glaube, du weißt …«

»Nimm die Seife und wasch mir den Rücken.«

»Ich dachte, du schläfst woanders …«

»Jetzt schlafe ich noch nicht. Wasch mir den Rücken.« Er gab ihr die Seife, drehte sich um und staunte über die geräumige Wanne. *Darin müssen die Kelten seltsame Rituale abgehalten haben*, dachte er. Mellyora rührte sich nicht und er fragte sich, ob es klug gewesen war, ihr den Rücken zu kehren. »Mellyora, bitte …«

Da glitt die Seife über seinen Rücken. Er senkte den Kopf, und in diesem Moment erkannte er, was es bedeutete, süße Qualen zu erleiden. Langsam wanderten Mellyoras Finger über seinen Rücken, kneteten sanft die Muskeln und das Fleisch.

»Wirklich, ich bewundere den jungen MacKinny.«

»Er ist ja auch bewundernswert.«

»Aber ich habe ihn gewarnt. Wenn er dich anrührt, werde ich ihn töten.«

Da hielten die Finger inne und vor seinem geistigen Auge erschienen die Waffen, die an der Wand hingen –

ganz in der Nähe. Plötzlich wandte er sich zu Mellyora und entwand ihr mit sanfter Gewalt die Seife, die sie zitternd umklammerte. »Dreh dich um. Jetzt wasche ich deinen Rücken.«

»Ich bin nicht mehr schmutzig ...«

»Nur zur Sicherheit.«

Widerstrebend gehorchte sie. Waryk hob ihr Haar und schlang es im Nacken zusammen. Dann berührte er ihre Haut mit der Seife und mit den Fingerspitzen. Sie spannte sich an. Aber sie wehrte sich nicht. Langsam wusch er die Schultern, den Nacken, den Rücken und spürte Ihr Erschauern. Nach einer Weile flüsterte sie: »Vorerst willst du nichts mit mir – zu tun haben. Erinnerst du dich?«

»Aye.«

»Und – warum tust du das?«

»Um den Lohn für meine Verdienste zu erforschen.« Unwillkürlich rückte er näher und strich ihr über die Schultern. Dann glitten seine Hände nach vorn, liebkosten den Bauch und die Brüste. Ihr stockte der Atem ebenso wie auch ihm. Immer wieder ließ er die Seife über die vollen Rundungen wandern und fühlte, wie sich die Knospen erhärteten, ertastete das erotische tiefe Tal dazwischen.

Auf seiner Stirn perlte Schweiß, der nicht vom heißen Wasser herrührte. Zum Teufel, was tat er da. Vergaß er die Zukunft, seine Dynastie, seinen Namen?

Den Namen seines Vaters – den Namen, den sein Erbe tragen sollte ...

Er schloss die Augen und ließ die Seife fallen. »Steig aus der Wanne!«, befahl er heiser.

Ausnahmsweise gehorchte Mellyora, ohne zu zögern, und er blieb allein zurück, gefangen in der Falle, die er sich selbst gestellt hatte. *Du solltest ruhig Blut bewahren,* sagte er sich. *Allzu lange musst du nicht mehr warten.*

17

Father Phagin war ein interessanter Mann und bei seiner Gemeinde anscheinend sehr beliebt. Während er in der Kapelle im Südturm eine römisch-katholische Messe hielt, drang seine wohlklingende Stimme bis in den Hof hinaus, wo sich zahlreiche Leute versammelt hatten. Sein Nachruf auf die Verstorbenen gewährte Waryk einen gewissen Einblick in die Lebensart seiner neuen Untertanen.

Nahmen sie das Feudalsystem, das David in Schottland eingeführt hatte, zur Kenntnis? Oder lebten sie einfach so weiter wie bisher. Der Laird von Blue Isle beschützte sie, und dafür übergaben sie ihm einen Teil ihrer Ernte, ihres Viehs und ihre handwerklichen Erzeugnisse. Notfalls mussten sie für ihn kämpfen und die Festung verteidigen. Durch den Feudalismus waren mehr Adelstitel entstanden, und viele freie Bürger konnten dort bleiben, wo sie geboren waren. Ansonsten hatte sich wenig geändert. Aufrichtig wurde um die Verstorben getrauert, die gute Christen gewesen waren. Der ältere Mann folgt seiner Frau nur wenige Monate nach ihrem Tod ins Grab. In diesem Gedanken lag ein gewisser Trost. Der Tod des jüngeren war schwerer zu verkraften.

Während des Trauergottesdienstes stand Waryk neben Mellyora. Danach wurden die Toten in Leichentücher gehüllt und zum Friedhof außerhalb der Festungsmauern getragen. Auf einem Hügel über dem Meer erhoben sich schön geschnitzte keltische Kreuze. Als die Verstorbenen in ihren Gräbern lagen, warf jeder Trauergast eine Schaufel Erde hinab.

Mellyora sprach mit der Witwe des jungen Mannes

und Waryk übergab ihr einen Beutel mit Münzen. »Vielleicht kommen schwere Zeiten auf Euch zu.« Er ließ die beiden Frauen allein und wanderte umher.

Schließlich verließen die Leute den Hügel und Mellyora ging zu ihrem Mann.

»Hier liegt mein Vater begraben, zusammen mit seinem Boot und seinen Waffen wie es bei den Wikingern üblich ist.«

»Aber er trat zum Christentum über.«

»Und er wurde in einer christlichen Zeremonie bestattet. Auch schottische Ritter nehmen ihre Schwerter ins Grab mit.«

»Gewiss.«

»Waryk – es war sehr freundlich von dir, der Witwe die Silbermünzen zu schenken.«

»Jetzt wird sie nicht mehr von ihrem Mann ernährt.«

»So etwas hätte mein Vater auch getan.«

»Ist das ein Kompliment? Darf ich mich mit dem großen Adin vergleichen?«

Mellyora warf den Kopf in den Nacken. »Nein. Mit meinem Vater wirst du dich niemals messen können.«

»Vielleicht solltest du dem Himmel dafür danken.«

Er ging davon und sie eilte ihm nach. »Was meinst du?«

»Ist das nicht offensichtlich?«

»Warte …«

»Ich habe zu tun«, unterbrach er sie und eilte den Hang hinab. Nun würde er sich von Ewan und Donald die Festung zeigen lassen, vor allem die Verteidigungsanlagen und die Schwachstellen. Niemand durfte ihn angreifen – weder von außen noch von innen her.

Mit jedem Tag wuchs Mellyoras Nervosität. In der ersten Nacht hatte sie nicht gewusst, wo er schlief. Auch nicht in der zweiten. In der dritten lag sie so lange wach, dass sie ihn auf der anderen Seite des breiten

Betts unter die Decke schlüpfen sah. Er rührte sich nicht und sie wagte kaum zu atmen. Als sie erwachte, war er verschwunden.

Es gab Tage voller Unbehagen, aber auch angenehme Stunden. Mochte der letzte Herr von Blue Isle auch ein Wikinger gewesen sein – das Haus zeigte die Handschrift ihrer Mutter, und viele alte Ämter blieben bestehen. Donald war *ard Ghillean an-tighe,* Alaric of Iona *as Seanachaidh,* der Barde, Mallory MacMasion *am fear sporain,* der Buchhalter oder am Schatzmeister, und Hamlin Dougall, noch älter als Phagin, *an Claisair,* der Harfinist. Ewan hatte Mellyoras Vater als *an Gille-coise* gedient, ein persönlicher Adjutant oder Leibwächter, der allerdings nie gebraucht worden war. Da Angus bei Waryk diese Stellung einnahm, wurde Ewan zum *an Kuchd-tighe* ernannt, was eine ähnliche Position darstellte, und so befehligte er weiterhin die Männer innerhalb der Festungsmauern. Jon of Wick, *an Gocaman,* beaufsichtigte die Wachen, ein Mann mit scharfen Augen, der jede Nacht im Ostturm verbrachte und nach etwaigen Gefahren Ausschau hielt.

An diesen Gepflogenheiten änderte Waryk nichts. Jeder Mann behielt seinen Posten. Zu Mellyoras Ärger schien der neue Laird ihren Beistand nicht zu benötigen. Von Donald ließ er sich die Gewohnheiten des Haushalts erklären, von Ewan und Jon die Verteidigungsanlagen, von Mallory die Lebenshaltungskosten. Seit seinem zweiten Tag in der Festung führte er mit seinen Männern und den Blue Isle-Kriegern Waffenübungen durch. Dabei benutzten sie breite schottische und kleinere Schwerter, Streitäxte- und -kolben, Piken, Kelten- und Wikingerwaffen. Viele junge Inselbewohner freuten sich, von einem so berühmten Ritter unterrichtet zu werden.

Mellyora hörte nicht nur Schwerter im Hof klirren, sondern immer wieder lautes Gelächter. Anfangs wahrte sie Abstand von ihrem Mann und schaute nur zu. Dann beschloss sie, ihre Autorität zurückzugewinnen. In langen Gesprächen mit Donald und Mallory plante sie die Haushaltsausgaben für die nächsten Wochen.

Jeden Tag saß sie in der Halle ihres Turms und schlichtete Streitigkeiten zwischen den Bauern, Kaufleuten und Handwerkern. Außerdem verbrachte sie viele Stunden, um die Verletzten und die Familien zu betreuen, deren Häuser beim Wikingerangriff niedergebrannt waren. Abends speiste sie mit Waryk, Phagin, Ewan, Angus, Jillian und Mallory an der großen Tafel. Hamlin spielte auf seiner Harfe und Alaric erzählte Geschichten aus der Familienchronik. Da er sich über Waryks Familiengeschichte informiert hatte, gab er auch diese in wohlgesetzten Worten zum Besten, was dem Laird sichtlich gefiel. Nach dem Essen verließ Waryk mit diesen oder jenen Männern die Halle, um irgendwelche Geschäfte zu erledigen.

In der ersten Zeit ergriff auch Mellyora die Flucht. Aber mit der Zeit fühlte sie sich in ihrer Festung wieder heimisch und blieb länger in der Halle. Manchmal forderte sie Ewan zu einer Schachpartie heraus. Oder sie spielte auf der Laute, erfand mit Hamlin neue Lieder, lachte und scherzte.

Eines Abends wusste sie, dass Waryk im angrenzenden Schreibzimmer saß, und so lachte sie besonders laut, während sie mit Ewan Schach spielte. Doch sie verspürte eine seltsame Leere in ihrem Herzen. Warum zeigte Waryk keinerlei Interesse an ihr?

Er wich ihr immer noch aus. Offenbar brauchte er wenig Schlaf, denn er ging erst in später Nacht zu Bett – ohne seine Frau zu beachten. Stocksteif lag er neben ihr. Das belustigte und ärgerte sie gleichermaßen. Und es bereitete ihr allmählich Sorgen.

Wenn sie mit Donald oder Mallory irgendwelche

Dinge besprach, die im Haushalt getätigt werden mussten, antworteten sie, aye, darum würden sie sich kümmern, sobald der Laird sein Einverständnis gegeben habe.

An einem späten Nachmittag besuchte sie das Grab ihres Vaters und haderte mit ihm. Warum hatte er sie verlassen? Plötzlich spürte sie, dass sie beobachtet wurde, und drehte sich um. Auf dem Gipfel des Hügels stand Waryk. Sein schottischer Überwurf flatterte in der Brise. »Gehen wir in den Turm zurück, Mellyora!«, rief er.

Erbost wandte sie sich ab, nicht gewillt, seine Befehle zu befolgen. Sie dachte, er würde mit ihr streiten. Stattdessen schlenderte er einfach davon, und sie begann zu frösteln. Ein eisiger Wind blies ihr ins Gesicht. Trotzdem blieb sie noch eine Weile vor dem Grab stehen, bevor sie in die Festung zurückkehrte.

Jillian erwartete sie in der Halle. »Wo wart Ihr, Mylady?«, wisperte sie aufgeregt. »Vorhin ist ein Bote des Königs eingetroffen ...«

»Warum?«

»Keine Ahnung. Seit einiger Zeit sitzt er mit Laird Waryk im Schreibzimmer.«

»Wer ist der Bote?«

»Sir Percy Warring«, flüsterte Angus, der sich inzwischen hinzugesellt hatte.

Im selben Augenblick öffnete sich die Tür des Schreibzimmers, und Waryk kam mit dem königlichen Boten heraus. »Kennt Ihr meine Gemahlin, Percy?«

»Aye, in der Tat.« Galant beugte sich Sir Percy über Mellyoras Hand. Dann schaute er sie bewundernd an. Mit einer Yorkshire-Erbin verheiratet, die doppelt so alt war wie er, genoss er den Ruf eines Frauenhelden, der Gräfinnen ebenso verführte wie Dienstmädchen.

Das wusste Mellyora. Aber weil die beiden Männer nicht geneigt schienen, ihr Davids Botschaft mitzuteilen, beschloss sie, die liebenswürdige Gastgeberin zu spielen, den Höfling zu betören und ihm das Geheimnis zu entlocken. »Willkommen, Sir Percy! Freut mich, Euch wiederzusehen. Was führt Euch zu uns?«

»Königliche Geschäfte! Lady Mellyora, die wir nun glücklicherweise abgeschlossen haben.«

»Nehmt doch Platz und erzählt mir von den neuesten Ereignissen am Hof!« Sie beorderte Donald zu sich und bestellte ein erlesenes Essen.

Wenig später setzte sie sich zwischen Sir Percy und Ewan an die Tafel und flirtete abwechselnd mit beiden. Als sie Ewans Kelch ergriff, streifte sie wie unabsichtlich seine Finger, entschuldigte sich und behauptete, sie habe seinen Wein für ihren gehalten. Wusste sie, was sie tat? Es war beängstigend, aber sie konnte ihr kühnes Spiel einfach nicht beenden, sang mit Hamlin, tanzte und lachte und verzauberte alle Männer. Den ganzen Abend spürte sie Waryks prüfenden Blick.

Plötzlich erinnerte sich Sir Percy an Daros Geschenk, das er dem Laird mitgebracht hatte, das kleine goldene Modell eines Wikingerboots. Damit wollte sich Mellyoras Onkel, der Anne inzwischen geheiratet hatte, bei Waryk für dessen Hilfe bedanken.

»Wie wundervoll!«, rief Mellyora und warf ihrem Mann einen vielsagenden Blick zu, der bekundete, Daro sei offensichtlich die ganze Zeit in Stirling gewesen und habe Blue Isle gar nicht angreifen können. »Also hat die Hochzeit stattgefunden.«

»Nicht am Hof, sondern auf Skul Island«, erwiderte Sir Percy. »Ich war als Zeuge des Königs dabei. Danach kam ich sofort hierher. Die beiden sind sehr glücklich und Eurem Gemahl überaus dankbar.«

»Besucht Ihr unsere Festung, um uns das mitzuteilen?«

»Und wegen anderer Dinge.«

»Welche sind das?«

»Angelegenheiten, die wir bereits erledigt haben, meine Liebe«, warf Waryk in entschiedenem Ton ein, und sie fühlte sich, als hätte er sie geschlagen. Alle Männer starrten sie an.

»Natürlich will ich mich nicht einmischen«, versicherte sie und erhob sich. »Gute Nacht, Sir Percy. Falls weitere königliche Geschäfte zu erörtern sind, möchte ich nicht länger stören.«

»Ich führe dich in unsere Gemächer«, erbot sich Waryk.

Aber sie trat hinter Laird MacKinnys Stuhl. »Ewan wird mich begleiten. Kümmere dich um unseren Gast.«

Verlegen stand Ewan auf. Da ihm nichts anderes übrig blieb, folgte er ihr aus der Halle.

Vor ihrer Tür küsste sie seine Wange. »Verzeih mir. Seit dem Tod meines Vaters bin ich nicht mehr dieselbe.« Dann floh sie in ihr Schlafzimmer.

Jillian hatte eine Karaffe Glühwein auf den Tisch gestellt und im Nebenraum ein Bad vorbereitet. In einem Zug leere Mellyora einen Becher, bis sie sich auskleidete und in der Wanne versank.

Als Waryk erschien, beachtete sie ihn nicht. Er schenkte sich Wein ein und musterte seine Frau. Beharrlich wich sie seinem Blick aus und gab vor, er wäre gar nicht anwesend. Nach einer Weile stieg sie aus der Wanne, ohne ihre Nacktheit zu berücksichtigen, trocknete sich vor dem Feuer ab und schlüpfte in ihr Nachthemd. Mit langsamen Schritten ging sie ins Schlafzimmer und kroch unter die Bettdecke.

Plötzlich spürte sie Waryks Arm, der ihre Taille umfing, und schrie beinahe auf. Sein Körper presste sich an ihren Rücken, sein Atem streifte ihr Ohr.

»Da der junge Ewan von einer Hure betört wurde, konnte ich ihn wohl kaum töten. Aber ich warne dich, Lady. Wenn so etwas noch einmal geschieht, schlage ich dich grün und blau, sogar vor Sir Percy –

damit er merkt, dass ich solche albernen Eskapaden nicht dulde.«

Obwohl sie wusste, wie unmöglich sie sich benommen hatte, fauchte sie: »Sehr eindrucksvoll! Der große königliche Ritter, Laird Adins Nachfolger, muss seine Frau verprügeln, um sie zum Gehorsam zu zwingen!«

Verprügeln? Wenn er sie noch fester umschlang, würde er ihre Rippen brechen. Viel zu deutlich nahm sie seinen warmen Körper wahr, die kraftvollen Muskeln, das harte Zeichen seiner Erregung an ihrer Hüfte ... Sie wollte protestieren, aber er ließ sie nicht zu Wort kommen.

»Wenn du mich noch einmal mit deinem Vater vergleichst, werde ich in seine Fußstapfen treten.« Er ließ so abrupt los, dass sie fröstelte, stand auf und nahm eine pelzbesetzte Robe vom Fußende des Betts.

»Was – was meinst du?«, stammelte sie.

»Das willst du gar nicht wissen. Von deinen romantischen Legenden beeinflusst, verschließt du die Augen vor der Wahrheit, die alle Welt kennt. Adin kam als wilder Wikinger auf diese Insel, plünderte und mordete und vergewaltigte. Dann blieb er hier und heiratete deine Mutter.«

»Niemals hätte er ...«

»Doch, genau das tat er«, unterbrach er sie und stürmte aus dem Schlafzimmer.

Eine Zeit lang blieb sie zitternd liegen. Dann stieg sie aus dem Bett und schlüpfte in ihre eigene Pelzrobe. Sicher hatte Waryk gelogen. Zu solchen Gräueltaten wäre ihr Vater nicht fähig gewesen. Sie verließ das Zimmer und wollte die Halle aufsuchen. Aber dort würde sie ihren Mann antreffen. Und so lief sie den Korridor entlang, in die entgegengesetzte Richtung.

Zu seiner Erleichterung war die Halle leer. Vor dem Kamin trotteten ein paar Hunde umher. Als Waryk in einen der wuchtigen Sessel sank, die vor dem glimmenden Feuer standen, ließen sie sich rings um ihn nieder. Geistesabwesend streichelte er einen Hundekopf. Mellyora würde ihn allmählich zum Wahnsinn treiben. Warum flirtete sie pausenlos mit diesen oder jenen Männern? Um ihn herauszufordern? Auszuprobieren, wie weit sie gehen konnte?

Leise Schritte rissen ihn aus seinen Gedanken, und er sprang auf. Mangels einer anderen Waffe ergriff er einen Feuerhaken.

Aber es war Jillian, die auf ihn zukam. Erschrocken starrte sie den Schürhaken an. »Laird Waryk …«

»Aye, was gibt's?« Er lehnte den Feuerhaken an den Kamin, setzte sich wieder und rieb über seine Schläfen, die schmerzhaft pochten.

»In Eurem Haus müsst Ihr niemanden fürchten.«

»Ich habe lange genug gekämpft, Jillian, und erwarte, überall Feinde anzutreffen. Sogar in diesen Mauern.«

»Vielleicht habt Ihr hier weniger Feinde, als Ihr glaubt.«

»Mag sein. Was führt Euch zu mir?«

»Ich muss Euch sprechen. Nach diesem Abend … Ihr könntet einiges ändern, Laird Waryk.«

»So?«

»Jede Nacht sitzt ihr stundenlang in der Halle und starrt ins Feuer. Dafür gibt es keinen Grund …« Sie unterbrach sich und schien nach Worten zu suchen. »Gewiss könnt Ihr zählen. Seit Eurer ersten Begegnung mit Mellyora ist über ein Monat verstrichen.«

Er hob die Brauen. Offenbar fühlte sie sich sehr unbehaglich und wusste nicht, wem ihre Loyalität gelten sollte – ihrem Herrn oder ihrer Herrin. »Was meint Ihr?«, fragte er lächelnd, obwohl er es bereits erraten hatte.

»Ich versichere Euch – unter ihrem Herzen wächst

kein Kind eines anderen Mannes.« Hastig wandte sie sich ab und ergriff die Flucht.

Eine Zeit lang beobachtete er die schwach züngelnden Flammen. Dann sprang er so abrupt auf, das der Sessel umstürzte. Verängstigt jaulten die Hunde. Aber er beachtete sie nicht und eilte aus der Halle.

Ihr Vater war in einer christlichen Zeremonie nach Wikingerart auf dem Hügel mit seinem Boot und den Waffen bestattet worden. Doch die Mutter hatte in der Krypta der kleinen Kapelle im Turm des Lairds ihre letzte Ruhe gefunden, an der Seite ihrer Vorfahren. Mellyora schlich die Stufen zum Erdgeschoss hinab, nahm eine Fackel von der Wand und betrat die Kapelle. Über dem Altar wölbte sich ein normannischer Torbogen, in den Kirchenbänken aus Eichenholz fanden nur etwa zwanzig Personen Platz. Zur Krypta führte eine Wendeltreppe hinab. Aber Mellyora zögerte und starrte das einzige religiöse Symbol in der Kapelle an, ein goldenes keltisches Kreuz oberhalb des Altars.

Als sie eine Bewegung wahrnahm, zuckte sie zusammen. »Ist da jemand?«, rief sie leise. Hinter ihr erklangen Schritte und sie drehte sich atemlos um. »Waryk!«

»Wen willst du hier treffen?«

»Niemanden ...« Die Hände geballt, wich sie durch den Mittelgang zurück, aber er folgte ihr unerbittlich.

»Warum bist du dann hier?«

»Um – das Grab meiner Mutter zu besuchen.«

Dicht vor ihr blieb er stehen und sie konnte nicht weiter zurücktreten, sonst wäre sie über die Altarstufen gestolpert. »Mitten in der Nacht? Wolltest du sie fragen, ob dein Vater ein diebischer, mörderischer Eroberer war?«

»Vielleicht ...«

»Lügnerin!«

Sie wollte protestieren. Aber er packte plötzlich ihr

Nackenhaar und zog sie zu sich heran. Besitzergreifend presste er seinen Mund auf ihren, schmerzhaft und doch verführerisch. Sie wehrte sich mit aller Kraft. Genauso hatte er sie in der Hochzeitsnacht geküsst und dann von sich gestoßen. Und trotzdem entfachte er wieder jene unwillkommene Hitze in ihr. Endlich gelang es ihr, dem verzehrenden Kuss zu entrinnen.

»Hör auf!«, raunte sie. »Wir sind in der Kapelle!«

»Dann beichte deine Sünden! Wen wolltest du hier treffen?«

»Niemanden!«

»Lüg nicht!« Seine Finger schlangen sich noch fester in ihr Haar, rissen an den Wurzeln, und sie unterdrückte nur mühsam einen Schrei. »Elende kleine Närrin! Du könntest die Männer scharenweise in den Tod treiben.«

»Nein!«

»Da hast du Recht – weil ich's nicht zulassen werde.« Er hob sie hoch und warf sie über seine Schulter.

»Was machst du? Lass mich los, Waryk, ich kann gehen ...«

Ohne zu antworten, trug er sie nach oben in die Herrschaftsgemächer.

Unsanft ließ er sie aufs Bett fallen und warf sich über sie. Im Feuerschein glitzerten seine Augen rot und golden. Die Augen eines Dämonen. Ehe Mellyora sich zu wehren vermochte, küsste er sie wieder, schob seine Zunge zwischen ihre Lippen, raubte ihr die Kräfte und alle klaren Gedanken. Erst öffnete er ihre Robe, dann seine, und sie spürte seinen nackten Körper. Ihr Nachthemd wurde nach oben gezerrt, seine Finger erforschten ihr nacktes Fleisch. Erfolglos versuchte sie, ihnen auszuweichen und zu schreien. Aber sie bekam keine Luft.

Und dann stöhnte sie an seinem Mund, ihre Fingernägel gruben sich in seinen Rücken. Widersprüchliche Gefühle erfüllten sie, seine unerträgliche Wärme – überwältigend. Sie wollte sich an ihn klammern – und ihn wegstoßen, seine Lippen kosten, seinen sinnlichen Duft einatmen …

Wie ein Messer durchfuhr ein brennender Schmerz ihren ganzen Körper. Trotzdem schrie sie nicht, verriet ihrem Mann nicht, dass er ihr weh tat. Aber er wusste es, denn er hielt plötzlich inne. »Warum hast du mir nichts gesagt?«, fragte er heiser.

»Natürlich habe ich's dir gesagt, du Narr! Du wolltest mir nicht glauben. Bei der Ehre meines Vaters schwor ich dir …« Sie verstummte, weil er sich wieder bewegte. Verzweifelt rang sie nach Luft, ihre Finger schlangen sich in den Pelz über seinen Schultern. »Hör auf, hör auf, hör auf«, flehte sie, bis sein Mund ihre Stimme erstickte.

Ganz langsam begann sich irgendetwas zu ändern. Seine Zunge spielte mit ihrer, seine Hände wanderten über ihre nackte Haut. Allmählich verebbte der Schmerz, und sie war völlig gefühllos. Nein – sie spürte die Anspannung in Waryks Muskeln, das wachsende Fieber in seinem beschleunigten Rhythmus, die Hitze, die sie zu versengen drohte. Sein keuchender Atem erschien ihr wie der Nordwind, sein Herzschlag wie Donner. Von seinen Armen umschlungen, glaubte sie zu vergehen. Und dann empfand sie ein seltsames Entzücken und eine feuchte Wärme, die sie ganz und gar auszufüllen schien.

Behutsam zog er sich zurück, glitt von ihr hinab und legte sich auf den Rücken. Mellyora fror, von neuen Schmerzen gepeinigt. Natürlich wusste sie, was geschehen war – womit eine Ehefrau rechnen musste – und doch … Niemals hätte sie gedacht, dass sie eine so inbrünstige Sehnsucht empfinden würde. Nach ihm. Trotz der brennenden Qualen wollte sie sein Fleisch berühren und sich an ihn schmiegen, umarmt und getröstet und gestreichelt werden – und … geliebt.

Zusammengekrümmt, im zerknüllten Nachthemd und der Pelzrobe gefangen, drehte sie sich auf die andere Seite.

»Tut mir leid, Mellyora«, entschuldigte er sich nach einer Weile.

»Das sollte dir auch leid tun.«

»Im Grunde ist's deine Schuld …«

»Meine Schuld!«

»Du hast es genossen, mich herauszufordern und zu ärgern.«

»Niemals!«, log sie. »Ich habe die Wahrheit gesagt. Und du wolltest mir nicht glauben.«

»Also gut, ich habe mich geirrt.«

Seine Antwort überraschte sie.

»Offensichtlich …«, flüsterte sie. Zu ihrer Bestürzung brannten Tränen in ihren Augen und sie war froh, dass sie ihm den Rücken kehrte.

»Darüber freue ich mich sehr. Ich mag Ewan wirklich.«

Da wandte sie sich zu ihm. Er schaute sie nicht an, starrte zur Zimmerdecke empor und wirkte so selbstzufrieden, dass neuer Zorn in ihr aufstieg. »Du freust dich, weil du Ewan magst?«

»Aye.«

Empört richtete sie sich auf und trommelte mit beiden Fäusten gegen seine Brust, bis er ihre Handgelenke festhielt.

»Was soll das?«

»Sei lieber froh, weil deine Frau dir die Wahrheit gesagt hat!«

»Ah!« Er warf sie auf den Rücken und kniete über ihren Hüften. »Vielleicht würdest du's vorziehen, wenn ich dich weiterhin mit meinem Misstrauen verfolgte …«

»Nein!«, rief sie. Im Feuerschein sah sie seine nackte, vernarbte, muskulöse Brust viel zu deutlich. »Bitte, lass mich endlich los – du willst mich einfach nicht verstehen und …« Als sie ihn lächeln sah, unterbrach sie sich. »Was findest du denn so komisch?«

»Nicht komisch – erfreulich.«

»Bitte, Waryk …«

Diesmal konnte sie nicht weitersprechen, weil er sich herabneigte und sie küsste. Aufreizend erforschte seine Zunge ihren Mund. Sie wollte gleichgültig bleiben, beleidigt und entrüstet erscheinen.

Bedauerlicherweise brachte er soviel Geduld auf, kostete den Kuss genüsslich aus, bis ihr ganzer Körper vor Erregung zitterte.

Dann hob er den Kopf. Seine Finger glitten über ihre Wange, sein Daumen zog die Umrisse ihrer feuchten Lippen nach. »Niemals wollte ich dich verletzen«, beteuerte er. »Nun – vielleicht – hin und wieder. Heute Abend war ich tatsächlich versucht, dich grün und blau zu schlagen. Aber in unserem Ehebett wollte ich dir keine Qualen bereiten.« Er richtete sich auf, schlüpfte aus seiner Robe, und es drängte sie, seine Brust zu berühren, die Geschichte jeder einzelnen Narbe zu hören. Plötzlich fürchtete sie, er könnte ihr zu viel bedeuten. Reglos lag sie da. »Zieh das aus«, bat er und zerrte an ihrer Robe.

»Nein, warte …«

»Meine Liebe, wir wurden einander schon vorgestellt. Und jetzt lernen wir uns besser kennen. Du brauchst dich nicht zu ängstigen, es wird nicht mehr wehtun. Außerdem hast du nur einen kurzen Schmerz verspürt.«

»Nein …«

»Das bedaure ich, und wenn dir auch ein elender, altersschwacher, hässlicher Ritter aufgehalst wurde, ich will mein Bestes tun, um dich zu beglücken.«

»Warum legst du Wert darauf?«, fragte sie, während er ihr die Robe und das Nachthemd auszog. »Du wolltest nicht mich. Nur mein Land.«

Seine Augen, tiefblau wie das Meer an einem sonnigen Tag, schauten sie eindringlich an, und sein Lächeln wirkte weder spöttisch noch belustigt. »Sei nicht so bescheiden, Lady! Als du heute Abend alle Männer betört hast, merkte ich, dass du deine eigene Macht sehr wohl kennst. Du bist schön, Mellyora, das weißt du. Und du wirst noch viele Herzen brechen.«

»Nur deines nicht«

»Ich bin kein Narr, Lady.«

»Natürlich, du wolltest mich gar nicht heiraten.«

»Jetzt finde ich's nicht mehr so schlimm.«

»Mit deinen glühenden Liebeserklärungen wirst du mir noch den Kopf verdrehen.«

»Zweifelst du etwa an meiner Leidenschaft?«, fragte er grinsend. »Aber im Ernst, Mellyora – ich hatte gewisse Bedenken gegen unsere Ehe, weil ich das Leben liebe und deine bedrohliche Angriffslust mehrmals zu spüren bekam. Was deinen Kopf betrifft – den will ich gewiss nicht verdrehen. Womöglich würdest du dem Wahnsinn verfallen, und du bist ohnehin schon gefährlich genug.«

Bevor sie widersprechen konnte, wanderten seine Lippen über ihren Hals, und sie fühlte, wie sich ihr Puls beschleunigte. Langsam zogen seine Küsse eine Spur in die Vertiefung zwischen ihren Brüsten. Wie aus eigenem Antrieb schlang sie ihre Finger in sein dichtes dunkles Haar. Sein Mund umschloss eine ihrer Brustwarzen und jagte eine Hitzewelle bis in ihren Bauch hinab. Könnte sie sich doch gegen diese verzehrenden Gefühle wehren … Und plötzlich fragte sie sich, ob es ihr gelingen würde, ähnliche Emotionen in ihm zu wecken. Ja, das wünschte sie sich – diese unwiderstehliche, drängende Sehnsucht sollte auch ihn quälen.

Und warum wollte sie das? Obwohl sie sich doch so lange gegen ihn gesträubt hatte … Diesen Gedanken konnte sie nicht weiterverfolgen, denn seine Zunge liebkoste ihre Brustwarze verführerisch, glitt zu ihrem Nabel hinab, über die Hüfte zu einem Schenkel, zwischen ihre Beine …

Verwirrt schrie sie auf, wand sich protestierend umher – und dann in wachsender Lust. Alles in ihr schien zu pulsieren, ein süßer Hunger erfüllte ihre Sinne. Nein, das ertrug sie nicht länger. Wenn er nicht aufhörte, würde sie sterben …

Plötzlich lag er wieder auf ihr und flüsterte an ihren Lippen: »An meiner Leidenschaft musst du nicht zweifeln, Lady.« Er küsste sie, dann ergriff er ihre Hand und führte sie nach unten. Zitternd starrte sie ihn an. »Nur zu, du darfst es getrost wagen, deinen Mann zu berühren. Dieser Körperteil ist sehr verletzlich. Und er beißt nicht.« Lächelnd schloss er ihre Finger um seine harte Männlichkeit.

»Nein, viel schlimmer …«, hauchte sie.

»So?«

»Er raubt mir den Atem, er stiehlt meine Seele.«

Langsam drang er in sie ein und sie erschauerte. »Nur das Herz stiehlt die Seele. Nichts anderes.«

Als er sich zu bewegen begann, schloss sie die Augen. Diesmal trug er sie in unbekannte Höhen empor, und sie glaubte, die Sonne zu berühren. Und dann zerbarst die Sonne in winzige goldene Lichtpunkte, die ihr Innerstes zu zerschmelzen schienen …

Später lag er neben ihr und hielt sie in den Armen. »Für diesen Preis hat sich der Kampf gelohnt … Oh«, unterbrach er sich, »ich muss mir gut überlegen, wie viel ich zugebe. Denn ich wage nicht zu gestehen, dass du mich über alle Maßen beglückst – während du dich mit einem hässlichen, pockennarbigen alten Normannen abfinden musst.«

»So widerwärtig bist du gar nicht«, erwiderte sie lächelnd.

»Ah, mit diesen ermutigenden Worten hast du mich für alle Zeiten in deinen Bann gezogen.«

»Wenigstens hast du immer noch alle deine Zähne.«

»Vielleicht werde ich nach dieser Nacht keine Haare mehr besitzen.«

Nur zu gut wusste sie, was er meinte. In ihrer Leidenschaft hatte sie etwas zu kräftig an seinen Haaren gezerrt. Mehr verlegen als wütend schlug sie mit einer Faust auf seine Brust und er hielt ihr Handgelenk lachend fest. Dann küsste er sie wieder.

Noch nie hatte sie so wenig Schlaf gefunden wie in dieser Nacht.

18

Tagelang schwebte Mellyora über den Wolken. Sie schlief, bis die Mittagssonne ins Zimmer schien. Die Nachmittage verbrachte sie im Dorf auf dem Festland, wo sie die Verwundeten betreute, und beim Abendessen genoss sie Sir Percys Gesellschaft. Neuerdings saß auch Ewans jüngere Schwester Igraina am Tisch, die drüben an der Küste wohnte und für ein paar Tage zu Besuch gekommen war.

In Ewans Anwesenheit fühlte sie sich etwas unbehaglich. Sie fürchtete sogar, man würde ihr anmerken, welcher Aspekt ihrer Ehe neue Lebensgeister weckte und sie so hoffnungsvoll in die Zukunft blicken ließ. Aber natürlich konnte niemand wissen, dass die Hochzeitsnacht verspätet stattgefunden hatte. Nur Phagin bemerkte vorwurfsvoll, sie sei etwas zu fröhlich.

Während der Mahlzeiten flirtete sie immer noch mit allen Männern, doch sie saß stets neben Waryk, ergriff manchmal seine Hand und bekundete unmissverständlich, zu wem sie gehörte. Wenn sie ihn mutwillig herausforderte, wusste sie, dass er ihr nicht zürnte. Das verriet ihr seine Zärtlichkeit, sobald sie ihre Privatgemächer erreichten. Sie hatte ihre eigene Macht entdeckt – und jene andere, die Waryk auf sie ausübte. Jeden Morgen erwachte sie glücklich in seinen Armen und fühlte sich ihm so nahe wie keinem anderen Menschen je zuvor.

Sir Percy reiste nicht ab. Eines Morgens, in der zweiten Woche nach seiner Ankunft, beendete sie ihr Frühstück in der Halle und trat auf die Brustwehr hinaus. Von dort aus sah sie, wie er auf einer Wiese außerhalb der Festung die Waffenübungen ihres Mannes und seiner Krieger beobachtete, die alle auf Schlachtrössern saßen. Streitkolben in den Händen, galoppierten sie hintereinander zu einer Strohpuppe und enthaupteten sie. Nachdenklich schaute Mellyora zu. Jeden Abend war Sir Percy ein amüsanter Gesellschafter. Aber was hatte ihn hierher geführt? Würde der König ihren Mann bald zu sich beordern? Hing der Besuch des Höflings damit zusammen?

Beim Essen sprachen sie oft über den König. Was die strittige englische Thronfolge betraf, stand David natürlich auf Mathildas Seite, weil sie seine Nichte war, die Tochter seiner Schwester, Henrys erster Frau. Die Engländer hatten ihre gute Königin Maud sehr geliebt. Ihr verdankten sie die Instandsetzung der Römerstraßen und den Bau zahlreicher Gotteshäuser. Und sie hatten Mauds Demut bewundert. In vielen Kirchen wusch sie die Füße der Bettler und küsste sie. Auf diese Weise regte sie ihre Mitmenschen zur Nächstenliebe an. Sie schenkte Henry zwei Kinder, Mathilda und William, nach seinem Großvater, dem Eroberer, benannt. Aber William starb auf der Rückkehr aus der Normandie nach England bei einem Schiffbruch, und Stephen, ebenfalls ein Enkel des Eroberers, bestieg den englischen Thron. Zuvor hatte Mathilda acht Monate lang regiert. Und nun tobte ein erbitterter Kampf um die Krone, der Waryks Sorge um die schottische Grenze immer wieder schürte. Stephen war mit seiner Kusine Mathilda verheiratet. Einem Gerücht zufolge genossen Stephen und Henrys Tochter, obwohl sie um den Thron stritten, eine wilde, leidenschaftliche Liebesaffäre. Man behauptete sogar, Mathildas Sohn Henry, in ihrer zweiten Ehe mit Geoffrey of Anjou geboren, stamme von Stephen. Während er heranwuchs, sah er seinem Urgroßvater, dem Eroberer, immer ähnlicher. Mellyora kannte die geschichtlichen Zusammenhänge und erwartete, Henry würde in England eindringen. Bei den

Gesprächen mit Sir Percy entstand allerdings der Eindruck, die Invasion wäre vorerst nicht geplant. Umso erstaunlicher fand sie den Besuch des Höflings und Waryks intensive Waffenübungen mit seinen Kriegern. Neuerdings wurden auch die jungen Burschen aus dem Dorf hinzugezogen. Der Sohn des Goldschmieds, für den eigentlich eine kirchliche Laufbahn vorgesehen war, übte eifrig mit der Armbrust. Und einer der drei Maurermeistersöhne tat sich mit dem Schwert hervor, statt eine vom Sturm beschädigte Festungsmauer auszubessern. Auch die Söhne anderer Handwerker, der Bauern und Hausdiener beteiligten sich an den Waffenübungen.

Ein paar Mal fragte Mellyora den Gast nach dem Grund seines Besuchs, aber er gab ihr immer nur eine ausweichende Antwort. Wenn Waryk zum König gerufen werden sollte, ließ sich ohnehin nichts daran ändern. Deshalb konnte sie den Sinn dieser Heimlichkeiten nicht verstehen.

Vielleicht würde sie die Wahrheit herausfinden, wenn sie zum Schauplatz der Waffenübungen ritt. Kurz entschlossen ging sie eines Tages zu ihrem Schlafzimmer, wo sie einen Umhang aus dem Schrank nehmen wollte. Dabei hörte sie Jillian und Igraina, die gerade Ordnung machten, miteinander sprechen.

»Wissen es noch andere?«, fragte Igraina.

»Natürlich Sir Percy, der dem Laird die Neuigkeit mitteilte. Und Angus, weil er immer alles weiß. Ebenso Ewan, denn er muss die Festung verteidigen.«

»Wahrscheinlich ahnt Mellyora nichts ...«

Das genügte. Ohne noch länger zu zögern, stieß Mellyora die Tür auf. »*Was* ahne ich nicht?«

Igraina erblasste und schwieg.

Erbost wandte sich Mellyora zu Jillian. »Verdammt, was soll das? Warum verrät mir niemand, was los ist?«

»Laird Waryk muss bald abreisen«, erklärte Jillian.

»Hat der König ihn zu sich bestellt?«

Keine der beiden Frauen beantwortete die Frage.

»Also?«, fauchte Mellyora. »Worum geht es?«

»David will in England einmarschieren«, erwiderte Jillian unbehaglich. »Deshalb hat er Sir Percy zu Laird Waryk geschickt – weil beide mit dem Grenzlandlord Peter of Tyne befreundet sind. Sie sollen mit den Kriegern zu ihm reiten und ihn auffordern, David als seinen König anzuerkennen.«

Reglos stand Mellyora da. Was hätte sie empfunden, wenn dies früher geschehen wäre? Hätte sie frohlockt, weil sie allein auf Blue Isle herrschen würde? Nein … Ihr Magen krampfte sich zusammen. Von Anfang an war sie eifersüchtig auf Eleanora of Tyne gewesen, selbst als sie Waryk verachtet hatte. Jetzt schwelgte sie im Glück, das er ihr jede Nacht schenkte … Und er würde zu seiner Geliebten reiten …

Entrüstet stürmte sie aus dem Zimmer und Jillian folgte ihr auf den Fersen. »Dort muss er hinreiten, Mellyora. Es hat nichts zu bedeuten. Immerhin dachte er, Ihr würdet Ewan lieben und er musste befürchten …«

»Ich *habe* Ewan geliebt. Deshalb bedrohte Waryk sein Leben. Kann ich's ihm nicht mit gleicher Münze heimzahlen?«

»Bitte, Mylady …«

»Lass mich in Ruhe!«, fauchte Mellyora, schüttelte Jillians Hand ab und rannte in den Hof, zum Stall. Sie wollte ihren silbergrauen Zelter satteln lassen. Dann entschied sie sich für Dabney, eines der großen Schlachtrösser. Der Sohn eines kräftigen Ackergauls und einer flinken Araberstute – das Geschenk eines Kalifen, dessen Gebiet ihr Vater auf seinen Streifzügen durch die Mittelmeerländer verschont hatte – war Adins Lieblingspferd gewesen. Nach seinem Tod hatte sie es ihrem Freund Ewan geschenkt. Wenig später galoppierte sie durch das Tor zur Wiese hinaus. Kurz bevor sie die Männer erreichte, die eine lange Reihe auf dem Grad eines Hügels bildeten, zügelte sie den Hengst. »Schon viele erfahrene, aber unvorsichtige Krieger sind der Spitzhacke eines Bauern zum Opfer gefallen«, hörte sie Waryk erklären, der lässig in Mercurys Sattel saß. »Ihr müsst Augen und Ohren ständig offen halten und bedenken – jede Rüstung hat ihre Schwachstellen. Die solltet ihr erkennen, eure eigenen schützen und die des Gegners nutzen. Bei den Übungen mit der Strohpuppe habt ihr ausgezeichnete Arbeit geleistet. So leicht lässt sich ein lebender Feind nicht enthaupten. Unterschätzt ihn nicht – und überschätzt euch nicht. Hütet euch vor stärkeren Widersachern. Manchmal ist ein Rückzug die bessere Strategie als ein Angriff.«

Langsam ritt Mellyora von hinten an ihren Mann heran und er bemerkte sie nicht. Nur weil Ewan und Angus sie entdeckten und sich verneigten, drehte er sich um. Missbilligend runzelte er die Stirn.

»Schaut euch meine Lady an, liebe Freunde! Als Tochter eines Wikingers weiß sie, mit Waffen umzugehen. Und sie glaubt sogar, mit ihrem Schwert wäre sie jedem Krieger gewachsen.«

»Allerdings!«, bestätigte Mellyora. »Oft genug habe ich mich erfolgreich verteidigt. Und ich werde es immer wieder tun.«

»Vergiss nicht, Mellyora!«, rief Ewan. »Wir werden ausgebildet, um dich zu verteidigen!«

»Vielen Dank für deine edle Gesinnung, Ewan!«, erwiderte sie. »Aber ich fürchte, ich kann mich nicht immer auf die Anwesenheit eines Kriegers verlassen, wenn mir eine Gefahr droht.« Bei diesen Worten schaute sie in Waryks Augen.

»Würdest du in der Festung bleiben, teure Gemahlin, wärst du ungefährdet«, erwiderte er.

»Manche Gefahren lauern auch innerhalb der Festungsmauern.«

»Jedenfalls braucht ihr *immer* einen Beschützer!, mischte sich der junge Brett MacKinny ein. »Weil Ihr eine Frau seid!«

»Nicht unbedingt«, widersprach Mellyora und ritt zu Ewan. »Gib mir deinen Schild.«

»Nein ...«

»Bitte, Ewan.«

Widerwillig gehorchte er und sie nahm ihm auch noch die Lanze aus der Hand, die er für die nächste Übung bereithielt.

»Damit wird mich dein Mann aufspießen!«, flüsterte er.

Sie warf ihm einen vernichtenden Blick zu, ritt an ihm vorbei und stellte fest, dass die Spitze der Tourniertwaffe für die Übungen abgestumpft worden war. »Komm, Brett, lass dir zeigen, was eine Frau vermag!«

»O nein, Mylady ...«, protestierte der Junge.

»Nur keine Angst! Ich bin im Vorteil, denn du wirst mich nicht angreifen!«

»Mellyora!«, rief Waryk warnend, aber sie beachtete ihn nicht.

Die anderen Männer machten Platz und sie spornte Dabney an. Nur zögernd hob Brett seine Lanze. Der Zusammenprall beider Waffen warf ihn vom Pferd, und Mellyora blieb im Sattel.

Während ihr einige Krieger zujubelten, betonte Angus: »Brett ist ein höflicher Junge, Mylady, und er wurde niemals seine ganze Kraft gegen Euch einsetzen.«

»Dann soll er sich selbst schützen!« Mellyora stieg ab, ließ die Lanze fallen und wählte ein Schwert aus dem Arsenal, das auf der Wiese bereitlag. Den Schild in der linken Hand, ging sie entschlossen zu Brett. Sie hielt Waryk für einen ausgezeichneten Lehrer, bezweifelte aber, dass er genug Zeit gefunden hatte, um dem

Jungen alle Feinheiten der Fechtkunst beizubringen. »Heute will ich Laird Lion unterstützen und dir eine Lektion erteilen.«

Nach ihrem vierten Angriff verlor Brett seine Waffe, sank auf ein Knie und hob seinen Schild. »Mylady ...«

»Noch eine Lektion!«, fiel Waryk ihm ins Wort, trat hinter seine Frau und sie wandte sich zu ihm. Sie hatte ihn erwartet. »Auf dem Schlachtfeld trifft man nur selten einen einzigen Gegner an. Wenn du glaubst, du würdest triumphieren, steht meistens ein anderer Mann bereit, um deine Kehle zu durchschneiden.«

»So ist das Leben nun einmal. Ein Grund mehr, um immer wachsam zu bleiben und den Feind niemals zu unterschätzen.« Wütend attackierte sie ihn und merkte, dass er sie mit voller Absicht herausgefordert hatte.

Nach ein paar gewaltigen Schwerthieben zwang er sie in die Knie und sie musste ihren Schild emporhalten. Aber als er sein breites schottisches Schwert erneut hob, sprang sie plötzlich auf, wich zur Seite und seine Klinge blieb im Erdreich stecken. Bevor Mellyora ihn angreifen konnte, riss er die Schneide aus dem Boden. Klirrend prallte Stahl gegen Stahl und Mellyora beachtete den stechenden Schmerz in ihrer Schulter nicht, den ihre erbitterte Gegenwehr verursachte. Schließlich wurde sie hinter Dabney getrieben. Im Rückwärtsgang stolperte sie über einen Stein und stürzte. Obwohl sie sich nicht verletzte, schrie sie auf.

»Mellyora ...« Sofort senkte Waryk seine Waffe und reichte ihr eine hilfreiche Hand. Da hielt sie ihm blitzschnell ihr Schwert an die Kehle.

»Tückisches Biest!«, flüsterte er.

»Man muss jeden Vorteil nutzen.«

»Allerdings.« Er entriss ihr das Schwert, ohne den scharf geschliffenen Stahl zu beachten, der in seine Hand schnitt, und schleuderte es beiseite. »Nun habe ich dich um deinen Vorteil gebracht.«

»Hätte ich ihn genutzt, wärst du jetzt tot.«
»Ist das eine Drohung?«
»Du hast mir das Schwert weggenommen.«
»Nun, irgendwelche Waffen findet man immer.«
»Und überall lauern Gefahren.«

Er ergriff ihre Hand und half ihr auf die Beine. Von diesem Wortwechsel hatten die Männer nichts gehört, und sie jubelten beiden zu. Am liebsten hätte Mellyora verkündet, ihr Gemahl sei keineswegs ein galanter Ritter, würde nur ein grausames Spiel mit ihr treiben und sie habe vor Schmerzen geschrien.

»Ewan, Angus – macht bitte weiter!«, rief Waryk. »Da meine Frau ihr Schwert so temperamentvoll geschwungen hat, glaube ich, sie will mir etwas sagen. Unter vier Augen.«

»Aye, Waryk«, stimmte Angus zu und wandte sich zu den Kriegern, während der Laird seine Gemahlin zu Mercury führte. Da sie ihn gut genug kannte, wusste sie, dass jeder Widerstand zwecklos war. Schweigend ließ sie sich in den Sattel heben. Er stieg hinter ihr auf und sie ritten in den Hof der Festung.

Bevor sie ihr Schlafgemach erreicht hatten, sagte er kein einziges Wort. Ohne Mellyora aus den Augen zu lassen, trat er vor den Kamin und wärmte seine Hände über den Flammen. »Was du mir zu sagen hast, weiß ich nicht. Aber ich schwöre dir – wenn du dich noch ein einziges mal so albern aufführst, sperre ich dich in diesen Gemächern ein, und du wirst nur mit meiner Erlaubnis an den Mahlzeiten in der Halle teilnehmen.«

»Was?«, wisperte sie ungläubig.

»Soeben hast du dein Leben aufs Spiel gesetzt.«

»Unsinn, keiner deiner Krieger würde mich töten …«

»Aber du hättest verletzt werden können. Dieses Risiko kann man bei Waffenübungen niemals ganz ausschließen. Vielleicht hast du sogar unser Kind gefährdet.«

Wütend biss sie die Zähne zusammen. Warum musste er nach dem Glück der letzten Tage erneut erwähnen, warum er sie geheiratet hatte? Weil er Blue Isle für sich gewinnen wollte – und weil er sich einen Erben wünschte. »Glaubst du das?«, stieß sie hervor. »Und du reist trotzdem ab?«

»Aye.«

»Du reitest zur Festung Tyne!«

»Im Dienst des Königs. Er will in England einfallen, und die Domäne Tyne ist die erste, die er in seine Gewalt bringen wird. Da ich seit langer Zeit mit Peter befreundet bin, möchte ich ihm eine Gelegenheit geben, sich vor David zu beugen, bevor ihn die königlichen Krieger dazu zwingen.«

»Wie edel von dir! Also kam Sir Percy hierher, um dir von Peter of Tynes Schwierigkeiten zu berichten? Und du hast die Waffenübungen forciert, um mit einer gut ausgebildeten Truppe nach Tyne zu reiten?«

»Aye.«

»Sicher wirst du auch die Schwester deines lieben Freundes wiedersehen, nicht wahr?«

Diese Frage schien ihn nicht zu überraschen. Lächelnd hob er die Brauen. Eine andere Antwort brauchte sie nicht. Sie rannte zur Tür, aber er trat ihr in den Weg. Weil sie ihn nicht berühren wollte, blieb sie abrupt stehen. »Ich dachte, meine Abreise würde dich beglücken, Mellyora. Endlich kannst du allein auf deiner Insel schalten und walten.«

»Wundervoll! Verschwinde doch! Je eher, desto besser.«

»Es ist eine Frage der Ehre …«

»Deine Ehre! Oh, du Bastard! Geh von der Tür weg!«

»Mellyora …«

Als sie sich an ihm vorbeischieben wollte, hielt er sie fest. »Reite doch zu deiner Geliebten!«, fauchte sie. »Und untersteh dich, mich anzurühren!«

Plötzlich ließ er sie los, aber er versperrte ihr immer noch den Weg zur Tür und verschränkte die Arme vor der Brust. »Willst du das wirklich?«

»Aye!«

»Um ein Blutvergießen zu verhindern, reite ich zu einem Freund – denn so sehr ich's auch bedaure, ich kann den König nicht von seinen Invasionsplänen abbringen. Die erbitterten Kämpfe werden noch früh genug ausbrechen. Davor will ich Peter bewahren. Und du glaubst, ich würde nur nach Tyne reiten, um meine Geliebte wiederzusehen.«

»Nein.«

»Nein?«

»Du wirst deinen alten Freund glückstrahlend begrüßen, ihr werdet einander auf die Schultern klopfen, zwei große Krieger und Verbündete des Königs, und du wirst erst danach ins Bett deiner Geliebten sinken.«

Jetzt musste sie das Zimmer nicht mehr verlassen. Wortlos starrte er sie an, dann machte er auf dem Absatz kehrt und stürmte hinaus.

Igraina hatte ein paar Tage in der Festung verbracht. Nun beschloss sie, in das Dorf auf dem Festland zurückzukehren, wo sie zusammen mit ihrer Großmutter Gwyneth und Großvater Lars eine Hütte bewohnte. Die beiden hatten Ewan und seine Schwester großgezogen, nachdem die Mutter bei der Geburt des Mädchens gestorben war, Obwohl Igraina, eine schöne junge Frau, schon viele Heiratsanträge bekommen hatte, wollte sie ihre Großeltern nicht allein lassen. Sir Percys Charme bezauberte sie, was er auch beabsichtigte. Aber selbst wenn seine Ehefrau sterben sollte – einem solchen Mann war Igraina nicht ebenbürtig, obwohl sie als Schwester eines Familienoberhaupts eine gewisse gesellschaftliche Stellung einnahm. Das wusste sie und so fand sie es besser, die Insel zu verlassen, bevor sie ihr Herz verlieren würde.

An diesem Nachmittag trat die Ebbe ein, und Ewan ritt mit ihr zur Küste hinüber.

»Wirst du Waryk begleiten?«, fragte sie. »Oder bleibst du zu Hause, um die Festung zu bewachen – und seine Frau?«

»Ich bleibe hier.« Als er ihre Missbilligung spürte, seufzte er. »Glaub mir, Igraina, ich sehne mich nicht nach der Frau des Lairds …«

»Lügner! Du hast sie immer geliebt.«

»Das stimmt. Aber du musst dich nicht um mich sorgen. Nach Adins Tod wusste ich, dass der König ihr niemals gestatten würde, mich zu heiraten. Nun bin ich jedoch froh, weil seine Wahl auf Waryk fiel, denn Mellyora hätte es weiß Gott schlimmer treffen können.«

»Ja, er ist ein guter Laird und ich verdanke ihm mein Leben. Er wird den König sicher nicht enttäuschen, auf Blue Isle die Stellung halten und die Festung gegen alle Feinde verteidigen. Aber nun muss er abreisen und Mellyora ist außer sich vor Zorn.«

Ewan warf seiner Schwester einen kurzen Blick zu. »Ah, ich verstehe. Du glaubst, sie will sich an ihm rächen, weil er zu seiner Geliebten reitet, und sie wird mich als Werkzeug benutzen.«

»Früher hat sie dich geliebt …«

»Aye.«

»Bedeutest du ihr jetzt nichts mehr?«

»Auf gewisse Weise wird sie mich immer lieben. Und deshalb wird sie meine Gefühle nicht missbrauchen.«

»Hoffentlich hast du Recht.«

»Meinst du, ich würde mich so leicht zum Ehebruch verleiten lassen?«

»Wenn ihr euch liebt …«

»Inzwischen haben sich die Dinge geändert. Jetzt liebt sie *ihn*. Hast du das noch nicht bemerkt?«

»Nein …«

Lächelnd schüttelte er den Kopf. »Wie blind die Frauen manchmal sind!«

In dunkler Nacht, vom Feuerschein und Kerzenlicht erhellt, funkelte die Festung Blue Isle wie ein Juwel im goldenen Meer. Ulric Broadsword betrachtete die Insel und überdachte seine Pläne. An der Grenze richtete sein normannischer Verbündeter schwere Verwüstungen an. Aber Ulric war mit einem großen Arsenal und einem stattlichen Heer ausgerüstet worden und man erwartete etwas mehr von ihm, als er bisher erreicht hatte. Gewiss, es war ein brillanter Schachzug gewesen, in Daros Lager einzudringen, doch dann hatte er Adins Tochter entkommen lassen und bei jenem enttäuschenden Kampf tüchtige Krieger verloren. Und den entscheidenden Angriff auf Blue Isle hatte Waryk verhindert, der einen Tag früher als geplant, angekommen war …

Nun würde der große Laird bald abreisen, um einen Engländer für Schottland zu gewinnen – bevor König David Ländereien eroberte, die seit über hundert Jahren zwischen beiden Ländern hin und her gerissen wurden. Und so würde es noch lange weitergehen. Während Mathilda und Stephen um die Krone stritten, taten die mächtigen Lords im Norden Englands, was sie wollten, und viele würden sich auf König Davids Seite schlagen. Aus dieser chaotischen Situation wollte Ulric seinen Nutzen ziehen.

Waryk befehligte eine hervorragend gerüstete, gut ausgebildete Truppe. Und er hatte von den Nachfahren barbarischer keltischer Stämme kämpfen gelernt. Er wusste, wann man angreifen und wann man sich zurückziehen musste, wie man einem Hinterhalt begegnete, welche Waffen man in dieser oder jener Situation verwenden sollte. Es wäre reiner Selbstmord, den Laird auf seinem Marsch zur Grenze anzugreifen. Und die Festung war so gut wie uneinnehmbar. Waryk hatte einen neuen Turm errichten lassen, noch höher als die anderen, und die Wachen würden jeden Feind, der sich vom Meer oder vom Festland her näherte, sofort bemerken.

Von plötzlichem Zorn erfasst, erkannte Ulric seine Ohnmacht. Könnte er doch kämpfen wie die Wikinger! So oft hatte sein Vater von den Zeiten erzählt, in denen sie in ihren langen Booten herangesegelt waren und die Menschen in Angst und Schrecken versetzt hatten. Mönche beteten, Frauen weinten, Männer starben, Nonnen wurden vergewaltigt, Kirchen zerstört. Was die Wikinger wollten, nahmen sie sich. So viel Land hatten sie erobert. Und auf manchen schottischen Inseln herrschten sie immer noch …

Han trat zu ihm an den Klippenrand. Nach dem Kampf am Loch, bei der Flucht vor Daros Kriegern, hatte er sich einen Fuß gebrochen. Seither hinkte er und haderte mit seinem Schicksal.

»Soeben ist eine Nachricht aus dem Süden eingetroffen«, verkündetet er in bitterem Ton. »Du sorgst nicht für ausreichende Unruhen. Und jetzt beginnt der schottische König vorzurücken. Er wird Tyne angreifen und es ist fraglich, ob unsere Leute schnell genug dorthin gelangen …«

»Auf Tyne kommt es nicht an.«

»Fruchtbares Land und eine starke Festung! Und alle Ländereien, die wir in Stephens Namen gewinnen, sind wertvoll – insbesondere, weil Mathilda in König David einen starken Verbündeten hat. Aber nach den normannischen Gesetzen muss ein Mann den Thron besteigen. Dazu wollen wir Stephen verhelfen und er wird uns reich belohnen. Wenn Waryk abreist, ist die

Festung Blue Isle geschwächt. Du solltest versuchen, Mellyora MacAdin noch einmal einzufangen.«

»Aye!«, stieß Ulric hervor. Der Hass, der seit Jahren in ihm wuchs, erschien ihm fast greifbar. »Aye, ich stehle ihm sein höchstes Gut – seine Frau. Vorerst werde ich sie nicht töten und feststellen, ob sie ein Kind erwartet. Und wenn es zur Welt kommt, schicke ich ihm seinen Erben stückweise. Großer Laird Waryk, da ist das Herz Eures Sohnes! Oder ich erniedrige seine Lady zur Wikingerkonkubine. Und wenn er seinen Sohn heranwachsen sieht, muss er sich Jahr für Jahr fragen, ob der Junge ein Wikingerbastard ist. Trotzdem kann er den Enkel des Mannes, den er ermordet hat, nicht enterben. Oder ich halte die Lady gefangen, locke den Laird in eine Falle und töte ihn. Dann herrsche ich auf Blue Isle und die Macht der nordischen Jarls an dieser Küste wird wieder aufleben. Damals hätte Waryk neben seinem Vater auf dem Schlachtfeld sterben müssen. Was an jenem Tag versäumt wurde, werde ich jetzt nachholen, ein Messer in sein Herz stoßen und seiner Dynastie den Garaus machen!«

»Lass dich nicht von deiner wilden Wut hinreißen, Ulric!«, mahnte Han. »Deine eigenen Männer beginnen, an deiner Klugheit zu zweifeln. Denk daran, wir kämpfen nicht, um Rache zu üben, sondern um Land zu erobern, um Macht zu erringen.«

»Verstehst du's denn nicht?«, fauchte Ulric. »Aye, Waryk hat meinen Vater getötet. Aber es ging nicht nur darum. Hätte mein Vater jenen Kampf überlebt, wären die elenden Schotten geschlagen worden. Die alten MacNee- und MacInnish-Ländereien würden uns gehören …«

»Vielleicht. Aber vergiss nicht – dein Vater war ein Söldner des normannischen Lords. Wäre dieser Lord vertrauenswürdig gewesen? Wird uns sein Sohn, dein grandioser Verbündeter auf diesem Rachefeldzug, die

Ländereien und die Macht zuerkennen, die er uns versprochen hat?«

»Aye, er ist noch verbitterter als ich.«

»Trotzdem müssten wir uns in Acht nehmen, denn wir verlieren immer mehr Männer …«

»Wir werden neue finden.«

»Gewiss, wir segeln zu den Inseln, heuern Dänen, Norweger und Schweden an, jüngere Söhne, Männer, die ihren eigenen Weg machen müssen. Natürlich genügt das nicht. Da sind noch normannische Bauern, alte Sachsen, enttäuschte Schotten. Ein wildes Durcheinander! Bald wird uns irgendjemand verraten, und wenn sich die Ursache der Scharmützel herumspricht, stürzt sich Davids ganzes Heer auf uns …«

»Niemand wird uns hintergehen, Han.«

»Eines Tages wird ein Verwundeter reden.«

»Nein, denn er weiß, dass seine Familie belohnt wird, wenn er stirbt. Sollte er unsere Sache verraten, werden seine Söhne getötet.« Diesem Argument wusste Han nichts entgegenzusetzen und Ulric schwieg eine Weile. Dann erklärte er in entschiedenem Ton: »Wir müssen Mellyora MacAdin entführen.«

»Aber die Festung ist uneinnehmbar. Und vielleicht wird sie ihren Mann zur Grenze begleiten.«

»Wohl kaum. Sie hat sich gegen die Ehe gesträubt und ihm ihre kostbare Insel nur widerwillig überlassen. Jetzt wird sie seine Abreise herbeisehnen.«

»Glaubst du, er wird sie zurücklassen?«

»Er reitet zu seiner Geliebten. Also wird er seine Frau nicht mitnehmen. Und wenn die Mauern unüberwindlich sind, müssen wir sie eben herauslocken. Wo hält sich Daro zurzeit auf?«

»Fünfzig Meilen weiter östlich. Neuerdings lädt ihn der König häufig ein, und ich glaube, Daro soll weitere Ländereien in der Nähe von Stirling erhalten.«

»Hat er Anne geheiratet?«

»Aye.«

»Vielleicht werde ich meine kleine Nichte besuchen«, bemerkte Ulric lächelnd.

»Und wenn du dich irrst? Wenn Lady Mellyora ihren Mann begleitet?«

»Das müssen wir verhindern.«

»Wie?«

Plötzlich brach Ulric in Gelächter aus. »Zwei Männer werden triumphieren, wo Dutzende Berserker versagt haben!« Er legte einen Arm um Hans Schultern. »Wenn man eine Festung nicht von außen angreifen kann, muss man irgendwie hineingelangen. Aye, ich werde Mellyora in meine Gewalt bringen. Und Waryk wird sterben.«

»Sei bloß vorsichtig …«

»Aye, ich weiß – er ist ein großer, tapferer Krieger. Natürlich bin ich vorsichtig.«

»Von ihm rede ich nicht. Wenn du seine Frau angreifst, wird sie dich vielleicht töten.«

»Dazu werde ich ihr keine Gelegenheit geben. Und bevor ich Waryk töte, werde ich ihm erzählen, seine Frau hätte ihn hintergangen. Das wird er glauben. Immerhin ist sie die Tochter eines Wikingers.«

19

Während die Dunkelheit hereinbrach, lehnte Mellyora am keltischen Kreuz, das Adins Grabstätte markierte. Der Sarg war von einem seiner Landsleute gezimmert worden, dem alten Oginwald. Jetzt bewohnte er immer noch eine Hütte am Fuß des Hangs. Sie glaubte, hier würde sie sich ihrem Vater näher fühlen und vielleicht sogar in die Zeit vor seinem Tod zurückkehren, wenn sie die Augen schloss. Damals war die Welt noch in Ordnung gewesen, und sie hätte gewiss nicht diese qualvolle Eifersucht empfunden.

Doch sie konnte die Erinnerung an den Vater nicht so lebhaft heraufbeschwören, wie sie es sich wünschte. Er war riesengroß gewesen, mit rotblondem Haar und Bart. In der Halle erklang sein dröhnendes Gelächter. Manchmal wechselte er in jedem Satz zwei Mal die Sprache und er schätzte die Gesellschaft seiner Mitmenschen. Auf dem Hügel, wo sie jetzt an ihn dachte, hatte er oft gesessen und aufs Meer geblickt. Er liebte das Wasser. Aber Schottland liebte er noch mehr. Dieses Land sah er mit den Augen ihrer Mutter. Bis zu seinem Todestag erzählte er von ihr. Für ihn waren seine Frau und das Meer eins gewesen – immer schön, stürmisch oder friedlich, unergründlich, wechselhaft und faszinierend.

Den Kopf auf die Arme gelegt, schloss Mellyora die Augen. Adin hatte eine erträumte Welt gesehen und zu seiner eigenen gemacht. Und sie hatte stets geglaubt, sie könnte ihr Leben, ebenso wie der Vater, selbst bestimmen. Die Hoffnung war von König David zerstört worden. Noch bevor sie Mercury erblickte, spürte sie, wie die Erde unter seinen donnernden Hufschlägen bebte. Überrascht stand sie auf und ging ihm entgegen. Dass Waryk zu ihr kommen würde, hatte sie nicht erwartet.

Kurz vor dem Grab drosselte er das Tempo seines Streitrosses und ritt langsam zu ihr. Wie imposant er im Sattel aussah, so hoch über ihr … Nachdem er Mercury gezügelt hatte, streichelte sie die Nüstern des Hengstes, und er schmiegte den Kopf an ihre Schulter. Obwohl er so viel Blut hatte fließen sehen, war er ein sanftmütiges, liebevolles Pferd.

»Hier bist du also«, begann Waryk. »Wieder bei den Toten.«

»Schon bevor mein Vater starb, besuchte ich den Friedhof sehr oft. Manchmal sind die Toten eine angenehmere Gesellschaft als die Lebenden.«

»Weil sie nicht mit dir streiten können? Oder glaubst du etwa, der große Adin würde aus dem Grab steigen, um den bösen Fremden von seiner Insel zu vertreiben?«

»Das vermag er leider nicht.«

»Nun, es ist spät geworden. In deiner Halle wartet ein Gast.«

»In *meiner* Halle? Gehört sie nicht dir?«

Er reichte ihr eine Hand. »Komm, steig auf.«

»Lieber nicht. Besprich doch allein mit Sir Percy, wie du deinen Freund Peter of Tyne retten willst. In meiner Abwesenheit musst du nicht jedes Wort auf die Goldwaage legen. Sir Percy hat sich so bemüht, mir den wahren Grund seines Besuchs zu verheimlichen. Sicher fühlt er sich ohne mich wohler.«

»Morgen reise ich ab, und du wirst mich jetzt begleiten.«

Seltsamerweise krampfte sich ihr Herz zusammen. »Morgen? Dann soll dir meine Anwesenheit den letzten Abend in *deiner* Festung nicht verderben.«

»Mellyora, du hast mich geheiratet, um dein Zuhause zu behalten. Wie kann ich vergessen, dass dies deine Insel ist. Hier bist du die Herrin.«

»Aye, wundervoll! Und während du verreist bist, werde ich endlich wieder die Festung verwalten, so umsichtig wie mein Vater.«

»Ah, der große Adin …«

»Ja, er war tatsächlich ein großer Mann.«

»Glaub mir, ich bedaure seinen Tod. Aber ich bin es leid, dauernd zu hören, wie großartig er war.«

»Er bewahrte den Frieden auf Blue Isle und diente dem König …«

»Findest du, ich sollte mir ein Beispiel an ihm nehmen? Verdammt, diesen Wunsch werde ich dir erfüllen!«

Erschrocken wich sie zurück, als er aus dem Sattel sprang. »Was hast du vor? Mein Vater war kein Tyrann …«

»Nein?« Waryk ging auf sie zu, bis ihr Rücken gegen das keltische Kreuz stieß. »Vielleicht nicht mehr, nachdem er dieses Land erobert, deine Mutter geheiratet und sich mit David ausgesöhnt hatte.« Eine Hand auf den alten Stein gestützt, neigte er sich zu ihr. »Vorher war er nicht so gutmütig. In einem langen Boot mit einem geschnitzten Drachenkopf am Bug segelte er hierher, der Sohn eines Jarls, und unterwarf die Menschen, die auf Blue Isle lebten. Auch deine Mutter. Später lernte sie ihn lieben, und die beiden führten eine glückliche Ehe, die mit einem Kind gesegnet wurde. Aber davor hat er geplündert, gemordet …«

»Wie kannst du das wissen? Du warst nicht dabei.«

»Und du ebenso wenig. Nur im Mutterleib. Wie ich hörte, bist du schon bei der ersten Begegnung gezeugt worden.«

»Weil du's hörtest, ist es wahr? Weißt du, was ich gehört habe? Du seist ein Normanne gewesen, ein englischer Emporkömmling, der begierig alle Brotkrumen einsammelte, die von König Davids Tafel herabfielen. Das habe ich gehört, also muss es stimmen.«

»Lassen wir doch den Streit, Lady!«

»Damit habe ich nicht angefangen. Ich kam hierher und wollte allein sein.«

»Und ich bin dir gefolgt, um dich nach Hause zu holen. Wie gesagt, unser Gast wartet …«

»Soll ich deine brave Gastgeberin und Ehefrau spielen, bevor du zu deiner Geliebten reitest. Eleanora ist eine Normannin, nicht wahr? Dann habt ihr ja viel gemeinsam.«

»Nicht nur normannisches Blut fließt in meinen Adern. Auch Schotten- und vielleicht sogar Wikingerblut. Du wünschst, ich möge deinem Vater gleichen? Gut, ich werde dich nicht enttäuschen.«

»Nein!«, rief sie, als er nach ihr griff, und versuchte, hinter das Kreuz zu springen. Aber er packte sie, warf sie wieder einmal über seine Schulter und trug sie zu Mercury.

»So hat mein Vater meine Mutter nie behandelt!«

»Und war sie jemals unhöflich zu den Gästen in ihrer Halle? Wollte sie nicht an der Tafel Platz nehmen, wenn sie Besuch hatte?«

»Aye, wenn sie krank war …«

»Du bist kerngesund.«

»Nein! Weil du mich krank machst …«

»Wenn ich dich betreue, wirst du dich bald besser fühlen.«

Sie knirschte mit den Zähnen und schlug mit beiden Fäusten auf seinen Rücken. »Lass mich runter, Waryk, du kannst nicht …«

»Doch, so etwas kann ich. Genau wie der alte Laird.«

»Ich will nicht an der Tafel sitzen und vorgeben, alles wäre in bester Ordnung …«

»Dann werden wir das Essen gemeinsam versäumen.« Ohne sie von seiner Schulter zu heben, schwang er sich in den Sattel, und ihr Kinn stieß schmerzhaft gegen seinen harten Rücken. Von seinem Herrn angespornt, galoppierte der große Hengst zum Schloss, und Mellyora klammerte sich krampfhaft an ihrem Mann fest. Angesichts der Wachtposten am Tor geriet sie in tiefste Verlegenheit.

»Lass mich sofort runter! Jetzt bist du weit genug gegangen!«

»Ich soll dich runterlassen? Damit du davonläufst und unseren Gast vor den Kopf stößt? Hätte Adin deiner Mutter erlaubt, ihn dermaßen zu demütigen? Wohl kaum. So, da sind wir. Was für ein vergnüglicher Ritt …« Mitten im Hof zügelte er das Schlachtross, vor den Augen seiner und ihrer Männer, die auf der Brustwehr Wache hielten. O Gott, was würden sie denken? Wahrscheinlich, dass ihr nur recht geschah, wenn sie gegen einen so wunderbaren Laird aufbegehrte …

Er stieg ab und stellte sie auf die Füße, hielt sie aber immer noch fest. Aus den Augenwinkeln beobachtete sie, wie sein Knappe Geoffrey herbeieilte und Mercury übernahm.

»Also? Wie hast du dich entschieden?«

»Lass mich los! Alle Männer schauen uns zu.«

»Natürlich. Was wirst du tun, wenn ich dich loslasse?«

»Ich gehe in den Turm«, erwiderte sie, und er folgte ihr durch den Torbogen. Auf der Treppe blieb er ihr so dicht auf den Fersen, dass sie seinen Atem im Nacken spürte, und seine Nähe zerrte an ihren Nerven. Plötzlich erschien ihr sogar ein vorgetäuschter häuslicher Frieden erstrebenswert, und sie wollte die Halle möglichst schnell erreichen.

»Hätte der große Adin seiner Frau erlaubt, an dem Essen teilzunehmen, wenn sie störrisch und ungehorsam war?« Waryk ergriff ihren Arm und drehte sie zu sich herum. »Unser Gast …«

»Auf einmal sorgst du dich um ihn? Du wolltest doch nicht mit ihm speisen. Nun, wenn Sir Percy ohne dich auskommen muss, kann er auch auf mich verzichten.«

»Und unsere Pflichten als Gastgeber ...«

»Oh, die Dienstboten werden den Gast bestens betreuen. Inzwischen will ich mir den grandiosen Adin zum Vorbild nehmen.«

»Du bist nicht wie mein Vater!«

»Gut, dann bleibe ich eben ich selber.«

Erschrocken über den Ausdruck in seinen Augen, versuchte sie sich loszureißen. Aber er nahm sie auf die Arme, trug sie zu den Herrschaftsgemächern und stieß die Tür mit dem Fuß auf, so kraftvoll, dass das alte Holz ächzte. Genauso vehement wart er die Tür hinter sich zu.

»Lass mich endlich in Ruhe, Waryk ...«

»Nein, Lady.« Verzweifelt stemmte sie sich gegen seine Brust. Doch er beachtete ihren Widerstand nicht, legte sie auf die Pelzdecken vor dem Kamin und kniete neben ihr nieder. »Hör mir zu.«

»Nein – ich will nicht zuhören ...«, stammelte sie und kämpfte mit den Tränen.

Erstaunlich sanft strich er über ihre Wange. »Glaub mir, ich habe nicht die geringste Lust, nach Tyne zu reiten.«

»Das interessiert mich nicht.«

»Doch. Nur deshalb benimmst du dich so unmöglich.«

»Jedenfalls wirst du nach Tyne reiten – und sie wiedersehen.«

»Du siehst Ewan jeden Tag.«

»Das ist etwas anderes. Wir waren nie ...«

»Spielt das eine Rolle? Du hast ihn heiß genug geliebt, um seinetwegen dem König zu trotzen. Meine Beziehung zu Eleanora will ich nicht bestreiten. Nun werde ich sie wohl oder übel wiedersehen, oder ich müsste mir die Augen ausstechen, was eine ziemlich drastische Maßnahme wäre.« Als sie sich abwandte und ins Feuer starrte, umfasste er ihr Kinn und drehte ihr Gesicht zu sich herum. »Bei unserer Trauung gewann ich den Eindruck, ein zweischneidiges Schwert zu heiraten – scharf geschliffen und trotzdem verlockend. Und später gab ich zu, ich würde dich schön finden – während du nur festgestellt hast, ich sei nicht ganz so widerwärtig.«

»Waryk …«

Ein Kuss verschloss ihr den Mund und sie versuchte erfolglos, sich zu befreien. Gnadenlos presste er seine Lippen auf ihre – und so verführerisch. Bald musste sie ihre ganze Willenskraft aufbieten, um den Kuss nicht zu erwidern. Als er den Kopf hob, rang sie mühsam nach Luft. »Ah, meine Geliebte … Niemals hat sie mich bekämpft, immer nur verführt.«

»Bald wirst du wieder in diesen Genuss kommen, da du nicht bereit bist, dir die Augen auszustechen.«

»Nun, es war ein Versuch. Ich dachte, du würdest dir ein Beispiel an meiner Geliebten nehmen, was du anscheinend nicht vorhast. Dann muss ich dich eben verführen.« Seine Finger zerrten an der Verschnürung ihres bestickten Oberteils. Zitternd hielt sie seine Hand fest und verstand nicht, warum sie ihn trotz ihres Zorns begehrte. Sein Duft betörte ihre Sinne, seine Berührung entfachte ein Feuer, sein Blick drohte sie zu zerschmelzen.

»Nein …«, wisperte sie.

»Willst du mir meine ehelichen Rechte verweigern?«

Unter ihrem Rücken spürte sie den weichen Pelz, die Wärme der Flammen liebkoste ihr Gesicht. Sie öffnete den Mund, um zu protestieren. Daran wurde sie von einem fordernden Kuss gehindert. Geschickt löste Waryk die Verschnürung. Mellyora wollte ihm ausweichen und drehte sich zur Seite. Dabei glitt das Kleid von ihrer Schulter und sie spürte die heißen Lippen ihres Mannes an ihrem Nacken und auf ihrem Rücken. Seine Hände umfassten ihre Brüste. Da wurde sie schwach und wandte sich wieder zu ihm und begegnete seinem Kuss. Aufreizend streichelte er sie zwischen den Schenkeln. Es bereitete ihm nur wenig Mühe, seine schottische Kleidung zu entfernen. Bald drang er in sie ein. Sie schloss die Augen, fühlte das Feuer, das in ihrem Innern loderte, und unterdrückte den Schrei ihrer Erfüllung. War es möglich, eben noch höchstes Entzücken zu empfinden – und im nächsten Augenblick tiefen Kummer? Warum konnte sie ihr Herz nicht vor ihrem Mann verschließen?

»Da du meine Frau bist«, hörte sie ihn flüstern, »lässt sich das Problem ganz einfach lösen. Du reitest mit mir.«

»Wie?«, hauchte sie

»Du begleitest mich, bleibst stets an meiner Seite und schläfst mit mir.«

»Willst du das wirklich?«, fragte sie skeptisch.

»Aye, Lady. Glaubst du, ich könnte dich unbesorgt zurücklassen, obwohl ich weiß, wie gern du die Flucht ergreifst?«

Prüfend schaute sie in seine Augen. Meinte er das ernst? Nichts würde sie sich sehnlicher wünschen, als mit ihm nach Tyne zu reiten.

»Nun?«

»Also gut – ich begleite dich.«

»Wunderbar!« Er nahm sie in die Arme, und sie lag an seiner Brust. Verwirrt starrte sie in die Flammen und fürchtete sich vor dem Glück, das ihre ganze Seele erfüllte.

Igraina stand vor ihrer Hütte und beobachtete die zottigen Kühe ihres Großvaters, die er bei Einbruch der

Dunkelheit ins Gehege getrieben hatte. Von einem sonderbaren Unbehagen erfasst, drehte sie sich um und entdeckte einen Mann. Hoch gewachsen und kräftig gebaut, besaß er die Statur eines Wikingers, war aber glatt rasiert wie ein Normanne. Offenbar hatte er im Wald geschlafen, denn in seinem kurz geschnittenen Haar hingen Grashalme und winzige Zweige. Seine Kleidung war zerrissen, in seinen Augen lag ein hungriger Ausdruck. Lächelnd ging er zu ihr.

»Tagelang habe ich nichts gegessen, Mädchen. Ich wurde von meinen Gefährten getrennt, ihre Boote sind längst verschwunden. Jetzt ist alles friedlich, nicht wahr? Heute Abend will ich mich satt essen, und ich habe eine Frau gefunden, die mich wärmen wird ...« Er sprach normannisches Französisch. Vielleicht ahnte er nicht, dass sie jedes Wort verstand.

An seiner Taille hing ein großes Schwert. Grinsend starrte er sie an und wechselte zum Gälischen über. Wie ein starker Akzent verriet, hatte er diese Sprache im Südosten gelernt.

»Ich bin hungrig und Ihr werdet mir eine Mahlzeit servieren – und mich auch auf andere Weise beglücken. Wenn Ihr mich zufrieden stellt, werde ich den alten Norweger und seine Frau verschonen. Kommt her!«

Hatte er den Verstand verloren? Das wilde Glitzern in seinen Augen jagte ihr Angst ein. Schreiend wich sie zurück. Im nächsten Moment rannte Ewan aus der Hütte und stellte sich schützend vor seine Schwester.

»Wen haben wir denn da?«, fragte der Fremde. »Einen Bauernburschen, der sich in einen Krieger verwandelt hat? Einen Schäfer in der Kleidung seines Herrn? Wollt Ihr den Kuss meines Schwerts spüren, junger Mann? Den Kuss des Todes? Oder werdet Ihr mir die Frau überlassen? Dann könnt Ihr meinetwegen weiterleben, zusammen mit den alten Leuten.«

»Wer seid Ihr?«, stieß Ewan hervor. »Was habt Ihr hier zu suchen?«

»Wer ich bin? Ein Mann, der von seinem Schwert lebt, den das Schwert eines Tages nach Walhall schicken wird, in den Himmel oder in die Hölle.«

»Ein Normanne, ein Norweger?«

»Normanne, Norweger – und ein hungriger Krieger. Aus der Hütte dringt der Duft von gebratenem Fleisch und macht mich ganz verrückt. Offenbar kann die alte Frau gut kochen. Ich habe gelernt, eine Mahlzeit zu genießen, während das Blut eines Mannes an meinen Händen klebt. Also geht beiseite oder ich schlitze Euch auf, von oben bis unten.«

»Ich bin …«

»Laird MacKinny, eh?«

»Wer hat Euch hierher geschickt?«, fragte Ewan.

Der Mann lachte. »Ein Feind, gegen den man sich nicht wehren kann, weil er immer unsichtbar bleibt. Niemals werdet Ihr's jedoch erfahren, MacKinny. Kommt her und kämpft mit mir, wenn Ihr's unbedingt wollt!«

»Aye! Kämpfen wir, elender Söldner! Dann werden wir sehen, wen der Tod küsst!«

Entsetzt schrie Igraina auf, als die Schwerter klirrten. Immer wieder. Abwechselnd griffen die Männer einander an und umkreisten sich im kleinen Hof. Ewan sprang auf einen Heuballen und sein Widersacher warf sich zu Boden, um einem Schwertstreich auszuweichen. Sofort erhob er sich wieder, sprach leise und drohend auf den jungen Laird ein und versuchte ihn aus der Fassung zu bringen. Aber Ewan ließ sich nicht beirren. Behände parierte er eine blitzschnelle Attacke. Die Klingen aneinander gepresst, drehten sie sich im Schatten und Mondlicht. Der Wikinger schrie und Igraina glaubte, er würde seine Götter anrufen – weil er auf verlorenem Posten kämpfte. Ewan würde ihn töten oder am Leben lassen, um herauszufinden, warum die Wikinger Blue Isle überfallen hatten.

Doch der Wikinger rief nicht die Götter an, sondern um Hilfe, weil er wusste, dass jemand in der Nähe lauerte und die Ereignisse beobachtete.

»Ewan!«, versuchte Igraina ihren Bruder zu warnen.

Während der große Fremde stürzte, rannte ein anderer aus dem Schatten. Frisch und ausgeruht begann er mit Ewan zu fechten. Dann zog er sich plötzlich zurück und verschwand in der Finsternis.

»Ewan!« Atemlos rannte sie zu ihrem Bruder.

»Igraina …«

Sie sah das Blut, das zwischen seinen Fingern hindurchquoll, die Hand, die er auf seinen Bauch presste.

»Hol Hilfe …«, würgte er hervor. »Ganz in der Nähe treibt sich ein Feind herum, einer von Daros Männern …«

»Was?« O Gott, er verlor so viel Blut … « Er fuhr mit der Zunge über seine Lippen. »Während wir kämpften, erzählte er mir, er würde zu Daros Kriegern gehören. Und wir würden untergehen wie das römische Reich, von innen her zerstört …«

»Daro? Aber …«

»Schnell, hol Hilfe – du musst die Wachtposten im hohen Turm alarmieren. Jetzt ist der Mann verschwunden – aber er wird zurückkommen.«

»Ja, ich beeile mich …«

»Jemand innerhalb der Festung verrät ihnen, was geschieht …«

»Bitte, sprich nicht mehr, Ewan.«

Seine Augen schlossen sich, kraftlos sank er an ihre Brust. In ihrer Kehle stieg ein leises Stöhnen auf. Und dann schrie sie gellend.

20

Als gegen die Tür gehämmert wurde, erwachte Mellyora, und Waryk sprang sofort aus dem Bett. Inzwischen war das Feuer fast herabgebrannt. Er zog seine Robe an und öffnete die Tür. Mit grimmigen Mienen standen Angus und Phagin vor ihm.

»Soeben wurde Laird MacKinny von einem Wikingerschwert niedergestochen«, berichtete Angus. »Und nun liegt er schwer verwundet in der Hütte seiner Familie.«

»O Gott …« Entsetzt setzte sich Mellyora auf.

»Ein neuer Wikingerangriff?«, fragte Waryk.

»Offenbar verkroch sich ein Überlebender im Wald«, erklärte der Priester. »Heute Abend trieb ihn der Hunger aus seinem Versteck. Die Flut ist gestiegen, M'laird. Am Ufer warten zwei Boote.«

»Gut, ich bin gleich so weit.« Waryk schloss die Tür und zog sich hastig an. Auch Mellyora stand auf und schlüpfte in ihre Kleider.

»Ich begleite dich.« Den Blick gesenkt, kämpfte sie mit der Verschnürung über ihren Brüsten.

»Besser nicht.«

»Bitte, Waryk!«

»Meinetwegen.« In seinen Augen erschien ein seltsamer Ausdruck. »Beeil dich. Sollte das herzlos klingen, tut es mir leid – aber wenn Ewan stirbt, muss ich vorher mit ihm reden.«

Ihre Finger fühlten sich wie Eis an und versagten ihr den Dienst. Ungeduldig ging Waryk zu ihr und verschnürte das Oberteil ihres Kleides. Dann legte er einen Umhang um ihre Schultern, ergriff ihre Hand und führte sie aus dem Zimmer.

Angus und Phagin warteten im Korridor. Zu viert rannten sie die Treppe hinab. Im Hof wartete Geoffrey mit den Pferden, und sie ritten zum Ufer, wo zwei von Adins wendigen Wikingerbooten lagen. Die Überfahrt schien eine halbe Ewigkeit zu dauern.

Endlich erreichten sie das Festland. Waryk stieg aus dem Boot in die Brandung und trug Mellyora zum trockenen Sandstrand. In allen Hütten brannten Herdfeuer und kostbare Kerzen. Viele Leute standen vor der Tür der MacKinnys und begrüßten Laird Lion, der ans Lager des beliebten Verwundeten treten wollte.

Von Angst und Kummer erfüllt, folgte Mellyora ihrem Mann. Wie schnell sie aufgehört hatte, Ewan zu lieben ... Er war ihr immer treu geblieben. Vielleicht würde er sogar sterben, weil er ihre Heimat verteidigt hatte.

In der Hütte seiner Großeltern lag er auf einem hohen Bett, leichenblass, mit blutiger nackter Brust. Ober seine Hüften war ein Leintuch gebreitet. Igraina saß neben ihm und betupfte seine Wunden mit einem Lappen. Während Waryk in der Tür stehenblieb, eilten Mellyora und Phagin zum Krankenlager.

Die Augen voller Tränen, blickte Igraina auf. »O Mellyora, ich habe versucht, die Blutung zu stillen. Viele Stiche sind nur Fleischwunden. Hier an der Seite dürfte die schlimmste sein.«

Sorgsam untersuchte Mellyora ihren schwer verletzten Freund. Die meisten Wunden waren nicht tief und leicht zu nähen. Mit Salzwasser und heilsamem Seetang behandelt, würden einige nicht einmal Narben hinterlassen.

Aber beim Anblick der langen Stichwunde oberhalb der Leiste stockte ihr Atem. Blut quoll heraus. Mit aller Kraft drückte sie ihre Finger darauf, und die Blutung ließ nach. Dann tastete sie behutsam die Umgebung der Wunde ab und versuchte festzustellen, ob innere

Organe beschädigt waren. Inständig hoffte sie, nur Muskelrisse zu finden.

Von heftigen Schuldgefühlen geplagt, konnte sie nicht in Ewans Gesicht schauen. Sie spürte, dass Waryk sie beobachtete, während sie den nackten Körper des Mannes berührte, den sie zu heiraten beabsichtigt hatte. Lang ausgestreckt, bewusstlos, schrecklich zugerichtet, bot Ewan immer noch einen bewundernswerten Anblick – ein starker, guter, tapferer Mann in der Blüte seiner Jahre. Nun durfte ihr kein Fehler unterlaufen. Es ging um sein Leben. »Presst Eure Finger auf die Wunde an der Seite«, bat sie den Priester. »Ich kann die Haut erst zusammennähen, wenn Ewan nicht mehr blutet. Danach legen wir Umschläge mit Meerwasser und Seetang auf. Die werden Schwellungen verhindern.«

»Aye, Mellyora.« Fachkundig übte Phagin Druck auf die Blutung aus, die sich sofort wieder verringerte. Nach einer Weile wandte er sich zu Waryk. »M'laird, Ihr besitzt starke Handflächen. Würdet Ihr ...« Ohne Zögern trat Waryk neben den Geistlichen und befolgte dessen Anweisungen. »Mit den Fingerspitzen kann man nicht gleichzeitig auf alle durchtrennten Blutgefäße drücken.«

Igraina stand auf. »Nun werde ich dir Nadel und Faden bringen, Mellyora. Großmutter holt bereits Salzwasser und Seetang.«

Immer weniger Blut sickerte aus der tiefen Wunde. Als Mellyora wartete, bis sie die Haut zusammennähen konnte, glaubte sie, hundert Jahre würden verstreichen.

Endlich kam die Blutung zum Stillstand. Phagin bedeutete Waryk, beiseite zu treten. Vorsichtig presste er seine Finger wieder auf die Wunde. Inzwischen war Igraina mit Nadel und Faden zurückgekehrt. Mellyora fühlte sich wie gelähmt. Jahrelang hatte sie gemeinsam mit dem Priester verletzte Männer behandelt und gefährliche Wunden mit winzigen Stichen genäht. Jetzt wagte sie nicht, Ewan anzurühren, voller Angst, er würde den Tod finden. Wie konnte er den starken Blutverlust überleben?

»Mellyora!«, mahnte Waryk. Krampfhaft schluckte sie, schaute in seine Augen und trat vor. Igraina hatte die Wunde gereinigt, Phagin zog die Hautränder zusammen.

Im flackernden Feuerschein sah Mellyora nicht genug. Auf ihrer Stirn perlte kalter Schweiß. Plötzlich erhellte sich das Licht. Eine brennende Kerze in der Hand, stand Waryk neben ihr. Sie biss in ihre Lippen und begann zu arbeiten. Reglos lag Ewan da. Manchmal warf sie einen kurzen Blick in sein Gesicht und fürchtete, er würde sterben, während sie die Wunde nähte. Aber seine Brust hob und senkte sich. Schließlich verknotete sie den letzten Stich. Die alte Großmutter legte den heilsamen Umschlag auf die Naht. Dabei murmelte sie gälische Gebete.

Mellyora tauchte einen Lappen in eine Wasserschüssel, betupfte Ewans Stirn, den Hals, die Schultern. Allmählich graute der Morgen. Wie erwartet, fing der Verletzte zu fiebern an und sein Körper musste ständig gekühlt werden.

Und dann ging die Sonne auf. Die erste Nacht war überstanden. Während die Großmutter frisches Wasser holte, streckte sich Mellyora und stellte fest, dass Waryk verschwunden war. Wann er die Hütte verlassen hatte, wusste sie nicht. Phagin schien ihre Gedanken zu lesen.

»Vor einiger Zeit ist er gegangen«, erklärte er und sie nickte.

Igraina beugte sich über ihren Bruder und legte einen neuen kalten Lappen auf seine Stirn. »Wann werden wir wissen, ob er genesen wird, Phagin?«

»Mit jedem Tag, den er überlebt, sammelt er Kräfte. Wenn er eine Woche lang fieberfrei bleibt, müsste er's schaffen. Es sei denn, er hat zu viel Blut verloren und innere Verletzungen erlitten.«

Igraina schluchzte leise. Plötzlich starrte sie Mellyora an. »Wenn du auch die Herrin von Blue Isle bist – solltest du etwas damit zu tun haben, bei Gott, ich schwöre ...«

»Womit?«, flüsterte Mellyora verwirrt.

»Daro ist schuld daran.«

»Mein Onkel?«

Erbost wischte Igraina die Tränen aus ihren Augen. »Während der Wikinger mit Ewan focht, behauptete er, Daro habe ihn hierher geschickt.«

»Eine Lüge ...«

»Das hat mein Bruder gesagt. Und er lügt nie.«

»Nein, der Wikinger hat gelogen. Niemals würde Daro ...«

»Warum nicht? Dies war das Land seines Bruders und Adin hinterließ keinen männlichen Erben. Vielleicht glaubt dein Onkel, Blue Isle würde rechtmäßig ihm gehören. Auf den schottischen Inseln herrschen weiß Gott genug Wikinger.«

»Unsinn, Daro würde nicht ...«

»Wirklich nicht? Womöglich griff er uns sogar mit deinem Segen an. Irgendjemand innerhalb der Festung weiß genau, was hier geschieht – zum Beispiel, dass Ewan mit mir zum Festland geritten ist. Einen größeren feindlichen Trupp hätten die Wächter bemerkt. Aber ein oder zwei Männer konnten unentdeckt aus dem Wald schleichen und eine Hütte überfallen.«

»Jemand in der Festung ...« Entrüstet ballte Mellyora die Hände. »Verdächtigst du mich tatsächlich? Mein Leben lang hast du mich gekannt, Igraina. Glaubst du, ich würde Ewans Leben aufs Spiel setzen? *Ich liebe ihn!*«

Diesen Worten folgte Grabesstille. Als sie sich umdrehte, sah sie Waryk in der Tür stehen. Verächtlich starrte er sie an.

Wie sie wusste, war er während der Nacht mit Igraina hinausgegangen, um sich den Kampf schildern zu lassen und den toten Wikinger zu untersuchen. Vermutlich hatte sie dem Laird bei dieser Gelegenheit erklärt, Daro trage die Schuld an Ewans schwerer Verletzung. Und soeben hatte Mellyora in Gegenwart ihres Gemahls verkündet, sie würde den Mann lieben, um dessen Leben sie bangte. Welch eine beklemmende Situation …

»Meine Krieger suchen die Umgebung nach dem zweiten Angreifer ab, Igraina«, berichtete er. »Heute Morgen haben die Maurer begonnen, einen Wall rings um Euer Dorf zu bauen, der Euch in Zukunft vor solch bösen Überraschungen schützen wird. Außerdem will ich Wachen vor allen Türen postieren.«

»Hat irgendjemand die Leiche erkannt?«, fragte Igraina.

Er schüttelte den Kopf und streckte eine Hand nach seiner Frau aus. »Komm, Lady.«

»Bitte, ich …«, würgte sie zitternd hervor. »Er schwebt immer noch in Gefahr …«

»Komm!«, wiederholte Waryk. Natürlich würde er nicht verstehen, warum sie bei ihrem treuen Freund bleiben wollte, und ihr die falschen Beweggründe unterstellen. »Ich zweifle nicht an deiner Heilkunst«, fügte er mit scharfer Stimme hinzu, »und ich weiß, wie wichtig dir Ewans Genesung ist. Trotzdem wirst du mich jetzt begleiten.«

Wenn sie nicht gehorchte, würde er sie gewaltsam aus der Hütte zerren. Aber sie konnte nicht gehen, ohne gegen die Anklage zu protestieren, die Ewans Schwester erhoben hatte. Wütend starrte sie Igraina an, bevor sie sich wieder zu ihrem Mann wandte. »Mit diesem Angriff hat mein Onkel nichts zu tun, Waryk.

Bedenk doch – er hat für den König gekämpft, an deiner Seite …«

»Komm mit mir, Mellyora.«

»Auch ich habe dich nicht an die Wikinger verraten …«

»Komm endlich!«

Schweren Herzens senkte sie den Kopf. Was immer sie auch sagen mochte, er verdächtigte sie. Wieso hatte Igraina sie beschuldigt, ohne die Behauptung jenes Wikingers auch nur einen Augenblick lang anzuzweifeln?

»Geht, Mellyora!«, drängte der Priester hinter ihr.

»Mit Phagins Hilfe werde ich Ewan pflegen.«

Igraina legte ihr eine Hand auf die Schulter. Vielleicht bereute sie ihre Anklage, nachdem sie Waryks schroffen Ton gehört hatte. Oder sie glaubte inzwischen wenigstens an Mellyoras, wenn auch nicht an Daros Unschuld.

»Tag und Nacht muss jemand neben ihm sitzen.«

»Aye, mach dir keine Sorgen.«

Bestürzt erkannte Mellyora, dass ihr Mann die Geduld verlor. Als er zu ihr eilte, ging sie ihm hastig entgegen. Schmerzhaft umklammerte er ihren Arm. »Später darfst du zu deinem Liebsten zurückkehren, teure Gemahlin. Aber jetzt wirst du mir folgen.«

Sie verließen die Hütte. Vor der Tür wartete Angus. »Lebt er noch?«, erkundigte er sich leise.

»Ja«, antwortete Waryk, »und ich nehme an, er wird auch am Leben bleiben.«

»Soeben ist ein Bote von König David eingetroffen. An der Grenze gibt's Ärger.«

»Auf Tyne?«

»Östlich von Peters Land. Sicher wird man ihn bald in die Kämpfe hineinziehen.«

»Sag den Männern Bescheid, wir reiten so bald wie möglich los.«

Wenig später saß Waryk mit Mellyora im Wikingerboot ihres Vaters und ruderte zur Insel hinüber. Sie spürte seinen prüfenden Blick und wünschte, sie könnte ihm erklären, jetzt würde sie Ewan wie einen Bruder lieben. Inzwischen hätten sich ihre Gefühle geändert. Das würde er ihr nicht glauben. Doch sie musste zumindest ihre Unschuld am Wikingerangriff beteuern. »Weder Daro noch ich haben den Überfall veranlasst …«

»Sei still! Davon will ich vorerst nichts hören.«

»Aber ich …«

Seine eiskalten Augen brachten sie zum Schweigen.

Am Inselstrand wartete Mercury. Widerstandslos ließ sie sich in den Sattel heben und Waryk stieg hinter ihr auf. Angus, der das zweite Boot benutzt hatte, ritt voraus. Im Hof wurden Wagen mit Waffen beladen und Pferde gesattelt. Neben dem Pförtnerhaus stand Jon of Wick und Mellyora vermutete, dieser Mann mit den scharfen Augen sollte hier bleiben, um die Festung zu bewachen.

Wortlos stieg Mellyora vor ihrem Mann die Treppe zu den Herrschaftsgemächern hinauf. Im Schlafzimmer trat sie vor das Kaminfeuer und wandte sich zu ihm. »Mit alldem habe ich nichts zu tun! Warum sollte ich unserer Heirat zustimmen, um mich dann mit Daro zu verschwören und einen Angriff auf meine Insel und ihre Bewohner zu planen?«

Er schloss die Tür hinter sich, nahm seinen Umhang ab und legte sein breites schottisches Schwert, das Erbe seines Vaters, aufs Bett.

»Hörst du mir nicht zu?«, fauchte sie.

Endlich schaute er sie an, die Arme vor der Brust verschränkt. »Ewan ist ein Krieger und Igraina deine Freundin.«

»Aye! Warum sollte ich den beiden Schaden zufügen?«

»Offenbar blieben diese beiden Männer nach dem Rückzug der Wikinger im Wald nahe dem Dorf zurück. Wer waren sie? Haben die Feinde herausgefunden, dass die Festung uneinnehmbar ist? Planen sie deshalb, die Bewohner dieses Gebiets einzeln zu töten, einen nach dem anderen. Interessant …«

»Glaubst du tatsächlich, das wäre meine Idee gewesen? Dass ich mit dir schlafe – während ich mit meinem Onkel Pläne für die Eroberung Blue Isles schmiede?«

»Schläfst du freiwillig mit mir?«

Verwirrt wandte sie sich ab und umklammerte die steinerne Einfassung des Kamins. »Ich war mit allem einverstanden – zu deinen Bedingungen!«

»Das ergibt einen Sinn. Weil dir nichts anderes übrig blieb, hast du mich geheiratet. Sonst wärst du enterbt worden. Natürlich warst du wütend. Du hast mich gehasst, also könntest du deinen Onkel um Hilfe gebeten haben.«

»O ja, ich hasse dich!«, stieß sie hervor. »Wie kannst du es wagen, mich so grausam zu beschuldigen?«

»Ich beschuldige dich nicht, ich habe nur gesagt, es würde einen Sinn ergeben.«

Wütend eilte sie zu ihm. »Genügt dir das Wort eines unbekannten Feindes, um mich zu verdächtigen? Du Bastard!« Als sie ihn zu schlagen versuchte, hielt er ihre Arme eisern fest. Sie ertrug seine Nähe nicht, die sie viel zu lebhaft an die Nächte voller Leidenschaft erinnerten, an ihr Verlangen, ihre Eifersucht und Angst. Mit aller Kraft riss sie sich los und wich vor ihm zurück.

»Beinahe wäre Ewan gestorben«, bemerkte er.

»Verdammt, niemals würde ich mich mit irgendjemandem verschwören, um ihn zu verletzen …«

»Gewiss nicht – weil du ihn liebst.«

»Er ist ein Freund und er hat dir treu gedient. Sagtest du nicht selbst, er wäre gut und anständig?«

»Du brauchst ihn nicht zu verteidigen. Nur deine eigenen Worte.«

Beklommen senkte sie den Blick. »Wie gesagt, er ist ein Freund.«

»Wahrscheinlich hast du nicht mehr vor, mich nach Tyne zu begleiten?«

Im Zwiespalt ihrer Gefühle kämpfte sie mit den Tränen.

»Womöglich würde er sterben. Ich müsste hier bleiben und versuchen, ihn zu retten.«

»Und ich soll dich zurücklassen, weil du's wünschst?«

»Ob du's glaubst oder nicht – ich will mit dir reiten. Aber nachdem Ewan so schwer verletzt wurde, muss ich zu Hause bleiben.«

»Wenn ich's erlaube.«

Ihr Atem stockte. In ihrem Herzen hoffte sie, er würde auf ihrer Begleitung bestehen. Aber obwohl Igraina ihren Bruder liebte und Phagin einiges von der Heilkunde verstand – Mellyora wusste, dass nur sie die Fähigkeit besaß, Ewan am Leben zu erhalten. »Das musst du mir erlauben. Sonst würde er womöglich sterben – und ich ...«

»Und du liebst ihn.«

Verzweifelt schüttelte sie den Kopf. »Zwischen uns war nichts. Das weißt du. Nur Worte und Träume, die sich nie erfüllen konnten.«

»Manchmal sind Träume gefährlicher als die Sünden des Fleisches, Lady.«

»Und du wirst deine Geliebte aufsuchen, mit der du zahlreiche Sünden des Fleisches begangen hast!«, erinnerte sie ihn bitter.

»Wenn du mit mir kommst, brauchst du nichts zu befürchten.«

»Versteh doch – ich muss hier bleiben. Bitte, du darfst es mir nicht verbieten ...«

»Nein, das werde ich dir nicht verbieten. Die Entscheidung liegt bei dir.«

Hastig wandte sie sich ab, um die Tränen zu verbergen, die unaufhaltsam über ihre Wangen rollten.

Waryk ging zu ihr, drehte sie zu sich herum und schlang die Finger in ihr Haar.

»Bitte, glaub mir doch«, flüsterte sie. »Ich bin nicht mit den Wikingern im Bunde, um gegen dich zu kämpfen ...«

Zu ihrer Verblüffung lächelte er. »Habe ich das jemals behauptet?«

»Doch, du hast erklärt ...«

»Ich sagte nur, es würde einen Sinn ergeben und du hättest einen guten Grund, deine Wikingerverwandtschaft um Hilfe zu bitten. Der Mann, der von Ewan erstochen wurde, behauptete kurz vor seinem Tod, Daro sei für den Angriff verantwortlich. Dafür gibt es keine Beweise, und es liegt mir fern, daran zu glauben. Vielleicht hofft jemand, ich würde den Unsinn für bare Münze nehmen, deinen Onkel und dich beschuldigen und sogar einen Krieg gegen Daro und meine eigene Frau führen.«

Erleichtert atmete sie auf, doch sie ärgerte sich immer noch, weil er ihre Gefühle so schmerzlich verletzt hatte. Andererseits – er war wütend gewesen, nachdem sie erklärt hatte, sie würde Ewan lieben. »Bitte, du darfst keinen Krieg gegen mich führen!«, flehte sie leise. »Ich habe dich nicht verraten. Das schwöre ich.«

»Und warum solltest du nicht mehr gegen mich kämpfen?«

»Weil ich dich geheiratet und dir gelobt habe, dich zu lieben und zu ehren und dir zu gehorchen.«

Plötzlich lachte er. »Weißt du überhaupt, was das Wort ›gehorchen‹ bedeutet?«

»Jedenfalls war ich mit der Heirat einverstanden.«

»Und?«

Mühsam schluckte sie. Allzu viel wagte sie nicht zu gestehen. »Ich habe mich mit meinem Schicksal abgefunden.«

»Nur abgefunden? Ist das alles?«

»Nun, ich finde die Ehe nicht – unangenehm.«

»Wie schade, dass ich unter diesen Umständen abreisen muss …«

Waryk sprach in scherzhaftem Ton, aber sie wurde von plötzlicher Angst erfasst. »Wenn Blue Isle immer noch in Gefahr ist – müsstest du nicht hier bleiben? Können die Engländer nicht warten? Wenn du deinen Aufbruch verschiebst …«

»Nein, ich muss heute losreiten.«

»Warte doch wenigstens ein paar Tage – bis ich weiß, ob Ewan genesen wird! Dann würde ich dich begleiten.«

»Dafür fehlt mir die Zeit.« Unglücklich senkte sie den Blick und er drückte ihren Kopf an seine Brust.

»Ich muss gehen, Mellyora, und du musst bleiben. Sag mir auf Wiedersehen.«

Als sie beklommen schwieg, hob er ihr Kinn. »Auf Wiedersehen«, wisperte sie. »Und gute Reise. Gott mit dir.«

Lächelnd strich er über ihre Wange. »Wie nett von meiner Frau, mir den Beistand des Allmächtigen zu wünschen … Aber ich sehne mich nach einem noch denkwürdigeren Abschied. Insbesondere weil ich dich verlassen muss, obwohl du die Ehe nicht mehr *unangenehm* findest.«

Zu ihrer eigenen Überraschung konnte sie unter Tränen lächeln. Und sie staunte noch mehr, weil sie sich auf die Zehenspitzen stellte und seinen Mund mit ihrem berührte. Dann schlang sie die Arme um seinen Hals und küsste ihn hemmungslos. Ihr Körper schmiegte sich an seinen, und sie forderte ihn mit ihrer

Zungenspitze auf, die Lippen zu öffnen. Leidenschaftlich und hungrig, zornig und angstvoll schob sie die Hände unter seinen Überwurf und das Leinenhemd, knöpfte es auf und streichelte seine nackte Brust.

Hastig kleidete er sich aus, ohne seinen Mund von ihrem zu trennen.

Jede einzelne Narbe liebkosten ihre Lippen. Dann sank sie zu Boden, strich über seine Hüften und nahm seine Männlichkeit in den Mund. Mit einem heiseren Stöhnen schlang er seine Finger in ihr Haar, bevor auch er niederkniete, die Verschnürung ihres Kleides löste und ihren Hals küsste, ihre Schultern, ihre Brüste. Sie legten sich auf die weichen Felle vor dem sterbenden Feuer. Ihren ganzen Körper bedeckte er mit heißen Küssen. Unaufhaltsam stieg die Sonne am Himmel empor und warf ihr goldenes Licht auf Mellyoras seidige Haut. Als er in sie eindrang, saß sie auf seinen Hüften. So verzweifelt sie auch versuchte, den Moment festzuhalten – die Zeit verstrich viel zu schnell. Sie konnte gar nicht leidenschaftlich genug sein, wild und zärtlich. Noch nie hatte sie ihn so fordernd geliebt.

Inbrünstig sehnte sie sich nach der Erfüllung – und hielt sich jedes Mal zurück, sobald sie die Schwelle erreichte. Waryks Blick tauchte in ihren, sein Körper schien zu brennen. Mit kraftvollen Armen umschlang er ihre Taille und bewegte sich immer schneller, wie der Wind, wie der Donner, mit der Gewalt eines stürmischen Meeres. Und dann glaubte Mellyora, die Welt würde einstürzen. Überwältigt von einem verzehrenden Höhepunkt lag sie zitternd neben ihrem Mann auf dem warmen Pelz. Das Feuer war erloschen, die Sonne strahlte noch heller.

Nach einer Weile stand er auf, ging zu einem Fensterschlitz und starrte aufs Meer. Sie beobachtete ihn und liebte die Art, wie er sich bewegte, seine harten Muskeln, die breiten Schultern, sogar die Narben.

Unbefangen zeigte er sich ihr in seiner Nacktheit. Auch das liebte sie. Würde er sich genauso verhalten, wenn er seine Geliebte wiedersah?

Gequält schloss sie die Augen und hörte, wie er Wasser in eine Schüssel goss und sich wusch. Dann kleidete er sich an – das Hemd, die Hose, die Stiefel, den Überwurf. Noch keine Rüstung. Die würde Geoffrey mitnehmen und der Laird würde sie erst anlegen, wenn es nötig war. Und Thomas, der am *fear brataich,* würde das Banner des Lairds tragen.

Vielleicht brauchte er weder seine Rüstung noch die Waffen. Er besuchte das Haus eines Freundes, um ihn zu warnen und zu erklären, er würde seine Ländereien verlieren, wenn er den schottischen König nicht als seinen Herrn anerkannte. Und vielleicht würde Waryk sich bald ebenso hastig auskleiden wie vorhin, für die Frau, die er liebte – nicht für die Gemahlin, die ihm einen legitimen Erben schenken sollte.

Aber als er angekleidet war, kam er doch noch mal zu ihr, hob sie mitsamt den Pelzen hoch und drückte sie an sich. Behutsam strich er ihr das Haar aus dem Gesicht und küsste sie. »Pass gut auf unser Zuhause auf und beschütze es.«

»Glaubst du, das gelingt mir?«

»Vor allen Feinden.«

»Natürlich bleiben einige deiner Männer hier.«

»Ja – auch Angus.«

»Wenn er meine Tugend bewachen soll, während ich einen schwer verletzten Mann pflege, kann er sich die Mühe sparen.«

»Er bleibt hier, weil er meine rechte Hand ist. Für dich würde er sein Leben opfern.«

»Und wer beschützt *dich,* wenn er hier bleibt?«

Waryk presste seine Lippen auf ihre Handfläche. »Zweifelst du an meiner Rückkehr?«

»Nein.«

»Zweifle niemals an mir«, mahnte er und legte sie wieder vor den Kamin.

Während er zur Tür ging, fühlte sie sich elend, allein und verlassen. »Waryk«, rief sie ihm nach.

»Aye?«

»Bitte, zweifle du auch nicht an mir. Niemals!«

Zu ihrer Verblüffung kehrte er zurück, um sie noch einmal zu küssen. »Niemals. Du bist zwar die Tochter eines Wikingers, aber vor allem meine Frau.«

Dann eilte er aus dem Zimmer, und sie wusste, dass er viel länger bei ihr geblieben war, als er es beabsichtigt hatte.

Aus dem Hof drangen die Stimmen der Krieger herauf, die ihre letzten Reisevorbereitungen trafen. Waffen klirrten, Pferde wieherten. Schließlich verhallte der Lärm. Obwohl Mellyora sich völlig erschöpft fühlte, stand sie auf. Sie musste einen kranken Freund pflegen.

Während sie ihr Gesicht, den Hals und die Hände mit kaltem Wasser wusch, erblickte sie Waryks Schwert, das auf dem Bett lag. Eine seltsame Angst ließ sie erschauern. Hastig zog sie sich an, ergriff den Waffengurt mit dem schweren Stahl und rannte in den Hof hinab.

Aber die Krieger hatten das Schloss bereits verlassen. Auf der Brustwehr standen ein paar Wachtposten. Offenbar hatte Angus seinen Laird bis zum Strand begleitet, um sich zu verabschieden. Mellyora schwang sich auf ihre ungesattelte Stute und galoppierte zum Strand. Inzwischen waren die Krieger, Pferde und Wagen bereits auf dem Festland angekommen. Sie sah Waryk auf Mercurys Rücken sitzen und gestikulieren. Vermutlich erteilte er den Männern einige Anweisungen.

Am Ufer lag ein kleines Boot. Sie stieg ab, kletterte hinein und ruderte durch die sinkende Flut. »Waryk!«

Als er den Ruf hörte, schwang er sich aus dem Sattel

und eilte zum Wasserrand. Glaubte er, sie hätte sich anders besonnen und beschlossen, ihn zu begleiten? Irgendwie gewann sie den Eindruck, eine solche Entscheidung würde ihn enttäuschen.

»Lady …«

»Dein Schwert, Waryk! Die Waffe deines Vaters!«

Lächelnd kam er ihr im seichten Wasser entgegen und schnallte den Waffengurt um seine Hüften. Dann zog er das Boot an Land und hob sie heraus. »Danke, Mellyora.«

»Mit dem Schwert deines Vaters kannst du am besten kämpfen. Das weiß ich. Und ich dachte – es würde dich zu mir zurückbringen.«

»Willst du das?«

»Aye …« Sie zögerte und schaute in seine Augen. »Ich brauche dich – und ich …« Da verließ sie der Mut. Mehr brachte sie nicht über die Lippen.

In seinem Blick lag eine seltsame dunkle Leidenschaft – ein Gefühl, das sie zum ersten Mal sah. »Ich komme zurück, meine Liebe. Und dann – vielleicht …«

Als er sie küsste, jubelten seine Männer anerkennend. Nach einer letzten Verbeugung lief er zu Mercury, schwang sich in den Sattel und ritt an die Spitze des Trupps.

Von der irischen See wehte eine kühle Brise heran.

Mellyora blieb allein an der Küste zurück. Mit einem sterbenskranken Mann – und mit ihrer Angst.

21

Fünf Tage lang schwebte Ewan zwischen Leben und Tod. Gemeinsam mit seiner Schwester, seinen Großeltern und Phagin kämpfte Mellyora gegen das Fieber.

Igraina und Mellyora kamen sich wieder näher. Unermüdlich kühlten sie Ewans erhitzten Körper mit Eis, das von einem hohen Berggipfel herabgebracht wurde, oder hüllten ihn in Pelzdecken, wenn er an Schüttelfrost litt. Alle paar Stunden wechselten sie die Umschläge, die das Gift aus den Wunden ziehen sollten. Behutsam flößten sie ihm Wasser und dünnflüssigen Haferbrei ein. Meistens saßen sie schweigend neben ihm. Oder sie sprachen leise miteinander und beteten.

Angus stand vor der Hüttentür, während Jon of Wick die Festung hütete. Entlang der Mauer rings um das Dorf, die inzwischen vollendet worden war, wanderten regelmäßig Wachtposten auf und ab.

Manchmal fragte sich Mellyora, ob Angus sie beschützen oder bewachen sollte. Wie auch immer, die Freundlichkeit und Sanftmut des kahlköpfigen, vernarbten Kriegers straften sein grimmiges Aussehen Lügen. Wenn andere Hände beschäftigt waren, half er ihr, Ewan zu pflegen. Obwohl der Patient bewusstlos war, sprach Angus mit ihm. »Wenn man ihn wie einen Toten behandelt, könnte er tatsächlich sterben.«

»Wird er durchkommen?«, fragte sie.

»Ich denke schon.«

Tag für Tag saß sie neben Ewans Lager, hielt seine Hand und dachte an die früheren gemeinsamen Zeiten, die ihr jetzt so weit entfernt erschienen. Sie hatte ihn geliebt, und sie liebte ihn immer noch, aber auf eine andere Art. Mittlerweile glaubte sie, wenn sie ihn geheiratet hätte, würde sie ihn nur unglücklich machen. Für den gutmütigen Ewan war sie viel zu eigenwillig, anspruchsvoll und energisch. Die Tochter des großen Adin würde ihn dauernd herumkommandieren.

Und die Ehe mit Waryk … Die Gefühle, die er in ihr weckte – Hass, Zorn, Leidenschaft, Sehnsucht –, waren stärker als alles, was sie je zuvor empfunden hatte. Seit wann er ihre Gedanken und Träume beherrschte oder was er getan hatte, um diese Wirkung zu erzielen, wusste sie nicht genau. Jedenfalls hing es nicht mit der erzwungenen Heirat zusammen, dass sie ihn begehrte – oder liebte.

Aye, sie liebte ihn, und es war das Letzte, was sie sich wünschte. Niemals hatte sie geahnt, mit wie viel Leid und Angst die Liebe verbunden war.

Täglich betete sie um Ewans Genesung und erklärte dem Allmächtigen, nachdem er ihr die Mutter und den Vater so früh genommen habe, müsse Er barmherzig sein und ihren geliebten Freund am Leben lassen. Sogar bei diesen Gebeten wanderten ihre Gedanken zu Waryk. Hatte er Tyne inzwischen erreicht? Musste er kämpfen, oder herrschte im Grenzgebiet Frieden? *Und wo verbrachte er die Nächte?*

Am Nachmittag des fünften Tages verschlechterte sich Ewans Zustand. Igraina war in Tränen aufgelöst, Phagin bestürzt, Mellyora untröstlich. Immer wieder kühlten sie den fieberheißen Körper mit Eis, das schnelle Reiter aus den Bergen holten. Angus schlug einen Aderlass vor. Aber der Priester sprach sich dagegen aus und meinte, die Umschläge würden genügen, um das Gift aus dem Blut zu ziehen. Außerdem habe Ewan einen zu starken Blutverlust für einen Aderlass erlitten. Jede Stunde wickelten sie ihn in ein frisches nasses Laken, um die Hitze zu bekämpfen. Als sich eine Wunde infizierte, stachen sie hinein und entfernten den Eiter. In der Abenddämmerung berührte Phagin die Stirn des Kranken. »Er fühlt sich etwas kühler an.«

Endlich sank das Fieber. Aber Ewan öffnete die Augen noch immer nicht und er sagte kein Wort. In der abendlichen Kälte hatten sie die Laken mit Pelzdecken vertauscht. Gegen Mitternacht schliefen Phagin und Igraina, und Mellyora hielt neben dem Bett Wache. Den Kopf auf die Arme gelegt, döste sie.

Mellyora … Wie in einem Traum hörte sie den Namen und spürte eine Hand auf ihrem Haar. Einen Augenblick glaubte sie, in ihrem Schlafgemach vor dem Feuer zu liegen, an Waryks Seite. Dann fuhr sie hoch und erkannte, dass sie in der MacKinny-Hütte saß, neben Ewans Bett. Er schaute sie an, bewegte die Lippen und versuchte, ihren Namen auszusprechen. Aber dafür fehlte ihm die Kraft. Mit einem Freudenschrei sprang sie auf, neigte sich hinab und küsste ihn.

Der Schrei weckte Igraina, Phagin und die Großeltern. Überglücklich umarmten und küssten sie ihn, bis der Priester meinte, nachdem sie Ewan gesund gepflegt hätten, dürften sie ihn nicht ersticken. Sogar Angus kam herein und küsste den jungen Laird, der sich nicht wehren konnte, auf die Wange. Ewan war noch ziemlich schwach, und Mellyora gab dem Geistlichen Recht – sie mussten vorsichtig mit dem Patienten umgehen.

Aber er erholte sich erstaunlich schnell. Jeden Tag konnte er den Kopf ein bisschen höher heben und sich leichter bewegen. Schließlich setzte er sich auf.

Eines Nachmittags leistete Mellyora ihm Gesellschaft und fand, nun wäre er stark genug, um eine wichtige Fragen zu beantworten. »Igraina erzählte uns, der Wikinger habe behauptet, Daro trage die Verantwortung für den Angriff, und sie gab mir ebenfalls die Schuld. Glaubst du das auch?«

»Natürlich nicht. Niemals würdest du jemandem wehtun, den du liebst.«

»Danke, Ewan«, erwiderte sie erleichtert.

»Ist Waryk zu Daro geritten?«

»Nein – das bezweifle ich. Der König hat ihn nach Tyne geschickt.«

»Tut mir leid, dass ich dir solche Schwierigkeiten bereitet habe, Mellyora. Hoffentlich nimmt Waryk nicht an, du würdest deine eigenen Leute hintergehen.«

»Er meint, es ergäbe einen Sinn, wenn ich die Wikinger um Hilfe bitten würde.«

»Aber er hat dich nicht ...«

»Verprügelt oder in ein Verlies geworfen? Noch nicht. Und er sagte, manchmal können falsche Anklagen erhoben werden.«

»Gott sei Dank!«, seufzte er lächelnd. »Im Augenblick wäre ich unfähig, dich vor einem solchen Mann zu schützen.«

Sie lachte leise und küsste seine Wange. »O Ewan, ich bin so froh, dass du am Leben geblieben bist. Ich hätte es nicht ertragen, dich zu verlieren.«

»Aber ich habe dich verloren.« Bedrückt hielt sie den Atem an. »Schon gut. Es sollte eben so sein. Nun hoffe ich nur, Daro ist unschuldig, Waryk reitet tatsächlich nach Tyne, und wir alle finden ein bisschen Frieden.«

»Ganz bestimmt reitet er nach Tyne ...« Sie verstummte abrupt. Was würde Waryk daran hindern, mit seinen Kriegern ihren Onkel aufzusuchen, sobald er seinen Auftrag im Grenzgebiet erledigt hatte. »Jetzt muss ich dich für eine Weile allein lassen. Deine Schwester und Phagin sind hier, sie ruhen sich gerade aus ...«

»Sorg dich nicht um mich.«

Sie rannte aus der Hütte und sah Angus auf einer hölzernen Bank sitzen, wo er an einem Stück Holz schnitzte. Bei Mellyoras Anblick wollte er aufstehen.

»Bitte, bleibt sitzen, Angus. Sagt mir, wo Waryk gerade ist.«

»Das wisst Ihr doch, Mylady. Auf dem Weg nach Tyne.«

»Habt Ihr gehört, wo sich mein Onkel aufhält?«

»Im Lager außerhalb von Stirling«, antwortete er zögernd.

»Würde ihm irgendjemand einen Brief überbringen? Ich will ihm schreiben, nach meiner Ansicht sei der Mann, der mich damals aus dem Lager entführt hat, auch für die Angriffe auf Blue Isle verantwortlich. Außerdem muss Daro erfahren, dass ihm diese Attacken zur Last gelegt werden, damit er sich verteidigen kann.«

»Oder zum Kampf rüsten?«

Mellyora kniete vor der Bank nieder. »Glaubt mir, Angus, mein Onkel ist unschuldig! Und ich plane gewiss nicht, meinen Mann zu bekämpfen und einen anderen Laird in die Festung zu holen.« Sie sah seinen prüfenden Blick. Wie sehr er Waryk liebte, wusste sie. Flehend berührte sie seine narbige Wange. »Das schwöre ich Euch!«

»Und warum wollt Ihr nicht mehr gegen Waryk kämpfen?«

»Weil ich ihn liebe.«

Zufrieden grinste er. »Aye, schreibt den Brief an Euren Onkel, Mylady. Ich schicke einen Boten in sein Lager. Dann soll er die Angelegenheit dem König vortragen, und die Wahrheit wird ans Licht kommen.«

»Danke, Angus. Wie lange wird Waryk wegbleiben?«

»Keine Ahnung. Manchmal dauern solche Feldzüge ein paar Monate. Wenn alles gutgeht, wird er bald heimkehren.«

»Bringt mich zu ihm. Jetzt muss ich nicht mehr um Ewan bangen.«

»Ihr dürft Blue Isle nicht verlassen …«

»Bitte, Angus!«

»Heute oder Morgen erwarte ich einen Boten.« Er stand auf. »Finden wir erst einmal heraus, ob Waryk in Tyne bleiben wird.«

Mellyora schlang beide Arme um den Hals des kahlköpfigen Kriegers. »Danke, Angus.« Sie küsste seine Wange und wandte sich ab. Plötzlich wurde sie von einem heftigen Schwindelgefühl erfasst, ihr wurde schwarz vor Augen, und sie tastete nach der Hüttenmauer, um Halt zu suchen. Dann erhellte sich die Welt wieder.

»Mylady?«

»Alles in Ordnung. Wahrscheinlich bin ich nur müde.«

»Müde?« Aufmerksam musterte er ihr Gesicht. »Oder …?«

»In letzter Zeit habe ich kaum geschlafen. Und ich bin niemals krank« Ihre Stimme erstarb. In ihrer Sorge um Ewan und Waryk, der womöglich bald in Eleanoras Arme sinken würde, hatte sie kaum an sich selbst gedacht. Sonst wäre ihr aufgefallen, wie viele Wochen vergangen waren seit … *Unmöglich.* Oder doch? Bei diesem Gedanken krampfte sich ihr Magen zusammen, Angst und Erregung stiegen in ihr auf. »O nein, Angus, das glaube ich nicht.«

Statt zu antworten, hob er nur die Brauen, und sie verstand die stumme Frage. *Warum nicht?* Ja, warum nicht? Waryk wünschte sich einen Erben. Aber noch war sie sich nicht sicher.

Im Gegenteil zu Angus. »Wenn Ihr mir versprecht, Euch zu schonen, reiten wir zu Waryk, Mylady.«

»Erteilt Ihr mir Befehle?«, erwiderte sie lächelnd. »Wer ist denn die Herrin auf Blue Isle?«

»Ihr, Mylady. Und der Laird hat mich beauftragt, über Euch zu wachen. Das werde ich tun. Sogar vor Euch selbst will ich Euch beschützen.«

»Würde er sich – freuen, Angus?«, fragte sie stockend.

»O Mylady, Ihr ahnt nicht, wie sehr!«

Da sank sie auf die Bank und sehnte sich inbrünstiger denn je nach ihrem Mann.

Von einem Hügel aus, an dessen Fuß Tyne Castle lag, betrachtete Waryk mit seinen Männern das formidable Bild, das die Truppen boten. David hatte Bogenschützen und Fußsoldaten hierher geschickt, die in der Festung bleiben sollten, wenn die Verhandlungen oder Kämpfe beendet waren. Sobald das Schloss dem schottischen König gehörte, musste die Stellung gehalten werden. Laird Lion hatte das Kommando übernommen und den Kriegern befohlen, an den Hängen ringsum Lager aufzuschlagen, damit Peter erkannte, wie ernst es der König meinte. An diesem Morgen, zwei Wochen nach der Abreise aus Blue Isle, war er bereit, die Entscheidung seines alten Freundes zu erzwingen.

Ob Peter ihn verdammte oder sich freute, weil David einen befreundeten Unterhändler zu ihm gesandt hatte, wusste Waryk nicht. Aber Peter hatte ihm oft genug erklärt, wer immer die Macht im Grenzland ausübe, könne auf seine Loyalität bauen. Und jetzt hatte David die Macht ergriffen. Jahrhundertelang war dieses Gebiet hin und her geworfen worden wie der Spielball eines Kindes. Viele Bewohner betrachteten sich als Schotten, andere als Engländer, und einigen Leuten erschien es gleichgültig, wem sie sich beugten, solange sie in Ruhe ihre Felder für einen Oberherrn bestellen konnten, der sie nicht verhungern ließ oder von ihrem Land vertrieb. Den Feudalismus hatten die Normannen eingeführt. Aber der Brauch, für jemanden zu arbeiten, der einen beschützte, war so alt wie die Menschheit.

»Jetzt, Waryk?«, fragte Thomas an seiner Seite.

»Aye.«

Thomas fungierte als *am Bladier,* der Peter die Botschaft überbringen und die Bedingungen des schottischen Königs nennen würde. Zusammen mit Tyler of Dumbarton, *am fear brataich,* der nicht nur Waryks, sondern auch Davids Banner trug, ritt er den Hang hinab. Unbehaglich schaute Waryk den beiden nach und überlegte, wie leicht es den Bogenschützen hinter den Zinnen fallen mochte, die zwei Krieger zu töten. Nein, so dumm würde Peter nicht sein, die Boten erschießen zu lassen. Das Tor öffnete sich, zwei Reiter kamen ihnen entgegen. In Waryks Reihen herrschte tiefes Schweigen. Nachdem Thomas und Tyler ein kurzes Gespräch mit Peters Männern geführt hatten, kehrten sie zurück.

Sichtlich erleichtert berichtete Thomas: »Sir Peter of Tyne lässt dich grüßen, Waryk. Da er kein Blutbad verursachen will, geht er auf die Bedingungen des Königs ein. Er hofft, David wird ihm helfen, im brutalen Machtkampf zwischen Mathilda und Stephen die Festung Tyne zu halten und alle Angriffe abzuwehren. Im Norden befehligen einige Lords mittlerweile so große Heere wie mancher König.«

»Reit zu seinen Boten zurück. Sie sollen Peter ausrichten, David kennt die Gefahren, die ihm drohen, und wir sind mit Verstärkung hierher gekommen. Mit etwa hundert Mann werden wir in der Festung wohnen, die anderen lagern hier draußen an den Hängen.«

Nachdem Thomas den Boten die Antwort überbracht hatte, wurde Tyne im Namen des schottischen Königs besetzt, ohne dass ein einziger Tropfen Blut floss. Waryk wusste, dass er dem Herrn der Festung trauen durfte, um der alten Freundschaft willen und weil Peter ein vernünftiger Mann war. Hätte er sich geweigert, vor David zu kapitulieren, würden bittere

Kämpfe ausbrechen und die hölzernen Mauern des Schlosses in Flammen aufgehen.

Flankiert von Thomas und Tyler, ritt er durchs Tor, gefolgt von Reitern und Fußsoldaten. In der Mitte des Hofs saßen Peter und Eleanora auf ihren Pferden, hübsch gekleidet – nicht für eine Schlacht, sondern für ein Fest.

In wohlgesetzten Worten bekräftigte Peter seinen Entschluss, David als seinen König anzuerkennen. Sollte ein englischer Monarch die Macht im Grenzgebiet erringen, würde er sich vielleicht wieder anders besinnen, ergänzte er, damit sein Kopf auf den Schultern blieb. Grinsend nickte Waryk und betonte, Peter sei ein kluger, gerechter Mann, der das Leben vieler Menschen gerettet habe. Während er sprach, sah er Eleanora lächeln. Offenbar hatten sich ihre Gefühle für ihn nicht geändert, obwohl er auf Befehl des Königs mit einer anderen verheiratet war. Die Formalitäten schienen sie zu amüsieren, aber sie hoffte wohl, sie wären bald beendet und man könnte sich die Zeit angenehmer vertreiben.

»Laird Waryk, als neue schottische Untertanen laden wir dich und deine Männer zu einem Festmahl ein«, verkündete Peter. »Dabei wollen wir auf König Davids Wohl trinken.«

Mit vier Gefolgsleuten betrat Waryk die Halle. Da er den König repräsentierte, erhielt er einen Ehrenplatz zwischen Peter und Eleanora, mit der er nach alter Sitte seinen Weinkelch teilte. Immer wieder streiften ihre Finger seine Hand, und sie lächelte ihn warmherzig an. »Erzähl mir von deiner neuen Festung. Natürlich habe ich schon viel von Blue Isle gehört. Um diese Insel ranken sich viele Legenden.«

»Sie ist wunderschön. An manchen Stellen fallen die Felsen senkrecht zum Meer hinab. In der Bucht zwischen der Insel und der Küste liegt ein geschützter

Hafen. Bei Ebbe können wir das Festland zu Fuß erreichen, wenn wir auch ein bisschen nass werden.«

»Und die Festung?«, fragte Peter an Waryks anderer Seite.

»Sie erhebt sich auf einer Felsformation. Früher wurde sie von den Römern gehalten. Sie hatten die ersten Mauern errichtet. Und stellt euch vor – sogar die stolzen keltischen Bewohner geben zu, dank der normannischen Baukunst sei die Festung in Tagen des Eroberers verstärkt und verschönert worden.«

»Wie faszinierend das alles klingt!«, rief Eleanora. »Also gefällt dir dein neues Zuhause?«

»O ja.« Er wusste, dass sie nicht nur Blue Isle meinte, sondern auch seine Frau.

»Gut genug, um dich ein Leben lang zu beglücken?«

»Aye.«

Ohne auch nur den geringsten Groll zu zeigen, erwiderte sie seinen Blick. Musiker kamen in die Halle, begleitet von *An Cleasaiche,* Peters Spaßmacher, und alle lachten über die Possen des kleinen Mannes. Ein paar Mal stand Peter auf, hob seinen Kelch und trank auf Davids Wohl. Waryk entschuldigte sich bereits am frühen Abend und suchte sein Quartier auf. Eine halbe Stunde später klopfte es an der Tür, und Eleanora trat ein. »Also bist du allein hierher gekommen.«

»Aye.«

»In all den Jahren habe ich erwartet, dass der König dich verheiraten würde. Für mich macht es keinen Unterschied. Angeblich ist der Ehebruch eine Sünde. Aber da sie so oft begangen wird, müsste die Hölle überfüllt sein. Jedenfalls halte ich's nicht für eine Sünde. Ist deine Frau sehr jung?«

»Aye.«

»Mit goldblondem Haar und meerblauen Augen?«

»Aye.«

Herausfordernd verschränkte sie die Arme vor der

Brust. »Schönheit allein kann einen Mann nicht fesseln.«

Er ging zu ihr und nahm sie in die Arme. Zärtlich strich er ihr das Haar aus der Stirn. Wie vertraut sie ihm war … Blue Isle schien in weiter Ferne zu liegen.

Und doch … Er hatte sich gefragt, wie das Wiedersehen verlaufen würde. Seit der letzten Begegnung hatte sich Eleanora kein bisschen verändert. Sie war schön wie eh und je. Begehrte er sie immer noch? Nein, er sehnte sich nach Mellyora. Nur mühsam bezwang er seine Eifersucht auf Ewan, den sie so liebevoll betreute. Er hatte beobachtet, wie behutsam sie mit dem nackten Körper des verletzten jungen Mannes umgegangen war. Und sie hatte verkündet, sie würde ihn lieben.

Trotzdem hatte Waryk sein Frau auf Blue Isle zurückgelassen, weil er ihr vertraute.

Wie schnell sich seine Gefühle und Wünsche geändert hatten, seit er das letzte Mal mit Eleanora zusammen gewesen war … Im Lauf der jahrelangen Beziehung hatte es auch andere Frauen gegeben. Aber nun war er so dumm gewesen, sich in seine eigene Gemahlin zu verlieben. Und jetzt, während er eine andere umarmte, erkannte er plötzlich, wie sehr er Mellyora liebte. Für sie würde er sterben. Nicht aus Ehre oder Anstand, als Ritter des Königs, sondern weil sie sein Leben war. Niemals würde er vergessen, wie sie im Boot mit dem Drachenkopf am Bug zum Festland gerudert war, um ihm das Schwert seines Vaters zu bringen. So deutlich sah er ihr Gesicht vor sich – wie sie ihn bekämpft und geliebt hatte, wenn auch nur ein kleines bisschen.

»Eleanora, du bist eine schöne Frau, und du bedeutest mir sehr viel. In all den Jahren hast du für meinen Seelenfrieden gesorgt, aber …«

Sofort befreite sie sich aus seinen Armen. »Du liebst deine Frau?«, flüsterte sie.

»Tut mir leid.«

»Das sollst du nicht bedauern. Ich finde es wundervoll.«

»Niemals wollte ich dir wehtun.«

»Das weiß ich. Natürlich bin ich gekränkt, weil ich dich liebe. Trotzdem will ich nicht mit einem Mann zusammen sein, der an eine andere denkt. Würdest du mir was versprechen?«

»Was?«

»Wenn du jemals aufhörst, deine Frau zu lieben, komm zu mir zurück.«

»Vielleicht würdest du dann nicht mehr auf mich warten. Wenn du wieder heiratest …«

»Ganz sicher nicht.« Sie hauchte einen Kuss auf seine Lippen, dann verließ sie das Zimmer. Schweren Herzens starrte er die geschlossene Tür an.

Nach keltischer Sitte rasierten die Männer ihre Wangen und trugen Schnurrbärte. Die Normannen zogen glatt rasierte Gesichter vor. In Ulrics Augen waren die alten Angelsachsen, die ihre Haare überall wachsen ließen, primitive Einfaltspinsel. Auch die Wikinger neigten zu langen Haaren und vollen Bärten. In Daros Lager hatte auch er einen Bart kultiviert. Jetzt rasierte er sich wieder und sein Haar war nach der normannischen Mode kurz geschnitten.

Während er sich in einem Handspiegel betrachtete, entschied er, nun hätte er seine äußere Erscheinung hinreichend verändert.

Abgesehen von Han lebten die Männer nicht mehr, die ihn zuvor begleitet hatten. Alle waren eines ehrbaren Todes gestorben. Wie Han stets betonte, kämpften die Wikinger um Reichtümer und Ehre, und sie starben lieber auf dem Schlachtfeld als im Bett. Vielleicht hatten die Bauern, die Ulric in seine Dienste gezwungen hatte, die Ehre eines solchen Todes nicht erkannt. Aber wenn sie in Walhall neben anderen Helden saßen, würden sie's merken.

Sorgfältig kleidete er sich an, um seine Nichte Anne Halsteader zu besuchen, die jetzt mit Daro Thorsson verheiratet war. Ihre Familie zählte zum alten dänischen Adel. Früher hatte sie einige Gebiete von Northumberland beherrscht. Hätte Renfrew doch nur vor über einem Jahrzehnt das MacInnish-Land erobert ... Dann würde Ulrics Vater jetzt an der Grenze regieren und der Sohn wäre der Erbe großer Ländereien. Nur weil sich ein ungestümer Junge in den Kampf eingemischt hatte, war Renfrew gestorben. Sein Sohn Etienne baute wieder auf, was der Vater verloren hatte. Seit Mathilda und Stephen um die englische Krone stritten, wuchs die Macht der Lords im Norden. Etienne, nach Ulrics Meinung ein magerer, feiger Junge, war zu einem klugen Mann herangewachsen, der mit falschen Versprechungen und zweideutigen Aussagen den Beistand seiner Nachbarn gewann. Durch seine Heirat hatte Etienne schöne Ländereien im Westen seines Zuhauses erhalten. Kurz nach der Geburt des einzigen Sohnes war seine Frau, das arme Ding, gestorben. Angeblich hatte Etienne sie vergiftet, um eine zweite Frau heimzuführen, der er die Schlösser Fiffen und Hoar verdankte. Ein Krieger war er nicht – er konnte kaum ein Schwert schwingen, aber viele hundert Schwerter kaufen. Durch den Tod zahlreicher Ritter in seinen Diensten eignete er sich immer mehr Land an, indem er behauptete, sie würden ihm die Kosten für Schlachtrösser und Waffen schulden. Abwartend beobachtete er die Ereignisse und teilte Ulric regelmäßig mit, was an der Grenze geschah. Über jede militärische Bewegung von Stephen, David oder Mathilda wurde Ulric informiert. Etienne bestimmte den richtigen Zeitpunkt und Ort für einen Angriff und Ulric zwang seine meistens widerstrebenden Truppen zu Aufständen, die

Davids Streitkräfte unentwegt beschäftigten. Natürlich wusste jeder Krieger, der etwas taugte, welchen Schaden solche scheinbar sinnlosen Scharmützel einem Heer zufügten. Die Soldaten in den Süden zu locken, eine Attacke im Norden durchführen – an der nördlichen Küste für Unruhe sorgen, einen Großangriff im Süden planen – die Moral untergraben, die tapfersten und tüchtigsten Männer töten – das war Ulrics Strategie.

Selbst von Anfang an ein Krieger, verachtete er den verweichlichten Etienne. Mit achtzehn Jahren hatte er an Lord Renfrews Überfall auf die schottischen Grenzgebiete teilgenommen, bei dem sein Vater gefallen war. Der siebzehnjährige Etienne, mit seinen Hauslehrern hinter den sicheren Festungsmauern des Vaters, erbte den Titel des Lords, und so wurde Ulric sein Lehensmann. Wenn er Ulric auch verachtete, er hatte viel von ihm gelernt. Die Wikinger kämpften für Ruhm und Ehre, um zu gewinnen – oder zu verlieren. Als kluger Mann wusste Etienne, dass er nicht die Kampfkraft seines Vaters besaß. Und er brachte Ulric bei, wie man den Feind durch Verrat in dessen eigenen Reihen besiegte.

Bevor Ulric in Daros Lager ritt, schickte er einen Boten voraus und ließ Anne mitteilen, er habe von ihrer Heirat gehört und freue sich, daß ihr Mann ein Wikinger sei. Nun würde er sie gern besuchen und ihr ein Hochzeitsgeschenk überreichen.

Bei der Rückkehr verkündete der Bote, sie sei überglücklich, einen Verwandten ihres Vaters zu empfangen, und sie würde es bedauern, dass die MacInnish-Familie ihrer Mutter die Halsteaders so schlecht behandelt habe. Aber sie wisse, dass die Halsteaders vor Jahren gemeinsam mit Renfrew gegen die MacInnish gekämpft hatten. Jetzt sei sie eine erwachsene Ehefrau und würde ihn ebenso willkommen heißen wie ihre MacInnish-Verwandtschaft.

Mit einem Gefolge von sechs Männern, alle vornehm gekleidet und auf edlen Pferden, ritt er in Daros Lager. Diese Männer waren nicht mit ihm am Flussufer bei Stirling gewesen. Stattdessen hatten sie in Scharmützeln an der Grenze brilliert. Sie verwüsteten englische Dörfer und gaben den Schotten die Schuld daran. So wie sie in schottischen Siedlungen wüteten und behaupteten, dafür seien die Engländer verantwortlich.

Höflich wurde Ulric in Daros Hütte begrüßt, küsste Anne und hieß Daro in der Familie willkommen. Dann überreichte er seiner jungen Nichte eine schön geschmiedete Silberschüssel mit passenden Kelchen. Zu einem erlesenen Essen wurde süßer Wein serviert. Fröhlich unterhielten sie sich, und Anne erzählte, ihre Ehe habe sie Waryk zu verdanken, dem neuen Laird von Blue Isle. »Endlich beginnt ein neues Zeitalter, Ulric, und wir werden in Frieden leben. Immerhin sind wir alle Schotten, wenn wir auch aus verschiedenen Ländern stammen.«

»Auf den Frieden.« Lächelnd hob Ulric seinen Kelch. Diesmal würde er dafür sorgen, dass Daro Thorsson und Waryk de Graham die Schwerter kreuzten. Viel lieber würde er Waryk selber erstechen, den Mann, der seinen Vater und den alten Renfrew getötet und das ganze Unheil heraufbeschworen hatte. Aber Etienne war ein guter Lehrmeister gewesen. Waryk sollte einfach nur sterben, und Ulric wollte Waryks Frau und Blue Isle für sich gewinnen. Daro würde ihm nützen, indem er Waryk nicht nur umbrachte, sondern selbst den Tod fand und keinen Anspruch auf Blue Isle erheben könnte. »Auf den Frieden!«, wiederholte er und nahm einen großen Schluck. Dann bat er Daro, etwas mehr über Laird Lion zu erzählen.

»Er hat meine Nichte geheiratet, Adins Tochter.«

»Wie ich höre, war die Lady darüber nicht sonderlich erfreut.«

»Oh!«, rief Anne lachend. »Vielleicht hat sie sich anfangs gegen die Ehe gesträubt. Aber ich glaube, jetzt ist sie sehr glücklich. Vor kurzem bekam ich einen Brief von ihr und wir werden sie bald wiedersehen.«

»Tatsächlich?«

»Ja, sie möchte ihren Onkel besuchen und mit ihm reden. Auch Daro und Waryk sollten sich treffen. Mein Mann wird beschuldigt, er habe die heftigen Angriffe auf Blue Isle verursacht. Dieses Problem wollen wir lösen.«

»Anne!«, mahnte Daro in scharfem Ton.

»Natürlich ist das alles Unsinn. Mellyora schrieb mir, Waryk würde mit Peter of Tyne nach Norden reiten, weil Peter vor König David seinen Lehenseid ablegen muss. Und sie will ihrem Mann eine Überraschung bereiten. Offenbar bedeutet er ihr sehr viel. Von Anfang an wusste ich, sie würde ihn lieben lernen, sobald sie ihn besser kennt.«

»Zweifellos wird er von allen bewundert, die ihm begegnen.«

»Kennst du ihn?«

»Nur seinen guten Ruf. Auf Laird Lion!« Ulric hob wieder seinen Kelch und wandte sich zu Daro. »Und auf deine Nichte Mellyora, die Tochter des großen Adin.«

»Auf alle beide!« rief Anne glücklich.

Er übernachtete in Daros Hütte. Am nächsten Morgen brach er auf, Daros Banner in seiner Satteltasche versteckt, zusammen mit einem Überwurf seines Gastgebers, Messern und – am allerwichtigsten – einem Helm mit Hirschgeweih. Bald würde er solche Methoden nicht mehr anwenden müssen. Etiennes Truppen ritten zu einem Treffpunkt und Ulric würde in ganz Schottland Unruhe stiften. In Stephens Namen. Rache im Namen der Gerechtigkeit. Welch eine wunderbare Ironie …

David beorderte Waryk und Peter of Tyne, der seinen Lehenseid leisten sollte, nach Stirling. Etwas unbehaglich fragte sich Waryk, ob David bedachte, wer ihm so bereitwillig die Treue schwor, ihr genauso gut wieder abschwören mochte, falls es ratsam erschien. Aber er freute sich über den Befehl und er wollte möglichst schnell nach Blue Isle zurückkehren. Einem Gerücht zufolge planten die Engländer eine Attacke. Wo sie stattfinden sollte, wusste niemand. Der Weg von Tyne nach Stirling würde ihn in ein Gebiet nahe seinem Zuhause führen.

Vielleicht konnte er seine Frau aus der Festung holen, bevor er nach Stirling weiterritt. Der letzte Bote aus Blue Isle hatte ihm die Nachricht überbracht, Ewan würde allmählich gesunden. Darüber war Waryk froh, denn er hatte den tüchtigen, ehrenwerten jungen Mann schätzen gelernt.

Trotzdem plagten ihn Zweifel. Wozu würde sich Mellyora in ihrem Glück über Ewans Genesung hinreißen lassen, wenn sie an seiner Seite saß? Während er nackt im Bett lag und seine Kräfte zurückgewann? Waryk hatte ihr die Freuden der körperlichen Liebe beigebracht. War sie eine zu gelehrige Schülerin gewesen?

Da Eleanora den schottischen Hof kennen lernen wollte, begleitete sie ihren Bruder, und so kamen sie nur langsam voran. Sie beanspruchte Waryks Aufmerksamkeit, ließ sich in den Sattel und vom Pferd heben, nahm bei den Mahlzeiten neben ihm Platz, trank aus seinem Weinbecher und lachte fröhlich. Niemals machte sie ihm Vorwürfe, genoss einfach nur seine Gesellschaft und suchte seine Sinne zu reizen, wenn schon nicht sein Herz. Manchmal überlegte er, ob er den Verstand verloren hatte. Da quälte er sich mit seiner Eifersucht, während Eleanora zur Verfügung stand. Wie leicht wäre es, in den Armen der Frau Vergessen zu finden, die ihn jahrelang beglückt hatte ... Aber er tat es nicht, weil er eine goldblonde Hexe liebte, die ihn mit der Entschlossenheit eines Berserkers bekämpft hatte. Wann immer er daran dachte und neuen Zorn empfand, erinnerte er sich an das Schwert seines Vaters, das sie ihm gebracht hatte. Er wusste, dass sie seine Heimkehr herbeisehnte.

Doch er wollte Eleanora nicht noch mehr kränken und so verbrachte er viel Zeit mit ihr. Dabei gab er sogar vor, sie würde ihn in Versuchung führen und er könnte ihr nur mühsam widerstehen.

An dem Abend, bevor sie sich Blue Isle näherten, saß er wieder neben ihr und lachte über eine Geschichte über die Reitkünste ihres Bruders, die sie ihm erzählte. Unterwegs hatten sie gejagt und geangelt. Nun aßen sie gebratene Fasane und Fische. Sie waren durch ein kleines Dorf geritten, und ein alter Bewohner hatte ihnen einen unterhaltsamen Abend versprochen. Nach der Mahlzeit erschien ein Barde, der ein Lied über König David vortrug, ein Harfenist spielte, Akrobaten traten auf.

Zum Schluss sang eine maskierte Tänzerin eine Ballade über einen großen Krieger aus mysteriöser Vergangenheit, seine gälische Frau und seinen Sohn. Schon in früher Jugend hatte er sich von einem blutigen, mit Leichen übersäten Schlachtfeld erhoben, um seinen König zu rächen und für sein Land zu kämpfen. In betörender Anmut bewegte sie sich, ihre Stimme klang kristallklar. Zu Beginn ihres Vortrags hatten sich Peter und seine Begleiter unterhalten. Jetzt waren alle verstummt. Natürlich wusste Waryk, dass sie seine Geschichte erzählte – und auf zauberhafte Weise übertrieb. Ihren Worten zufolge war er viel größer und besaß die Muskeln eines griechischen Gottes.

Was machte sie hier? Sollte er sich ärgern oder freuen?

»Beim Allmächtigen!«, flüsterte Peter an seiner Seite. »Dieses Mädchen ist die personifizierte Verlockung! Wer ist sie? Ich werde sie heiraten. Noch nie hat mich eine Frau dermaßen gereizt.«

»Dieses Mädchen kannst du nicht heiraten«, murmelte Waryk.

»Weil sie aus einem Dorf stammt? Aye, ich heirate sie. Ich bin nicht habgierig, ich brauche keine Mitgift. Die Leidenschaft, die sie in mir weckt, genügt mir vollauf.«

»Offenbar hast du zu viel Wein getrunken«, meinte Eleanora belustigt und neigte sich zu Waryk. »Sag mir doch – könnte die goldblonde Elfe dich veranlassen, deine Ehe zu brechen?«

Lächelnd erwiderte er ihren Blick. »Eleanora, diese goldblonde Elfe ist meine Frau. Deshalb kannst du sie nicht heiraten, Peter. Und wenn sie deine Sinne noch länger reizt, wird's ihr leid tun!«

22

Mit diesen Worten stand Waryk auf, immer noch unschlüssig, ob er verärgert oder glücklich über das unverhoffte Wiedersehen war. Offenbar wollte Mellyora ihn in Eleanoras Gesellschaft beobachten und herausfinden, was er trieb.

Es missfiel ihm, seine Frau außerhalb der Blue Isle-Festung zu sehen, obwohl er wusste, dass Angus und die anderen Männer sie mit Argusaugen bewachten.

Nicht nur ihr drohte ein Unheil, auch ihm selbst – irgendetwas Böses, das er nicht kannte. Nachdem Blue Isle zwei Mal angegriffen und Daro dafür verantwortlich gemacht worden war, musste sie doch wissen, in welcher Gefahr sie schwebte.

Eleanora hob die Brauen und ergriff seine Hand. »Ruhig Blut, mein Freund. Du siehst aus, als wolltest du ihr den Kopf abreißen.«

»Weil sie nicht hier sein dürfte.«

»Aber sie ist hergekommen, zu dir.«

»Oder um dich kennen zu lernen.«

»Oh … Vorher war ich nicht eifersüchtig. Nun bin ich's.«

»Dazu hast du keinen Grund«, erwiderte er und drückte ihre Finger. »Du bist eine wunderschöne Frau. Und jetzt entschuldige mich …«

»Nur wenn du dich beherrschst.«

»Das verspreche ich dir.«

Als er über die Lichtung zu Mellyora schlenderte, erstarrte sie mitten in der Bewegung und verstummte. Unsanft riss er ihr die Maske vom Gesicht. »Also hast du mich erkannt«, wisperte sie. »Ich hätte die Ballade gern zu Ende gesungen.«

»Am liebsten würde ich dich windelweich hauen, Lady.«

»Wie unhöflich und grausam!« Aus ihren Augen schienen blaue Funken zu sprühen. »Es ist eine schöne Ballade, reich ausgeschmückt, exzellent vorgetragen. Und der Schluss würde dir sicher gefallen.«

»Auf den muss ich leider verzichten, denn deine Darbietung war viel zu exzellent. Da der arme Peter deinen Reizen ganz und gar verfiel, wollte er dich heiraten, obwohl er dich für ein armes, namenloses Bauernmädchen hielt. Weiß Gott, was in den Köpfen der anderen Männer vorging!«

Errötend nagte sie an ihrer Unterlippe, und er freute sich, weil sie offenbar nicht gemerkt hatte, welche Wirkung sie ausübte. »Jedenfalls ist's eine schöne Ballade.«

»O ja, und du könntest mühelos dein Brot als Sängerin, Tänzerin oder Hure verdienen.«

»Waryk!«

»Du hättest die Festung nicht verlassen dürfen.«

»Aber ich wusste, du würdest hierher kommen …«

»Und seit den Angriffen der Wikinger weißt du auch, was für eine Gefahr dir droht. Hat dich die Sehnsucht nach mir in dieses Lager getrieben? Oder der Wunsch, Eleanora zu begegnen?«

»Ist sie das?«, flüsterte sie und zeigte zum Tisch.

»Aye.«

»Eine Schönheit …«

»Allerdings.« Lächelnd umfasste er ihre Hand. »Komm, du musst Eleanora und Peter kennen lernen.«

»Nein, ich …«

»Nachdem du so neugierig warst, bestehe ich darauf.« Gnadenlos zog er sie hinter sich her und machte sie mit den Geschwistern bekannt.

»Meine Liebe …«, murmelte Eleanora.

»Peter, Eleanora …«, murmelte Mellyora.

»Möchtet Ihr Wein trinken? Da steht der Becher Eures Mannes.«

»Seid Ihr hungrig?«, fragte Peter. »Nach diesem fabelhaften Tanz …«

»Peter!«, stöhnte Eleanora und verdrehte die Augen.

»Es stimmt doch …«

»Vergiss trotzdem nicht, dass du Waryks Freund bist. Wollt Ihr Euch stärken, Mellyora?«

»Nein, danke, wir haben im Dorf gegessen.«

»Wir?«, wiederholte Eleanora.

»Natürlich hat Angus mich begleitet. Allein würde ich meine Festung niemals verlassen.«

Waryk blickte zum anderen Ende der Lichtung, entdeckte den schwer bewaffneten Angus und unterdrückte ebenso wie der kahlköpfige Krieger ein Grinsen. Hilflos zuckte Angus die Schultern. Dann nickte er, um seinem Herrn zu bedeuten, er würde weiterhin Wache halten.

»Da du nichts zu dir nehmen möchtest, Mellyora …« Geistesabwesend wandte sich Waryk zu den Geschwistern. »Entschuldigt uns bitte. Ich möchte hören, was inzwischen auf Blue Isle geschehen ist.« Ohne eine Antwort abzuwarten, ergriff er die Hand seiner Frau und führte sie in den Wald. Ein Vollmond stand hoch am Himmel und verbreitete goldenes Licht.

»Wohin gehen wir?«, fragte Mellyora und Waryk spürte ihre innere Unruhe.

»Zu einem Loch.«

»Warum?«

Er lächelte boshaft. »Damit niemand dein Geschrei hört.«

Empört wollte sie sich losreißen. »Du hast kein Recht, mich zu bedrohen! Sei froh, dass deine Frau zu dir gekommen ist …«

»Um festzustellen, ob ich mit Eleanora schlafe?« Das

Blut stieg ihr in die Wangen. Da wusste er, dass seine Vermutung zutraf.

»Übrigens, wie geht es Ewan? Ich habe gehört, mittlerweile sei er genesen.«

»Zumindest ist er jetzt außer Lebensgefahr. Deshalb ritt ich hierher – und sah dich mit Eleanora flirten …«

»Also hattest du vor, mir nachzuspionieren.« In diesem Moment erreichten sie den See, in dessen sanften Wellen sich der Mond spiegelte. Am Ufer wuchsen Bäume mit tiefhängenden Ästen. Weiches Laub bedeckte den Boden. Am Wasserrand schlang Waryk seine Finger in die Hände seiner Frau und drehte ihr die Arme auf den Rücken. »Natürlich hast du mir nachspioniert.«

»Nein, ich …«

Aber es interessierte ihn nicht, was sie hierher geführt hatte. Sie war da und er begehrte sie. Jede Nacht hatte ihn ihr Bild in seinen Träumen gequält. Und wenn er wach gewesen war, hatte er sich nach ihr gesehnt. Nun konnte sie nicht weitersprechen, weil er seinen Mund hungrig und fordernd auf ihren presste. Endlich kostete er wieder den süßen Geschmack ihrer Zunge.

Als er den Kopf hob, versuchte sie erneut zu sprechen. »Sie ist sehr schön und wenn du mit ihr …«

»Aye?«, flüsterte er an ihren Lippen.

»Waryk!« Erfolglos wehrte sie sich gegen die Umarmung. In ihren Augen schimmerten unvergossene Tränen. »Wenn du mit ihr …«

»Aye?« Verführerisch knabberte er an ihrem Ohrläppchen.

»Hör auf – ich will nicht – ich kann nicht …«

Lächelnd schaute er in ihr schönes Gesicht.

»Warum nicht?«

»Weil ich meinen Stolz habe.«

»Den haben wir alle. Diese Erklärung genügt nicht. Nenn mir einen anderen Grund.«

»Weil ich dich – für mich allein haben will.«

»Auch das ist keine ausreichende Begründung.« Er ließ ihre Hände los und hob ihr Kinn. »Aber vorerst begnüge ich mich damit. Sonst müsste ich mich mühsam beherrschen.« Er nahm seinen Überwurf ab, kniete nieder, um ihn im Gras auszubreiten, und zog Mellyora mit sich hinab.

»Nein, Waryk …«

»Beruhige dich, ich war dir treu.« Auf einen Ellbogen gestützt, schob er eine Hand unter den Rock ihres Wollkleids. Ihre Haut war so weich wie Rosenblätter. Dann umfasste er eine ihrer Brüste, die ihm größer erschienen. Ungeduldig öffnete er die Verschnürung ihres Kleids und streifte es über ihren Kopf.

»Wenn jemand kommt …«, protestierte sie.

»Angus hält Wache. Also wird sich niemand in unsere Nähe wagen.« Stöhnend vergrub er sein Gesicht zwischen ihren Brüsten. Sie roch wie eine Blumenwiese und er schwelgte in ihrem Duft, von wachsendem Verlangen erfüllt. Aber er wollte sich noch eine Weile zurückhalten … Da zerrte Mellyora an seiner Kleidung, an seinem Waffengurt. Eine weitere Aufforderung brauchte er nicht. Hastig legte er das Schwert ab und zog sich aus. Elfenbeinweißes Mondlicht beleuchtete ihren Körper. Eine Elfe hatte Eleanor sie genannt. Eher glich sie einer goldenen Göttin.

Mit gleicher Glut erwiderte sie seine Liebkosungen. Langsam spreizte er ihre Beine. Erst streichelte er die Innenseiten ihrer Schenkel mit seinen Fingern, dann mit seinen Lippen, mit seiner Zunge, die allmählich nach oben glitt …

In wilder Begierde wand sie ihre Hüften umher. Als er in sie eindrang und sich immer schneller bewegte, umklammerte sie seinen Hals. Die Augen geschlossen, zögerte er seinen Höhepunkt hinaus, bis er es nicht mehr länger ertrug. In einem mächtigen Schwall ergoss sich sein Samen in Mellyoras Schoß und er gewann den Eindruck, er wäre plötzlich schwach und hilflos, weil sie auch seine Seele in sich aufnahm. Sein Herz schlug wie rasend, in seinen Ohren rauschte das Blut. Durch seinen Körper strömte ein Gefühl süßer Ekstase.

Leise schrie Mellyora auf, erschauerte und grub ihre Fingernägel in seine Schultern. Er streckte sich neben ihr aus, hüllte sie in seinen Überwurf, um sie vor der nächtlichen Kälte zu schützen, und nahm sie in die Arme. Eine Zeit lang schmiegte sie sich schweigend an ihn, dann fragte sie: »Musst du Peter – und seine Schwester nach Stirling begleiten?«

»Aye, wir beide reiten mit ihnen.«

»Oh ...«, hauchte sie erfreut. »Ich habe meinem Onkel und Anne geschrieben und von den Wikingerattacken erzählt, auch von der Anklage gegen Daro. Jetzt lagern sie außerhalb von Stirling. Ich möchte die beiden treffen und Daro auffordern, den König von seiner Unschuld zu überzeugen.«

Unbehaglich runzelte Waryk die Stirn und richtete sich auf, um ihr in die Augen zu schauen. »Hast du ihnen mitgeteilt, du würdest mich treffen?«

»Aye.«

»Ob das klug war ...«

Plötzlich stieß sie einen Schrei aus und spähte über seine Schulter. Gerade noch rechtzeitig warf er sich zur Seite. Wo er eben noch gelegen hatte, steckte eine Streitaxt im Gras. Beide sprangen auf, und Waryk sah sich vier Männern gegenüber.

Wikinger? Normannen?

Zwei waren blond und trugen Schnurrbärte, die anderen hatten rötliche Haare und Vollbärte. Nach den gehörnten Helmen mit den heruntergeklappten Visieren zu schließen, waren sie Wikinger. Doch die Kettenhemden mit den Brustplatten wiesen auf eine normannische Herkunft hin. Diese Rüstung hatte Waryk schon einmal gesehen.

Bei Daro Thorsson. Und einer der Männer trug Daros Banner. Offenbar hatte Mellyoras Onkel beschlossen, ihn diesmal mit eigenen Händen anzugreifen.

Vier Gegner. Ein Streitkolben, zwei Streitäxte. Einer schwang ein Schwert.

Und Waryk war splitternackt, sein Schwert lag zehn Schritte entfernt, und seine Frau ... Den Überwurf an ihre Brüste gepresst, stand sie wie erstarrt da. Der Argwohn ließ sich nicht verscheuchen. *War sie überrascht? Soeben hatte sie von ihrem Brief an Daro erzählt ... Warum? Damit sie vorgeben konnte, sie habe nichts mit dem Überfall zu tun, falls er den Kampf gewann.*

»Endlich, Waryk!«, rief einer der Männer. »Der grandiose Ritter des Königs, schon in früher Jugend ein Mörder! Nun stehen wir uns gegenüber, Sir, und Ihr seid nackt und unbewaffnet. Eigentlich müssten wir Euch ein Schwert geben, damit Ihr Euch verteidigen könnt. Nein, lieber nicht. Wie ein Hund sollt Ihr sterben, wehrlos niedergestreckt.«

Ein anderer Mann ging auf Waryk zu und zückte seine Streitaxt. Blitzschnell warf sich Waryk ins Gras, rollte seitwärts und sprang wieder auf.

Plötzlich stand Mellyora neben ihm und drückte ihm den Griff seines Schwerts in die Hand. Entschlossen schwang er die Waffe seines Vaters gegen die Feinde. »Tritt hinter mich, Mellyora!«

Mit erhobener Streitaxt stürzte sich der Widersacher auf ihn. Waryk wich zu Seite. Mit aller Kraft ließ er seine Klinge hinabsausen und hörte das grausige Geräusch berstender Schädelknochen. Der nächste Angreifer, der den wilden Kriegsruf eines Berserkers hervorstieß, war nicht so leicht zu töten. Mehrmals musste Waryk die wuchtigen Schläge einer Streitaxt abwehren.

Als er den Mann mit dem Streitkolben hinter sich spürte, fuhr er herum. Welch ein Narr ... Während er den Laird herausfordernd beschimpfte, vergaß er seine eigene Verwundbarkeit. Entschlossen sprang Waryk vor und durchschnitt ihm die Kehle. Doch er wandte sich nicht schnell genug zu seinem anderen Gegner. Mit knapper Not entrann er der Streitaxt, die seinen Arm streifte. Wenn er den Mann nicht sofort tötete, würde der nächste Schlag seinen Kopf spalten.

Im nächsten Moment lag der Feind leblos am Boden und Waryk wappnete sich gegen die Attacke des vierten Mannes. Aber der Bannerträger war verschwunden – mit Mellyora. Offenbar hatte Daro seine Nichte entführt.

Sie rannte zu der Streitaxt, die im Gras steckte, und das war ihr Fehler. Als sie sich bückte, wurde ihre Taille umschlungen. In einen Kampf gegen zwei Widersacher verstrickt, hörte Waryk ihren Schreckensschrei nicht. Erfolglos tasteten ihre Finger nach der Axt. Der Angreifer warf Mellyora über seine Schulter, stieg mit ihr auf einen Pferderücken und setzte sie vor sich in den Sattel.

Vom Überwurf ihres Mannes behindert, konnte sie sich nicht wehren. Außerdem war sie gegen den Panzer des Entführers machtlos. Wenigstens sah sie noch, wie Waryk einen Feind niederstach und sich zum nächsten wandte, bevor das Pferd in den Wald sprengte.

Der Ritt und die Nacht erschienen ihr endlos, ein kalter Wind wehte ihr ins Gesicht. Schließlich hielten sie in einem Wäldchen nahe dem Meer, nicht weit von Blue Isle entfernt. Der Mann warf sie wieder über seine Schulter, das Panzerhemd schürfte ihre Haut auf. Bevor er abstieg, ließ er sie zu Boden fallen. Sofort stand sie auf und wich vor dem Bastard zurück, Waryks Überwurf mit dem Falkenwappen an sich – gepresst.

Jetzt erkannte sie Daros Helm – Daros Emblem. Ihre Augen verengten sich. »Wer seid Ihr?«

»Daro.«

»Elender Lügner! Glaubt Ihr, ich würde die Stimme meines Onkels nicht erkennen? Wie könnt Ihr es wagen, Euch für Daro auszugeben?« Plötzlich wusste sie, wer er war, wenn sie auch seinen Namen nicht kannte. »Ihr schon wieder! Bildet Ihr Euch etwa ein, Waryk würde glauben, mein Onkel wäre der Schurke, dessen Krieger Blue Isle überfielen? Das weiß er besser. Er wird Euch einfangen und herausfinden, wer Ihr seid.«

»Haltet den Mund, Lady Mellyora. Weder Euer Onkel noch Euer Gemahl werden Euch helfen. Wahrscheinlich ist Laird Lion schon tot. Und wenn nicht, wird er niemals zurückbekommen, was er als sein Eigentum betrachtet.«

Schaudernd starrte sie den namenlosen Mann mit dem Wikingerhelm an. »Nein, Waryk ist nicht tot!«

»Warum nicht? Einen meiner Krieger hat er erstochen, zwei waren noch übrig.«

»Da er das Schwert seines Vaters schwingt, hat er zweifellos den Sieg errungen.«

»Auch andere Männer trugen die Waffen ihrer Väter, was ihnen letzten Endes nichts nützte. Wie auch immer, wir werden die Insel vor Laird Lion erreichen – oder falls er nicht mehr lebt, vor den Männern des Königs. Demnächst treffen wir meine restliche Truppe und Lord Renfrews Streitkräfte. Und sobald wir auf Blue Isle ankommen, wird die Festung wieder den Wikingern gehören. Darüber müsstet Ihr Euch freuen.«

War er verrückt? Wie sollte ein so wahnwitziger Plan gelingen? Die Festung war uneinnehmbar. »Wir werden Blue Isle niemals erreichen.«

»Doch. Aber das ist vorerst unwichtig. Etwas anderes interessiert mich viel mehr.«

»Was?«, fragte sie angstvoll.

»Meine Rache.«

»An mir? An Waryk?«

»Genau. Er ist der Mörder meines Vaters und Lord Renfrews, der meiner Familie zu Ansehen und Reichtum verholfen hätte.«

»Welch ein Unsinn! Mein Mann ist kein Mörder. Wann immer es möglich ist, vermeidet er ein Blutvergießen.«

Blitzschnell zog er sein Schwert und hielt es an ihre Kehle. »Und ich sage Euch, er ist ein Mörder!«

Sie zwang sich zur Ruhe und versuchte, die Klinge nicht zu beachten. »Tötet mich, wenn Ihr glaubt, das würde ihn treffen. Er hat mich nur notgedrungen geheiratet.«

»Aber so viel ich weiß, erwartet Ihr sein Kind.«

Verwirrt runzelte sie die Stirn. Wie konnte er das wissen? Von Angus? War der Mann, dem Waryk ihr Leben und sein eigenes anvertraut hatte, ein Verräter? »Das bezweifle ich.«

Langsam ging er auf sie zu. »So oder so, wenn ihr beide am Leben bleibt, wird er sich unentwegt fragen, von wem das Kind stammt. Und wenn er stirbt, gewinne ich Blue Isle und heirate Euch.«

»Niemals! Nicht einmal, wenn Waryk tot ist …«

»Was anderes wird Euch nicht übrig bleiben. Der Ehe mit Waryk wolltet Ihr entrinnen. Inzwischen habt Ihr Euch an ihn gewöhnt. Also werdet Ihr Euch auch an mich gewöhnen.«

»Nein …«

»O ja, denn ich werde Euch so lange verprügeln, bis Ihr kapituliert.«

»Welch ein Narr Ihr seid! An Waryk habe ich mich gewöhnt, weil er mir niemals wehtut, weil er gut und ehrenwert ist und …« Entsetzt verstummte sie, als er die Schwertspitze in den Überwurf stach und ihn beiseite schleuderte. Dann spürte sie den Stahl wieder an ihrem Hals. »Jetzt werde ich Euch besitzen, Lady.«

Verzweifelt hielt sie den Atem an. Sie wollte leben, ihr Kind gebären … Entschlossen ergriff sie die Schneide und drückte sie noch fester an ihre Kehle. In den Schlitzen des Helms sah sie die Augen ihres Feindes. »Wenn Ihr mich anrührt, werde ich mich töten. Ihr habt Recht, ich trage Waryks Erben unter dem Herzen. Aber Ihr werdet weder mich noch mein Kind benutzen, um ihn zu besiegen. Wenn Ihr mich tötet, wird Euch niemand das Tor der Festung Blue Isle öffnen.«

Würde sie wirklich die Kraft finden, ihre eigene Kehle zu durchschneiden? Auf diese Probe wurde sie nicht gestellt. Zu ihrer Verblüffung trat er zurück und senkte das Schwert. »Ihr werdet mich in die Festung Blue Isle bringen, Mellyora, Tochter Adins, des großen Wikingers.« Schmerzhaft packte er ihr Haar und zerrte sie zu seinem Pferd.

»Mir ist kalt. Ich brauche Waryks Überwurf. Außerdem würdet Ihr Aufsehen erregen, wenn ihr mit einer nackten Frau zur Küste reitet.«

Dieses Argument schien ihm einzuleuchten, denn er machte kehrt, um den Überwurf zu holen. Nachdenklich musterte sie das Pferd. Sollte sie es wagen? Sie sah, wie er sich bückte, etwa dreißig Schritte entfernt.

Entschlossen schwang sie sich in den Sattel, drückte ihre Fersen in die Pferdeflanken und hörte ihn zornig schreien, er würde sie einfangen und den Fluchtversuch bitter büßen lassen.

Sie hoffte inständig, das Pferd würde nicht zu seinem Herrn zurückkehren. Aber er schien dem Tier genauso zu missfallen wie ihr. Sie ritten durch Mondlicht und Schatten. Sobald sie den sicheren Hafen von

Blue Isle erreichte, würde sie einen Boten zu Waryk schicken.

Wütend zog Waryk sich an, eilte zum Lager und hielt Ausschau nach Angus. In einer Blutlache lag der Krieger am Boden.

Als Waryk seinen Namen rief, richtete er sich stöhnend auf.

»Gott sei Dank, du lebst!«, stieß Waryk hervor.

»Aye …« Angus rieb seinen kahlen Schädel.

»Das Blut …«

»Nein, das stammt von dem anderen Mann. Ein Schlag auf den Kopf streckte mich nieder. Tut mir leid, dass ich versagt habe. Aber als ich Daro sah …«

»Daro!«

»Ja, ich kenne seine Rüstung, seinen Helm, seinen Überwurf. Und ich wusste, dass Mellyora ihrem Onkel geschrieben hat. Deshalb war ich nicht überrascht, als er in dein Lager kam. Und dann … Versuchten sie dich zu töten? Wo ist die Lady?«

»Daro hat sie entführt.«

»Um Himmels willen …«

»Hoffentlich wird ihr nichts zustoßen. Kannst du aufstehen? Bist du verletzt? Ich muss mit meinen Kriegern in Daros Lager reiten. Allzu weit sind wir nicht vom Blue Isle-Festland entfernt. Ich schicke Eleanora hin. Wenn du sie begleiten willst …«

»Wenn du in den Kampf ziehst, komme ich mit dir.«

Waryk nickte. »Dann sollen Thomas, Tyler und Geoffrey die Lady geleiten. Und Peter hat seine eigene Eskorte. Er wird mit uns reiten. Beeilen wir uns!«

Soeben hatte sich Eleanora in ihr Zelt zurückgezogen. Peter saß immer noch am Lagerfeuer. Sobald er erfuhr, Mellyora sei von ihrem eigenen Onkel entführt worden, der vermutlich Blue Isle erobern wollte, sprang er erschrocken auf. Waryk erklärte ihm, er würde Eleanora mit einigen seiner Männer zur Küste gegenüber der Insel schicken. Trotz der späten Stunde müsste sie sofort aufbrechen.

»O Waryk, es tut mir so leid!«, beteuerte sie beim Abschied. »Sicher steckt sie nicht mit ihrem Onkel unter einer Decke.«

»Glaubst du das wirklich?«

Zärtlich berührte sie seine Wange. »Hättest du ihr Gesicht gesehen, als sie dich ansah, wüsstest du, wie sehr sie dich liebt. Sogar noch mehr als ich.«

»Danke für deine ermutigenden Worte.« Lächelnd küsste er ihr die Hand. »Jon of Wick bewacht das Tor der Festung. Wenn du im Dorf ankommst, frag nach Ewan MacKinny, er wird dich schützen.«

Während Eleanora mit ihrer Eskorte in der Nacht verschwand, schwang sich Waryk grimmig auf sein Schlachtross. Jetzt war es an der Zeit, gegen Daro zu kämpfen.

In halsbrecherischer Geschwindigkeit galoppierte Mellyora durch die Finsternis. Völlig erschöpft erreichte sie im Morgengrauen den Klippenrand, blickte auf ihr Dorf hinab und über die schaumgekrönten Wellen hinweg zur Insel hinüber. Mit einem Freudenschrei ritt sie den Hang hinab und schrie um Hilfe.

Auf einen Stock gestützt, eilte Ewan zu einem der Tore in der neuen Mauer, die das Dorf umgab, stieß es auf und Mellyora sprengte hindurch.

Aus allen Hütten rannten die Bewohner, Phagin in seiner flatternden Robe, eine aufgeregte Igraina, und als Mellyora zitternd vom Pferd fiel, war es Ewans Schwester, die ihren Umhang abnahm und ihre frierende Freundin darin einhüllte. Dann half sie ihr auf die Beine. »Sie muss sofort etwas Warmes trinken«, entschied der Priester.

»Auf dem Herd steht eine Karaffe mit Glühwein.

Schnell, Großmutter!« Igraina führte Mellyora in die Hütte und Ewan holte eine Wolldecke, die er um die Schultern seiner Lady legte.

Mit einem Becher zwischen den Händen saß Mellyora vor dem Herdfeuer und nahm einen großen Schluck. Bald erwärmte der Wein ihren Körper, und ihre Lippen hörten zu zittern auf. »Wie der Mann heißt, weiß ich nicht … Mein Onkel ist es jedenfalls nicht. Ewan, wir müssen jemanden zu Waryk schicken, so schnell wie möglich, denn der Schurke hat Daros Kleidung und seinen Helm gestohlen.«

»Wie konnte er das tun?«, fragte Igraina.

»Keine Ahnung. Irgendwie muss er Daros Vertrauen gewonnen haben. Er versuchte Waryk zu töten. Und er wird es wieder tun. Er will jemanden namens Renfrew treffen …«

»Renfrew?«, wiederholte Phagin in scharfem Ton.

»Aye.«

Entschlossen ging der Priester zur Tür.

»Phagin!«, rief Mellyora und er drehte sich um.

»Vor über einem Jahrzehnt griff Lord Renfrew das MacInnish-Land an und metzelte Bauern und Kaufleute nieder. Er kommandierte mehrere Wikingersöldner, denen er Land und Reichtum versprochen hatte, falls er den Sieg erringen würde. Aber er wurde getötet, ebenso wie die meisten Wikinger – von einem Jungen, dessen Vormundschaft der König übernahm – von Waryk. An jenem Tag hatten Renfrews Krieger Waryks Familie getötet. Nun will ich versuchen, Waryk und Daro zu erreichen. Niemand wird einen Priester aufhalten. Geht in die Festung, Mellyora. Übrigens, ich weiß, wer Euch entführt hat. Dieser Wikinger heißt Ulric Halsteader, Broadsword genannt. Zweifellos wird er Blue Isle angreifen.«

»Halsteader!« Verblüfft sprang Mellyora auf. »Annes Vater war ein Halsteader. Also muss er …«

»Ja, diese Verwandtschaft hat er benutzt, um Daros Sachen zu stehlen. Daran ist das Mädchen sicher nicht schuld.«

Waryk galoppierte mit seinen Männern, Peter und dessen Kriegern zur Mauer des Wikingerlagers. Gewiss hatte man seine Ankunft beobachtet und Daro informiert. Plötzlich stiegen Zweifel in ihm auf. Daro hätte ihn nicht im Wald aufsuchen müssen. Genauso gut hätte er ihn auf Blue Isle besuchen und in seinem Bett ermorden können. Während ihm diese Gedanken durch den Sinn gingen, sah er Daro – ohne Helm – aus dem Tor reiten, gefolgt von Ragnar und anderen Kriegern. Über dem Rand der Mauer erschienen Bogenschützen.

Einem solchen Angriff war Waryk gewachsen, und es würde nicht mehr lange dauern, bis eine Truppe des Königs eintraf.

Sobald er jedoch in Daros Augen sah, wusste er, dass der Mann bis zum letzten Atemzug kämpfen würde.

»Sagt Eurem Trupp, wir fechten Mann gegen Mann, Waryk!« schrie Daro. Waryk hob eine Hand, ritt ihm entgegen, und Daro lenkte sein weißes Schlachtross um Mercury im Kreis herum. Verächtlich spuckte er zu Boden. »Niemals tat ich Euch etwas zu Leide!«

»Wo ist meine Frau?«

»Meine Nichte? Nicht bei mir! Ihr kommt hierher, um mich herauszufordern, nachdem es Euch erneut misslang, mein Fleisch und Blut zu schützen!«

»Nein, Ihr wart achtlos! Irgendjemand hat sich in Euer Lager eingeschlichen und Euch für seine schurkischen Zwecke benutzt.« Eine Zeit lang ritten sie schweigend um einander herum. Plötzlich schwang Daro sein Schwert und Waryk hob gerade noch rechtzeitig seinen Schild, um den Schlag zu parieren. Während er Mercury seitwärts tänzeln ließ, griff er Daro mehrmals an.

Jeden Schwertstreich wehrte der Wikinger ab, bevor er erneut zum Angriff überging. »Bastard!« brüllte er. »Offenbar seid Ihr zu dumm, um einen Freund zu erkennen!«

»Nein, Ihr seid ein Narr und nicht einmal fähig, einen Feind zu erkennen, der direkt vor Eurer Nase steht!«

»Blutrünstiger Normanne!«

»Ein Schotte!«, stieß Waryk zwischen zusammengebissenen Zähnen hervor. »Ich bin ein blutrünstiger Schotte!«

»Der meine Nichte nicht verdient ...«

»Was wir alle verdienen, ist die Wahrheit!«

»Ich sollte Euch töten!«

»Nein, ich Euch!« Wieder hob Waryk sein Schwert und rammte es gegen Daros Schild. Nicht seine kämpferischen Fähigkeiten führten zum Sieg, sondern reines Glück. Das Pferd seines Gegners trat in ein Erdloch, strauchelte und stürzte mitsamt seinem Reiter.

Sofort schwang Waryk sich aus dem Sattel, das Schwert in beiden Händen. Erbost starrte Daro ihn an und hob seine Waffe auf. »Tötet mich, wenn Ihr wollt!«

Aber Waryk schüttelte den Kopf, senkte sein Schwert und streckte eine Hand aus. »Gott helfe uns beiden, Daro. Wo ist Mellyora? Und was um Himmels willen geschieht mit uns?«

Zögernd ergriff der Wikinger Waryks Hand und stand auf. Plötzlich erklang ein Schrei, und sie sahen Father Phagin heranreiten, mit wehendem weißen Bart in einer flatternden schwarzen Robe. »Hört auf, ihr Narren, bringt einander nicht um!«, rief er und zügelte sein Pferd. Keuchend stieg er ab und musste sich auf Waryks Arm stützen. »Für solche Abenteuer bin ich zu alt, das hält mein Herz nicht aus. Daro, Ihr wurdet für ein übles Spiel benutzt.«

»Offensichtlich«, bestätigte Daro. »Niemals war ich Euer Feind, Waryk …«

Der schrille Schrei einer Frau unterbrach ihn, und alle wandten sich zu Anne, die aus dem Tor stürmte. »Oh, mein Gott, bekämpft Euch nicht! Ich hatte keine Ahnung – aber jetzt weiß ich Bescheid.«

»Wäre Euch das bloß früher eingefallen, Mädchen!«, schimpfte Phagin. »Um diesen beiden Verrückten die Wahrheit zu erklären, habe ich mir in einem wilden Galopp fast den Tod geholt. Ulric Halsteader und Renfrews schurkischer Sohn wollen sich an Euch rächen, Waryk. Jetzt ist Mellyora in der Festung. Glücklicherweise konnte sie Halsteader entrinnen – dem Wikinger, der sie in Eurer Kleidung entführte, Daro – in der Hoffnung, Waryk würde gegen Euch kämpfen. Offenbar dachte er, Ihr würdet Euch gegenseitig umbringen.«

»Das alles ist meine Schuld!«, klagte Anne. »Neulich besuchte er mich – er ist der Vetter meines Vaters.«

»Wie konntet Ihr ahnen, was er vorhatte?«, erwiderte Phagin. »Jetzt müsst Ihr sofort nach Blue Isle reiten, Waryk und Daro. Sobald Halsteader mit Renfrews Streitkräften zusammentrifft, wird der die Festung belagern.«

»Geh ins Lager zurück, Anne!«, befahl Daro.

»Aber …«

»Tu, was ich dir sage!«

Über ihre Wangen rannen Tränen. Mitfühlend berührte Waryk ihren Arm. »Glaubt mir, Ihr seid unschuldig, Anne. Bringt Euch in Sicherheit. Sonst müssen wir uns um Euch auch noch sorgen.« Er wandte sich ab und sprang auf Mercurys Rücken, während Daro zu seinem weißen Pferd eilte, das inzwischen aufgestanden war.

Als Waryk zu seiner Truppe ritt, rief der Priester ihm nach: »Lord Lion!«

Ungeduldig drehte Waryk sich um und Phagin eilte zu ihm.

»Hoffentlich erreicht Ihr die Festung, bevor Halsteader auf neue Ränke sinnt. Er weiß die Schwächen anderer zu nutzen. Diese Fähigkeit hat er von Renfrews Sohn gelernt. Mögen die Mauern von Blue Isle auch uneinnehmbar sein – die Menschen, die darin leben, sind es nicht.«

»Jetzt muss ich mich beeilen, Phagin. Reitet uns nach, wenn Ihr wollt. Keine Angst, ich nehme mich in Acht.«

»Noch etwas.«

»Aye?«

»Ich glaube, Mellyora erwartet Euer Kind. Denkt daran!«

Sein Kind ... Als hätte er noch immer nicht genug Sorgen. »Aye, Phagin«, versprach er, schwenkte Mercury herum und galoppierte zu seiner Truppe. »Wir reiten zur Festung!«

23

Eleanora war tief beeindruckt von dem hübschen Dorf mit dem neuen Schutzwall und den netten Bewohnern.

Höflich wurde sie von Ewan MacKinny begrüßt, der offenbar krank gewesen war. Er wirkte ziemlich schwach. Aber er sorgte dafür, dass sie sofort gut betreut wurde. Mellyora sei ihrem Entführer entflohen, versicherte er, wohlbehalten an der Küste eingetroffen und bei Ebbe zur Festung hinübergeritten. Inzwischen war die Flut eingetreten, und Ewan besorgte ein Boot für Eleanora.

»Nun werden sich Waryk und mein Bruder in einen sinnlosen Kampf gegen Daro stürzen«, klagte sie.

»Nein, Lady, unser Priester Phagin ist zu ihnen geritten, um sie zu warnen. Welche Truppen auch immer hierher reiten, um die Festung anzugreifen – ein Geistlicher wird nicht aufgehalten. Nachdem Ihr Euch aufgewärmt habt, sollten wir zur Insel hinüberfahren. Dort seid Ihr sicher.« Lächelnd bot er ihr seinen Arm.

Wie gut er aussieht, dachte sie und schaute fasziniert in seine schönen haselnussbraunen Augen mit den grüngoldenen Punkten. »Vielen Dank. Eigentlich müsste ich Euch stützen. Ihr wart verletzt.«

»Mittlerweile geht es mir viel besser.«

»Ist Mellyora MacAdin eine gute Pflegerin?«

»Phagin nahm an den Kreuzzügen teil und beobachtete muslimische Arzte, die tiefe Wunden mit Umschlägen behandelten. Das brachte er ihr bei, und den Aufzeichnungen ihrer verstorbenen Mutter entnahm sie, wie man die Heilkräfte des Meerwassers und verschiedener Kräuter einsetzt.«

»Oh, das müsste ich auch lernen«, bemerkte sie, während sie die Hütte verließen.

Plötzlich hob er erschrocken den Kopf. Beißender Brandgeruch stieg ihm in die Nase. Die neue Mauer war mit Öl übergossen und angezündet worden. Hastig legte er seine Arme um Eleanora und eilte mit ihr durch eines der Tore hinaus. Jenseits des Walls schrie sie gellend auf, als ein Fischernetz über ihren und seinen Kopf geworfen wurde. Hilflos gefangen, fielen sie zu Boden.

»Nur Mut«, flüsterte Ewan ihr zu, »alles wird sich zum Guten wenden.«

Seltsamerweise glaubte sie ihm, trotz ihrer misslichen Lage. Das Netz wurde weggezogen, und Ewan stand auf. Mit erhobenen Fäusten wollte er sich auf zwei Männer stürzen. Da trat ein dritter heran und schlug ihm einen Schwertgriff auf den Hinterkopf. Bewusstlos brach er zusammen. Eleanora neigte sich entsetzt über ihn.

Im nächsten Moment wurde sie von einem Mann gepackt, der einen langen Kettenpanzer trug. Durch die Schlitze im Visier seines Helms sah sie nur fast farblose helle Augen. »Ah, meine Schöne, Ihr müsst die legendäre Eleanora sein. Wie gern würde ich Euch näher kennen lernen! Leider haben wir nur wenig Zeit …«

Mellyora wusste die Festung zu verteidigen. Hastig schlüpfte sie in ein Leinenhemd und ein warmes Wollkleid, dann eilte sie zur Brustwehr. Die Tore waren geschlossen. Nur auf Jon of Wicks Befehl würde man sie öffnen. Notfalls würde Mellyora ihn dazu auffordern. Jon und Mallory standen neben ihr, um sie zu beraten. Aber sie wünschte, Ewan wäre an ihrer Seite, denn er hatte enger mit ihrem Vater zusammengearbeitet. Und sie hoffte inständig auf Waryks Heimkehr.

Warum kam Ewan nicht zu ihr? Als sie die Dorfmauer brennen sah, erkannte sie, dass Halsteader eingetroffen war. Bogenschützen postierten sich auf den Zinnen von Blue Isle. Durch die Abwesenheit des Lairds und vieler Krieger war die Verteidigung des Schlosses geschwächt. Aber seine Stärke lag in den dicken Felsmauern, die kein Feuer fingen und allen Rammböcken trotzten. Sobald eine Attacke drohte, sank das Fallgitter hinter dem Haupttor hinab. Auf Angreifer, die das äußere Tor passierten, konnte siedendes Öl gegossen werden.

Nur von innen her war die Festung verwundbar ... Das wusste Mellyora, und sie wollte keine Schwäche zeigen. Aber beim Anblick des Feuers auf dem Festland fühlte sie sich elend. Ewan hatte die Insel nicht erreicht. War er in Gefahr – oder bereits tot? Und die anderen? Igraina und ihre Familie, die Freunde, die Alten und Jungen, die kleinen Kinder ...

Waryk wird kommen. O Gott, Waryk wird kommen ... Dieser Gedanke ermutigte sie. Doch die Angst ließ sich nicht vollends besiegen. Sie kannte Halsteaders Grausamkeit. Um seines eigenen Vorteils willen, setzte er sogar das Leben seiner Leute aufs Spiel.

Sobald das Feuer ausgebrochen war, begann der erste Angriff. Obwohl die Flut stieg, durchquerten Halsteader und seine Krieger das Wasser, auf Pferden oder zu Fuß. An der Spitze der Truppe ritt ein zweiter Mann mit einem roten Banner und einem gestickten Drachenkopf auf seinem Überwurf. Renfrew, dachte Mellyora und musterte sein edles Schlachtross und die kostbare Kleidung. Hinter ihm entdeckte sie Bannerträger, die nicht nur seine eigenen, sondern auch Stephen of Blois' Farben hochhielten.

Halsteader und Renfrew kommandierten den Angriff nur, nahmen aber nicht daran teil, weil sie die tödliche Gefahr erkannten. Und so befahlen sie den ersten Reihen ihrer Krieger, die Stärke der Mauern mit

Rammböcken und Enterhaken zu erproben. Es dauerte nicht lange, bis sie von den Blue Isle-Bogenschützen zurückgeschlagen wurden.

»Was jetzt, Jon?«, fragte Mellyora.

»Sie wissen, dass sie nicht näher kommen können. Also werden sie's aufgeben und verschwinden.«

»Nein«, widersprach Mallory. »Sie sind fest entschlossen, die Festung zu erringen – oder unsere Lady …«

»Das wird ihnen nicht gelingen!«, stieß Jon of Wick hervor.

»Mellyora MacAdin!« Plötzlich drang Halsteaders Ruf den grünen Hang unterhalb der Mauern herauf. »Übergebt mir die Festung und Euren Leuten wird nichts geschehen!«

Sie trat an die Zinnen. »Zieht Euch zurück, Sir, und rettet Euer Leben, ehe der Laird zurückkehrt und Euch alle niedermetzelt!«

Sein Gesicht hatte sie nie gesehen. Er trug immer noch Daros Helm. Als hätte er ihre Gedanken gelesen, nahm er ihn lächelnd ab, und sie betrachtete rotblondes Haar, kühle Augen, glatt rasierte Wangen. »Ergebt Euch, Mellyora!«

»Verschwindet, Halsteader! Oder Ihr werdet alle sterben!«

»Um Euch zu gewinnen, lohnt sich der Kampf!« Er ritt zu Renfrew, beriet sich mit ihm, und der Wind trug sein unheimliches Gelächter zu den Zinnen herauf.

Waryk ritt an Daros Seite, dicht gefolgt von Angus, Ragnar und Peter. Hinter ihnen galoppierten die schnellsten Reiter, die Fußsoldaten würden ihnen später folgen. Voller Angst dachte er an seine Frau. Im Wald hatte er nicht um ihr Leben gebangt, in der festen Überzeugung, sie wäre Daros Gefangene und der Onkel würde ihr nichts antun. Aber dann hatte Phagin berichtet, sie sei von Halsteader entführt worden. Und wenn ihr auch die Flucht geglückt war – der kluge, tückische Mann würde nicht so leicht aufgeben. Jahrelang hatte er seine Ränke geschmiedet, da und dort Kämpfe angezettelt, sich niemals verraten. Und jetzt …

Für wie lange hatte er Mellyora in seine Gewalt gebracht? Wohin war er mit ihr geritten? Was mochte er ihr angetan haben? Waren auch ihr Herz und ihre Seele am Leben geblieben? Würde sie ihrem Mann jemals den unheilvollen Zweifel verzeihen? Er hatte sie beschuldigt, ihren Onkel, die Wikinger. Und es war die ganze Zeit sein eigener Feind aus fernen Tagen gewesen, der Mellyora und Blue Isle bedroht hatte – ein Mann, der blutige Rache suchte.

»Lauf, Mercury, lauf wie der Wind!«, drängte er seinen Hengst und warf einen Blick auf Daro, der seinen Schimmel ebenfalls anspornte.

Was würde Halsteader jetzt tun? Mellyora erneut gefangen nehmen – eine Wikingertochter, auf die er ein größeres Recht zu haben glaubte als der schottische Laird? Und sie war der Schlüssel zur Macht auf Blue Isle … Unter ihrem Herzen wuchs Waryks Fleisch und Blut. Das konnte Halsteader nicht wissen. Er würde sie missbrauchen, um Waryk – falls er ihn nicht tötete – ein Leben lang mit der Frage zu quälen, wer der Vater des Kindes sein mochte … Doch das alles spielte keine Rolle. In diesem Augenblick kannte Waryk nur eine einzige Sorge – um seine Frau.

Ulric war vom Pferd gestiegen. Nun stand er auf dem Wiesenhang unterhalb der Festungsmauern und beobachtete seine Männer, die eine Frau zu ihm schleppten. Erschrocken biss Mellyora in ihre Lippen. Eleanora of Tyne. »Seht, wer hier um sein Leben bangt, Mellyora MacAdin!«, rief er. »Leider fehlt mir die Zeit, um Eure Tore aufzubrechen, weil Euer Gemahl bald eintreffen wird!«

»Können die Bogenschützen ihn nicht erschießen?«, fragte sie Jon of Wick.

»Unmöglich, er ist zu weit entfernt.«

»Was hat er vor? Eleanora ist seine Gefangene …«

»Kommt heraus und reitet mit mir!«, schrie Ulric. »Dann kann ich mit Eurem Mann verhandeln! Wenn Ihr Euch weigert, durchschneide ich Eleanoras Kehle!«

Welchen Sinn hätte das?

Diese Frage musste sie sich nicht stellen, denn jetzt trat Lord Renfrew an Halsteaders Seite. »Peter und Eleanora haben König Stephens Plan verraten, Lady! Also würde diese Frau ihre Hinrichtung verdienen!«

»Halsteader, Ihr werdet eines ganz langsamen Todes sterben …« Bestürzt hörte Mellyora die Angst, die in ihrer eigenen Stimme mitschwang. Nein, sie durfte ihre Sorge nicht zeigen. Bald würde Waryk die Insel erreichen – und Daro. *Es sei denn, Phagin war nicht zu ihnen gelangt und die beiden Truppen würden einander niedermetzeln …*

»So einfach wäre es …« Ulric wandte sich von Eleanora ab, deren Hände auf den Rücken gefesselt waren, und verschwand hinter den Reihen seiner Kavallerie. Als er wieder auftauchte, zerrte er einen Mann hinter sich her, der Peter of Tynes Farben trug. Würdevoll blieb der grauhaarige Gefangene neben Halsteader stehen, der ein paar Worte mit ihm wechselte. Dann schaute er wieder zu den Zinnen hinauf. »Mellyora MacAdin! Dies ist Walter of Tyne, der Peter und Eleanora seit ihrer Kindheit dient. Soeben hat er mir erklärt, er würde gern für die Geschwister sterben!«

Lächelnd zückte er sein Messer und schlitzte die Kehle des Mannes auf. Eleanora schreckte schreiend zurück. Obwohl Mellyora in einer grausamen Welt lebte und den Tod nur zu gut kannte, hatte sie noch nie einen so kaltblütigen Mord beobachtet. Die Hände auf den Magen gepresst, wich sie von der Mauer zurück.

Der Tote fiel zu Boden und Ulric zog Eleanora wieder zu sich heran. »Lauter Verräter! Deshalb droht mir keine Strafe, denn ich bin ein englischer Untertan, während sich diese Bastarde dem schottischen König beugen, sobald es Schwierigkeiten gibt! Verlasst die Festung, Lady! Wenn ich Eure schönen blauen Augen nicht in wenigen Minuten vor mir sehe, wird Eleanora sterben! War sie nicht die Geliebte Eures Mannes? Wollt Ihr, dass sie für diese Sünde mit dem Tod bestraft wird? Oder ist die Tochter des großen Adin zu gütig, um das mit anzusehen?«

Bald würde Waryk erscheinen … Bis dahin konnte sie die Stellung halten.

»Ihr wisst, das würde ich tun!«, donnerte Ulric.

»Allerdings, Halsteader!« Verzweifelt bemühte sie sich, ihrer Stimme einen kühlen Klang zu verleihen. »Aber Ihr habt Recht, Eleanora war jahrelang die Geliebte meines Mannes. Und ich bin die Herrin von Blue Isle, Waryks verlängerter Arm!«

»Ah, Mylady, wenn ich die Kälte in Eurem Herzen erkenne, finde ich Euch noch begehrenswerter!«, spottete er.

»Nein … Ich komme hinaus …«

Ulric gab einem seiner Männer einen Wink und Ewan wurde nach vorn geschleift, immer noch geschwächt, kaum fähig, sich auf den Beinen zu halten. Erschrocken hielt Mellyora den Atem an. Ewan, so loyal, so stolz, von neuem bedroht …

»Würdet Ihr einen halb toten Mann töten?«, fragte sie.

»Aye, Lady«, bestätigte Ulric grinsend.

»Denk nicht an mich, Mellyora!«, schrie Ewan mit letzter Kraft. »Du darfst ihm das Fort nicht übergeben …« Abrupt verstummte er, als Ulrics Faust seinen Kopf traf und er bewusstlos zu Boden sank.

»Halb tot oder tot? Wie entscheidet Ihr Euch, Mellyora MacAdin? Seht Ihr Lady Eleanoras Hals? So schlank, so zart – mühelos zu durchschneiden …«

»Wie ich bereits sagte, ich komme hinaus. Zuerst müssen Eleanora und alle anderen Gefangenen meinen Hof betreten. Wenn Ihr dieser Bedingung nicht zustimmt, bleiben die Tore geschlossen. Ich werde nicht mit ansehen, wie Ihr die armen Leute unbarmherzig ermordet, nachdem ich kapituliert habe!«

»Nun, die übrigen Gefangenen sind ohnehin nur eine unnötige Belastung. Also schicke ich sie jetzt zu den Toren. Eleanora wird ihnen folgen, wenn ich Euch durch das Fallgitter sehe.«

»Einverstanden. Ich warte zwischen den beiden Toren. Sobald Eure Gefangenen das Fallgitter passiert haben und es wieder geschlossen wurde, komme ich zu Euch.«

Mellyora trat von den Zinnen zurück und Jon ergriff ihren Arm. »Das gestatte ich Euch nicht.«

»Wie könnte ich zulassen, dass er Eleanora und die anderen niedermetzelt? Mein Gott, habt Ihr nicht gesehen, was er diesem armen Mann antat«

»Ein Krieger, der bereit war, für Eleanora of Tyne zu sterben. Darauf hat er einen Eid geleistet. Aber Ihr dürft nicht für die Lady in den Tod gehen, Mellyora …«

»Mich will er nicht töten. Stattdessen wird er mich benutzen, um Waryk zu besiegen.«

Nun wandte sich Mallory zu Mellyora. »Bieten wir ihm ein Lösegeld an.«

»Nein, Mallory, Geld interessiert ihn nicht – er sucht nur seine Rache.«

»Aber Ihr dürft Euch diesem Mann nicht ausliefern.«

»Wenn ich zu ihm gehe, gewinnen wir Zeit.«

»Bitte nicht, Mylady«, begann Jon.

»Sollen wir all die Menschen sterben lassen? Außerdem will ich nur den Anschein erwecken, ich würde zu ihm gehen.«

»Er ist gefährlich ...«

»Das weiß ich.« Bedrückt dachte sie an Ewan, der nicht zögern würde, für sie zu sterben, nachdem er erst von seinen letzten Wunden genesen war. Zweifellos würde Ulric ihn genauso töten wie all die anderen. Vielleicht auch sie – und ihr Kind. An ihr lag ihm nicht allzu viel. Er wollte nur die Tore geöffnet sehen, um die Festung zu stürmen. »Hört zu, Jon, ich bleibe zwischen den Toren stehen und wir nehmen die Gefangenen auf. Dann schließt das Haupttor, bevor Halsteader eindringen kann.«

»Und wenn er zusammen mit den Gefangenen unter dem geöffneten Fallgitter eintritt?«

»Die Kessel mit dem siedenden Öl stehen bereit, die Bogenschützen werden ihre Pfeile anzünden und Ulrics Männer zum Rückzug zwingen. Niemals wird er diese Festung erobern!«

Seufzend senkte Jon den Kopf.

»Ich bin die Tochter meines Vaters und ich weiß, Krieg zu führen. Wenn ich der Laird wäre – würdet Ihr meine Entscheidung in Frage stellen?«

»Mylady, ich will Eure Entscheidung nicht in Frage stellen – ich sorge mich nur um Euch.«

Besänftigend drückte sie seine Hand und rief den Bogenschützen zu: »Macht euch bereit!«

»Lady Mellyora!«, schrie Ulric. »Wenn ich Euer schönes Gesicht nicht sofort hier unten sehe, töte ich Ewan MacKinny und dann die schöne Eleanora!«

Als sie ihn mit Renfrew sprechen sah, der gleich darauf einen Arm hob, wusste sie, dass mehrere Männer den Befehl erhielten, durch die Tore zu stürmen. Sie eilte die Treppe zum Hof hinab, wo das schwere Fallgitter gerade hochgezogen wurde. »Wenn die Gefangenen hereingekommen sind, müsst ihr das Fallgitter sofort wieder schließen«, erklärte sie den Männern, die an der Winde standen. »Kümmert euch um die

Leute, sicher sind einige verwundet oder völlig verschreckt …« Niemals würde sie Walter of Tyne vergessen, der einen so grausamen Tod erlitten hatte.

Reglos stand sie zwischen den beiden Toren. Zuerst eilten die Dorfbewohner herein. Dankbar und voller Mitgefühl schauten sie Mellyora an, während sie an ihr vorbeigingen. Dann erschienen die Krieger – Garth, Tyler und Geoffrey trugen Ewan zum ersten Tor.

»Um Himmels willen, Mylady, das dürft Ihr nicht tun …«, begann Tyler.

»Beeilt euch, bringt Ewan in den Hof – und die anderen …« Alle Männer kannte sie nicht. Vermutlich gehörten die Fremden zu Eleanoras Eskorte. »Schickt jetzt Eleanora herein, Halsteader!«, rief sie.

Ulric stieß Eleanora nach vorn und sie taumelte durch beide Tore. Voller Bewunderung schaute sie die Herrin der Festung an. Ein schwacher Trost … Mellyora erschauerte. Würde es ihr gelingen, rechtzeitig in den Hof zurückzuweichen? Wenn Ulric sie vorher packte, würde sie sterben. Und Eleanora wäre hier …

Sie schloss die Augen und wartete.

»Kommt heraus, Mellyora MacAdin!«, forderte Ulric.

Plötzlich hörte sie donnernde Hufschläge. Aye, sie würden die Tore stürmen!

»Lasst das Fallgitter herab!«, schrie sie und sprang zurück. Zu ihrer Verwirrung rannte Mallory auf sie zu. »Habt Ihr den Verstand verloren? Gebt mir den Weg frei …«

Aber er umfasste ihre Schultern, erstaunlich kräftig für einen Mann, der immer nur Pachtgelder gezählt und die Lebenshaltungskosten ausgerechnet hatte. Zunächst war sie so verwirrt, dass sie sich nicht wehrte. Und als sie unaufhaltsam zum Haupttor geschoben wurde, weg vom Fallgitter, das gerade herabsank, erriet sie die Zusammenhänge. Wie oder warum, wusste sie nicht - jedenfalls hatte Mallory sie verraten. Er war es gewesen, der Halsteader regelmäßig über die Ereignisse auf Blue Isle informiert hatte – wann Waryk eintreffen, wann er nach Tyne reiten und wann er zurückkehren würde. Und jetzt …

»Warum, elender Bastard?«, kreischte sie. Wikinger und Normannen stürmten an ihr vorbei. Zweifellos würden sie unter dem herabgleitenden Fallgitter sterben. Und sie selbst würde sich nicht in Sicherheit bringen …

»Für Euren Vater! Für die Wikinger!«, erwiderte Mallory.

»Nicht für meinen Vater, er hat sich zu Schottland bekannt!«

Wehmütig lächelte Mallory inmitten des Gedränges. »Dann für Euren Reichtum, Mylady. All die Jahre habe ich Euer Gold und Silber gezählt. Jetzt gehört das alles mir …« Voller Stolz wandte er sich an Ulric, der zu Mellyora ritt. »Da habt Ihr sie, Sir! Nun erhalte ich meinen Lohn …«

Gellend schrie sie auf, als Ulric sein Schwert schwang und Mallory beinahe enthauptete. Blut spritzte auf ihr Kleid. Sie versuchte in den Hof zu laufen. Doch das Fallgitter hatte sich bereits geschlossen. Ulric schlang einen Arm um ihre Taille und zerrte sie in seinen Sattel, dann schwenkte er sein Pferd herum und galoppierte durch das Haupttor hinaus.

Hinter sich vernahm sie die grausigen Schreie der Männer, die zwischen beiden Toren gefangen waren, mit siedendem Öl begossen, mit brennenden Pfeilen beschossen. Der Geruch verbrannten Fleisches stieg ihr in die Nase. Und dann hörte sie das Geschrei ihrer Bogenschützen, die auf Halsteader zielten, und Jons hastigen Befehl: »Nein, Ihr würdet unsere Lady treffen!«

Ulric sprengte den Hang hinab, die Schreie der Sterbenden verklangen. Jetzt war die Festung gerettet – und Mellyora verloren.

24

Trotz des wilden Galopps kamen sie zu spät. Als Waryk und Daro mit ihren Kriegern die Küste gegenüber der Insel erreichten, sahen sie die verkohlten Ruinen der neuen Dorfmauer und mehrerer Hütten, aber keine Leichen.

Waryk ritt zum Wasserrand, und da hörte er ein Geschrei, das aus der Festung drang und seine Ankunft bejubelte.

Angstvoll suchte er die Zinnen ab. Dort standen Eleanora, Tyler, Geoffrey, Thomas, Jon, Igraina, Jillian, sogar Ewan. Nicht seine Frau … Er spornte Mercury an und jagte ihn durch das Wasser. Sobald er den Strand erreichte und den Hang hinaufsprengte, öffneten sich die Tore. Im Hof wurde er von seinen Männern umringt, die alle gleichzeitig versuchten, die Ereignisse zu schildern.

»In unserer Mitte war ein Verräter!«, rief Jon wütend. »Unsere Lady übernahm das Kommando und dachte sich eine vielversprechende Strategie aus. Indem sie ihre Kapitulation vortäuschte, rettete sie die Gefangenen, die Halsteader ermorden wollte, und ließ das Fallgitter schließen, bevor er einzudringen vermochte. Aber Mallory hat sie hintergangen!«

Aschfahl, auf Tylers Arm gestützt, wankte Ewan zu Waryk. »Es war ein guter Plan, und er wäre gelungen, hätte Mallory nicht …«

Waryks Blut schien zu gefrieren. »Wo ist sie?«, würgte er hervor.

Verzweifelt senkte Ewan den Kopf. »Halsteader ritt mit ihr davon. Und Renfrews Streitkräfte stehen ihm bei. Dieser Lord behauptet, er würde gegen Peter of

Tyne und dessen Schwester kämpfen, weil sie König Stephen verraten.«

»Wohin sind sie geritten?«

»Nach Norden, zu den Wikingersiedlungen. Ich begleite Euch ...« Entschlossen wandte sich Ewan zum Stall. Aber er taumelte und stürzte.

Sofort eilte Eleanora zu ihm. »Armer Ewan! Ich bleibe bei Euch. Lasst die anderen reiten.«

Waryk drehte sich um und stellte fest, dass Daro, Peter und die Krieger ihm gefolgt waren. »Hol Wasser, Geoffrey«, befahl er seinem leichenblassen Knappen. »Wir müssen trinken. Die Pferde auch. Dann brechen wir auf.«

Mellyora wusste nicht, wo Ulric sein Pferd endlich zügelte. Inzwischen war es dunkel geworden. Auf einem Hochplateau, von einer Felsformation gegen Süden abgeschirmt, ließ Lord Renfrew ein Lager aufschlagen.

»Reiten wir lieber weiter«, drängte Ulric.

»Nein«, entschied Renfrew. »Männer, die aus den Sätteln fallen, können nicht kämpfen. Noch wissen wir nicht, ob Daro und Waryk einander umgebracht haben. Wenn nicht, verschanzen wir uns hier. Da uns ebenso gute Streitkräfte zur Verfügung stehen wie unseren beiden Gegnern, werden wir die Schlacht an diesem günstigen Ort gewinnen.«

Widerwillig stieg Ulric ab. In aller Eile wurde ein großes Kommandozelt für den Lord errichtet, mit Teppichen, Decken und Möbeln ausgestattet. In der Mitte brannte ein Feuer, dessen Rauch durch eine Öffnung in der Zeltspitze entwich. Nachdem Renfrew eingetreten war, wurde eine erschöpfte Mellyora zu ihm gebracht. »Ihr seid also die Tochter des Wikingers, Waryks kostbare Beute.«

Trotz ihres elenden Zustands hob sie herausfordernd

das Kinn. »Blue Isle ist die Beute, die Euch entging, Lord Renfrew.«

Lächelnd setzte er sich auf einen Klappstuhl, ohne ihr Platz anzubieten. »Die Männer wollen nicht nur Festungen besitzen, sondern auch Frauen. Sicher wusste Lord Lion das Glück zu schätzen, das ihm Adins Land und die schöne, berühmte Erbin zugleich eintrug. O ja, um Euch ranken sich viele Legenden. Und was Euer letztes Abenteuer betrifft – Ihr habt Ulric zur Verzweiflung getrieben.«

»Dann ist er sehr leicht zu betrüben.«

Renfrew grinste und musterte sie so durchdringend, dass ihre Angst wuchs. »Wie ich höre, habt Ihr verkündet, Ihr würdet Selbstmord begehen, wenn er Euch anrührt.«

»Das war keine leere Drohung.«

»Aber es wäre Euch gewiss schwergefallen, Euren Lebenswillen zu bezähmen. Und ich glaube, Ihr seid eine Kämpferin, die stets überleben möchte. Nun habe ich beschlossen, selber herauszufinden, was Ihr wert seid. Ob Ihr Euch zu töten droht, ist mir gleichgültig. Natürlich werdet Ihr's nicht tun. Welche Frau bringt sich um, wenn sie das Kind des geliebten Mannes erwartet.«

Plötzlich stand er auf, ging um sie herum, strich über ihre Wangen und ihre Brüste.

Ihr Herz schlug wie rasend. In der Scheide an ihrem Schienbein steckte wie üblich das kleine Messer. Doch sie wurde von zu vielen Feinden umringt.

»Ah, wie gern würdet Ihr mich erstechen, Wikingertochter!«, höhnte er. »Das solltet Ihr nicht erwägen. Immerhin halte ich Ulric von Euch fern.«

Stimmte das? Es spielte keine Rolle. Wenn sie Renfrews Kehle durchschnitt, würde einer seiner Männer sie ermorden. Und er hatte Recht – sie wollte nicht sterben, solange es noch Hoffnung gab. »An diesem

Abend werde ich Euch wohl kaum reizen, Lord Renfrew.«

»Oh, und warum nicht?«

»Ich bin müde und krank und ...«

»Wenn ich Euch anfasse, bringt Ihr Euch um. Was ich von dieser Drohung halte, wisst Ihr.«

»Nein, ich werde über Eurer kostbaren Kleidung erbrechen.«

Wie erwartet, wich er zurück. »Ihr dürft dort hinter dem Vorhang auf den Decken schlafen. Versucht nicht zu fliehen. Meine Männer haben den Befehl, Eure Zehen abzuhacken, solltet Ihr das Zelt verlassen.«

In dieser Nacht war sie ohnehin zu ermattet, um einen Fluchtversuch zu wagen. Stattdessen würde sie abwarten, was der Morgen bringen mochte. Sie sank auf das Lager. Daneben standen eine Schüssel mit Waschwasser, ein Ale-Krug und eine Platte mit Käse und Brot. Den Käse brachte sie nicht hinunter. Aber sie aß das Brot, wusch sich Gesicht und Hände. Dann starrte sie ins Dunkel. Lebte Waryk noch? Hatte er mit Daro Frieden geschlossen? Und wenn nicht? Hatten sie einander getötet? Wie sollte sie dann ihr Kind retten? Morgen würde sie einen Ausweg finden. Nein, Waryk lebte – er würde zu ihr kommen ... Erschöpft weinte sie sich in den Schlaf.

Sie entdeckten die Spur und folgten ihr. Am Morgen erblickten Waryk, Daro und Angus das Lager, das Renfrew in einer natürlichen Verteidigungsbastion aufgeschlagen hatte. Hastig zogen sie sich in eine Senke zurück. »Wir brauchen große Schilde, die unseren Trupp gegen die feindlichen Bogenschützen abschirmen, wenn er vorrückt«, meinte Angus.

»Aye«, stimmte Daro müde zu und Waryk erkannte bedrückt, wie viel Zeit die Vorbereitungen kosten würden. Wie mochte es Mellyora inzwischen ergehen?

Bis jetzt waren sie nicht entdeckt worden. Von ein paar Frauen, die aus dem Wikingerlager gekommen waren, um in ihr Heimatdorf zurückzukehren, erfuhr Waryk, seine Gemahlin würde in Renfrews Zelt gefangen gehalten. Offenbar ging es ihr gut.

In dieser Nacht fand er keinen Schlaf. Während er am nächsten Morgen den Bau der Schilde überwachte, trieb er die Männer immer wieder zur Eile.

Am Nachmittag bemerkten die Wikinger die Ankunft ihrer Gegner, und kurz vor Sonnenuntergang regneten Pfeile auf Waryks Lager herab. Glücklicherweise waren die großen Schilde rechtzeitig fertig geworden und schützten seine Krieger vor den tödlichen Spitzen. Wenig später erschien ein Bote und erklärte, wenn Waryk die Festung Blue Isle aufgab, könne er mit seiner Truppe unbehelligt abziehen.

»Sagt Renfrew und Halsteader, sie würden am Leben bleiben, wenn sie meine Frau sofort freilassen!«, schrie Waryk wütend.

Daro zog ihn beiseite und flüsterte warnend: »Zeigt ihm Eure Sorge nicht!«

»Sollte ihr etwas zustoßen«, fuhr Waryk in ruhigem Ton fort, »werden ihre Peiniger einen langsamen, qualvollen Tod erleiden.«

»Ulric will Euch töten, Laird Lion«, erwiderte der Bote. »Dann wird er mit Eurer Frau nach Blue Isle zurückkehren, und sie muss ihn als Ihren neuen Herrn anerkennen.«

»Das kann ich nicht zulassen, also muss er sterben.«

Ohne ein weiteres Wort ritt der Bote davon.

Immer noch müde, lag Mellyora auf den Decken und blinzelte ins Morgenlicht. Seit zwei Tagen wurde sie gefangen gehalten. Manchmal kam Renfrew hinter den Leinenvorhang, um sie zu verhöhnen. Zum Glück belästigte er sie nicht allzu oft, weil er mit den Vorbereitungen für die Schlacht beschäftigt war. Und so hatte sie ihre maßlose Erleichterung fast ungestört genossen – denn Waryk, Daro und Peter lagerten ganz in der Nähe. Das erzählte man ihr natürlich nicht. Aber sie hatte ein Gespräch zwischen Renfrew und Halsteader belauscht.

Bald erlosch ihre Freude. Stunden und Tage schleppten sich dahin. Offensichtlich lagerte Renfrew an einem strategisch günstigen Punkt, den Waryk nicht so leicht angreifen konnte. Letzte Nacht hatte sie sich aus dem Zelt gewagt. Sofort waren ihr mehrere Krieger mit erhobenen Streitäxten in den Weg getreten. Sie wich angstvoll zurück und erklärte, sie würde gern ein Bad nehmen. Von ein paar Wachen begleitet, durfte sie zu einem Bach gehen. Nur mit ihrem Leinenhemd bekleidet, war sie untergetaucht und hatte sich etwas besser gefühlt.

Aber an diesem Morgen wuchs ihre Verzweiflung. Wie lange würde die Qual noch dauern? Beklommen richtete sie sich auf.

Renfrew kam zu ihr und kniete nieder. »Geht es Euch heute besser?«, fragte er höflich.

»Nein.«

Ein grausames Lächeln verzerrte sein schmales, asketisches Gesicht. »Wahrscheinlich seid Ihr gar nicht krank.«

»Doch.«

»Das werde ich herausfinden. Nun will ich nicht länger warten. Und ich warne Euch. Wenn Ihr mich anspeit, werdet Ihr's bitter bereuen.« Er packte die Verschnürung ihres Kleides und zog sie an seine Brust.

Wütend wehrte sie sich und schlug in sein Gesicht. Von einem kräftigen Fausthieb an der Schläfe getroffen, verlor sie beinahe die Besinnung. Als er sie auf das Lager warf und ihre Hüften zwischen seine Schenkel klemmte, tastete sie nach ihrem Messer…

»Ah, da bist du ja, Etienne!« Erbost spähte Ulric hinter den Vorhang. »Lass die Frau in Ruhe, bis wir wissen, welches Druckmittel wir gegen den Feind einsetzen können!«

»Wir brauchen keins. Wenn ich mit ihr fertig bin, kannst du sie haben.«

»Aye, weil sie ohnehin mir gehört! Nimm dich in Acht! Waryk marschiert soeben mit seinen Truppen den Hang herauf.«

Blitzschnell erhob sich Renfrew und zog Mellyora auf die Beine.

»Was hast du mit ihr vor, Etienne? Wir müssen uns zum Kampf rüsten …«

»Weißt du nicht, dass sie unsere beste Verteidigung ist, du Narr?«

Waryk postierte seine Bogenschützen mit den großen Schilden auf dem Hang und sie schossen eine Salve ab. In Ulrics und Renfrews Reihen erklang gellendes Geschrei, gefolgt von Renfrews spöttischer Stimme. »Seid gewarnt, Laird Lion! Unsere Pfeile werden Euch zerfetzen!«

Als die Wikinger zum Rand des Hochplateaus vorrückten, stockte Waryks Atem. An einem Pfahl, den die Wikinger bisher verdeckt hatten, war seine Frau festgebunden. Zweifellos würde eine zweite Salve ihren Tod bedeuten. »Zurück!« befahl er seinen Schützen.

Obwohl die Sonne aufgegangen war, wehte ein kalter Wind. Mellyoras Arme, die über ihrem Kopf an den Pfahl gefesselt waren, schmerzten, ihre Füße berührten kaum den Boden, und niemand brachte ihr Wasser oder eine Mahlzeit. Während die Stunden verstrichen, wünschte sie beinahe, ein Pfeil hätte sie getroffen. Waryk hatte sich zurückgezogen. Und Renfrew wartete. Doch seine Gegner zeigten sich nicht. Die Wikinger wurden unruhig, und Renfrew ermahnte sie immer wieder, auf ihren Posten zu bleiben.

Trotzdem ließ ihre Wachsamkeit nach. Sie waren zu kämpfen gewohnt, nicht tatenlos auszuharren. Schließlich setzten sie sich ins Gras, tranken Ale und würfelten.

Die Abenddämmerung brach herein. Gemächlich schlenderten die Krieger umher und riefen einander zu, sicher habe Laird Lion endgültig das Weite gesucht. Mellyoras letzte Hoffnung schwand dahin. Unglücklich schaute sie den Hang hinab und hielt die Luft an.

Spielten ihr die Augen einen Streich? Oder kamen tatsächlich Gestalten aus den Schatten? Näher und näher …

»Großer Gott!«, hörte sie Ulric schreien. »Bogenschützen! Schießt!«

Im nächsten Moment rauschten Pfeile durch die Nacht. Schatten zuckten zusammen, Schatten fielen.

»Noch eine Salve!«

»Hört auf!« rief Renfrew verächtlich. »Wir schießen auf Schafe!« Dann ging er zu Mellyora. »Tut mir leid, meine Schöne. Niemand rettet Euch – das sind nur Schafe. Arme Lady … Seid Ihr müde? Habt Ihr Schmerzen? Sicher wird Euch mein Bett heute Nacht gefallen.«

»Verdammt, lauter Schafe!«, brüllte Ulric und beugte sich in seinem Sattel vor. »Hunderte!« Eine riesige, blökende Herde stürmte in wilder Panik den Hang herauf und richtete ein Chaos unter den fluchenden Wikingern an. Manche lachten, versuchten einzelne Tiere einzufangen und spotteten über die dummen schottischen Schafhirten.

Ein Ablenkungsmanöver, dachte Mellyora.

Plötzlich tauchten mitten im Durcheinander mehrere Reiter auf und sie hörte einen ohrenbetäubenden Kriegsschrei. Waryk …

Erleichtert hob sie den Kopf. Wie auf einem geflügelten Pferd galoppierte er über die Felsenbarriere, gefolgt von seinen Gefährten. Mühelos überwältigten sie die verwirrten Wikinger. Renfrew umklammerte den Pfahl und starrte Mellyora hasserfüllt an. Dann rannte er zu einem Lagerfeuer. Mit einem brennenden Zweig kehrte er zurück, warf Holzscheite vor ihre Füße und zündete sie an. In wenigen Augenblicken würden die Flammen den Saum ihres Kleides erreichen. »Verbrennt in der Hölle, Lady!«, fauchte er und zog sein Schwert.

Mercury stürmte über das Schlachtfeld, das mit toten Männern, Pferden und Schafen übersät war. In voller Rüstung, mit Helm und wehendem Überwurf, schwang Waryk sein Schwert und streckte Renfrew mit einem einzigen Streich nieder. Der Stahl traf den Lord seitlich zwischen den Rippen, an der Stelle, wo er am verwundbarsten war. Aus seinem Mund quoll Blut, dann sank er ins Gras. Blicklos schaute er zum Himmel hinauf.

»Waryk!«, schrie Mellyora, von mörderischer Hitze gepeinigt.

Ohne die Flammen zu beachten, ritt er zu ihr, durchschnitt die Fesseln, und sie fiel vornüber. Nervös wich das Streitross vor dem Feuer zurück. Bevor sie in die tödliche Glut stürzen konnte, wurde sie vom einem starken Arm umfangen, und Waryk zog sie in seinen Sattel hinauf. Mit letzter Kraft klammerte sie sich an ihn, während er weitersprengte. Nur undeutlich nahm sie wahr, dass Daro zu ihrer Linken kämpfte und Angus zu ihrer Rechten. Beide gaben ihrem Mann Deckung, der zur Felsenbarriere galoppierte. Vor ihren Augen blitzte ein Schwert, das Waryk behände abwehrte. Dann sah sie eine erhobene Streitaxt, riss das Messer aus der Scheide an ihrem Schienbein und stach in den Arm des Angreifers. Schreiend ließ er seine

Waffe fallen und Daros Schwert durchschnitt seine Kehle.

Endlich sprang Mercury über den Felsenwall hinweg und sie rasten den Hang hinab, zu Waryks Lager. Zwischen Zelten und fast erloschenen Feuern näherten sie sich einem Wäldchen am Bach. Am Ufer stieg er aus dem Sattel, seine Frau in den Armen, kniete nieder und nahm seinen Helm ab. Behutsam setzte er sie ins Gras.

»O Waryk …«

»Lady … Hat er dir wehgetan? Du konntest dich kaum bewegen.«

»Weil ich stundenlang an den Pfahl gebunden war«, erklärte sie und versuchte zu lächeln. »Du hast dir viel Zeit gelassen.«

»Tut mir leid. Wir mussten erst große Schilde anfertigen, ohne die wir keinen Angriff wagen durften, und dann die Nacht abwarten.«

»Wie auch immer, du hast mich gerettet.«

»Auch in Zukunft werde ich dich schützen. Ich glaube, jetzt habe ich den königlichen Lohn endgültig verdient.« Zärtlich drückte sie seine Hand an ihre Wange und er nahm sie fest in die Arme. Dann merkte er, dass er sie an seinen Kettenpanzer presste, und schob sie behutsam von sich. »Meine Liebste, in dieser Situation kann ich dir bedauerlicherweise nicht zeigen, was ich empfinde.«

Vom Hochplateau drang Schlachtenlärm herab. Die Augen geschlossen, betete sie für ihren Onkel und die anderen tapferen Krieger, die sie befreit hatten. Plötzlich hörte sie verstohlene Schritte und hob die Lider. »Waryk …«

Sofort sprang er auf und zückte sein Schwert. Ulric Halsteader war ihm den Hang hinab gefolgt. Irgendwo zwischen den Bäumen musste er sein Pferd festgebunden haben.

Die beiden Männer unkreisten einander und Ulric

war der Erste, der die Waffe hob. Immer wieder prallten vehemente Schläge von Waryks Stahl ab. »Ihr habt meinen Vater erstochen, Laird Lion, und Ihr verdient den Tod!«

»Keineswegs, denn ich musste mich an den Mördern meines Vaters rächen!«

»Wärt Ihr doch in jener Schlacht gestorben!«

»Stattdessen blieb ich am Leben.«

»Unglücklicherweise. Aber jetzt werde ich Euch töten. Dann wird mir Blue Isle gehören – und Eure Frau. Ihre Reize kenne ich bereits. O nein, ich habe sie nicht getötet. Sie sank freiwillig an meine Brust und bat mich, Euch umzubringen.«

Als Mellyora diese ungeheuerliche Lüge hörte, krampfte sich ihr Herz zusammen. Doch sie wusste, dass Ulric ihren Mann aus der Fassung bringen wollte, um leichtes Spiel mit ihm zu haben. Das gelang ihm nicht.

»Wenn Ihr erwartet, ich würde diesen Unsinn glauben, täuscht Ihr Euch«, entgegnete Waryk und parierte geschickt einen Schwertstreich.

»Auch mit Renfrew hat sie geschlafen. Niemals werdet Ihr wissen, von wem das Kind in ihrem Leib stammt. Mit Euch stirbt Eure Linie aus!«

Entschlossen ging Waryk zum Angriff über. »Niederträchtiger Bastard! Natürlich ist es mein Kind!«

»Ihr habt Euch vergeblich bemüht, die Dynastie Eures Vaters am Leben zu erhalten, denn eines Tages wird mein Sohn Blue Isle beherrschen!« Das Schwert in beiden Händen, sprang Ulric vor.

Diesmal wehrte Waryk den Streich nicht ab. Er wich zur Seite, schwang die Waffe seines Vaters, und traf Ulric unterhalb der Brustplatte in den Bauch. Verblüfft ließ der Wikinger sein Schwert fallen, krümmte sich zusammen und fiel auf die Knie.

Waryk stand über ihm. »Nein, Sir, der künftige Herr

der Festung Blue Isle wird von meinem Fleisch und Blut sein.« Dann wandte er sich zu Mellyora.

Schwankend stand sie auf. Als er zu ihr eilte, sank sie kraftlos in seine Arme. Die Welt schien sich zu drehen. »Waryk ...«

Wie aus weiter Ferne hörte sie seine Stimme. »Meine Liebste, meine Liebste ...« Vorsichtig hob er sie hoch und ihre Sinne schwanden.

Inzwischen hatten seine Krieger die Schlacht siegreich beendet. Phagin, der den Trupp endlich eingeholt hatte, kam zu ihm und versicherte, bald würde sich Mellyora erholen. Während er bei ihr blieb, befahl Waryk seinen Männern, die Verwundeten zu versorgen und die Toten zu begraben. Die meisten von Renfrews Normannen, die seinen privaten Kampf im Streit um die englische Krone ausgefochten hatten, waren gefallen, die Überlebenden baten um Gnade und wurden nach Stirling gebracht. Über ihr Schicksal musste der König entscheiden. Ulrics Wikinger waren großteils gestorben, die restlichen nach Norden geflohen – ein wilder Haufen, der keine Bedrohung mehr darstellte.

In später Nacht feierten Wikinger, Schotten, Normannen und Engländer ein rauschendes Siegesfest. Über den Lagerfeuern drehten sich zahlreiche Lämmer am Spieß. Mellyora erwachte und verließ das Zelt, in dem sie sich ausgeruht hatte. Das lange Haar offen, in einem schlichten blauen Kleid, wirkte sie wie ein unschuldiges, blutjunges Mädchen, als sie zu Waryk ging. Alle Krieger jubelten ihr zu und sie setzte sich lächelnd zu ihrem Mann. In seinen Armen hörte sie Phagin zu, der die Geschichte des großen Kampfes um Blue Isle erzählte, von der schönen Lady, die ein Gemetzel verhindert, und von ihrem Laird, der sie aus den Flammen gerettet hatte.

Nach einer Weile schlief sie ein und Waryk trug sie

ins Zelt zurück. Bis zum Morgengrauen lag er an ihrer Seite.

Mit Daro hatte er nicht viel gesprochen. Worte waren überflüssig. Zweifellos würde die neue Freundschaft, die auf hart erkämpftem gegenseitigem Vertrauen beruhte, ein Leben lang halten.

Aber vorerst galten Waryks Gedanken einzig und allein seiner Frau, die er endlich wieder in den Armen hielt.

Am Morgen fühlte sich Mellyora besser. Trotzdem bestand Waryk darauf, dass sie vor ihm im Sattel saß. Das störte sie nicht. Bei ihm fühlte sie sich geborgen und geliebt.

Unterwegs schilderte Daro die Schlacht auf dem Hochplateau und Peter teilte Mellyora mit, was bei der dramatischen Begegnung zwischen Waryk und ihrem Onkel geschehen war. Natürlich hatte auch Angus eine Geschichte zu erzählen. Aufmerksam hörte sie ihnen zu, froh über die Gesellschaft der Menschen, die ihr so viel bedeuteten.

Eine Zeit lang ritt Geoffrey, der wieder die Rüstung ihres Mannes mit sich trug, neben ihr und berichtete seinem Herrn, wie mutig sie Ulrics Mord an Eleanora verhindert hatte. Dann betonte er, beinahe wäre ihr kluger Plan geglückt, die Gefangenen, sich selbst und die Festung zu retten, hätte Mallory sie nicht verraten.

Voller Bewunderung betrachtete Waryk das schöne Gesicht seiner Frau. »Wie gern würde ich dir versprechen, dich nie mehr allein zu lassen. Aber ich bin ein Ritter des Königs …«

»In Zukunft wird mir nichts mehr zustoßen«, beteuerte sie. »Jetzt weiß ich, dass ich auch auf Gefahren innerhalb meiner Festung achten muss.«

Später ritten sie allein voraus, in einiger Entfernung

von den anderen, und konnten sich ungestört unterhalten.

»Glaub mir, Waryk ...«, begann Mellyora. »Was Ulric Halsteader behauptet hat, war eine niederträchtige Lüge. Er rührte mich kein einziges Mal an. Dazu fand er gar keine Gelegenheit.«

»Natürlich habe ich nie an deiner Treue gezweifelt. Aber selbst wenn er über dich hergefallen wäre und das Kind nicht von mir stammte ...«

»Waryk«, unterbrach sie ihn bestürzt. »Du wünschst dir einen Erben von deinem Fleisch und Blut, das war dir von Anfang an am wichtigsten ...«

Zärtlich legte er eine Hand unter ihr Kinn, drehte ihr Gesicht zu sich herum und schaute in ihre blauen Augen, die ihm wie ein klarer Sommertag erschienen. »Manchmal ändern sich die Dinge, die man anstrebt. Nachdem er dich entführt hatte, war es mir am wichtigsten, dich zu befreien und zurückzuholen.«

»Legst du keinen Wert mehr auf eine eigene Familie?«

»Zu einer Familie zählen die Menschen, die einen umgeben und lieben, für die man verantwortlich ist, die den Schutz ihres Lairds mit ihrer Treue lohnen. Vor allem bist du meine Familie. Und die Kinder, die du mir schenken wirst.«

Mit bebenden Fingern berührte sie seine Wange. »Eins wächst schon unter meinem Herzen.«

»Das hat Phagin mir erzählt.«

»Bevor das alles geschah, wollte ich's dir sagen. Deshalb kam ich damals in dein Lager, um zu tanzen und zu singen. Ich wollte dich überraschen und ich dachte, du würdest dich freuen.«

»Und wie ich mich freue. Insbesondere, weil es mein Kind ist.«

»Waryk«

»Aye?«

»Ich liebe dich.«

Eine Zeit lang schwieg er.

»Nun?«, flüsterte sie.

»Für dieses Geständnis hast du sehr lange gebraucht.«

Sie schmiegte sich lächelnd an ihn. »Niemals hätte ich gedacht, ich würde dich eines Tages so sehr lieben. In diesen letzten Wochen habe ich viel gelernt – über Liebe, Leid, Eifersucht, Angst, Sorge …«

»Angst, Eifersucht und Sorge musst du nie mehr empfinden, meine Liebste. Wo immer ich in Zukunft sein mag, mein Herz und meine Seele bleiben bei dir.«

Nie zuvor hatte sie so süße Worte vernommen. Als sie den Grat eines Hügels überquerten, sah sie ihre Festung im funkelnden Meer. »Waryk, wir sind zu Hause.«

»Aye, Lady.«

»Dort wird unser Baby zur Welt kommen. Vielleicht viele Dutzend Kinder.«

»Dutzende?«

»Zumindest mehrere, denn ich wünsche mir eine große Familie.«

Er legte seine Wange auf ihren Scheitel. »Zu Befehl, Lady. Vor vielen Jahren erklärte mir der König, ich müsse meine Dynastie am Leben erhalten. Was er allerdings nicht erwähnte – dass ich in dir alles finden würde, was ich brauche.«

»O Waryk, wer hätte jemals geahnt …«

»Was?«

»Wie heiß und innig ich einen hässlichen, pockennarbigen, alten normannischen Ritter lieben würde.«

»Hüte deine Zunge!«, mahnte er.

»Gewiss, mein Laird. Aber teilweise bist du ein Normanne. Angeblich ist auch ein bisschen Wikinger- und Keltenblut in dir. Vielleicht auch angelsächsisches …«

»Und in dir vereinen sich Pikten, Kelten und Wikinger. Das alles wird unser Baby sein …«

»In erster Linie schottisch!«

»Ja – nachdem wir Frieden miteinander geschlossen haben.«

»Tatsächlich?«

»Nun, ein paar Mal werden wir sicher heftig streiten.«

»Was wäre eine lebenslange Ehe ohne ein bisschen Streit. Furchtbar langweilig!«

»Und da du zum Ungehorsam neigst, werden zahlreiche Kämpfe entbrennen.«

»Ich bin nun einmal die Tochter eines Wikingers. Und du bist ein temperamentvoller Ritter … Schau doch, Waryk, wie schön unsere Insel ist! Im Sonnenlicht glänzen die Festungsmauern wie Silber.«

»Ich kann die Heimkehr kaum erwarten. Was hältst du von einem Galopp?«

»Sehr viel.«

Und so sprengte Mercury über die grünen Hügel von Schottland der mächtigen Festung entgegen, wo Mellyoras und Waryks Söhne und Töchter aufwachsen würden.